张　抗　抗　文　集

中篇小说

北 极 光

张抗抗 著

GUANGXI NORMAL UNIVERSITY PRESS
广西师范大学出版社
·桂林·

图书在版编目（CIP）数据

北极光 / 张抗抗著. --桂林：广西师范大学出版
社，2022.11
（张抗抗文集）
ISBN 978-7-5598-5405-6

Ⅰ．①北… Ⅱ．①张… Ⅲ．①中篇小说－小说集－
中国－当代 Ⅳ．①I247.5

中国版本图书馆 CIP 数据核字（2022）第 171585 号

广西师范大学出版社出版发行
广西桂林市五里店路 9 号　邮政编码：541004
网址：http://www.bbtpress.com
出版人：黄轩庄
全国新华书店经销
珠海市豪迈实业有限公司印刷
珠海市香洲区洲山路 63 号豪迈大厦　邮政编码：519000
开本：880 mm×1 230 mm　1/32
印张：14.625　字数：300 千
2022 年 11 月第 1 版　　2022 年 11 月第 1 次印刷
印数：0 001~6 000 册　　定价：68.00 元

如发现印装质量问题，影响阅读，请与出版社发行部门联系调换。

自序

很久以前，在炎热的夏夜，我常常看见小小的萤火虫，闪着幽绿的微光，从眼前一闪而过。它掠过潮湿的空气，穿透浓稠的夜色，燃起尾灯，在黑暗中起起伏伏，或是匍匐于低矮的草丛里忽明忽闪。

它似乎并不打算照亮周围的黑暗，它只点亮自己。

从我少年时阅读文学作品开始，心里总有晶莹的光斑在跳跃。

那星星般、火焰般的亮光，闪烁着移向远方，引领我一步步走上文学之路。五十年中，我写下了八百多万字的作品，精选成这部三百万字的十卷文集。

文集是一部生命的史诗，文集是一次对自己严格的拷问与检验。

偶然间，从百十部旧作里，我发现了一个秘密：

1972 年幼稚的小小说《灯》、1981 年的中篇小说《北极光》，一直到 2016 年的中篇小说《把灯光调亮》——我对"光"似乎特别敏感。回望我的文学路，大半生的写作，始终被微弱或是宏阔的光亮吸引着。

阳光炽烈、圆月皓洁、星空邈远。我是一个心里有光的人！

为了寻光，我用文字把雾霾拨散；为了迎光，我用语言把黑暗撕开。

人类的进化和变异，从骨骼开始。骨骼支撑着生命，使人能够站立起来。当生命的血肉之躯不复存在，最后留下了坚硬的骨骼。作品的内涵与思想，正如骨骼一样。骨骼是一支烛台、一只灯架、一座灯塔，让光束高高、灼灼地挥洒和传播，成为江河湖海的森森烟波中鲜明的标识。

当然，还有灵魂。灵魂飘飞出窍，升天入地，灵魂就是永恒的光。

编选这部文集的过程中，审视五十年来的旧作，我常常纠缠在截然相反的复杂心情中。有时我会惊叹：那时我写得多么好啊，那些流畅有趣的句子、独特的人物，新文体的尝试；那时的我，文思喷涌，认知超前……有时我也会沮丧懊恼：早期的文字太粗浅简陋了，细节不够讲究……更多的时候，我会深深感慨：我应该写得更好些，我完全可以写得更好。

可惜，年过七旬，一切都不可能从头来过了。

已落笔的每一字每一句每一篇每一部，都是生命留下的真实印记。是用书页压缩、凝聚而成的人生和历史。

写作的人在写作中享受寂寞。书籍和文学都是寂寞的产物。

寂寞中，我听见自己内心的声音，自由自在无拘无束地飞扬。

在我大半生的写作中，"写什么"和"怎么写"同样重要——"写什么"体现自己的价值观，"怎么写"是价值观实现的方式，用文学表达对自身、人性及对世界的认识。其实，最为重要的是"为什么写作"。整理文集的过程中，我无数次叩问自己，杂糅的思绪渐渐清晰：少年时，文学是对美好理想的向往；青年时，写作是为了排遣苦闷；中年时，写作是为了精神的坚韧与丰厚；进入晚年，写作是为了抗拒人生巨大的虚无感。一生写作，其实都是为了解决自己的种种疑惑、困惑，可惜始终未能达至不惑。

我已与文学相伴半个世纪。于我而言，身前的赞誉非我所欲，身后的文名亦非我所求，写作不是我的全部生命，而是人生的组成部分。我在写作中不断成长——成熟，在文学中日臻完美，从而成为一个合格的公民、一个有尊严的写作者、一个善于思考的人。

近年来，我留意到萤火虫已越来越少，它们被污染的环境和滥用的农药灭杀了。我心黯淡进而悲凉。我梦想着变成一只萤火虫，让我书中的每一个字，能在暗夜里发光，孤光自照。

是为序。

张抗抗

2022 年 3 月 2 日

目　录

淡淡的晨雾

第一章

一

严寒的日子终于过去，松花江流尽了最后一块冰排。难得的几场春雨滋润着刚泛青的杨树，夜来的暖风吹开了榆叶梅绚丽的花蕾。江堤二十根圆柱的环形纪念塔上，盘旋着几只远方归来的紫燕。

临江碎石砌成的马路边，有一幢俄式小平房。淡黄与粉白相间的砖墙，宽大的绿铁皮屋顶，镶着雕花图案的房檐，高高的水泥台阶。然而那不算小的院子里，却没有一点花草的绿色，显得有几分孤寂荒凉。

对着江岸的那扇窗前，坐着一个年轻女子。一头乌黑的短发自然地弯曲着，衬出一张白皙而清秀的脸。她正埋头于一本泛黄的书页里，兴许是窗外燕子的呢喃惊动了她，她抬起头朝院子里漫不经心地看了一眼。忽然，她急速地站起来，轻轻"哟"了一声，情不自禁地扑向窗口。那本书从她膝头滑落下去。

一树烂漫怒放的紫丁香，突兀地挺立在墙角的绿栅栏上，轻盈如纱、恬淡似烟，又宛若一团轻轻降落的霞朵，在早晨的阳光下飘浮翻动，好似随时会冉冉升空而去……

她看得呆了。深深吸了一口弥散着花香的空气。紫丁香的气息很特殊，幽香中似乎掺杂着一股幽幽的苦涩。每年五一前后，闻着这样的气味，便知春是真的来了。她很想跑出去折几枝花来插在花瓶里，但欲步又止。丁香树是邻家的，好像故意为了逗引她的心思，才伸探到这院子里来。

她心里顿时充满了失望。这古板的家庭，为什么竟然连一棵小草都没有！她记得丈夫说过，这是因为两年前冠心病发作去世的老公公不喜欢花草的缘故。老头子偏愿在院子里种上些茄子和辣椒、芹菜什么的，浇上一点儿怪味的粪肥。她同老二郭立枢结婚以后，郭家这老习惯，仍然不成文地沿袭下来。她几次提过要种几株果树和花草，只有那个上大学生物系的老三郭立楠表示响应……

"二十六岁了，为什么觉得生活还没有开始呢？……"

她久久地望着那花团锦簇的丁香树，在心里微微叹了口气。近来，这句话竟像影子一样总是紧紧跟着她。她刚刚过完结婚一周年纪念日不久，然而她却并不觉得愉快。她常常觉得郁闷，连她自己也很难讲得清。

在窗前站得久了，暖烘烘的太阳晒得她燥热起来。她脱下了外衣，仍然觉得热，又去厨房喝了几口凉开水。"丁香花开过，就等夏天会跳舞的波斯菊了……"她想。那么，夏天会不会让人觉得快乐些呢？

她弯下腰，把掉在地上的书捡起来，那是美国作家霍桑的《红字》，是郭立楠从他的大学同学那里"抢"来，然后偷偷借给她看的。她已经看了几十页，凭借直觉，她知道那是一个与爱有关的悲伤故事。

她呆呆坐了一会儿，忽然想起了衣柜里新买的连衣裙。连衣裙是她丈夫让朋友从广州捎来的，她还没顾得上试穿。

她很快打开衣柜，抖开裙子，走到穿衣镜前比量了一下。这真是一条漂亮的连衣裙，淡蓝色的麻纱的确良，撒落着雪花形的图案，显得素雅大方。V字形的领口上，镶着银色的尼龙花边。

裙子的式样很新颖，料子的花色也很叫人喜欢。她干脆脱下长裤和毛衣，穿着贴身的线衣裤，三下两下套上裙子，对着镜子欣赏自己：

白白的皮肤配上这淡蓝的底色无疑是和谐的，长短正好，刚刚露出圆浑的膝盖。袖口窄长，从肩膀上包下来，不大不小。可惜腰太紧了些，这样就显露出她丰满的胸脯。嗳，不行不行，太"线条"了，领口也开得太往下，这像什么话！挺好的一条裙子，叫人怎么穿出去？

镜子里的她，"唰"地红了脸。她不好意思再看自己，顺手拉过一条浴巾裹在身上。她在房间里走了几步，扯下浴巾又偷偷看了一眼：不行，还是不行，胸部太突出。这样的裙子穿到学校去，一定会引得众目睽睽。这不，等于白买了？

可惜，二十六岁了，从来没有穿过一件花衣服。她怀有一点淡淡的忧伤，暗自感慨。"更不用说穿裙子了……"

"梅——玫——"有人喊她。是婆婆罗阡，一定是让她到厨房去帮忙。她刚要跑出去，想起了身上这条连衣裙。她敢穿这条连衣裙到厨房去吗？婆婆会生气的。她要赶快把裙子脱下来，镜子里的倩影，却又使她恋恋不舍。

真是一条漂亮的裙子。她不无惋惜地看了又看，真不愿脱下来。为什么就不能穿出去呢？——线条明显，不正是女性的美吗？她愤愤不平地想着，一边费力地拽着后背的拉锁。正在这时，门开了。一个中等身材的人影走了进来。她回头一看，知道是丈夫郭立枢回来了。

"哦哦哦！"他站在地板中央，惊愕地瞧着她。他穿一身蓝，戴一顶黄军帽，五官端正，如果不是因为鼻子略嫌长了一点儿的话，也算得上英俊。

梅玫转过身去，继续往下拽拉锁。

"慢着脱，我还没审查过呢。"他踱着方步走过来，从背后捉住她的肩膀，一下子把她转了过来。他的眼睛在妻子身上贪婪地扫了一遍，好像第一次发现她的美丽似的，连声赞美说："不错，漂亮！很漂亮。"

"真的？"梅玫脸红了。她很少听丈夫夸奖自己。他太忙，平日好像连端详她的时间也没有。两年前他突然向她求爱的时候，他也没有说过她漂亮。这样的话，他是不屑出口的，也许只是在心里想想。

"侧身，侧过身子让我瞧瞧。"他比画着，突然来了兴致。

梅玫美滋滋地侧过了身子。她把胸脯挺得高高的，好显出她优美的体形，因为这是在自己爱人面前，虽然她知道他对什么"线条"并不感兴趣。她对着镜子微笑着，没有留意到郭立枢已经轻轻皱起了眉头。

"你说，这裙子，我能穿到学校里去吗？"她问。

"你说什么？"

"我……"她回头看了他一眼，知趣地把后半句咽回去了。想了想，伸手继续解拉链。

"嗳，别。"他慌忙按住了她的手，"我没说不好看呀。"

"好看，干吗不能穿到学校去？我在干部处工作，又不出头露面。"

"你看你，真不明白事儿。"他像哄小孩似的拍了拍她的头发，"上班进校园，一路太招摇。反正你那办公室，也没几个人，给谁看呢？对了，以后啊，你就在家里穿吧，每天下班回来后穿，穿给我看，怎么样？"他把面颊贴近她，轻轻说，"要不，人家该议论了，瞧，郭立枢成天抓人的政治思想工作，自己老婆却穿得那么摩登，不如先去管管自己老婆呢！我怎么做工作？"

"我不管！"梅玫赌气坐在床沿上。她明白最后两句才是郭立枢的心里话。谁让他是校团委书记呢，这人从来就先想到自己。

她满心委屈地反问："这条裙子不是你让人从广州给我买的吗？"

"我咋知道朋友敢买这么时髦的东西呢！"郭立枢一时语塞，走到桌子旁边，很不高兴地说，"你看你，怎么又看这样的书？"他抓起那本《红字》，翻了几页，扔到一边去。他不赞成妻子读外国小说，纯牌儿浪费时间。还不如读那种关于烹调啊育儿啊还有《绒线编结法》什么的。

"这可不是什么好书。"他咕噜了一句。

"你看过？"她把书拿过来。

"怎么没看过？'破四旧'那几年，这些书成箱成箱的，我们一看一宿不睡觉。看完了就批判消毒。当然当然，就是有毒，离经叛道，这种书看多了，反正对人没啥好处。"

梅玫不作声，走到一边去。

"我还忘了问你呢，"郭立枢划着一根火柴点上了烟。"昨晚学校里艺术系开舞会，是不是你也去了？"

昨晚郭立枢是十一点多回家的。梅玫迷糊中听见他在床边叫她，故意装睡着了。她知道他要问她舞会的事。其实她只是在窗口看了一会儿，并没有进去跳。她本来很想进去看看，见郭立枢煞有介事地坐在乐队旁边，便扭头走了。梅玫在舞会窗外看一眼，都有人向他报告，什么事也瞒不过他。他像一根绳子似的牵着她，叫她受不了。

"这种舞会，你去干吗？"他说。他喜欢用这种居高临下的口气同人说话，对妻子也不例外。

"是不是人家该说了，瞧，他成天抓思想工作，不去管管自己老婆！"梅玫酸溜溜地挖苦了一句。她可从来没有用这种口气对郭立枢说过话，她一向是温和顺从的，今天这是怎么了？

郭立枢很有些窘，猛抽了一口烟，嗒嗒地掸着烟灰说："你看你，说你不懂事儿，就是不懂。"

"你懂！"梅玫突然来了火，冲他嚷嚷说，"你懂，你为什么津津有味地去坐在那儿？就兴你看，不兴别人跳，这不公平！"

郭立枢冷冷一笑，摇着头说："你知道我在那儿干什么？"

"总不会是在做思想工作吧？"梅玫没好气地"哼"了一声。

"正是，这个你又不懂了吧？"

梅玫惊奇地睁大了眼睛。

郭立枢自信地捋捋头发，放低了声音说："头脑任何时候都要保持冷静，千万不可发昏。最近的形势你还不知道吗？什么思想解放、民主，什么跳舞、办刊物，马上就要统统'收'起来了。这话只是对你说。我还有闲心看跳舞？告诉你吧——我是在看跳舞的人！懂不懂？看看到底是哪些人在起劲，哪些人有越轨的行为，哪些人……"

梅玫猛然打了一个寒噤。

"你……"她说不出话来。

"我这个校团委书记不是白当的吧？跟你说过多少次了，头脑不要太简单。我做的事情都是有道理的，这种舞会有外头的人进来，把校园风气都带坏了，以后你少往跟前凑，嗯！"

郭立枢带着一向被人服从惯的口气说。他按灭烟头站起来，走到她身边，试图吻她一下作为和解。

梅玫望着她踌躇满志的丈夫，突然从心底里涌上来一股厌恶情绪。此前她眼里称心如意的，此刻竟然变得丑陋起来。"他的鼻子怎么那么长呢？"她不悦地想。"以前竟没有发现，好像一只嗅觉灵敏的……"她慌忙把脸移开了。

他讨了个没趣，解嘲地"嘿嘿"了几声。幸好这时院子外面有人喊他接电话，他戴上帽子很快走出去。走到门口，回过头来说："你有工夫，多帮妈干点活，什么'红字''黑字'的……"

门一关上，梅玫就没好气儿地把连衣裙连扯带拽地从身上扒下来，狠狠扔在地板上。

"我让你在家里欣赏！"她嘟囔着，套上外衣，走到窗口去。

紫丁香依然很有耐性地站在那里，默默倾听着小屋里这对年轻夫妇的龃龉。它那阴冷散碎的花瓣，恰似一片迷蒙的云雾，罩住了梅玫的心。刚才因为裙子带来的一点儿喜悦，此刻已全无踪影。早上那种忧郁感伤的心绪，又开始弥漫上升……

她到底为什么不快活呢？是因为最近一个时期来，类似这样的口角，在他们之间发生得太多了吗？梅玫心里稍稍也有一点责怪自己，她从什么时候起变得火气这样大了呢？假如她能够忍耐一点的话，也许就好了。但是不行，她非反驳他不行，他实在是太没有道理了嘛。去年夏天的江沿儿，就有很多女人穿漂亮裙子了，这同团委书记有什么关系？梅玫一百个想不通。他刚才说什么？说他看跳舞是为了监视学生？他怎么会是这样？她以前怎么会一点都没有发觉？结婚使一切都变得赤裸裸的，她同他共同生活的时间越长，看到他身上的缺点就越多。爱情，莫非爱情竟是一层虚幻的纱幕吗？

她和他是大学的同班同学。1974年，她从地区的一个工厂被推荐来上大学。第一次见到他，是在政治系全系的"评法批儒"大会上。他口若悬河，滔滔不绝，几乎不用讲稿地侃侃发言，给她留下了深刻的印象。她那年刚满二十一岁，单纯、天真，相信一切报上的宣传和书本上的话，崇拜一切有识之士，对当时所有的"革命理论"全盘接受并深信不疑。而他，则能对这些理论加以解释，阐述得头头是道。她对他充满了好感。听说，1968年，郭立枢作为校红卫兵团的头头、市红代会常委带头去的农场，不久就因为吃苦耐劳而又能讲善写被调到场部机关。1972、1973年，他两次放弃了继父为他提供的招工回城的机会，很快入了党，1974年名正言顺地被农场推荐上了大学。一入学，学校就指定他当了班级的党支部副书记，以后又很快当了政治系的理论小组组长，在全校崭露头角。当时已有一种传言，他毕业后可能作为学生干部留校并进入校党委。也许妒忌是人的天性，他的"竞争对手"们，对他恨得咬牙切齿。梅玫记得，恰好是在批"三项指示为纲"的时候，由于去山区劳动，一连几个月不能及时看到报纸，他表现得不够敏感。不巧又在"天安门事件"前夕，有一个北京的同学给他寄来了当时流传的"总理遗言"，被那些人暗中截获，扣了他一顶"政治立场不坚定"的帽子。他沉默了几个月，1976年夏天鼓噪一时的批"走资派"的"战斗"他没有参加，整天躲在图书馆里翻资料。有人说他在写一篇有爆炸性力量的长篇毕业论文，准保一鸣惊人。不久后，"四人帮"倒台，不出一个月，他拿出了一篇批判"四人帮"的文章，大谈自己从批判"三项指示为纲"时就产生的强烈不满情绪和认识，虽然喝狼奶长大，但后期早有觉醒。慷慨激昂，义愤填膺。梅玫不由得对他越发钦佩。凡是他打球上场，她必去观看助兴；凡是他写的批判文章，她必反复读上几遍，有时还摘抄几句；她还偷偷帮他洗过两次衣服，分电影票的时候，悄悄把他的座位同她分在一起……可惜他对于这些都视而不见，无动于衷。男孩子是粗心的，她并不怪他。到了三年级下学期，郭立枢勇敢地报名去西藏，更使她的这种崇拜达到了高潮。她抑制不住自己内心的激情，给他写了一封信，向他表示了自己的爱慕之心，并表示愿同他一起去西藏。他却没有任何反应。又过了些时候，传来消息说这届毕业生没有去西藏的名额，他大失所望。那以后不久，她收到一封用歪歪扭扭的字体写的信，信尾没有落款，只写着他不愿过早地考虑个人问题。她在被窝里用手电照着信反复读了几十遍，为自己感到羞愧。他从而越发成了她心中的英雄。毕业分配时，鉴于他的一贯表现，既无帮派牵连，又有良好的家庭背景，成了当然的留校干部。清查工作结束以后，原来的机关干部进行了调整，他被提拔为校团委副书记。他上任后把团的工作搞得生动活泼，得到了大家的赞扬，第二年就提拔为团委书记。人们都称赞他政治上可靠、路线斗争觉悟高、工作有魄力、有才干。当然，也有人造他的谣，说他在疯狂地追求省委一位部长的女儿，那位千金竟骂他是野心家。对于这些谣言，梅玫是一百个不相信的，一定是妒忌他的人恶意中伤。结婚以后，她有一次曾经问过他，他不以为然地笑笑说：恰恰相反。恰恰相反，就是说，是那位部长的女儿追求他，他加以拒绝了。梅玫比较愿意相信这个解释。

　　自从收到他的那封信后，梅玫再没有向他做过任何表示，炽热的心燃烧着，锁在她的心房里，灼人的光焰烤得她胸疼。她毕业分配后被留在学校党委干部处管理档案，常常同他见面，只是敬而远之。她觉得自己除了是个党员以外别无所长，太平凡了，而他却是个有远大前途的人。他一定在等待着一个他理想中的人儿。

留校以后不久，有一次她的父亲从地区到省里来开会，坐了一辆"伏尔加"车到学校来看她，也顺便看望他的老战友校党委祝书记。祝书记送她父女俩下楼的时候，正好遇上了郭立枢。郭立枢怔住了，好像第一次认识她似的。晚上在食堂吃饭时问她："你父亲干吗的？"

"不干吗。"她回答。她从不愿提起她父亲，就算父亲是地委书记，她可没觉得这有什么好炫耀的。

从那以后，郭立枢明显地对她注意起来了。居然请她看了几次电影，元旦时还请她到他家吃了一次饺子。她本来就是一堆干柴，哪里禁得住一点热情的火星！他任何一点温存亲切的表示，都会使她忘掉以前的不悦，投身到他的怀抱里去。一切都像应该发生的那样发生了。她终于听到她盼望了无数个日夜的话。当他把她搂在怀里的时候，他告诉她，他早就爱上她了。开始是因为要去西藏，后来是因为怕牵连她，再后来……她对每一个字都不怀疑，早已在心里全部原谅了他。

他们去年五一结婚，祝书记作主婚人，好不热闹。婚后到娘家去了一趟，地委书记的小女儿，婚礼也够排场。郭立枢外表严肃冷漠，关上门剩下他俩时，倒也温情脉脉，梅玫觉得自己非常非常幸福。

……可她究竟从什么时候开始觉得自己不幸福、不快活呢？梅玫望着天空中缓缓飞去的一行大雁出神。大雁飞去又飞来，只一个冬夏，她的心情就发生了那么大的变化。莫非她是一个见异思迁的人？不不，她长那么大，除了郭立枢，还没有爱过别人。自从她踏进这幢舒适的小平房，开始承担起妻子与儿媳妇的责任，她就常常觉得一种无形的束缚与压抑。没有一盆花的屋子使她觉得单调；很少有笑脸的婆婆使她觉得陌生；那个古怪的大哥郭立柽，使她感到难受；而丈夫，郭立枢，和她好像没太多话可说。在这个家里只有一个人，只有老三郭立楠，是生气勃勃的。他一回来，这座房子里笑声朗朗充满生气，可惜他是住校的，梅玫在学校里偶尔能碰到他。但她在干部处工作，很少走出她的办公室。墙壁四面都是保险箱、档案柜，气氛沉重、庄严。作为一个档案室工作人员，需要同她和自己管理的东西一样善于保守秘密、沉默寡言。郭立枢时常提醒她最好不要随便同人家讲话，她于是变得不善讲话了。就是因为这个她才觉得郁闷吗？世界上管档案的人多得很，人家下了班就自由了，可以去干自己想干的事，但她不行。她回家一跨进这幢房子，就好像被几道无形的目光钳制着，连笑也不敢大声。前些时在街上买了几张她喜欢的电影明星照片，让婆婆惊慌失措地扔进炉子里去了。一次一群老同学来看望他们，大谈北京和南方各地见闻，他们走后，郭立枢给她"消毒"整整两星期。她每天回到家，干什么呢？织织毛衣，看看电视，读读小说。然而小说也常受到郭立枢的干涉。她觉得自己没有结婚以前自由、愉快了，好像是绑在郭立枢身上的一样东西。她对社会上正发生着的每一件新鲜事都感兴趣，而郭立枢却大不以为然。两人在一起无话可说，这是最最使人难以忍受的。

是不是结婚就得这样呢？早知这样，她情愿不结婚……

梅玫望着窗外一丛前几天还是繁茂灿烂的榆叶梅，如今已掉落了满地花瓣，心里突然感到一种莫名的悲哀。她从来没有吝惜过自己的青春，把它慷慨地献给了一个她所热爱的人。可是那个人也同样爱着她吗？他说她穿连衣裙只能让他一个人欣赏，那么她的青春，仅仅是属于他一个人的吗？或许属于那四面都是保险箱的档案室，和这放满了马列经典、毛主席著作的书架的十四平方米的"安乐窝"？和它们在一起度过自己的一生？不，她觉得自己好像根本就还没有开始生活，没有……

她的眼睛里噙满了泪水。有一滴，从腮上滚落下来，掉在那泛黄的书页上了。她沉浸在一种自己难以排除的忧伤之中，竟连一个快乐的声音连喊了她好几遍也没有听见。

二

"玫姐！""玫姐！"

一枝缀满了翠生生的嫩叶的柳枝，冷不防从她的耳根边伸过来，把她吓了一大跳。柳枝跳跃着，一股新鲜的树叶的气息，扑进她的胸怀。她刚要伸手去拨开，窗台下爆发出一阵咯咯的笑声。

"真用功，星期天还用功！"

那是一个响亮的男声，刚劲中略带几分淘气。

她眼睛一亮，见当院站着郭立楠。他正摇晃着手里长长的柳枝，向她高兴地挥舞着。

"是你？楠楠，怎么才回来？妈都等急了。"

她稍稍有些不好意思。干吗要打着婆婆的旗号呢？实际上，今天一个上午她不是都在等他回来过星期天吗？

"喏，你瞧！"郭立楠从地上拿起一棵小树苗，扬了扬，兴奋地说，"猜猜，什么树？"

"我看不清！"

"快出来呀，出来！"

梅玫套上一件毛衣开衫，三脚两步跑到院子里去。她抓起那棵小树苗看了又看，只好摇摇头。

"杨树？"她信口胡诌。

"不对。"郭立楠朝前面仰头，"那是啥？"

梅玫回过头去，看见了邻家院墙里飘忽的那团紫霞。

"丁香！"她叫道，欢喜得真想跳起来。楠楠没忘她想种花的事，这比树苗更叫她高兴。

"我天天帮我们生物系花圃的花匠大爷浇水，他看我心挺诚，终于答应送我一棵苗。这不，今天一早从学校直接到他家去挖来的，所以回来晚了。"郭立楠已脱了球衣，穿一件深棕色的条绒夹克，还直用袖子擦汗。

梅玫嘴角上掠过了一丝笑意。她的心儿忽然轻松起来，像那毛茸茸的绿叶充满了生气。

郭立楠已从门斗扛来了一把铁锹，快活地喊道："玫姐，种哪儿？

梅玫想了想说，最好是种在她卧房的窗下。

郭立楠走过去，把铁锹挥开，用一个漂亮的旋转姿势，在地面上画出了一个圆圈。然后往手心吐了口唾沫，就兴致勃勃地挖起土来。在梅玫看来，郭立楠已经不是一个毛头小伙子了，他是一个有思想、有头脑的人。他每星期回来，总要给她讲一些外面的新闻和自己对于"时局"的看法。凡事他都有自己的见解。打倒"四人帮"以后，必定要反对现代迷信，纠正冤假错案，最先就是他告诉她的。

　　太阳把地面晒得暄松，融化的雪水渗透到地底下去了。郭立楠甩掉了夹克，只穿一件蓝白相间的长袖翻领衫，一边轻轻松松地挖着那湿润的黑土，一边说："玫姐，告诉你一个最新的好消息。"

　　"什么好消息？"

　　"下星期六，学生会要组织一个报告会，请一位外地来的同志谈实践是检验真理的唯一标准问题……你听不听？"

　　"听！干吗不听呀。"梅玫着急地问，"谁？他是谁？"

　　"一位老社会科学工作者。1957 年错划的右派，刚刚改正。"

　　"右派？"梅玫似乎想说什么，却没说出来。

　　"为了这事，学生会同学校政治部好一番交涉，总算是勉强同意了，说还要请示校党委。二哥他——"

　　"他怎么？"

　　"他们校团委恐怕还不知道，否则呀……"郭立楠笑了笑，好像要回避什么，突然转换了话题，"没什么，不谈这些，没意思。我给你讲个笑话吧——"

　　"昨天下午，我们去看电影，走过报刊门市部那儿，看见一个穿得破破烂烂的中年人，指着报亭上的那张《人民日报》一个劲嚷嚷：

'反标！反标！'大吵大闹的，旁边的人都捂着嘴乐。我挤进去一看，他点着报上一篇题为《'全面专政'论是反科学的》的文章破口大骂，硬说那是反动标语。后来一个老头儿把他轰走了，说他是个精神病，打倒'四人帮'以前发病的，最近刚从医院出来，好像上一个世纪的人，什么都不知道。你想想，这两年来，社会发生了多大的变化……"

梅玫刚想笑，又觉得心里有点难受。

她蹲在台阶上，饶有兴致地看着郭立楠有力地挥动着他结实的胳膊，甩着铁锹。他同他的异父同母的哥哥长得一点儿也不像。他圆圆的脸很像母亲，两道眉毛之间的距离很宽，给人的感觉就是开朗、洒脱。眼睛不大，但熠熠发亮。糟糕的是他胖胖的脸颊上有两个明显的酒窝，他说完一句话，总爱抿抿嘴，表示老成自信，于是那两个酒窝也随之暴露无遗，显得十分可爱。他动作麻利轻巧，不大一会儿，就把树坑挖出个形状了。

"嗳，玫姐，你知道不知道，学校里说要为学生办个饭店，为啥到现在还办不起来？"

"不知道呀。"梅玫向来消息不灵通。

他装出一副神秘的样子，说："原来，开一个饭店要盖三十二个图章，到目前仅只盖了四分之一——八个！我一点儿都不夸张。这就是咱们的工作效率！"

梅玫点点头，想到自己档案室里管的外调材料，一叠又一叠，积满了灰尘。一次次运动所耗费的精力，教授们早就可以写出几柜子书来了。

她想起应该去提一桶水浇树，便走上台阶，轻轻推开门，往厨房走去。她忽然看见走廊里站着一个人，正呆呆地望着窗外的院子。是她，郭立枢的母亲罗阡。她站在这里干什么？瞧，她的脸色多么阴沉，没有一点儿笑容。哦，对了，她一准是不赞成在院子里栽丁香树，可是她干吗不出来干涉呢？

罗阡看见梅玫走进来，很快离开窗子，回到案板旁去剁饺子馅。梅玫把自来水放得哗哗响，偷偷瞄了她一眼。她的头发染得漆黑光亮，穿一件驼色开司米衫，系一条深紫色的围裙，显得端庄优雅。然而她的脸色却很憔悴，眼窝下总有一圈黑黑的眼晕。听郭立枢说，罗阡是后来嫁给郭自彬的，也就是那个已经去世两年的原省商业局副局长。郭立枢的生父1957年被打成右派以后，她很快同他离了婚。郭自彬以前也结过一次婚，因为女方不育，他就和她离婚了。罗阡同他结婚以后，两个儿子全部改姓郭，第二年就生了老三郭立楠。老头子生前十分溺爱楠楠，凡事有求必应。可惜楠楠长得竟没有一处像他，同他也不那么亲近。长大以后曾有好几次事情，惹得他大发雷霆。到后来，老头倒喜欢起罗阡带来的老二郭立枢，临去世前，指定把存款留了一半给郭立枢。这是郭立枢同梅玫结婚前夕作为值得夸耀的事，郑重告诉她的。梅玫虽然没见过那位公公，但她常常觉得奇怪的是，楠楠好像一点都不像他的生父。要说郭局长后来偏爱郭立枢，倒一点儿也不奇怪。郭立枢只要想让谁喜欢他，就一定能让谁喜欢。他的母亲把他视为家里的顶梁柱，大小事都得问他，他实际上早已越过大哥代替了家长。梅玫进了郭家以后，罗阡似乎一直很提防她，唯恐她取代了郭立枢的位置，对她总是不远不近，客客气气而冷冷淡淡的。她对郭立枢讲过些什么，梅玫自然无法得知，但罗阡不中意她，她是早有所感的。按说罗阡没有女儿，梅玫的性情温文尔雅，她应该十分喜欢她才是。但不，罗阡除了履行自己婆婆的义务以外，对她没有更多慈爱的表示。

罗阡五十岁那年，老头子还活着的时候，她为了照料家庭，提前办理了退休手续。梅玫进门以后，发现家里的一切都是井井有条的，这显然是罗阡辛勤持家的结果。但梅玫凭着自己的直觉和女性特有的敏感，却觉得罗阡心里好似压着什么重负，面容抑郁，眉头总不舒展。她当初为什么要抛弃那两个孩子的父亲，走到这幢黯淡的房子里来呢？郭立枢说过她是为孩子们的政治前途着想，从来没有责怪过母亲。梅玫虽然同情婆婆，却在心里暗暗瞧不起她，要是梅玫自己，决不会在患难中离开一个她爱的人。在这个家里，三个"男子汉"除了关心自己的事以外，很少有人想到去体贴他们的母亲，就连楠楠也没有耐心陪她坐上半小时。那么除了儿媳以外，还有谁能同罗阡贴心呢？梅玫抱着一片诚意几次到婆婆房里去，想同她聊聊家常，却都被罗阡不冷不热地"打发"回来了。究竟是这个家庭中有什么隐私要对她这个"外来人"保密，还是在罗阡眼中，她还是个孩子呢？也许罗阡太不了解她，她在大学三年，积极是积极，紧跟是紧跟，可从来不搞小汇报，从来没整过人。她看到罗阡痛苦，也像自己在受着什么刑罚。然而罗阡却依然冷若冰霜。

梅玫赌气想：这回，种上丁香了，偏种！还要种上许多花，看你不喜欢！

她正胡乱想着，不防水哗哗溢出来了，罗阡走过来关上了水龙头。她像是自言自语地说："栽丁香，有点晚了，最好是叶儿没长出来的时候。"

"您栽过？"梅玫惊讶了。

"栽过。"她抬起头来，眼睛里闪过一丝光泽，又熄灭了，"这院子里，栽过一棵……让拔了……"

梅玫没有问下去，提着水桶走出去，一边心想，让拔了？当然是让郭自彬老爷子拔了的。如果他……

阳光真好，愈加显出屋子里的阴凉。不知哪里飞来一只蜜蜂，嗡嗡叫着，绕着梅玫的脸颊盘旋，吓得她一动不敢动。郭立楠已经等得有点不耐烦了，坐在台阶上翻看着几页写着凌乱的钢笔字的纸。

"妈说现在栽丁香有点晚了。"梅玫往坑里倒着水，说。

"不晚，春天才刚开始，干啥都不晚。"他乐呵呵地说，"列文虎克五十一岁那年才用显微镜发现微生物。"

"谁？什么虎克？"

"17、18世纪的一位荷兰生物学家。他祖上世代酿酒，他却爱好磨镜片，一生先后制成了二百四十七架显微镜。"

"这么多！"梅玫惊叹了一声，继而笑起来，说，"看来，你也成了个小小生物学家啦！"

"二十年后吧！嗬，玫姐，告诉你，今年的研究生考试快开始了，我报了名，想去碰碰钉子呢！往下，复习就紧张了。"

"当然应该去试试。"梅玫高兴地说，"你外语好，专业课再加把劲。不像我，学了三年，现在什么也用不上。"

"你也可以去考研究生呀，自学也行。"

"不是早同你说过了吗？你哥哥不答应。说我又不搞业务，而且，我要是再去念书，路太远，就不能回来住——"梅玫的脸红了一下。

郭立楠根本没有注意到嫂子的表情，他像大多数男孩子那样大大咧咧，只对自己钻研的事情感兴趣。他知道二哥是热衷于搞政治的，但他也不应该反对梅玫学习呀。他往湿漉漉的坑里覆上了干土，舒了口气，表示全部完工。

"给你念几段诗，听吗？"他掏着裤兜里几页揉皱了的纸，"好诗啊，我认为。"

"当然！"梅玫挨近他坐下来。

郭立楠清清嗓子，用他那脆朗朗的声音念起来。这是中文系一个女生写的墙报诗，他实在太喜欢，忍不住去偷偷抄了下来。

……时间没有失物招领处，
可以使我们讨回丢失的十年。
但我们有落后的耻辱，
将使我们卧薪尝胆。

梅玫觉得好像有一股汹涌的潮水，猛力撞击着她的心怀，会冲去她灵魂中的污浊，注入新的活力。她凝神听着，真想自己也写出这样的诗句来……

老年人也曾有过青春的历险，

为什么要把孩子

锁进自己的经验？

只要看到黎明，

哪怕仅仅一线，

青年也要飞奔向前；

只要看到不平，

哪怕只有一点，

青年也会忍不住叫喊。

接受挑战吧，同时代的战友，

先驱者在微笑中，

把一切留给了明天……

郭立楠忽然感到梅玫推了他一下。他抬头一看，见二哥郭立枢正在开院子的门要进来。梅玫飞快地向他使了个眼色，示意他不要再念了。他懂得梅玫的好意，心里却有几分不悦。正要走开去，郭立枢已经走了进来，手里抓着一张纸，边走边嚷嚷：

"瞧瞧，什么样的漫画，都上了墙。让我给撕了。"

"撕了？"梅玫走上去接过那张画一看，原来画面的右边立体竖着"民主"二字。但民主的主上的一点不见了，成了"民王"，王字上坐着一个体态臃肿满脸横肉的人。左边还有另外一个"民主"，民主的主上一点被一个瘦小子紧紧抱住说，"我只要这一点！"

郭立枢用短粗的手指点着左边那幅画说，"这个嘛，还差不多，就要那一点，是十足的个人主义者！"

郭立楠嬉皮笑脸地回答说:"不多不少,就要一点,也够可怜的了,比那些想当民王的人,总还少点祸害!"

郭立枢刚想反驳,被梅玫拉进屋里去了。兄弟俩除了不见面,一到星期天就得吵架。梅玫已有和稀泥的经验。

郭立楠在院子里坐了一会儿,欣赏着刚栽下的那棵小小的丁香树。与其说他喜欢丁香的花朵,莫不如说他喜欢丁香那一串串心形的果实。他原来并不怎么喜欢植物,前些年的混乱中,他一直跟着几个同学学绘画,幻想着将来能画一套科学幻想小说的连环画。到了1977年,他高中毕业去农场劳动刚满一年,大学开始招生,他们几个小伙伴中突然兴起了一股"科学救国"热,纷纷弃画从工,一个进了科技大学,一个去学数学了,他自己也不知怎么就考到这生物系来了。好在他适应能力强,求知欲盛,又碰到了几个严格的教师,没过两个月就对植物产生了浓厚的兴趣,终于决定"继承"达尔文和林耐的事业。为了实现这个目标,他将首先在今年夏天把这院子变成"百草园",这也许要冒一点儿触犯家规的风险,不过到目前为止,母亲并没有出来反对。

郭立楠觉得有点饿了,就走进屋子里去。厨房里传来妈妈同郭立枢的说话声,他不愿进去。推开大哥郭立枨的房门,又是满地烟头,空无一人。大哥今天休息,又出去了?郭立楠转了一圈,只好走到客厅里去。

郭家历来闭门自守不好客。所以客厅是一个朝北的房间,屋里总有点阴暗和潮湿。除了几把椅子、一张长沙发、一个酒柜、一台电视和一张椭圆形的俄式硬木拉桌以外,没有什么多余的装饰。郭立楠把书包扔在沙发上，想躺下来看会儿书，刚仰起脖子，目光就同墙上玻璃镜框里父亲的遗像相遇了。

说老实话，他一丁点儿也不喜欢这张照片。不喜欢的原因是多方面的。父亲有点显得太胖，硬挺着脖子，好像故意要装出一种威严的样子，表情很不自然。他活着的时候，郭立楠记得小时候看见他在大会上做报告，就是这个样子。在郭立楠的印象中，父亲是个古板、固执的人，他的神情总是那么不容置辩，说话的口气是命令式的、强制的，对家人、邻居无一例外。他还有许许多多清规戒律，比如说，每天早上六点半收听天气预报（除此以外的文娱节目他一律不听），每天晚上喝一杯浓浓的红茶（照样打呼噜）。他不过夏至决不摘帽子，过了秋分必得穿上皮坎肩。他不允许孩子们在地板上跳跃，不许孩子们大声说话，不许在吃饭时把椅子腿翘起来。他没有朋友，也不喜欢孩子们的朋友，不管谁来他都不正眼看，连郭立楠都有些怕他。记得自己九岁那年，父亲有一次喝了酒，忽然抱过儿子要亲热亲热，竟把他吓哭了。平时郭立楠只要看见父亲在家，就想尽办法溜出去。不过听妈妈讲，父亲还是十分值得尊敬的。他从抗战开始就在关里参加了八路军，经受过严酷的战争考验，从连司务长开始，一直当到团后勤处长，师后勤部副部长。新中国成立以后进城，接管了商业工作……由于他对上级恭谨唯命，工作也过得去，又从不得罪人，一向还算顺利。每次搞运动，他都好像注射了"抗血清"一样，安然过关。"文化大革命"，他挨了几天斗，也是局里最早结合的一个干部，家人没怎么遭罪，所以妈妈对他毕恭毕敬。有一个难得来串门的亲戚说过，老郭大哥一生只犯过一次错误，那就是他的第一次结婚。但这也不是他的责任，他事先怎么知道那个女人不会生孩子呢？郭立楠觉得不公平的是，他竟比妈妈整整大十六岁。他很少同她待在一起，从来不同她一起去看电影，门口来一辆小汽车，总是把他独自一个人接到不知什么地方去了。前几年，他还曾经粗暴地撕掉过郭立楠的一只风筝，只因那上头画了两个长翅膀、光屁股的安琪儿。为了这件事，郭立楠心里一直没有原谅他，以至在父亲去世后的葬礼上，只挤出了不多不少两滴眼泪。

郭立楠眨眨眼睛，满不在乎地冲着镜框做了个鬼脸。照片上父亲的目光是严厉的、冷冰冰的，好像在询问家人们有没有违反他生前制定的一切家规……

假如郭立楠一直在这样的目光下长大，他也许会变成一个地道的郭自彬第二。然而，"史无前例"的"文化大革命"，使郭自彬足足有好几年时间心神不定，自顾不暇，放松了对小儿子的管教。郭立楠的少年时代基本上是在别人家里度过的。这也许是那几年中一种奇特的社会现象。从小学起，郭立楠就有两个要好的同学，一个同学的爷爷是大学教授，爸爸是位工艺美术家；另一个同学的爸爸是一位报社编辑。他们家里都有各种各样的书籍和画册。郭立楠像着了魔似的成天钻在别人家里，如饥似渴地阅读那些同他年龄很不相称的大书，以此填补他空虚而又渴求着知识的心灵。十年浩劫中尚有幸免于难的"落角"，十年混战也给一些有志者造成了不可多得的良机。这十年中，许多青年的时间和精力，都像流水一般白白淌过去了。但也有一些人，或是出于偶然，或是由于个人独特的资质，却把时间换成了知识储存下来。

郭立楠的家庭是沉闷的，父亲只要求孩子们严格遵守他定下的规矩，而并不真正关心他们。母亲谨小慎微，以为孩子不学坏就是天大的幸事。老大郭立柽对别人的事漠不关心，而郭立枢这些年又忙于自己的功名利禄，对小弟不屑一顾。郭立楠就是在这样一个环境里成长起来的。他很像侥幸被吹落到平原上来的一颗树种，得到充足的生存空间、阳光和雨露，没有因为环境的限制而变得畸形。也很像山区水库里的鲫鱼，由于避免了严重的现代工业污染而长得肥硕，甚至改变了某种遗传弱点，这在生物学上，称为"定向变异"。当郭立楠在 1977 年秋天斗胆报考大学时，还遭到郭立枢的嘲讽，直到录取通知书来了，全家才大吃一惊。

郭立楠是这个家庭中第一个走向新时代春天的人。当他满腔热情地投入大学里的新生活时，久已积攒在他心中的许多新奇而大胆的思想，都像开江以后的鱼儿一样活跃起来。他越是追慕阳光，越见家庭留在他心中的阴影；他越渴望蓝天，越觉得自己的翅膀沉重。他几乎不愿回家去了，连想也不愿想到它，像是这个家庭隐蔽的叛逆者。但他依然每个星期天回来，除了回家吃两顿妈妈亲手做的好饭，补充一番口福之乐，另一个原因也许就是为了见见嫂子。他没有姐姐，心里把梅玫当成自己的亲姐姐看待。梅玫那亲切、文静的微笑和谈吐，使他对她产生一种姐弟之间真切的依恋之情。正像他说话喜欢抿嘴那样，思想认识的敏锐总还不能完全遮掩住残余的孩子气。他什么都告诉梅玫，好像她是一个保险箱。不过，她可绝不是只会替他保管东西。她不但喜欢听他给她讲些有趣的新闻，更喜欢听他分析问题。什么民主与法制，十七年同十年的关系……她听得很专心，虽然似懂非懂，但过后必定认真思索，下次就会向他提出一个独立思考后产生的问题。郭立楠觉得有人认真地倾听自己的谈话是一种莫大的享受，感到自己的话被人重视是快乐的，所以他喜欢同她谈话。在这个家里，他居然也有了一个热心而忠实的听众，实在是一件幸事。况且，关于他自己在班上挨了批评之类的事，也只能同玫姐去讲，她不像妈妈那样怨天尤人、唉声叹气，而会用几句熨帖的话儿把你的烦闷委屈赶得无影无踪。

不过，每次谈话以后，他总得伸伸舌头，要她千万不要告诉他的二哥。这时她那双好看的眼睛就会眯起来，嫣然一笑走开去……

"楠——吃饭了！"是妈妈在厨房里喊。郭立楠从沙发上跳起来。

梅玫把热腾腾的饺子端上来了。还有几碟小菜，红肠、新鲜的水萝卜豆芽拌凉菜、咸鸭蛋、酸黄瓜。

罗阡往每个人盘子里倒了一点醋，舀了一勺蒜泥。对郭立楠说："韭菜馅儿的，今年头一茬韭菜，尝个新鲜。学校伙食不好，让你带点咸鸭蛋去也不听……"

郭立枢在坐下吃饺子之前，把蹲在窗台上的一只大黑猫抱了起来，亲热地朝它"咪咪"了一声，把它放在自己的膝盖上。黑猫长得壮壮实实，一身缎子似的长毛，油光锃亮。他最喜欢这只猫，猫也通人性，全家五口人中就同他近乎。他夹了一个饺子放在它面前，它转了一下眼珠，把头扭过去了，对着墙壁一动不动。

"大黑一点儿不馋。"他拍拍它的光滑的皮毛，往自己嘴里塞了一个饺子，慢条斯理地说，"不是我吹，我训练出来的猫，就是跟别人的不一样。从来不偷食，又听话……"

"你可别夸它了。"罗阡往楠楠盘子里拨着热饺子,"昨天它还从前头饭店里叼回来那老大一块肉,让我给送回去了。你说它不偷食,它尽在外面偷,要两面派,你到小棚子里去瞧瞧,尽是吃剩的骨头……"

梅玫禁不住偷偷笑了一下。她想这只黑猫,真不知是谁教的,在家里活像个正人君子,一出去就无恶不作。瞧它那双眼睛贼溜溜的,装得倒挺斯文。她扬起脸对郭立楠说:"以后你不妨研究研究动物心理学,培养这种'两面派'大概也有一套理论。"

郭立楠嘴里塞得满满的饺子,嘟嘟囔囔地说:"还不是有人'以身作则'呗!嗳,不信,我给你们讲个笑话——"

罗阡赶忙说:"吃完饭再讲。"

郭立楠晃晃脑袋说,"抓革命促生产嘛,讲个笑话吃得多!你们听着啊:从前,有三个读书人上京赶考,路过一座高山,听说山上住着一位'半仙',能推算出到底谁能考上,谁考不上,于是便上山去求教"。

他一本正经地讲着,而且还一个接一个不停地吃着饺子。

"听了三人说明来意,'半仙'紧闭双目,伸出一个指头,却不说话。三人不解其意,请求解说。'半仙'摇摇头,'此乃天机,怎可泄露'。三人无奈,只好下山而去。'半仙'的徒弟悄悄问他:'师父,你对三人只伸一根指头,是什么意思?''半仙'回答说:'傻瓜,这个窍门还不懂?他们三个人,将来如果有一个考中,那一个指头就表示考中;有两个考中,就表示有一个考不中;三个都考中,就表示一齐考中了;如果都没考中,这一个指头就代表一齐落榜了。'"

话音刚落，梅玫马上响亮而开心地笑出声来，笑得上气不接下气，差点连饺子都喷出来。罗阡半天才反应过来，也忍不住嘿嘿地笑起来。

"此乃天机，"郭立楠严肃地说，"这只大黑猫，怕也是有人给它传授过天机啦，才学得这么聪明乖巧。名师出高徒嘛……"

郭立枢突然把手里的碗重重放在桌上，不客气地打断了他，大声对罗阡说："妈，大哥怎么还不回来？"

罗阡摇了摇头。

"又上那个女的那儿去了？"

"还能上哪儿呢？同他说过多少次了……"罗阡放下筷子，叹了口气。

房间里的空气，骤然紧张起来。好像"那个女的"，是一个凶恶的妖魔，会勾去郭立柽的魂灵。梅玫和郭立楠显然都明白郭立枢指的是什么，谁也不愿插嘴，只听见筷子和盘子的声音。"这顿饭又吃不好了。"梅玫想。郭家到底碰上什么邪气了，连饭都吃不安生。

那只猫果然十分乖巧。它似乎嗅着房间里的气氛有点不对头，十分知趣地纵身一跳，到院子里去了。

郭立楠狠狠地瞪了那只黑猫一眼。他虽然是学生物的，所有的动物中却最不喜欢猫，而且几乎到了仇恨的地步。他憎恨猫的媚态和温顺，然而，猫和老虎、猞猁都同属猫科，动物学的分类完全一样。但虎矫勇，猞猁凶残，猫却狡猾而善于逢迎，生性截然不同，差异如此之大。大自然这个神奇的造物主，给人多么深刻的启示啊……

三

　　这天晚上的电视节目是英国电影故事片《简·爱》。郭立楠本来很想当天晚上回校，但舍不得这个片子，就留下来。郭立枢平素并不太爱看电视，这天晚上却早早调整了天线，从自己房间里搬来一把轻便软垫折椅，舒舒服服坐了下来。郭立楠忽然发现，二哥凡是遇有外国片，同自己一样，也是场场不落的。

　　可是电视结束后，郭立枢却照例把两腿一伸，打着哈欠，连连摇头说："嘿，什么玩意儿，没意思没意思。"

　　梅玫问："怎么没意思？"

　　"你说有什么意思？作者为了让她追求平等自由，故意把那个男主人公的房子都烧了……"郭立枢点着一支烟，摆出一副主持公道的架势，"我首先声明，我并不一概反对外国电影上映，开开眼界也好嘛。可是这部电影到底要宣扬什么呢？……"

　　角落里传过来一个年轻女子的谈话声，"简·爱在那个时代，尚能坚决地去反对封建传统意识，提倡女子独立，男女平等，我们今天呢？从精神状态来说，女性还受到多种束缚，妻子常常是丈夫变相的传声筒。但简·爱是有个性的女人……"

　　郭立枢反感地回头看了一眼，原来是梅玫的一个女朋友，正同郭立楠谈得热烈。他最讨厌这个女人，听说她不久前主动提出同丈夫离了婚，梅玫也讲不清楚什么原因。他不喜欢外人来他家里蹭电视看，还好意思夸夸其谈，他必须压一下她的风头。

　　"个性？什么叫个性？谁会没有个性呢？有人急躁，有人拖拉，是个人嘛，总是有个性的。这个问题根本不存在。就像有人常常好说：×××有思想。有思想怎么的？谁没有思想，没事儿坐在那儿想想就有了……"

在座的似乎都被他这一番"高见"震慑住了。那个女性朋友紧紧咬住了嘴唇，不知是生气还是想笑。

郭立枢见大家不答话，来了兴致："就说我前儿天刚看过的一个内部片《脖子上的安娜》吧，那叫个什么东西！安娜婚后把她的父亲和弟弟都忘了，跟人家跳舞调情，这对青年人产生什么影响？到底有多大的教育意义呢？"

郭立楠站起来就想走。话不投机半句多，他可不愿意在这儿听郭立枢贩卖他的假学道。自己明明看得津津有味，看完以后总要故作姿态地骂上几句，好像不贬低外国影片就显不出他的正派与纯洁，真叫人恶心。那些一本正经的人，其实都是鲁迅小说中的"四敏"先生，表面上道貌岸然，暗中却打着"肥皂"的主意。

"你别走，有点事对你说。"郭立枢指指沙发，示意郭立楠坐下。梅玫拉着她的女朋友回自己房间去了。罗阡还在客厅里摸来摸去地拾掇。

郭立枢说："我中午接到学校政治部的电话，说学生会在下星期六要组织一场学术报告会，请一位外地来的同志做报告，你听说了吗？"

"知道！"郭立楠交叉着腿倚在门框上，不情不愿地回答。他不愿告诉郭立枢，这位学者的邀请，同他有很大关系。他知道这位学者在全国各地有很多次精彩发言，又听说他最近将被请到这个城市来参加一个座谈会。自己是学生会的干事，就积极向学生会推荐了，建议顺便请他来学校做讲演。

"你知道这个人的历史情况吗？"郭立枢问。

"知道。不就是个右派吗！"

"你知道他当时为什么被打成右派？"

"知道。不就是为了一篇说真话有见解的文章吗！"

"你了解那篇文章的内容？"

郭立楠有些不耐烦地说："知道又怎么样？他那篇文章是谈社会主义应该如何解放人的创造力的问题。1957年他就敢讲这样的话。"

罗阡正走到门边，听到这句话，站住了。她的脸色微微有些发白，但两个正在激动中的儿子谁也没有注意到她。

"我不过是随便问问。"郭立枢轻描淡写地说，"1957年这样讲，所以就被打成右派了。嗨，你说的是1957年，文章发表在哪一个月，哪一家刊物呀？"

"对了，你最好去找来读一读。《新华月报》上有目录，署名荆原。"郭立楠没好气地说。

罗阡忽然摇晃了一下，急忙扶住了门框。

"妈，你怎么了？"郭立楠惊愕地问。

"没什么、没什么——"她很快走出去。

"荆——原。"郭立枢站起来，在客厅里来回踱步，皮鞋踩得地板咔咔响。"这次他来咱们学校，打算讲些什么呢？"

郭立楠不作声。

"我知道，你是一个小小的解放军战士，正雄赳赳、气昂昂地行进在四个现代化的道路上。"郭立枢说，"很好。我羡慕你的勇气。请相信，我是支持学生会工作的。学术报告会，我举双手赞成，请荆原做报告，也未尝不可。在这个问题上，政治部的同志还有顾虑，怕捅娄子。我跟他们说，这没什么。谁不解放思想，谁就跟不上时代……"

郭立楠疑惑地看了二哥一眼，他觉得，如今"解放思想"似乎成了一个时髦的名词，像大街上的超短裙。

郭立枢沉吟了一会儿，似乎随口说，"嗳，楠楠，下个星期六你去听报告的时候，笔记尽量记详细一点。最好别落字。你知道，我坐在台上……记录不大方便。"

郭立楠很想问：这个活动是学生会主办的，你们校团委领导上台凑什么热闹？转念一想，大概时髦的东西总是人人喜欢的，也许郭立枢也受到了目前新思潮的感染？于是改口说："这有什么不方便？"

"嗳——"郭立枢不以为然地说，"你不懂，我得掌握会场，哪里顾得上记呢。对了，你还应该多注意些大伙的议论，看看有些什么反应……"

"然后向郭书记汇报，是不是？"郭立楠恍然大悟地打断他，用讥讽的口吻挖苦说。郭立枢要弟弟给他当"窃听器"，早已不是第一次了。

"你这是什么话？"郭立枢沉下了脸。

"别这么严肃，这儿不是办公室。"郭立楠耸了耸鼻子，咧嘴笑笑说，"你要记录——自己去买个录音机，它会忠实地为你服务！"

他说完，哼着歌，大摇大摆地走了出去。

小弟这最后一句话倒提醒了郭立枢。他立即决定明天去设法借一个录音机。学校里有箱式的，那不能用，目标太大。他需要一个袖珍的，藏在口袋里，谁也不知道。这样的话，这份录音带就只掌握在他一个人的手里。

他又点着了一支烟，盘算着，心里暗暗懊悔不迭。梅玫早就嚷嚷要买录音机听音乐，他就是不同意。他听过那些录音带，全是些乌七八糟的东西。什么"美酒加咖啡"，什么"假如我爱你"。可早知有这样重要的用途……

郭立枢觉得烟头烧疼了自己的手指，猛然从烟雾中抬起头来，却看到了墙上继父的遗像。他正用阴郁的目光望着自己，问着只有他能听懂的问题……

他闲得无聊时，常常喜欢独自对着继父的镜框出神，琢磨自己心里的一些事情。郭立枢自幼就很尊敬他的继父，这不仅是母亲教育的结果，而多半是因为他亲眼看见继父受到人们的尊敬。常有小汽车开到门口来接他去开会，那车门必得对着院门，差一步都不行；有不认识的外人来找他，只能站在台阶下说话；他抽"中华"香烟，说起话来，"这个……这个……"显得很有气派。为此郭立枢很感激他的母亲，他觉得她是属于那些在大是大非面前不会糊涂、不感情用事的女人。由于她的当机立断，才给他们兄弟带来了好的前途。还在小学的时候，他就为自己生身父亲感到自卑；上了中学后，暗暗羡慕异父弟弟郭立楠。他到现在也还记得八岁那年，继父用小汽车把母亲、他和哥哥接到这个家里来时，自己那种兴奋和胆怯的心情。这幢大屋顶的苏式平房，有抽水马桶、大浴缸、暖气，墙壁和天花板上印着彩色图案花纹的四个卧室、独立的餐厅和厨房，在他看来，简直像一座宫殿。

可是哥哥郭立桎却是一个书呆子。他那年十三岁，进了初中，中学生登记表上依然填写自己生父的姓名和职业，结果团就没入上。大学还是考了两次，因分数特别高，才勉强录取的。而比郭立桎小五岁的郭立枢，却具有一般孩子所没有的政治嗅觉，他很快明白了继父的职务对他的用处。中学里，由于他坚决同生父"划清界限"顺利入了团。到了"文化大革命"初期，他利用混乱的机会，将自己档案中有关生父周子轩的很少一点材料全部清理干净，从此便成为省商业局革委会副主任郭自彬的亲生儿子了。十多年过去，现在，他的一举一动，一言一行，连吸烟的姿势，也都十分像他的继父。他在心里早已把继父作为自己效法的楷模了。

郭立枢唯独不喜欢继父遗像上那种志得意满的神气。他仅仅只当了一个副局长，有什么可满足的呢？正因为他满足，他就只能终身当一个副局长。可是在郭立枢看来，人生应该是永无止境地奋斗，应该一往无前地去获得自己所需要的东西。他三十岁的道路走得容易吗？他不是从障碍物上一个个越过来了吗？！他也有失足，失足了马上转弯；他也有挫折，挫折了马上回头；一步一念之差，全在于自己精心权衡。郭立枢是个有理想有抱负的人，他瞧不起那些靠父母的权势吃喝玩乐的纨绔子弟，认为一个人应当在社会上有自己的一番作为。他虽不读小说，倒也钻研过几本《拿破仑传》《恺撒传》和《梅特涅》之类的书，懂得个人的命运同时代、政治的密切联系。

他学会了观察和等待，学会了不露声色。尽管他心里认为一切新思潮都是暂时的，未来最终将依靠他这样的人来掌握，但他在公开场合总是举双手赞成"思想解放"、赞成"科学与民主"，还偶尔骂几句极"左"思潮……郭立枢的脑袋里究竟真正在想些什么，这是没有谁会知道的。

"可是到哪里去借录音机呢？"郭立枢打了一个哈欠，又想起这件事来。忽然他记得梅玫说过她的一位女朋友好像有一个袖珍录音机，便喜出望外地跳起来，很快往自己房间走去。

他正要推门进去，忽然听见房间里传出低低的说话声。他趴在钥匙孔上一看，心里顿时有几分气恼。梅玫正坐在床边，同她的女朋友谈得火热。他侧身把耳朵贴在钥匙孔上，想听清她们在谈些什么，无奈她们的声音太轻，什么也听不见……

他烦躁地想，又是这个离了婚的女人！

梅玫这半年多来性格很有些改变，极有可能就是同这个女人接触太多的缘故，他想。梅玫早先温柔文静、朴实单纯，现在又是连衣裙，又是高跟鞋，还常常爱对社会上的事发表批评意见，对学校党委的工作发牢骚，回到家里来，为了一句无关紧要的话也会同他争论不休，真是奇怪。上星期天他让她给她父亲写信，要梅书记同祝书记打个招呼，暂时不要派他到党校去学习。她说什么也不肯。郭立枢把这一切都归罪于那个离了婚的女人！

"砰！"他故意用鞋尖踢开了门，抬手看了一下表。

那个女人见他进来，马上就起身告辞。走的时候，竟然也不正眼看他，傲然昂头而去。这大大刺激了郭立枢的自尊心。梅玫送她出去，郭立枢一眼瞅见她床头的那本《红字》换成了什么《茶花女》。

郭立枢很恼火。梅玫回来时，他很想发作，但想到还要同她商量借录音机的事，只好忍住了。

"梅玫，你，能不能帮我借到一个袖珍录音机？什么牌的都行。"他和颜悦色地说。

"录音机？"她觉得很奇怪。"你要录音机干什么？"

"录音。有一个人，要到学校来做报告。"

"噢，我知道了。一个刚改正的右派，对吧？"梅玫好像打算去洗漱，脱去了外衣，换了拖鞋。"这报告会同你们校团委有什么关系？"

"听说这个人……"郭立枢本来想说，"这个人很值得注意。"话到嘴边又改变了主意。"不是，是我自己用，我想听得仔细点儿。"

梅玫走出去，过了好一会儿才回来。从五斗柜上拿过一瓶面霜，对着镜子涂抹，房间里瞬时飘过一阵香味。

她淡淡地说："录音机嘛，刚才走的那个小黎就有。到时候我帮你录好了。"

"她？"

"她怎么？"

郭立枢把两只鞋重重甩在地板上："我告诉你，你以后少同这种人来往！"

"这种人？她是哪种人？"梅玫也生气了，"不许你这样对待我的朋友，你根本不了解她，她……"

"好了好了，我没有时间听你讲故事。我也不要她的录音机。你以为我自己就借不着？这种报告会，你最好少去参加！"

郭立枢钻进了被窝，一把抱住了梅玫，想把她拉到自己身边来。没想到梅玫挪开他的手，翻身径自朝里边睡了。他仰起脖子推推她，她就是不理。郭立枢赔着笑说："你看你，我也是为了你好……你的工作可是机要性质……"

"机要，机要，你以后把我也锁在保险箱里算了！"梅玫嚷嚷起来。如果这时不是听见了外面的门铃声，她真想同他吵一架。

脚步声，大门开了，传来一个低沉的男声，有些抱歉地说："妈，您还没睡……"

梅玫听出来，是大哥郭立桎回来了。他穿过走廊，往自己的房间走去。

是罗阡的抱怨声："又这么晚，你是不是又去找她了……唉……"

他的脚步停住了。有些愠怒地反驳说：

"不要说了，妈妈，我自己的事情，自己明白……"

一声沉重的关门声，震得整幢房子沙沙响。

"这个家……一个个都怪怪的，……简直是受罪！"梅玫的身子又往里面挪了挪，似乎害怕碰到郭立枢冰冷的脚。她好久没有睡着，黑暗中仿佛浮现出楠楠那张生气勃勃的脸。在这个家里，唯有楠楠是快乐的。

四

客厅里古老的挂钟打了十一下。

郭立桎推开自己的房门，发现郭立楠正躺在帆布的行军床上看一张报纸。

"回来了？"他冷冷地说。郭立楠每星期天回来，都是住在他房间里的，他既不欢迎也不反对。

郭立楠笑眯眯地递给他一张报纸，指着第一版说："瞧！"

郭立桎接过报纸，见第一版上用红笔勾出了一个大方块，是篇通讯报道，题目叫作《戴着锁链攀登的人》，副标题是：工人工程师试制成功具有世界先进水平的渐开线凸轮样板母机。

他拿报纸的手震颤了一下，慌慌张张地读下去。他并不知道自己在读着什么。黑色的小字，像车床的钢屑一样在眼前蹦跳、飞旋，有一粒飞进他的眼睛，把眼睛扎得生疼，像要涌出泪来……

"大哥，"是楠楠的声音在耳边响着，"他这种渐开线凸轮样板母机，是不是就是你当初想搞的那种？"

郭立桎惊奇地抬起头来，望着这个长得极像母亲的异父弟弟。他，怎么会注意到报纸上这样一则消息呢？

"你，怎么知道的？……"

郭立楠抓抓头皮，吞吞吐吐地说："好几年前，我在你桌上看到过你画的图纸，就是这种母机……我知道你在搞设计，老是想：要是成功了多好！要是成功了多好！……我差不多都背下来了。前天看到报，心里闪了闪，特地拿回来问你……我想，你要能坚持到现在，是不是也……"

郭立桎心里涌起一阵暖流。没有什么比感到自己的劳动被人重视和关心更容易被打动，即使是一颗冰冷的心。在这个家里，这个二十岁的异父弟弟，竟然是第一个也是唯一一个关心他事业的人，这不能不使他心里顿时充满了感激。但他马上又感到了深深的悲叹和遗憾，正如楠楠所说，这个成功者不是最早向它挑战的他，而是别人……

郭立楠明白自己捅了大哥的伤心之处，心中颇有些不安。听妈妈讲过，大哥1968年从大学毕业后，分配到他现在所在的那家机床厂。他在车间劳动了一个阶段后，发现工厂的磨削加工设备和工艺太落后和烦琐，就想设法改进。他苦苦琢磨了几个月，把"巴斯噶定律"的原理首次运用于磨削加工。这个提案的某些部分，厂生产组的头头们连听也没听说过。立即遭到了许多人的激烈反对。批林批孔运动以后，他被打成白专典型，扣上了"复辟回潮""崇洋媚外"的帽子。他几次不服申诉，却变成"妄图翻案"，罪加一等。他的继父"郭局长"并不支持他的行为。楠楠还一直怀疑是他同大哥工厂的书记打了什么招呼……近十年来，运动的浪潮推过来涌过去，郭立桎的那个方案被压在黑暗的浪谷下，无人问津。他自己也不敢再对它窥视一眼，生怕因它再招来什么灾祸。可是，突然间，有人证明了他的设想是对的，成功了。但成功的却不是他……

郭立楠对这位性情孤僻的大哥抱着深深的同情。

大哥比他整整大十四岁。他俩的轮廓很像，五官却极其不同。郭立桎今年三十五岁，蓬乱而长的灰白头发，大而无神的眼睛，肮脏的领子里伸出来瘦削的脑袋，好像蜗牛一样随时随地会缩回到它的贝壳中去。他说话的声音很轻，好像怕被自己的声音吓着，郭立楠常常觉得他很像果戈理笔下《外套》中的主人公阿卡基耶维奇。或者像生物实验室橱窗里的一束干枯的水稗标本。

可是大哥为什么会变成这样一个人的呢？他从小就是这样？他有一个什么样的童年？他的生父又是一个什么样的人呢？他爱他吗？也许他小时候受过太多的痛苦，才使他过早地失去了欢乐？郭立楠觉得在大哥那紧锁的心房里，一定深藏着许多不愿为人所知的秘密，他替大哥焦急而又无能为力。在郭立楠的观念中，并不存在什么血缘观念，他是把大哥当成自己的亲人看待的。只是大哥总远远地躲避着所有的人……

"对了，大哥，下星期六下午我们学校有个学术报告会，估计很精彩，你去听听吧！"郭立楠热情地对郭立柽说。

"报告？"郭立柽依然心不在焉地看着那张报。

"是一个叫作荆原的人，水平贼啦高呢！"

"什么？"郭立柽托住了那由于惊讶而差点掉下来的眼镜。他的声音暗哑，"荆原？荆棘的荆？……他，他从哪里来？"

楠楠惊奇了："怎么，你知道他？"

"不……"郭立柽摇了摇头，慢慢走到自己床边去。他默默无语，好似陷入了一种恍惚的境地……

"你自己去听，把笔记做得详细些，回头，借我，看看……"他喃喃自语，倒在床上。

"你去吧！"楠楠央求他。"我在门口等你。"

"不不，不用不用……我不能去，我要上班，上班……我是不能去的……"他拉灭了灯，用毯子蒙住了头。

……四周是无边的黑暗。天空是黑的，大地也是黑的。那时候，他还很小，离十三岁的生日还有两个星期。突然间，就像夏天袭来的一场冰雹，一切全变了。妈妈领着他和八岁的弟弟，离开那座门前有一棵高大的樟子松的白房子。他不明白他们为什么要离开那儿，离开那个爱说笑话、爱和他们一块玩儿的爸爸。在这以前他是个淘气的顽童，见什么东西都要摸一摸，拆开看看才甘心，从来也不会在一个地方规规矩矩地坐上十分钟。他跟妈妈来到这所阴森森的房子的第一天，就把继父，那个头发斑白的老头儿的眼镜打碎了，把留声机的唱针弄断了，把门锁拧下来弄坏了。这一切探求知识的欲望非但没有得到表扬和重视，反而受到了呵斥和处罚。他被告知说话不许大声，走路不许小跑。爸爸以前给他买的一支小口琴和木头枪，都被送进了垃圾箱。他哭号、打滚，一切都无济于事。有一次，他实在是出于好奇，把一个闹钟的盖子打开了，弄丢了一颗螺丝，继父就亲自把他关到小仓库里去，任他在里面哭到天黑……他坐在仓库的煤堆上，用袖子擦着眼泪，哭泣着。他想念爸爸。爸爸到底到哪里去了呢？难道这个严厉斥责他的人可以代替爸爸吗？和爸爸在一起就会不停地笑，搂着爸爸粗壮的胳膊，就好像冬天贴着大火炉一样暖和。有一次他正和小伙伴们偷偷比赛爬树，有人"报警"，说他爸爸回来了。要是人家的爸爸，一定老远就会喊："快给我下来，看我不揍死你！"可是，他的爸爸不。爸爸两只手叉腰站在树下，笑眯眯地望着他，说："好儿子，再爬高一点儿，往上看就不心慌……"

星期天，爸爸带他们到松花江边去划船，爸爸教他扳桨，一直划到上游老远老远的地方，小船在金色的夕阳中悠悠荡荡地漂回来……

……然而，从那间小黑屋出来以后，十三岁的郭立枰渐渐起了变化。他变得胆怯了。他学会了在房间里踮起脚尖走路，学会了看大人的眼色。他像一匹被驯服了的小马驹，习惯于遵守一切人给他的一切规矩。他被人称为好孩子、好学生，继父也变得不那么厌恶他了。在他心底仅仅保存着的一点近于神圣的感情，就是留恋和怀念同爸爸在一起的那些日子。尽管继父在衣食住行上从来没有亏待过他，他却恨他。这种恨是根深蒂固的，从他踏进这绿房顶的房子的第一天开始，从来没有消除过。他觉得是这个陌生的老头儿夺走了他的爸爸，剥夺了他的笑容，以后一辈子他再也不会笑了。

郭立枰从上中学以来，一直拒绝在登记表上填他继父的职务，他在心里从来不承认这个父亲。这使他付出了极大的代价。他的夏令营资格被取消了，国庆游行不让参加，头一年考上大学而不被录取。到处都竖着"此路不通"的牌子。

进大学以后，他的头上开始冒出了早生的白发，背也弓起来了——他沉默寡言，郁郁不欢，然而学习成绩却始终在全系名列前茅。1973 年之前，郭立枰一直用冷峻而孤傲的微笑回答人们的白眼——他庆幸在自己怯弱的外表与随和的个性后面，尚有他对生活不屈的火焰在燃烧。正因为这样，他才会在大学毕业分配到工厂不久，就"目空一切"地提出了自己的革新建议，直到这个建议所引起的一系列连锁反应狠狠教训了他。罗阡遵照郭自彬的命令对他发出了警告，他为自己申辩，她一气之下，竟然烧毁了他的一部分图纸。这个打击几乎是致命的，将他内心深处残存的最后一点锐气消灭得干干净净，他终于不再是原来的郭立桩了。这二十几年，有谁知道他的痛苦，他的遭遇呢？他在这幢房子里消耗了多少生命，无法推算得出来。

他本来对一切都已经绝望，却想不到经过了多少年之后，一个明丽的春天却正在一天天向他走近。冰天雪地的北扳，是太阳也无可奈何的地方——爱情、婚姻，这统统属于郭立桩生活中永远无法开拓的禁地。他没有谈过恋爱。先是因为孤傲，后是因为落魄。没有姑娘会愿意嫁给这么一个倒霉的臭老九。但是这三年来，似乎连阳光也变得公平起来，它热烈地想要投一束光明在他那枯井似的心上。当他开始被照亮的时候，却发现自己站在悬崖上，他想要回头重新开始生活，山林密密却又无路可寻……这就是1979年，一天比一天炽烈的阳光烤化了他心头的冰霜，这是需要抉择新出路的时刻，但他却还在犹豫、彷徨。

同几年前相比，情况是大不相同了。随着科学时代的到来，一切科学家和科学爱好者，都成了姑娘们心中崇仰的上帝和天使。自从郭立桩在工厂恢复了技术员的职称和级别以后，他就像一盆突然开放的茉莉，一夜之间香飘十里，誉满全厂。向他表示爱情的书信雪片似的飞来，热心的媒人排队登门拜访。有姑娘在信上说："我寻找理想的爱人好几年，却没想到原来就在我的眼皮底下。我真后悔不早认识你。"郭立桩愤怒地撕信，苍凉地苦笑。对不起，统统拒绝！他不是一件东西，行情变了，便身价百倍。他在孤独与忧伤中度过的三十四年中蕴藏的爱，究竟应付予谁？这世上有过怜爱和了解他的人吗？假如没有，他情愿独自一人走向生命的尽头。

他在无数不眠的夜晚寻找她，这一颗北极的火种。她失落在哪一层冰雪中了呢？他并没有忘记……

……那是1975年的冬天，他在车间劳动。下班后车间"政治学习"，他蜷缩在角落，不知不觉就打起瞌睡来，头一歪，"咚"的一声撞在旁边的车床上。"哄——"满屋子的人全笑开了。他睁开眼睛，看到的是一张张幸灾乐祸的笑脸和车间书记谴责的目光。他为人们对他的取笑感到气愤，抱住头，捂着已渗出血印的额角。

"郭师傅"有人轻轻喊他。他赌气不理，却从他背后伸过来一块散发着淡淡的玫瑰香味的花手绢。他回头一看，怔住了，是她，一个圆脸的漂亮姑娘。她那双大眼睛里没有丝毫笑意，分明流露着同情和怨愤。是的，只有她一个人，没有笑话他。就为了这点他感激她，她是一个好心肠的姑娘。郭立枰想起来，有一次就是她悄悄递给他一张纸条，告诉他不要再在光线昏暗的车间里看书，会伤眼睛。他只知道她是刚抽调上来的知青，从小死了母亲，没念几年书……没过几天，她就不见了。他再没有见到她。过了很久，他才从别人的闲谈中听说她被调到卫生所去了；又听说她同厂里的某头头搞上了对象；后来又听人沸沸扬扬地说她同这个头头发生不正当关系，堕了胎；再后来，传说她在卫生所和别人乱搞，那人把她一顿暴打……就像郭立枰如今一夜之间身价百倍一样，她在一夜之间一落千丈了。全厂到处都是咒骂她的舆论。打倒"四人帮"以后，因为她同这个头头的关系，还把她审查了好一阵。后来她回了车间，整天低着头，那昔日红润的脸，像一朵凋谢了的花，没有一点笑影。

她总是孤单单一个人，人们像躲避瘟疫一样躲避她……

不久前的一天，郭立柽很晚才下班，从设计室出来，路过车间，见里头亮着灯。走进去一看，竟然是她，满头大汗地在车床旁忙着什么。看见他，竟慌乱得不知怎么才好。

"不回家？"郭立柽觉得自己很想同她说话。

"不……我想，再干会儿……手生了，老落后……"她垂着眼望着地下，怯生生地说。

郭立柽心想：都说她这也不好那也不是，可谁晚上自动加班了呢？她干活这么要强，不是说明她挺上进的吗？

他在车床旁的木凳上坐下来，很想向她表示一点安慰和鼓励。却不料她竟然轻声叫起来：

"郭师傅，你走吧，快走吧，让人看见你在这儿，又该……"

"又该什么？"他也慌起来。

"该说我……勾、勾引……"她一句话没说完，哽咽了，把脸埋在手心里，抽泣起来。她瘦弱的肩膀颤动着，每一下都抽答着郭立柽的心。他忽然觉得这个姑娘也一定同他一样，经受过太多的生活的折磨，心底布满了创伤。尽管人们对她有种种非议，她那双眼睛，还像他第一次看见她时那么善良、清澈。她伤心地哭泣着，郭立柽束手无策地站在一边，竟像一个孩子似的央求她把她的委屈告诉他，他或许可以帮助她。她踌躇了很久，终于向他泄露了一个可怕的秘密：原来是那个头头把她从农村招上来的，以此为条件占有了她，起初答应同她结婚，后来又看上了一个评剧院的演员，就想把她甩掉。他指使他的一个哥儿们，借口腰上长了疖子要她上药。那天是她值夜班，卫生所没有别人，那个"病人"刚解开皮带躺在手术台上，门就被打开了。那个头头气势汹汹地带一帮人冲了进来，把她好一阵拳打脚踢。第二天，舆论传遍全厂，她才明白这原来是个圈套，却已有口难辩。某头头有权有势，谁会相信她这么一个可怜的姑娘呢？她日日与泪水相伴，几次走到松花江大桥上，却没有勇气跳下去……

郭立桩悚然、惊愕、愤怒。她的委屈和不幸，只有同样经受过苦难的人才会理解和同情。现在，是轮到他来关怀她了。他第一次知道这个世界上还有比他更不幸的人。一个人如能把希望给予别人，自己也会变得充满希望；能在困难中把手伸给别人，自己也会变得有力。然而郭立桩所能够做的，并不是用美好的言辞来宽慰她，而是帮她制订了一个学习计划，他认为知识可以帮助她忘掉痛苦，他在夜晚昏暗的车间里纠正她的英语发音，在呼啸的大风中送她回家。每当她莫名其妙地表现出犹豫和恐惧的心理时，他便质问自己：难道他对她抱有什么企图吗？真是岂有此理。他是用平等人的身份来对待她的，不是工人与技术员之间的平等，而是这些年中同样受害的两颗痛苦的心。他珍惜这种平等，除此以外他便不想再要求什么别的了。

然而世界却是复杂的。下水道总认为地下水同它一样肮脏。被拒绝的媒人、被退回的情书的主人、某头头的铁哥们儿，纠合在一起，对于他和她纯洁的友情，射出了一颗又一颗恶毒的炮弹。纵然是一池碧波，他们也有办法把它染黑。传到罗阡耳朵里的这个女工，几乎变成了一个下贱无耻的女流氓。母亲像一切墨守成规的老人一样，断然确认那个姑娘绝不是一个好人。否则，为什么所有的人都对她嗤之以鼻呢！

多么不公平啊。没有人去拯救她，拯救的人却要被打入地狱。郭立桎出了一身冷汗。朦胧中，他的面前出现了一双泪光盈盈的大眼睛，哀怨地望着他。……这双大眼睛里饱含了那么多的辛酸凄楚，好像在说："分手吧、分手吧，为了你……"

"不！"郭立桎喊起来。他想去抓她的手，却和她一块儿掉下深渊去了……

"大哥！大哥！"是郭立楠在招呼他。他清醒了。

"你还没睡着？"郭立桎不好意思地说。

"我在想，创造生活的人是幸福的，就像报上报道的那个工人工程师。"郭立楠兴奋地说，"可是为什么前些年总是硬不让你创造呢？你想标新立异，就会被视为'生理变态'，你妥协了，随大流，才是正人君子。种种传统的、陈旧的思想像标本和化石一样被保存起来。新的时代要是不努力解放人的创造力，我看一切都是纸上谈兵！"

郭立桎"嗯"了一声，又陷入了深深的沉思之中。弟弟的话是有煽动性的，有意无意触到了他的心病上。他已经失去了创造一台世界水平的磨床的机会，难道，他还要再失去她，心甘情愿地去做70年代的殉葬品吗？

一线淡淡的微光从半截窗帘的玻璃上面透进来。黑暗好像被稀释了的盐酸。被苦苦的思索弄得毫无睡意的郭立楠，为发现了这第一道曙光而欣喜万分。他由大哥又想到了那位即将来做报告的荆原，想象着他的形象，猜测着他说话的声调，心里充满了好奇。荆原被错划右派的问题改正以后，人们在报上读到他的一篇关于社会主义制度如何最大限度地发挥人的才能问题的文章，实际上这是他二十二年前曾因此招致误解的某个论点的继续和发展。郭立楠和他的同学们佩服他的勇气，曾联名给他写过一封长信。现在，大家听说他到这个城市来，自然就渴望亲见他一面并听到他的……

郭立楠喜欢太阳起得最早的这座东北城市。那位名叫荆原的人，是特地选择了春天到这儿来的吧？

第二章

一

好像是夏天突然近了，天气一下子热起来。由于北方的冬天过于漫长，人们几乎觉得夏天遥远得不可到达。它那芬芳的气息，埋藏在冰雪之下，又随冰雪一起融化，渗透地下不知去向。乍暖的日子，唤醒了人们淡忘的记忆……

潮水似的人流，往学校的礼堂涌去。粉的纱巾、绿的单帽，闪耀于紫莹莹的丁香丛中，穿过了青葱葱的林荫道。大学生是最遵守时间的，按照海报上告示的钟点，准时进入会场。虽然是学生会组织的自发性活动，来的人却空前之多。他们一路谈笑、议论，脸上带一点庄严然而激动的神情。看来，在这些未来的工程师和学者心目中，荆原的名字并不是陌生的。

梅玫在主楼二楼自己的办公室窗前，望了一眼操场东头正争先恐后地进入会场的学生，心里急得火烧火燎。刚才她正要下楼，偏偏祝书记进来让她找一份文件，说有急用……梅玫把文件柜弄得乒乓直响，找到现在也没找到。她一天到晚的工作好像就是看管这些圈圈，连自己也圈在里面了。她本来一心想早点去，坐在第一排，好仔仔细细看看那个"大右派"，这下一定晚了。她窝了一股火，跑到隔壁办公室去告诉祝书记，确实没有这份文件。却见祝书记舒舒服服地坐在圈椅里，手里正拿着一份文件在读。他向她表示歉意，说后来在第四只抽屉里找到的。梅玫心上一块石头落地，顾不上生气，快快出来锁了门，就飞也似的跑下楼去。她想，祝书记似乎是不知道报告会的事，看来学生会没有向党委请示过。

她像小姑娘一样轻快地跳跃。结过婚的女子这样轻快地跳跃，是要被人议论的。但是，在这样美好的春天里，从厚厚的档案卷宗里走到阳光下，你就会情不自禁地想跳、想唱。由于晚上回家引起的不愉快，都会统统忘光……

她跑到礼堂门口，见门口站着许多人，正在陆续往里进，看来报告还没有开始。她掏出手绢擦擦汗，站下微微喘了口气。就在这时，她看见郭立楠和其他一大群青年学生，从图书馆那个方向走过来。他们走得很快，中间那个高个子的中年人，迈着矫健的大步，一边高声地同周围的人谈着什么。

梅玫突然心慌起来：那就是他吗？被无数人敬仰、赞誉，也同样被无数人咒骂的那个人。她不是怀着比所有的人都更迫切的心情希望见到他吗？

她往门边靠了靠，屏住了呼吸。目不转睛地望着他——

他的个子很高，结实、魁梧、挺拔，一身深灰色的中山装，脸色是红润而微黑的，留有长期乡村劳动的印记。脸颊和额头都很宽，透着一种爽朗而坦然的气质。鼻梁高而直，嘴角微微向上挑着，显得沉着刚毅。眉毛也很直，像两把冷冽的剑。猛一看，他似乎还不到五十岁，那扎实的脚步里充满了力量。

梅玫从看见他的第一眼起，就在心里肯定了他就是荆原。荆原就应该是这样的，她没有再想象过他会是什么别的样子。她只是觉得他比她想象中的年轻了些，他是那么健康、精力旺盛，完全看不出，这些年的遭遇和不幸在他身上留下的痕迹。他那饱满的前额，好像高山上光滑而坚固的岩石，任凭风雨吹打，依然如故。这样的额头中一定是有深刻的思想的……

她沉浸在自己的激情中。还从来没有一个人的外貌会如此强烈地震撼她的心。这种直接获得的感觉是宝贵的。

他走进去了。会场响起了热烈欢迎的掌声。

梅玫挤进会场，见到处都已挤得满满的。人还在不断增加，后来的人都自己搬了凳子。她在过道上走了几个来回，才在靠近边门的地方找了一个空位子。她坐下来，抬头看见台上坐了三个人，荆原在中间，他的右边是学生会主席，左边是团委书记郭立枢。

"郭立枢一定看见我了。"梅玫想，"回家少不了又得吵嘴。"郭立枢在台上正襟危坐，表情漠然。他上台已有一会儿，一直在人群中搜索着梅玫。他知道她会来的。不过，他现在已经想到，她来了也有来了的好处。他的目光扫过全场，见黑压压的听众手里全是白生生的笔记本。他又侧目看一眼荆原，见他没有注意自己，便把手伸进挂在椅背上的一个旧书包，打开了录音机的录音键。录音机后来是他自己想办法去借来的，连梅玫都不知道。

学生会主席简单地介绍了荆原最近从外省来到这个城市参加座谈会的情况。年轻的大学生们伸长了脖子，有两个人为座位争吵起来，又马上互相道歉。礼堂的气氛中充满了急切的"？"号。人们都想亲耳听一听这个曾经热情而正直地面对现实却长期被剥夺了发言权的人，在重新回到生活中来以后，会对历史和现实做出怎样的评价。

他用一种平静而沉缓的声音开始讲话。他说他是这个城市出生的人，新中国成立前在这儿念书，在这儿找到马列主义，新中国成立后，在不幸发生了 1957 年反右斗争扩大化的情况以后他离开这个城市到西北的一个矿区去了。这次回来，正面临着祖国历史的大转折，他的感慨是很深的。

礼堂里响起了一片低低的议论声——他原来是这个城市的人！谁也没有想到。梅玫的心跳了一下。她很快在他那清晰的口齿中找到了熟悉的乡音，只是已经改变很多了。

他说，他今天谈话的主要内容，是想在实践是检验真理的唯一标准的总题目下，谈一谈在进行四个现代化建设的过程中重视和培养人才的问题。

梅玫觉得有点失望。他用这样一个题目，轻轻遮盖了自己二十二年中所受的冤屈。大概，这个人的过去也没有那么多可谈的吧？在梅玫的生活中，并没有见过几个右派。有找她爸爸要求改正的，她看倒真不像什么坏人。楠楠说过，他们中间有一些人是很有远见卓识的知识分子。这个她不否认。但他们在本质上是不是信仰马列主义的呢？对党到底有没有二心呢？她还没有搞得很清楚，而郭立枢却说，20世纪50年代，他们是一些专门摇唇鼓舌、造谣惑众的臭文人，今天只不过是因为国家建设发展的需要，才对他们既往不咎。兄弟俩的话，到底谁更有道理些呢？她是仰慕荆原的名声和被人们的热情煽动来的，像一片饥渴的田地盼望雨水，却并不知道他是海洋，还是大江……

由麦克风传出他洪亮的声音在礼堂震荡：

"……全国思想解放的潮流激励了千千万万个有志者，党中央和全国人民立志改革，呼声之高是戊戌变法、五四运动以来所无可比拟的。从现在起，五十年内是中国各个领域需要新的杰出人才并能够产生新的杰出人才的时代，面对着今天的中国，我们应该怎么办呢？……"

梅玫睁大了她那双细长的眼睛，专注地凝望着台上那个高大的身影。她听到他在讲话中引证了列宁关于人才问题的论述，又听到对我国现阶段人才问题的各种矛盾现象的分析。她觉得脸上有些发烫。她想起自己在大学政治系三年，连艾思奇的《大众哲学》都没有读过。毕业后有个教授同她谈起《浮士德》，她连作者歌德都不知道……她怀着自责和惭愧的心情，低下头掏出本子记录。当他的报告接近尾声的时候，她看见一个男同学，穿过拥挤的过道，往台前挤去。嘿，是楠楠，他把一张纸条递到台上去了。

学生会主席接过纸条匆匆看了一下，把它交给了荆原。会场顿时寂静，鸦雀无声。荆原很仔细地看着那张纸条，忽然舒开眉心微笑了一下。

"我把条子给大家念一下。"他从容不迫地说，"我们想请教您一个口号，叫作'我是革命一块砖，东西南北任党搬'，这是过去大学生毕业分配中流行的一句口号。个人应服从组织需要，这无疑是条纪律应该遵守。但既然是块砖，让它在一个地方好好盖房子不好吗？干吗老要搬来搬去呢？"

他念完，兴致勃勃地挥了一下手，激动地说："这个问题提得好！现在我们就来谈谈这个口号。大学毕业生服从国家分配，哪里需要到哪里去，这是谁也不能例外的。我看问题不是搬不搬的问题，而是搬得是否合乎需要，是否合理，是否人尽其才的问题。我认为我们的大多数青年人有一种非常可贵的素质，这就是有理想、有抱负，为人民、社会主义献身的精神……国家培养一个大学生不容易，如果像过去那样往往是东南西北地'天女散花'，势必造成积压浪费人才的现象。三十年来，我们培养的大学生为数不少，是不是都像砖一样用在建筑工地上了呢？我看未必。而且，把专业人才比作一块廉价粗糙的砖瓦，也恐怕不大恰当。我们的专业人才，是我们国家的金子！是宝贝呀！"

梅玫不由得想起了大哥郭立柽那苍白的脸，那唯恐吓着别人的低低的说话声。有谁去关心过他呢？如今即使给了他技术员职称，他的精神状态也仍然是个临时工。

荆原接下去又谈到了干部队伍的现状和专业化对干部的要求。他的话时而被大学生们的掌声打断。他们赞同这种见解，会场的气氛可以用"！"来形容。梅玫想到了自己的父亲，那个曾经主管文教的地委书记。他最显著的成绩，是使他所有的孩子都上了大学。而他自己，至今却连凯洛夫和《教育学》都弄不清楚。

她无意间朝台上望了一眼，发现郭立枢并没有举手鼓掌。他的脸色阴沉，低头趴在桌上快速写着什么……

"所以，人的问题，需要大家来探讨，这似乎还是一个禁区，但也是学术界关心的问题。高尔基说过，'人'字应该用大写。人是至高无上，纯洁高尚的！我相信，如果我们从根本上树立对人的信念，我们完全可以避免过去发生过的那类事情，也只有充分认识了'人'的价值，才会努力去发现和爱护人才，这三十年来，为什么人才不能大量涌现，不是很值得我们深思吗？……"

梅玫托着腮，陷入了沉思。似有一道灿烂的阳光照进了她的心底。她已经忘记了自己刚才对他的全部猜疑，只觉得胸中翻涌的浪潮，已同他那大江似的思想波涛融汇成一体。中国为什么不能大量涌现人才，谁能回答？"人才"——这个词她过去连听也没听到过。在她二十六年的生活道路上，由那些不厌其烦的说教筑成的一道道高墙，在倒塌和崩溃，使她真正看到了大地生命的颜色。如果一个人要到二十六岁才开始思考真理和是非，这未免是一件可悲的事情。她想起自己的童年、少年时代，想起大人们关于信仰和现实的理论争论；想着这三年来自己的苦闷和抑郁，假如这个社会能够允许，让每一个人都能在自己的生活实践中选择真正的信仰，那会避免多少人为的悲剧呢！

有人推了她一下，她从沉思中猛然惊觉，发现郭立枢不知什么时候从台上下来了，站在边门的人堆中向她努嘴。她想装作没看见，可是旁边的人一个劲推她，她只好站起来走出去。郭立枢见她出来了，马上转身就走，她只好跟着他，一直走到拐角没人的地方，他才停下来。

"干什么？"梅玫不高兴地问，她知道准没好事。

"你把这条子递到台上去。"他板着脸，用命令的口气说，扬了扬手心里攥的一张白纸条。

"我？"梅玫奇怪地问。"我没有写纸条呀。"

"我写的。"他低声说。"我没法递，你去比较合适。听着，要快！"他不由分说把纸条塞在梅玫手里，很快走了。

梅玫疑惑不解地打开纸条，见上面歪歪扭扭地写着一行字："请问，你说的人是高贵和纯洁的，有没有阶级性？难道剥削阶级也是高贵和纯洁的吗？"

她的脑子"嗡嗡"直响，捏着纸条怔了一会儿，呼吸也变得急促起来。郭立枢为什么要在这种时候来唱对台戏呢？他难道不明白荆原所说的人，是指本来意义上的人吗？他不让她来听会，现在倒打上她的主意了。全校谁不知道她是郭立枢的爱人？让她去交，他想得倒美！

梅玫一时气得脸颊绯红，又唯恐错过了荆原的报告，便闷闷不乐地回到座位上。她要是不及时去递这张条子，回到家里，一场大吵难以逃脱。不管怎么说，梅玫还是有顾虑的……

可是，荆原的声音里好像有一种奇妙的火星，溅落在哪里，就会把那里的一切都点燃起来。他雄辩地把人性和人的社会性、阶级性及其相互关系分析得透彻而严密。他的声音里有一种震慑人心的魔力，你想要拒绝它是不可能的。梅玫无论如何也没有勇气站起来去递这样的一张纸条，她怕那火焰会把她熔化。其实她满可以伸手把纸条递给前排的人，让他们传上去，但她不愿意。她偷偷望了一眼台上的郭立枢，见他很有点焦灼不安的样子。他的粗短的眉间，出现了梅玫熟悉的那种罩上了浓重乌云的阴沉的影子。

"他在想些什么呢？"梅玫好像突然明白过来，觉得自己的丈夫是在打着一个令人厌恶的主意。她胡乱想着，紧紧捏着那张纸条。荆原又讲些什么，她没有听见。她的心绷紧了，仿佛产生了某种忧虑，又有些替他害怕起来……

掌声把她牵回会场。又是掌声。她从来没有听见过这么多的掌声。她向台上望去，见荆原已经站起来了，一只手撑着讲台，一只手挥动着。他那双深沉的眼睛里充满了自信，不可能想象这双眼睛里会有疑虑和惶惑……

礼堂里响起了一阵海涛喧嚣般的掌声。掌声从人们心底发出，由四面八方向台上飞去。几乎要把他包围起来，它像震耳欲聋的鼓乐，敲击着人们的心房；又像早春的天空中滚过的一声轰鸣的春雷，沉重而又庄严。它持续了很久，在这所古老的大学礼堂上空回旋、震荡，好像要冲破那深灰色的屋顶。她觉得这掌声并不是为荆原一个人鼓的，而是为了这个冰化雪消的春天，为了这个刚刚到来的崭新的时代。她觉得自己像是要被那汹涌的海潮淹没了，她的心在浪涛的冲击下，好像要喷涌出来……她也想鼓掌，让她的掌声同大家的融合在一起。然而她的掌心还有一张早已被汗水打湿的纸条，她低头看了一眼，愤然把它撕掉了。

她迷迷糊糊跟随大家拥出礼堂。人们的脸上，都有一种满足的、醋畅的神情，然而却不是轻松的。年轻的大学生们低着头缓缓挪步，好像在沉思着重大的题目……

梅玫在人群中寻找郭立楠。她觉得心里有许多话，只能对楠楠说。她很怕遇到郭立枢，不过，她好像看到他在荆原讲话结束后热烈的掌声中，气冲冲地离开了会场。

梅玫一眼看见了郭立楠那件深棕色的条绒夹克，他正在从后台出来的那扇边门那儿，手里拿着一个蓝本子，往一堆人中间挤。梅玫走过，踮起脚尖一看，中间被包围的正是荆原。男女青年们还在争先恐后向他提问。他们七嘴八舌，吵吵嚷嚷，好像要把天底下他们想得到答案的问题统统一股脑儿堆在荆原面前。他耐心地听着，不时点着头。梅玫只听见他说："让我思考一下再回答你们，我还要再来，还要再来的……"

他和青年们一起，往学校大门口走去。郭立楠有些失望地回转身，正好看见了梅玫。

"玫姐，怎么样？"他兴奋得满脸通红。"过几天咱们到他住的地方去找他，向他好好请教请教……"

"你知道他住哪儿？"梅玫激动地问。

"知道"。郭立楠点点头，神秘地说。"江北太阳岛的市委党校，他要在这里住一段，写文章。"他刚说完，不知想起了一点什么事，向梅玫挥挥手，急忙跑开去了。

梅玫奇怪着自己怎么会做出这样的决定，去找他？她心慌起来，她对他说什么呢？她正要往办公室走，忽然发现远处繁茂的丁香花丛中，有一个人影一晃。玳瑁边的眼镜，蓬乱的头发，很像是大哥郭立柽。

"他怎么也来了呢？"她迷惑不解地想着。

她猛然记起来，郭立柽的生父也是一个右派。那么这个人现在到哪里去了呢？假如他也改正了，郭立柽和罗阡干吗不去找他呢？郭立枢从来没有提起过这件事，多么不幸的家庭啊……

现在她看清了，确实是郭立柽那瘦长而弯曲的身影，正匆匆穿过凋谢的榆叶梅，消失在大铁门外……

二

"你说，我见了他，可说些什么呢？"

"你就说，我是个工农兵学员，听了你的报告，很反感，找你辩论来了。"

"哎呀，别开玩笑了。楠楠，跟你说正经的。我的心直跳，真的，他要是知道我是搞人事工作的，会欢迎我吗？"

"你最好说你是校团委书记的爱人……"

"别提郭立枢了好不好？为了没给他递那张纸条，那天回去向我好一顿发作，说我没政治头脑……这几天，他连话都不跟我说……"

梅玫站在渡轮的船头上，同郭立楠低声交谈着。这几天来，她明显消瘦了。脸色微黄，显得憔悴，眼圈留下了睡眠不足的阴影。她那平时总是明朗而愉快的脸上很少有笑容，好像被什么巨大的苦恼搅扰着。她同郭立楠一块儿去拜访荆原，是经过了激烈的思想斗争的。尽管关于他的争论已从家里开始，她仍然克制不住要进一步了解他的愿望。下班前她告诉郭立枢，说她要晚一会儿回家，去一个同学家里取一个衣服样。这是她第一次撒谎，为了这一点，一路上她一直忧心忡忡。

渡轮的马达发出均匀的突突声，向江北太阳岛驶去。然而在梅玫听来，却犹如江水低沉的叹息。夕阳正在大江的尽头跌落下去，水面上有几片不知从哪里漂来的丁香细碎的花瓣，在浪涛里若隐若现，随波逐流。一朵蒲公英的白绒花在空中飞舞着，跟船走了一阵，终于还是没入翻腾的水花中去了……

梅玫倚着船栏，有好一阵没出声。她凝视这江岸的春景，觉得从来没有一个春天使她这样惆怅和忧伤。三天前荆原的报告，在她心里犹如春天刮起狂风，漫天飞沙走石。但回到家里，在郭立枢连续几天头头是道的"批判"下，她心里刚刚被唤醒的那些思绪，有如水面上挣扎的一朵丁香花，一个小小的浪头就会把它击沉……

渡轮靠近浮船码头，他们跳上了方石砌成的堤岸。郭立楠仰望那宽阔的大堤上高大的杨树林，做了一个深呼吸的姿势，大声喊："太阳岛——我们来了！"

隔江望去，对岸的城市上空灰蒙蒙一片，似乌云笼罩一般。而江这边，满目新绿，草木萋萋。挺拔的杨树郁郁葱葱，树干被夕阳涂得金黄，隐隐显露出树林深处一幢幢五颜六色的俄式小木房。大江上飞掠而过的游艇上的玻璃窗，由于落日余晖的反照，像一团火似的跳跃着。太阳岛其实并不是一个名副其实的江心岛，它三面环水，北边与陆地毗连，方圆数十里，林深树茂。20世纪初，随中东铁路的修建大量流入东北的白俄罗斯人，看中这僻静优美的所在，陆续盖起了一座座别墅。门前有大江嬉戏，门后有幽林养息，久而久之，几经历史的变迁，太阳岛成了全市人民休息游玩的天然公园。然而太阳岛因何得名，梅玫却从未搞清楚。

郭立楠饶有兴致地东张西望。他的心情几乎在任何时候都同太阳岛的风格协调——明朗、愉快、生气勃勃。由于荆原的到来，他更感到春光的温煦和夏天的逼近。他之所以单单约了梅玫来找荆原，自有他的道理。他何尝没有感觉到这位嫂子内心的苦恼呢？他觉得梅玫同郭立枢，虽是一家人，却是两路人。梅玫纯真善良，但因为她爱看书爱动脑子，内心充满矛盾。在梅玫周围的人中，除了他以外，又有谁能够真心诚意地帮助她做出清醒的抉择呢？用生物学的名词来比喻，郭立枢属于"两栖动物"，大哥郭立柽是"软体动物"，妈妈是"无脊椎动物"，而梅玫，却是一只羽毛尚未丰满的纯洁的天鹅。他不愿看到一个如同他的亲姐姐般的人像丁香花瓣一样沉到水里去。那天听报告的时候，他就坐在离梅玫不远的地方，二哥从台上下来悄悄把她叫出去，以及她后来怎样撕碎了那张纸条，都没逃过他那双机灵的眼睛。从那时起，他确信梅玫是不会同郭立枢站在一起的。

"玫姐，这几天学校里议论纷纷，你听到一些没有？荆原老师的报告，有人赞不绝口，有人破口大骂，评价真是天地之差。"郭立楠一边走一边说。

梅玫点点头。学校里这几天像开了锅的水一样，从来没有这么热闹过，到处听人在谈论荆原。有些人没听到报告，后悔得不行。但她在办公室里却很少听人谈起。主楼二层学院机关办公室的空气是不会轻易受到外界污染的。

"奇怪的是，人们现在似乎对政治已经十分淡漠，而他的讲话却引起了这样强烈的反响，我想，也许并不是因为他正确，而是因为他有勇气正视现实，说出大家想说而没有说出来的话……"

梅玫眨眨眼，问："你说并不是因为他讲得正确？"

"是的，绝对真理是不存在的。要经过实践检验。"

郭立楠见梅玫低头不语，便换了话题，问道：

"他讲了各种类型的人，也讲到了阻碍四个现代化的人，你说，我们应该做哪一种人呢？"

梅玫没有料到郭立楠提这样的问题，愣了一下。她为了掩饰自己的窘迫，弯腰采了一棵路旁的野草。它的叶子是针状的，背后有明显的腺点。

"这叫地笋。唇形科，多年生草本，地下有匍匐茎，夏季开花。"郭立楠背书一样念道，好像为了表明他并不是一个不务正业的生物系学生。他喘了口气，又说："玫姐，比如说，你坐在那些档案袋堆成的太师椅上，内查外调，就凭一纸黑字评判人的好坏，而这一张纸究竟公平不公平，你是不管的……"

梅玫踩着松软的草地，默默走着。她本来是政治系毕业的工农兵学员，留校可以去教课或搞研究，学校却有意把她安排在机关工作，活儿轻，没压力，她不确定这个安排和她父亲的职务是否有关。档案室掌握着每个人的历史、奖惩、社会关系，包括私下里的揭发材料，等等，是一个掌控秘密的所在。尽管同学们对她有些眼红，然而她对这份工作却不怎么有兴趣，才干了一年多，已经觉得厌倦了。要她在寂静无声的档案室守一辈子，真不知以后的日子怎么度过？学院调一个人，先研究档案，无非是家庭出身、社会关系等老一套，根据这个最"可靠"的提示，确认他将在这里得到的信任和重用的程度。入党、提拔、出席会议、加工资，都概莫能外。档案袋里装着一个人命运的注释，无论他创造英雄业绩或是犯罪，都可以从中找到"现成的"答案。而调走一个人呢？档案袋所发挥的作用就更为直接。它常常会在一个不被人注意的瞬间装进足够使新领导对他注意几十年的评语、备注或是其他什么。梅玫深深懂得档案在这个社会里的重要性。几乎所有的人，都无法知道自己的档案里究竟装了什么，有些人甚至很可能要为其中一句不负责任的，或是过于负责的评语付出相当的代价。这些问题，梅玫在工作中已有许多体验。

梅玫嚼着手里的草茎，说："你说我是一种什么人？——可我觉得，自己只是一个工具……"

"工具是没有神经系统的，它没有知觉。但人应该有良心，有感情，有理智……"

"这不能完全怪我们。"梅玫咬着嘴唇，"你知道，所有国家的公民都是有档案的。"

他们走到一条两边都是柳树的林荫道中间来了。这条路上的柳树长得很奇特。它的树干很直，短而粗，树枝也向下弯曲垂挂。刚萌发的嫩叶茂盛地向上生长着，集中在树干的顶端。这种改变了它原来生长形态的柳树，引起了郭立楠很大的兴趣，他站在那里观察了一会儿，告诉梅玫说，这是因为去年冬天剪枝的缘故。"截去的旁枝越多，来年的树就长得越壮，对吧？"他说。

天色渐渐暗下来，依稀望得见周围那些浅黄色、白色木房子的尖顶。淡淡的炊烟，也许是雾霭，在低低的林子上空飘荡。一只小白狗从他们身边跑过去，脖子上响着唱歌一样的铜铃，打破了黄昏的静谧。梅玫到太阳岛来过多次，但从来没有领略过岛子深处傍晚的景色，她第一次发现它是安详而恬淡的。温暖的晚风携来一阵阵野杏和山海棠花的馥郁，使人迷醉，那花格子的屋顶、雕花的露台、低矮的木栅栏，她过去只在俄罗斯文学作品中读到过，而在这里漫步，就好像走进了那诗一样的乌克兰田野和农庄。也许每个人的生活都是一部书？也许今天她才算得上真正打开了生活的书页？……

他们终于找到了隐没在密林中的党校大门。收发室的老头儿指着院子里一幢隐约可见的小楼上亮着灯光的窗口，热情地告诉他们，荆原就住在那里。老头儿顺便埋怨了荆原几句，说他天天不熬到"大毛楞"①上来，那屋子的灯就不灭。郭立楠和梅玫性急地跑了几步，咚咚冲上楼梯，走到门口，却又戛然止步。你看看我，我看看你，分明是有些紧张起来。

"玫姐！"郭立楠伸出胳膊做一个请的手势，轻声说，"你先！"

"是你带我来的！"梅玫不动。

"你——敲门吧！"

---

① "大毛楞"：东北方言，启明星。

"你敲！"

两人推让起来，谁也不肯先进去。正在这时，门忽然打开了，荆原披着一件绒衣，出现在门口。他的一只手上握着一丛湿漉漉的丁香花，另一只手捏着一只玻璃瓶。

"是找我的吗？快进来吧！"他热情地问道，很快把手里的东西放在桌子上，向他们伸出了手。梅玫握着他的手，觉得宽厚而有力，这打消了她的不安和惊慌。

房间里的陈设很简单，一张木板床，一张写字台，几把椅子，窗台上堆满了书和杂志，归拢得很整齐，梅玫原以为像他们这样的人的房间里一定乱七八糟，到处都是烟灰。她向四处扫了一眼，竟连火柴也没有一根。写字台上摊开着稿纸，看样子他正在工作。但奇怪的是，稿纸上凌乱地掉落着几根树枝，好像刚才正修剪过什么。

"荆原老师，打扰您了。"郭立楠拘谨地说。

"谈不上打扰。这里随时都有人来的。青年、老年、少年，我都欢迎。"他爽朗地说，一边把桌子上的那丛丁香花小心地插到玻璃瓶里去。他认真地为花枝整了一番形，神情专注地凝望了好一会儿，突然侧过头问："美吗？"

"美！"郭立楠不假思索地说。他的眼睛发亮了，活跃起来。

紫丁香散发着幽香，使得这个在年轻人看来有些神秘的房间，显得亲切而易于接近了。梅玫竭力克制自己的惊讶，她无论如何想不到荆原也会喜欢花，而且喜欢丁香。此刻的他，不再是礼堂台上那个严肃的学者，而好像是一个饶有生活情趣的朋友。可是他为什么对丁香这么感兴趣呢？对于梅玫来说，这紫色的花团却犹如一片淡淡的晨雾，罩着什么若隐若现的东西……

荆原一边满意地欣赏着他用来代替花瓶的那只药瓶，一边说："我与世隔绝了二十二年，出来走一走，真想多听听你们给我谈点儿什么。谈什么都行。你们是工人？哦，不是，那么，是大学生？很好，咱们就来谈谈青年吧……"

郭立楠认真地说："前天刚听了您到我们学校来做的报告，不久以前，我还给您写过一封信呢。"

"哦，你是——"他思索着。"你是哪个系的？"

"生物系。"

"我想起来了，你叫——郭立楠，对吧？"

"对呀。"郭立楠高兴得差点蹦起来。"前天，我一直跟着您来的，想同您说话，可人太多了……"

荆原给他们俩一人倒了一杯水，又找出几块糖。

"郭立楠——"他坐下来，用食指敲着前额，忽然说，"你信上是不是主要谈了一个青年的信仰问题？"

郭立楠点点头，在心里暗暗钦佩他的记忆力。

"本来是要回信的，来不及了。我还想下一次去你们学校，专门找你一下。"他很坦率地说，好像在对一个老朋友谈话。"今天你来，太好了。现在青年的信仰危机相当严重。"

梅玫的心跳了一下。信仰，她有信仰吗？以往崇仰的共产主义，她真懂得了吗？今天还相信吗？

"你信上说，信仰就是宗教教义，承认信仰就等于崇拜迷信，这个说法我不能同意。有一个本质的区别是：我们究竟信仰什么？我出生于半封建、半殖民地的旧中国，差一点做亡国奴，在那个时代，有良心的青年，一心寻找救国的道路，而救国之路，需要信仰的支撑和指引，所以信仰不是可有可无的……"荆原说着呵呵地笑起来。他的笑是善意的，充满了关怀和期待。

"可是为什么青年中那么多人都对现实怀疑起来了呢？"郭立楠说，"他们说不想再受骗了。那些西方国家都比我们生活得好……"

"那你是怎么想的呢？"荆原问了一句。

"我？我既不喜欢过去从小说中看到的那种资本主义，也不喜欢从我懂事直到长大以后所看到的那种僵化的社会主义。"郭立楠坦率地说。他觉得在这样一个人面前是不能隐瞒的，即使他不说出来，荆原的目光也能一直看到他心里去。"所以，我也不知道我应该信仰什么，我什么都不相信……"

"你很诚实。"荆原赞许地对郭立楠说，又看了梅玫一眼，问，"你呢？"

"我……我懂得的太少了……"梅玫的脸涨红起来。

"是呀，我们的年轻人，问题就在这里。"

梅玫聚精会神地听着他同郭立楠的谈话，在心里把他们两个人的思想做着对比。郭立楠接近于"怀疑派"，他对一切都不满意，对一切新的思潮都如饥似渴，幻想着一夜之间现实就会改变得无比美好。但荆原却大不相同，他显然是从自己一生的经验中，从他投身革命到后来部分希望破灭和重新建立的整个过程中，确立自己的信仰……

现在她坐得离他很近了，比那天在礼堂门口和台下，更清楚地看到他脸上的每一个细部。就在他呵呵一笑的瞬间，梅玫觉得他似乎有点面熟。但她却无法想起他究竟像谁。他并不如她第一天看到的时候那么年轻了，他的眼角和额头上布满了深深的皱纹，鬓发里掺着几根不易察觉的银丝。那皱纹明显地游动在他宽大的前额上，越发像高山上留着风雨侵蚀的斑纹的岩石……

他这些年的生活是怎么过来的呢？他有家吗？有孩子吗？他幸福吗？而这一切，从他那岩石般的额头上是看不出来的。有一会儿，梅玫的思路飘开去了……

"那么，这位同学，也是学校的？"她忽然听见荆原在问。一定是问起她了。她心跳起来。

郭立楠说："她是我姐姐，叫梅玫。在学校干部处工作。她也听了您的报告，有一点想不通的问题，想问问您。"

梅玫想要制止郭立楠，已经来不及了。她愠怒地瞪了他一眼，脸涨得通红。她难道可以同他交谈吗？她那些想不通的问题，实在都是太幼稚可笑了……

"我想……"她壮壮胆子说，搓着自己的衣角。"我想……所谓信仰，不应该是大人同你说的千篇一律的那种，应该让青年们自己到社会实践中去选择。其实，我们对社会对人生的认识，已经走了很多弯路……"

"有点意思。"他用心地听着，爽直地发表意见说，"你谈的这个，有点儿意思。你是说，信仰总得要以自己认为值得崇拜的东西为基础，而不能把别人灌输的东西不加消化地接受。对不对？灌输的东西，在现实面前破碎了、幻灭了，从此就什么也不再相信。这不能怪青年。其实过去穷人造反、富家子弟叛逆，都是从自己的切身经历中得到的启示，而现代的青年，却没有经过这样的反复。"他谈着，一边像在沉思。"比如说，前些年就培养了这样一种人，像过去的神父，自己并不一定相信上帝，只是要通过鼓吹上帝来养活自己，吃宗教饭，不信不行，这真是可悲的现象。"梅玫一下子想起了郭立枢，不由打了个寒噤。他，信仰什么呢？她不知道。她从来没有听到他对她说一句心里话。

"而这种人的档案上，倒记载着他们各种'忠心耿耿'的表现，在档案里，他们可优秀了……"郭立楠正要插嘴说下去，忽听有人敲门，荆原走过去开门，拥进来几个中年人，一进门就像孩子似的直嚷嚷。荆原也很激动，对郭立楠介绍说那都是他1957年以前在这里工作时的老同志。他们诙谐地互相打趣，问好，开着幽默的玩笑。荆原半天才发现大家都站着，却是因为没有椅子。他抱歉地笑笑，去隔壁房间借椅子，回来摊摊双手，因为那个房间锁了门。郭立楠和梅玫怕妨碍他们老朋友叙会，于是起身告辞，荆原没再挽留他们，亲自把他们送到大门口，他说他们提的问题很好，对他很有启发，感谢他们走了那么多路来看他。末了，他又转过脸对梅玫说：

"我想，不能把生活的不公正归咎于档案。这个问题值得好好深思。思考有时尽管令人苦恼，但清醒中的苦恼总比糊里糊涂的幸福好些。"

他向他们伸出手，紧紧握了又握。

郭立楠与梅玫并肩走在晚风习习的大堤上。郭立楠兴奋地说："现在你该不怀疑了吧，他们对党和人民是很有感情的！"

梅玫点了点下巴颏，没有说话。荆原临别时的那句话在她心里翻腾得厉害。他怎么会知道她在苦恼呢？他好像一眼看透了她的心思。梅玫突然觉得他是了解和同情她的，不像楠楠老是喜欢用善意的嘲讽来揶揄她。梅玫忽然想起后来上楼的他的老朋友，似乎对他插在瓶里的丁香发表了一点感想："快六十的人了，还念着它呢？"这话倒是什么意思呢？

渡江上岸，他们默默走着，很少说话。一直快到家门口了，她停住脚步问郭立楠："你不回学校了？"

郭立楠抬手看了看表，快九点了，说他不如回家住，第二天一早再回校。他很想把荆原的报告讲给大哥听。

梅玫知道时间不早，心里有点发毛。她把一只手伸进院子的栅栏里，打开了院门，走上台阶，正要伸手敲门，郭立楠摸出一把钥匙来。梅玫很高兴，因为这样就不用里面的人来开门了。他们轻手轻脚走进了家门，忽然听见从梅玫的房间里传出荆原的声音，把她吓了一大跳。郭立楠也愣住了。她侧耳听了一会儿，恍然大悟地对郭立楠说："录音！一定是郭立枢那天录了荆原的讲话了。"

"我去看看。"郭立楠说着就要闯进二哥的房间去，被梅玫一把拉住。她摆摆手，示意他先到大哥房间里去，自己蹑手蹑脚地推开了房门。她推门的时候发出了一点响动，正伏在桌子上的郭立枢慌忙抬起头来。

"你……你回来了？"他急火火地问。"怎么进来的？吓我一跳。"

梅玫忽然明白，他以为她是没有大门钥匙的。等她敲门时，他再把录音机收起来也不晚。他干吗这么心虚？

"你这个衣服样，取得可真不易呀。"郭立枢靠在椅背上，不痛不痒地挖苦她，"到亚布力去一趟也该回来了。"

"你这话什么意思？"梅玫觉得自己受了侮辱，把外套重重地甩在床上。"我不在家，你不是正好可以偷偷整理你的录音带吗？省得泄密。"

郭立枢一看她生了气，马上赔了一副笑脸来解释，说他一直如何焦急地在等她回来。至于录音带，那是别人让他帮忙整理的。他一反常态地殷勤起来，为她倒了一杯水，又削了一个苹果。问她吃没吃饭，表示要亲自到厨房去给她热饭。梅玫见他好言好语劝慰，气消了一大半。她呆呆怔了一会儿，想着郭立枢为什么要瞒着她录荆原的讲话，而她，却瞒着他去找了荆原。这是为什么呢？她望着墙上的结婚照，心里不觉难过起来。

郭立枢亲切地走过来，和颜悦色地要她早点上床休息。她背过身子去，说自己一点儿不困，还要看会儿书。她走到写字台前坐下来，打开了台灯。

郭立枢也不勉强她，一个人上了床。过了一会儿，只听见他用极其温柔的声音叫了她一声。梅玫以为他又要催她睡觉，赌气不理。却听他说："梅玫，明天你记着帮我看一下那个学生会主席、中文系学生的档案，好不好？"

又是档案！梅玫无名火骤起。

"你看看他入学前都干过些什么？哪年入党？高中时在上海的表现……"

"啪！"梅玫把手里的深红色日记本往桌上一扔，大声说：

"你要看档案，拿介绍信来！我都快成了你的私人侦探了！"

"哎，怎么这么讲？又不是我看，只是请你代看一下，我了解个大概情况。不算破坏纪律吧？"

"代看也不行！对你说了不是一次了！"

梅玫这才明白郭立枢今天晚上对她的夜归依然这么宽容的原因。每当他要她帮忙的时候，他简直可以跪在她的脚下。这已不是一次两次了，他像一个秘密情报人员，总想从她这里获取人们的隐私。她早就反感透了。她是他的什么？难道是一部梯子吗？

她伤心地抱住了头，真想大哭一场。她发了一会儿呆，揉揉眼睛，翻开那本深红色的日记本，在上头写起来。这本子还是郭立枢两年前送给她的，一直扔着没用，前几个月她把它找了出来，常在上头记些自己的真实思想。她现在特别需要它，唯有它能同她倾心长谈。每次写完，她都细心地把它锁在自己的抽屉里，谁也不让看。

她埋头写着，眼前浮动着太阳岛夜晚的树林子里小楼窗上的灯光……

三

北方春天的气候是多变的。

往年，西伯利亚袭来的寒流，常常几天就过去了。而这次的突然降温，却一天比一天厉害，冷空气终于占了上风。街心公园刚冒头的蝴蝶花缩回了脖子，细碎的小叶杨冻得哆哆嗦嗦。有一天竟然还飘了一阵小清雪，纷纷扬扬地洒了一地，不多会儿也就化成了水，弄得满街泥泞溜滑，行人纷纷咒骂着天气。只有趁着这几天回寒，做了冰糖葫芦拿出来叫卖的小商贩，希望冬天永远过下去。

荆原到大学做报告一周以后，校团委书记郭立枢召开了团委常委扩大会议，召集了各系的团总支书记和所有的班级团支部书记开会。他本想等录音全部整理完毕再开，但再不开就晚了，他必须尽快"消毒"，再拖下去情况会变得对他不利。会议的主要内容是听取各团支部对前一段工作的汇报。如同每次会议那样，年轻的书记们在简短地汇报了自己所做的诸如发展团员、植树绿化、打扫卫生等工作以后，应该郑重其事地报告青年的思想动态情况。正如郭立枢事先估计的那样，这一段青年的思想动态，基本围绕着对荆原报告的反应展开。一开始就有一个平顶头的小伙子，大概是中文系二年级的一个团支书，发言大谈荆原的报告受欢迎的情况。他还没讲完，又有几个人要抢着发言。郭立枢不由暗暗皱了皱眉头，很重地咳了一声，把那个团支书的发言打断了。

郭立枢对自己的简短插话非常满意。他首先声明了自己并不属于头脑僵化的"凡是派"一类，他深知那种人是不得人心的。其次，他声明了荆原的讲稿，事先没有经过学院有关部门审查，若有问题应该由报告人自行负责。最后，他虽然暗示自己不太赞成荆原的讲话，但他并没有给荆原做结论打棍子。他做事历来留有余地。

郭立枢这一个"启发式"果然灵验，会场冷落不到三分钟，各系的团总支书记纷纷发言。有人对荆原谈"四化"与人才问题提出尖锐批评，说报告在学生中造成了思想混乱，听说该人是一个改正右派，立场和倾向需要重新审查……有一位短发的女书记义愤填膺地说，根据荆原这次的讲话，他的右派根本不是错划，而是根本不应该改正！应该重新戴帽，再戴二十年也不过分！

郭立枢带头为她鼓掌。小会议室里果然响起了一片掌声。

郭立枢飞快地做着笔记，心中暗喜。

一个尖尖的女声叫道："生物系团总支为什么不发言？那天会场上递条子的，就是他们系的人。说什么'我是革命一块砖，东南西北任党搬'的口号是错误的，他对党到底是什么感情？这个人是不是团员？为什么不帮助教育？"

郭立枢在心里骂了一声该死的郭立楠。他早就预料到弟弟会给他捅娄子。不过幸好许多人并不知道郭立楠和自己的关系，平时郭立楠从不找他。

他暗暗向生物系的团总支书记投去一个眼色，示意他出来说几句。可是那人却不开窍，硬是不开口。偏偏那位女将还不肯善罢甘休，又气喘吁吁地说了一堆。

郭立枢心里"咯噔"了一下。他找郭立楠，找了快一个星期了，就是不见影，星期天也没回家，好像故意躲着他。这个纸条后果之严重，可想而知。他决定今天一定要找到郭立楠，同他好好谈一次。

散会以后，郭立枢立即着手做了以下两件事：第一，他请校团委的宣传部长起草了一个关于这次扩大会议的报道，由他亲自加以润色，打字复印，一式三份，分送给团省委、省委文教办和《中国青年报》。这属于一个大学校团委书记正常的工作范围，并无讨好任何人之嫌。第二，尽快去见祝书记，将会议情况做一个详细汇报。顺便谈谈前些时候艺术系盛行的舞会，是去党校学习的原团委书记在时开的戒律，如今一发不可收拾。那位书记前一段对右派改正工作极其热心，因为他的岳父是右派。此人学习结束后，建议党委慎重考虑对他工作的重新安排。

郭立枢亲自修改的那份会议报道写得十分出色。三易其稿，措辞反复切磋，提法再三斟酌。中心内容是说荆原的报告在大学里极其不得人心，激起了党员青年们的强烈反对。

报道发出已是第二天中午，郭立枢浑身轻松。预计一周之内，将有一场好戏。他一切准备就绪，运筹自如。只有一件事叫郭立枢不快，就是郭立楠的态度，似乎根本不把他放在眼里。晚饭以后，郭立枢亲自从球场上找到他，就在把他带往办公室的路上，又被他借故溜之大吉，让郭立枢去办公室等他。等了一个多小时，连个人影都不见。这会儿他又想起这件事，决定放弃午休，亲自到郭立楠的宿舍去一趟。

他进了学生宿舍，本想悄悄上楼，突然出现在郭立楠面前，让他毫无思想准备，耍不了滑头。但无奈认识校团委书记的人太多，一路过去，起码在走廊里停了四五次，同人敷衍交谈。等到他拉开郭立楠的房间，发现四个上下铺的人竟然都在午睡，发出此起彼落的鼾声。他好生疑惑，在房间中间站了一会儿，忽然发现从郭立楠的被子下露出一只穿白回力鞋的脚。他不由怒从中来，使劲推了他几下。可是郭立楠就像死了似的，任你怎么推也不醒。

"你搞的什么鬼，起来！"郭立枢大声说。

郭立楠翻了个身，嘟哝了一句，又"睡着"了。

郭立枢明知郭立楠又在躲避、捉弄他，却也毫无办法。他擦了一把汗，在床旁的凳子上坐下来，决心坐等。"看你上课了也不起来！"他想。

郭立楠和他的同学，是得到"警报"后，在郭立枢推开房门的几十秒钟之前，穿着鞋子跳到床上去的。他知道郭立枢大驾光临学生宿舍，肯定是来找他的，但他压根儿就不想见这个哥哥，只好装睡呗。可惜一翻身，鼻子顶着褥单，憋得喘不过气。他等了一会儿，听房间里没有动静，以为郭立枢走了。侧过身子悄悄睁开一只眼睛，却恰好同郭立枢打了个照面。他有一点尴尬，愣了一会儿，不得不坐起来。

"醒了？"郭立枢挖苦说。

"醒了。"郭立楠伸了伸懒腰。

郭立枢板着脸，说找他有一点事，需到楼下去谈。郭立楠无奈，打了一个哈欠作为回答。这一次，看来躲是躲不过去了。

他们在礼堂东门的台阶上坐下来。郭立楠打定主意不先开口，看郭立枢说些什么。郭立枢则在寻找着缺口，刚才考虑的几个开头都不合适。

"我今天听说，政治系有几个同学往报社写信反映情况了。"郭立枢平静地说。"说有人攻击'我是革命一块砖，东西南北任党搬'这个口号……"

郭立楠打断他的话说："那个系的人闲得慌，不用记化学元素符号，不用采集标本，没事儿找事儿！"

"咱们不是那种跟着风头跑的人，但应该注意策略。大庭广众的，你出啥风头？"郭立枢试探着说。

"出风头？"郭立楠咧了咧嘴，"我吃饭咋不用左手呢？"

郭立枢宽厚地笑了笑，诚恳地说："你别开玩笑，我是跟你说心里话。荆原的报告，要是换个普通人讲讲，也许并不会引起那么大震动，就因为他曾经是个右派！"

"右派？"郭立楠没好气地大声嚷道，"既然平反改正了，他就享有政治权利和充分的发言权！中国为什么出不了人才，就是你这样的人太多了……"

郭立枢虽然善于辞令，但现在不是辩论的时候。他深知这个弟弟的脾性，要降服他，得用别的办法。

"道理是另一回事，楠楠，你闯了祸，自己还不知道。你心血来潮递了个条子，整个学校都轰动了。你真是狂妄至极！"

"狂妄？"郭立楠觉得有点好笑。

"你不觉得有点过分吗？"郭立枢说，"最糟糕的是，你被人家利用了。"

郭立楠哈哈大笑起来："利用？我有那么傻吗？你这样说，好像提前就把他定成阶级敌人了？我尊敬他，但不是盲目崇拜！"

郭立枢惊恐地看了一下四周，慌忙压低了声音说："轻点，轻点！我的意思是，那张纸条，看来你不出来解释一下，解释递条子的动机，就过不了关。我考虑再三，你还是写一篇短文，在学生会的墙报上登一下，你可以说明一下自己的愿望和出发点是好的，至于荆原后来怎么作了发挥，歪曲了你的原意，跟你没有关系……"

郭立楠低头系好松开的鞋带，站起来，重重拍了拍屁股上的尘土，看都没看他二哥一眼，径自走了。

郭立枢追上几步，提高了声音说："我忘了告诉你，报考研究生，也要组织上填写政治表现的。"

郭立楠回头做了一个怪相："爱填啥填啥！总不是白卷先生那时候了吧！"

郭立枢一连碰了几个钉子，知道说服郭立楠杀回马枪是没有希望了。这个不知天高地厚的家伙，真要一意孤行吗？郭立枢压住心头的火气，狠狠抽动了几下鼻翼，挥了挥手说："好吧，执迷不悟，到时候和老右派一块儿变成小右派，别怪我手下无情！"

他气得把手里未点燃的烟捏碎了。他什么人都治得了，就是治不了自己的弟弟。郭立楠这些年来学得油腔滑调。你不知道他究竟崇仰什么，追求什么。郭立枢深深地为弟弟担忧。他的焦虑并不仅仅出于兄弟之情，而是另外一种说不清楚的东西。

"1976年春天，我还是差了一步。"郭立枢在下班回家的路上暗自检讨。"糊涂啊，我没有正确估计形势，如果那时能及时采取行动抵制，就成了反'四人帮'的英雄，政治前途就会大大不同了，真是终生遗憾。如今已经是70年代末，再不能重复三年前的优柔寡断了，需要决断和勇气，抓住政治上难得的机会！"

熙熙攘攘的街道两边，衣衫褴褛的小贩叫卖着尼龙花边、彩色表带、高跟鞋、石膏像……画着一对恋人拥抱的巨幅电影广告赫然入目，衣着时髦、挽着手臂的男女青年飘然而过。这一切都叫郭立枢反感。极其反感！这样的东西怎么能容许自由泛滥？！

他仰起头来，看见马路边上正层层而起的新大楼，起重机忙碌地搬运着预制板，几个工人在脚手架上攀爬，递送装着混凝土泥浆的铁桶。他的目光在起重机的长臂上停留了一会儿，感觉受到一点启发。这辈子，他已经连 XY 都忘得一干二净，要他去重新学习一门技术，走专家学者的道路，恐怕不太可能了。而在目前的体制下，搞政治总是吃香的，政治是起重机，专业技术只是卷扬机而已。

他决定今天晚上无论如何要把录音整理出来，打印分送各处。他还需要采取一些更有力的措施，最好设法把情况捅到省委书记那里去，现在和他持有相同看法的干部大有人在，又不是只他一人……

他一路想着，回到家里，母亲已经把晚饭预备好了：小米粥、烙饼、红肠、土豆丝、一碟朝鲜泡菜。大哥照例不在，母亲、梅玫和他三人，坐下来吃饭。席间照例默默无话。

过了一会儿，母亲像是无意问道："小枢你今天回来这么早，学校没事啦？"

"嗯。"郭立枢想着自己的心事，胡乱答应了一声。他忽然发现，母亲最近变得爱打听了，老是有一句没一句的，问他些外面的事，前言不搭后语，也不知她到底要问什么。

他吃饭很快，扔下饭碗就回自己房里去了。从来都是梅玫帮着婆婆洗碗收拾餐桌。他从裤腰的一大串钥匙上找出五斗橱的钥匙，取出了那架宝贝录音机。他真感谢交通局长的儿子帮了他一个大忙，1979 年这场无形的搏斗，录音机将为他立下汗马功劳。

他铺好纸，打开播音键，继续开始他的"工作"，估计再有两三天就可弄完。

"中国为什么不能大量涌现人才？"录音机里传出荆原严肃的发

问。郭立枢飞快地记录，心里却恨荆原为什么提出这样的问题。难道他这样的青年干部不是人才吗？他愤愤不平地想。接下来很奇怪，录音机里居然传出了河南梆子的声音，过了一会儿，说起相声来了。好像是收音机里的当天节目。他吓了一跳。这是咋回事呢？他急忙把五斗橱抽屉里锁着的另外两盒录音带拿出来，装进去放了一遍，竟然是什么山东吕剧和大鼓书。

"不对不对……"他颓然坐在椅子上，抱住了头。难道是自己弄错了吗？不可能，昨晚还好好的，就这三盒录音带……忽然，一个可怕的念头从他脑中一闪而过，连他自己也吓了一跳。

"一定是有人偷偷把荆原的录音洗掉了！完了！"

"梅玫！妈！"他气急败坏地叫道。

罗阡慌里慌张地走进来，问他出了什么事。

"楠楠今天回来过没有？"他劈头问。

"没有，"母亲肯定地回答，"没见他来过。"

"有人动过我的录音机吗？有没有人进过我的房间？大哥在家没有？可我是锁在柜里的，怎么会？……"郭立枢在地板上团团转。

"大哥天天一早就走了，好晚才回来。他知道你的什么录音？"罗阡出奇地镇静，在围裙上来回擦手，"你的什么录音还值得锁在柜里？"

"唉，跟你说不清楚。"郭立枢烦躁地跺了一下脚，高声叫道，"梅玫，梅玫，你干什么呢？"

"看你急的！"罗阡埋怨说，"她帮我撮煤去了。像你一天也不干活！当那么点大的芝麻官儿，多少人伺候你，像个大领导似的……"

她今晚上话突然多起来。

"你别打岔了好不好?"郭立枢不耐烦地对罗阡挥了挥手。他看见梅玫进来,拉长着脸问:"是你把我的录音带洗掉了?你想看着我倒霉,也别这么干!你当是闹着玩儿呀,我要丢了官,你也不得好!"

"你诬赖人!"梅玫噙着泪叫了一声,满心委屈。

"你别像只疯狗似的乱咬人好不好?"罗阡终于生了气,"梅玫也是才回到家,你连自己老婆都信不过吗?"

"那你说是谁?是谁呢?都没回来过,都没在家,可录音机不会自动洗胶带,除非这幢房子里出鬼了!"郭立枢歇斯底里地叫道。

"还有我呢!我在家,你怎么不赖我?"罗阡有气无力地说。她脸上的肌肉剧烈地抽搐了一下。

"你凑啥热闹?!"郭立枢不满意地瞪了她一眼。全家人几乎都是怀疑对象,唯独她可以排除。那些录音带同她有什么关系?在这个家里,她是最向着郭立枢的一个,她怎么会来同他捣乱?可是郭立桎也不会,那老夫子才不关心什么荆原不荆原哩,光是他厂里那个女工的事,就够他焦心的了。听说他们厂领导为这件事还找他谈话了……而梅玫,虽说是自己老婆,却不能不防。她现在对他越来越冷淡了,连碰碰她都不让。晚上回来,常常躲在一边写些什么。到底写什么呢?应该设法看一看才好。他忽然想,她不是不知道他整理这录音要去干吗,她对荆原明显地流露出尊敬,她有五斗橱的钥匙,干这事最方便了。但是郭立枢现在不能马上同她弄僵,他还有一件事得求她去做,一件很重要的事。只有她能做到。刚才对她发了脾气，今天看来是求不动她了。等她办完这件事，再找她算账不晚。

然而可能性最大的"罪犯"，还是郭立楠。百分之九十是楠楠干的，他会从后院爬窗进来，这个野小子！郭立枢恨得咬牙切齿。他故意冲着梅玫大声说：

"不管是谁干的，我看都是受荆原指使的。难道还用怀疑吗？他做贼心虚，对自己的讲话害怕了，想消灭证据！哼，敢讲也敢承当呀，勇士们！没那么简单，我要追查！"他知道这些话明天梅玫就会传给郭立楠，先吓唬吓唬他们也好。"这件事，荆原要负全部责任！我要用这件事大做文章，说明他是如此心怀鬼胎。可是，我看他也是自作聪明，洗了录音带，还有无数听众作证，他想赖也赖不掉的！"

罗阡哆嗦了一下，脸色煞白，很快走出去了。

"可是录音带毕竟是被洗掉了，怎么办？"郭立枢沮丧地想道，重重叹了一口气，"没想到'家贼难防'，同母异父的家庭，兄弟之间很难一条心啊……"

四

太阳岛绿叶扶疏的杨树林中那幢小楼窗上的灯光，经常是等第一片霞朵从大江东边飞起来，淡淡的晨雾渐渐散去的时候，才迟迟熄灭。而太阳一落山，夜雾升起，小楼又重新变得明亮了。湿润的风从江面上吹过来，钻进林子深处，和树叶儿一起低吟着。

不眠的夜晚，他长时间地在小楼上来回踱步。若即若离的江涛声，远远地涌过来；静夜里突起的一声雀鸣，骤然把他带到二十几年前。游子归故乡，只见城市面貌依旧，大江奔腾如故，而家乡的人，却陌生得多了。他感慨、伤心、欣喜而又振奋，回忆是残酷的，他不愿再继续折磨自己。一个人在经过漫长的二十二年以后，重新获得了工作的权利，要补回二十二年中失去的东西，几乎没有时间来回忆自己过去那些悲怆的日子。他要急急地赶路，前面堆着无法做得完的事情，实在是无暇坐下来，低头欣赏自己身上可以引以为荣的伤疤。当然那浩如烟海的往事中也尚存着一星半点游丝般的温暖记忆，他珍惜地把它藏在内心的深处，从不轻易打开，就像他对丁香花的感情无人知晓一样……

　　来到这个城市以后，荆原摆脱了一些日常工作，又有机会接触了大量的人和事，除了座谈讨论、应邀做报告以外，他还搞了不少调查研究。前几天他赶写了一篇文章。他在这篇文章中谈到坚持四项原则和解放思想的辩证关系、目前存在的困难，以及思想解放和资产阶级自由化的根本区别，等等。他指出有些人是庸人自扰，鼠目寸光。上次在大学做了报告之后，某些人又是"消毒"又是向上打小报告，如此兴师动众满城风雨，他也只好置之一笑。他原以为自己人微言轻，只起一个抛砖引玉的作用，想不到自己的话会有这么强烈的反响，心里倒反而暗暗聊以自慰了。他白天继续接待来访，晚上继续写作。凡有单位诚意来邀请他去讲话的，他概不回绝。他有时清晨出门嗅到紫丁香的花香，往往会停下脚步，伫立凝神，思绪茫然……

今晚，他刚结束了手头这篇文章，放下笔，起来踱着脚步，脑中不知怎的跳出了唐代诗人刘禹锡的一首古诗《聚蚊谣》，他低头默默地吟哦起来：

沉沉夏夜兰堂开，飞蚊伺暗声如雷。
嘈然欻起初骇听，殷殷若自南山来。
喧腾鼓舞喜昏黑，昧者不分聪者惑。
露华滴沥月上天，利嘴迎人看不得。
我躯七尺尔如芒，我孤尔众能我伤。
天生有时不可遏，为尔设幄潜匡床。
清商一来秋日晓，羞尔微形饲丹鸟。

"嗡嗡去吧！"他喃喃自语，轻轻一笑。

楼梯突然响动了，一个急促的脚步声传上来。人还没进门，就传来一声清脆响亮的"荆原老师"的叫喊声，进来的是个高个子的小伙，有一张圆圆的带有几分稚气的脸。荆原想起来，这是一个大学的学生，上次来过，叫郭立楠。

"这么晚了，轮渡快停了，你怎么回去？……"他怜惜地问道。

"我有一点急事。"小伙子气喘吁吁地说。"真的有急事。是这样的，昨天下午，我二哥的几盒录音带在家里突然被人洗掉了。他录的就是上次您在我们学校的讲话，他想整理出来，鬼知道搞些什么名堂。他是校团委书记，不用说您也能猜到是谁。奇怪的是，录音带突然被洗掉了……"

"慢慢讲，慢慢讲。"荆原拉开抽屉，拿出几个苹果，再把削好皮的苹果递给这个男生。

他好像又渴又饿，贪婪地咬了一口，说："他硬赖我说是您指使我干的，说您心虚害怕了，想销毁证据。他到处散布这种言论。我回家跟他再三解释也没用，吵了一架，只好来找您。真对不起，给您添麻烦了……"

小伙子局促不安地低下头去，用眼角悄悄瞟了他一眼。他这样地惶恐，倒使荆原不由得好笑起来。

"不要紧。"他宽慰他，"依你看，这是怎么回事呢？"

"我一点儿也弄不明白。"他苦着脸，"我没干这事。我知道他录了您的讲话，心想您才不怕他抓辫子呢！"

荆原点点头，说："就是。大会上多少人有目共睹、有耳共闻的嘛。怕什么?!"但他隐隐感到了事情的严重。

"梅玫姐虽说是他的爱人，可同我的观点一致。她也决不会干的。"

荆原想起上次来过的那个文静的、眼睛里带一点淡淡的哀愁的姑娘，原来是"郭书记"的妻子。他简单地思索了一下，事出意外，不必紧张，但也不能等闲视之。他领教过那些专靠造谣中伤吃饭的小丑伎俩，他自己倒无妨，就怕给大家带来麻烦。

他在屋里走了几步，很快决定了，爽直地说："这样吧，我这里有一个那天报告的发言提纲，你回去帮我找几本同学的笔记，我一边回忆一边补充，一两天之内，我把它写成文字稿，怎么样？"

"好办法！"郭立楠叫起来。把手里的一大块苹果都塞进嘴里去了。他鼓着腮帮子，美滋滋地嚼着，忽然想道：假如自己有这样一个父亲该有多好！他从来没有体验过同父亲像朋友一样交谈的乐趣。他想着，怔住了，奇怪自己怎么会冒出这样的念头。

荆原欣慰地望着郭立楠。小伙子有一双多么纯洁无邪、明净清澈的眼睛啊。鼓鼓的腮帮子上，淡淡的茸毛还没有全部退去。但你能说他们是天真无知的吗？不，他们已经学会思考了，这就是今天这一代青年。有时他们也许过于偏激，也喜欢自己发表一点不成熟的理论，但他们不受传统和世俗观念的束缚，敢于冲破旧的羁绊罗网，去摘取属于新时代的果实。年轻的大学生——中国新的希望！

忽然觉得小伙子的面容，有一种他熟悉的东西，使他觉得亲切。是什么呢？念头刚一闪过，他马上觉得自己可笑了。郭立楠才二十出头，当然不会是……不会。

"荆原老师，您什么时候再去我们学校呢？"小伙子站起来要走，天已经不早了。

"把这篇文章交出去以后就去。噢，最近还打算去外县走走。农业、林业、煤矿都很想看一看啊……"他像对老朋友那样谈着话，把郭立楠送出来。

回到楼上以后，他坐下来开始工作。

然而他却发现自己的脑子乱纷纷的，怎么也无法集中。刚才走的那个青年那张圆圆的脸不时浮现在他的眼前，使他心神不定。他这是怎么了?!

他无论如何没法排除这双明澈的眼睛勾起的波澜。波涛下的暗流，像江底电缆一样，虽然看不见，却沉得很深，要把他无尽的思念，输送到遥远的三江汇合处，然后流入大海……他本来也可以同大多数人一样，在那样一双纯净温柔的目光抚爱下，享受妻儿欢聚的天伦之乐。但如今显然是不可能了。他有过两个儿子，同他们的母亲一模一样的眼睛，多少年来像星星一般缀在他的心上。黑夜去而复来，星星总在闪着微弱而永恒的光亮……

他心里突然涌上一种强烈的冲动，他那么渴望能见到他们。他虽然是一位学者，但他更是一位父亲，他需要普通家庭的温暖与抚爱。他既然已经到了这座城市，为什么不去看看他们呢？他挥起手里的笔，写下了几个字，揉揉眼睛，才看清自己写的原来是孩子的小名。他是打算写信吗？可他连孩子们的地址都不知道……

失去的，毕竟是失去了。即使找回来，也很难再属于他。

他对着纸笔出了一阵神，长长叹了口气，伸出手，一把将那张纸揉成一团，又撕成了碎片，无力地扔到屋角的纸篓里……

他用拳头捶了一下太阳穴，晃了晃脑袋，好像要努力把思想集中到文章上来。然而他坐着，很久了，也没写下一个字……

……开始他听到一种轻微的响动，好像是人的脚步声，在楼梯上窣窣爬上来。到他门口，停止了。他以为会有人敲门，等了一会儿，没有动静；去开门，门外却什么也没有。真是神经过敏！他想，自己大概是太疲倦了，这种现象，这几天已经连续发生好几次了……

难道有谁想进来，又没有进来吗？

倒是有人提醒过，要他注意安全。纯属无稽之谈。他一不是首长，二不是富户，怕什么？

他写了一会儿，觉得有点热，顺手推开了窗子，扑进来一股鲜凉的晚风。几只青虫，趁势飞进来，绕着台灯扑腾。窗子还没有安纱窗，可是夏天已经快来了。

他伏案挥笔疾书，稿纸上留下了淡淡的手汗……

"啪——"突然，一包什么东西从外面飞进来，打在墙上，又弹落到床边的地上。他微微一惊，马上镇静下来，用脚踢了那纸包一下，没有什么动静，便弯腰把它捡起来，打开了。

外面是用一张冰棍纸包的，里面有一个纸团和一只浅褐色的木雕小公鸡。

荆原浑身颤抖了一下。他呆呆望着这只略显粗糙的木雕，好像从梦幻中醒来。他认得它，是二十多年前大儿子周华十二岁生日那年，他亲手刻了送给他的。它怎么会突然回到了他的手里边？

小公鸡昂着头，好像要抢在黎明前发出第一声啼鸣。儿子是属鸡的，他原希望儿子也能报晓。……

他看得出了神，半天才想起打开那个纸团，贪婪而慌乱地看下去：

亲爱的爸爸：

也许我没有资格这样称呼您，我们兄弟早已随妈妈改了他姓了。这些年中我们没有一次想到过要去找您，所以，当您作为已全部恢复名誉的学者荆原，重新出现在我们这个城市的时候，我深知自己同样没有资格去看望您。但我已经在您做报告的会场里远远地望见过您了，我一次次徘徊在您住的小楼周围，为的是希望见到您……

我一次次爬上楼梯，却没有勇气敲门。亲爱的爸爸，也许我们将要这样永远地分别着，分别着，再也不能团聚了……

经过那一个长长的噩梦醒来以后的现实，并不比梦境强多少。我绝望过，死去过，但1976年10月的风使我"复活"了。我挣扎着，努力想重新站起来，但是当我耳闻您来这个城市以后受到的非议和责难，我预感到我的心又在一天天冷却，一天天死去，就这样死去活来，谁知道还能折腾多少时日呢？

我给您写这个纸条，一不为乞求您的怜悯和宽恕，二不为希求您来拯救我的灵魂。我只是请求您一件事，假如您还爱着您的孩子，就请您答应我，无论如何答应我——

我听说，有一帮人，打算从您下手开刀，把那些鼓吹思想解放的人狠狠收拾一顿。他们已经扬言，不把您赶回关内誓不罢休！他们说，时候一到，您这样"反动"的"家伙"该重新戴二十年帽子！

原谅我这样残酷地伤害您。但这却是千真万确的。我求您赶快离开这个城市，趁他们还没有下手。这种专靠整人为生的人，这些年您见得还不够多吗？只有避而远之。您快走吧，离开这个只留下伤心记忆的城市。万一您最近不能马上离开，您也绝对不要再在任何公开场合发表谈话了。您的每一句话都是您的绞索。这一切都因为您是过去的右派，这个永远也无法洗清的罪名……

您还认得那只小公鸡吗？二十二年来，它一直陪伴着我。在那所我一生中永远不会忘记的白屋子里，这是唯一留下的纪念。它虽然不会啼鸣、不会跳跃，但它的心却是永远爱您的……

忘记我们吧，那个属兔的弟弟，一直在记恨着您……

荆原痴痴地抓着那页纸，傻了似的跌坐在椅子上。这"飞来"家书，字字血泪，滴在他心头。他来到这个城市后，紧张地忙碌中总好似暗暗地在期待着什么，期待什么呢？应该并不是这样一封揪心的信！信上没有提到老二和他的母亲。只是，他记得老二是属兔的……

来这个城市以后，他并没有去打听、寻找他们。过去的都已经过去了，他又何必去搅扰人家平静的生活呢？他的心情极其矛盾，尽管在宁静的夜晚，非常想念他们，但第二天白天，他却回归到惊人的理智状态。来看望他的老同志中，有热心人试图和他提起此事，他都用话岔开去了……二十二年，为了一篇说真话的文章，远走天涯。繁重的劳动、艰苦的生活，他都能忍受。然而孤独，无穷无尽的孤独，几乎使他没有力量再活下去。他曾经是那样地渴望着能再见见自己的孩子，现在他回来了，回来了，得到的却是这样一封凄楚感伤的信。

记得苏轼有诗云："竹外桃花三两枝，春江水暖鸭先知。"二十二年来，所谓的"右派们"，站在政治斗争的风口浪尖上首当其冲。他原以为那些都已永远成为过去，而这封信中的事实，倒是给了他"当头一棒"！对于任何可能到来的灾难，他心里充满了深深的忧虑而不是个人安危……

"右？又是右？"荆原突然感到了一股强烈的暴怒和愤恨。他像一只发怒的狮子，在地板上来回走动，震得整幢小楼都好像要摇动起来。他很想大声地喊什么，嗓子却噎得慌。

他渐渐平静下来，目光落到了那只光滑的小公鸡上。他把它握在手心里，默默抚摸了一下。忽然，他想起了什么，飞快地跑下楼去，奔向大门口。

夜雾茫茫，四处是无边的黑暗。太阳岛的夜晚路灯稀疏，高高的天幕上微弱的星光似乎无力揭开那黑色的帷幔。远远传来最后一班渡轮的鸣笛，风儿在树林里穿行，弹着无人能听懂的悲哀的夜曲……

她就是在这样一个漆黑的夜晚离开他的，早晨起来的时候，只见空屋子里，孤零零地插着一丛新鲜的紫丁香，是她留给他的唯一纪念，花瓣上洒着几滴露水，酷似离人的眼泪。很久以后他才发现，她把他们影集上的一张在丁香树下四个人合影的小照揭下来，带走了……带到了无人知晓的角落。可是，难道天亮的时候，光明还不肯把他们还给他吗？

荆原在老榆树下站了许久。慢慢地，一串热乎乎的东西，从他那冷峻威严的眼睛里涌出来，爬过了整个脸颊。有几滴，渗进那深深的皱纹里去了……

他的嘴唇翕动了一下，无声地呼唤着：

"我的孩子，你们在哪里？"

第三章

一

　　梅玫窗下新栽的丁香树苗竟然活了。修长的枝条泛青，发出绿茸茸的叶片，闪闪发亮，在春天的冷风里，战战兢兢地颤动着。

　　这也许归功于梅玫的细心照料。天气还寒的那几天，她在小树干上缠绕了厚厚的一圈圈草绳，使它不至于冻死。然而小树的成活，并没有带给她多少欣喜。她觉得自己也像它一样孱弱、瘦小，每天在提心吊胆中过日子，随时都会被突然袭来的狂风吹折，不知何时才能长得独立茂盛，抖开那云霞一般的花冠。她替小苗浇水，清水里时常滴上她忧郁的泪。这些天，她越发显得憔悴了……

　　罗阡不知道为什么病倒了，整夜失眠，不思茶饭，浑身没力气，郭立枢要陪她上医院，她执意不肯。说这是老毛病，年年开春会犯，吃几服汤药调养一下就好。昨天梅玫为她请了一位大夫来家望诊，开了中草药，为了照顾婆婆，她还特地请了两天事假。这几天，梅玫天天替她熬药，还亲自做了面汤稀饭伺候她。

　　"录音带事件"发生的第二天，郭立楠回到家里同郭立枢大吵一场，两人几乎动起手来。郭立枢冷嘲热讽，一口咬定是郭立楠干的好事；郭立楠死不认账，一副受了委屈不肯相让的架势。他们是在客厅里吵起来的，梅玫劝也劝不住，愈吵愈烈。罗阡进来喊了几声他们也不听，她一怒之下，抓起茶几上的一只细瓷花瓶摔在地上，他俩才总算暂时休战。梅玫从未见罗阡发过这么大的火，况且她以前一向偏袒郭立枢，昨天却把他好一顿训斥。她说楠楠明明没有回来过，录音带绝非楠楠所为，要追查就追查她好了。再说，几盒录音带又有什么了不起，值得如此大动干戈。气得郭立枢"砰"地关上房门不再出屋。过后罗阡见地上的花瓶碎片，却又心疼得不行，一边收拾一边落泪，有一阵竟泣不成声。偏偏郭立楠又不懂得安慰体贴母亲，梅玫在一边劝罗阡回房，他却在客厅墙上敲钉子，打算把苏联乌兰诺娃主演的《天鹅湖》剧照画框挂着墙上。白天鹅伏在地上，两条丰腴滑润的手臂朝后伸展着，脸微微仰起，渴望着蓝天。她的上半身几乎占据了整个画面，因此，除了透明的胸衣和短裙以外，很像是袒露着身子。罗阡正打算离开，一眼瞥见这张画片，吃了一惊，脸上愀然作色。梅玫从旁一看，不觉好笑。原来楠楠这个浑小子，不知是有意还是无意，竟把画片挂在了郭自彬遗像的正对面，他那阴郁的目光，愤然而无奈地瞧着这新来的占领者——一位娇媚可爱的女郎。罗阡紧紧皱着眉头，说最好别挂这种画片，走过去打算揭下来，却让郭立楠敏捷地一把夺了过去。他满不在乎地欣赏了一番，竟然还要往墙上挂。罗阡喑哑着嗓子说，那就挂到你和大哥的房间去吧。楠楠大声嚷嚷说："难道你不懂这是艺术吗?!"这句话似乎刺伤了罗阡，她流着泪默默走了出去。郭立楠手里拿着画片发了一阵呆，也觉得对不起母亲，却也不肯去赔礼道歉。他扔下画框，连夜过江找荆原谈录音带的事去了。

罗阡就是在这第二天病倒的。两个儿子的争吵，楠楠的任性粗鲁，都使她伤心难过。但梅玫总觉得她像是受了什么强烈的刺激。她在昏睡中几次梦呓，都好像念着一个什么人的名字，有一次梅玫听出来好像是周×× ,她吓了一跳,罗阡以前的丈夫不是姓周吗?
她还喃喃念着什么"录音……""录音……"的,难道那录音带同她
有什么关系?细心的梅玫想到前天晚上兄弟俩吵架时罗阡的态度,
不由也生出一点疑心。罗阡为什么一口咬定不是楠楠洗的录音带呢?
好像她知道是谁干的似的。近来,这位沉默寡言的婆婆许多行为都
十分反常。她连着打破碟子,把饭烧煳了,蒸馒头没放碱。有一次,
还把高粱米当成小豆放在粥里。是人老糊涂了,还是她有什么心事?
梅玫不是那种好斤斤计较、惹是生非的女人,她只是觉得奇怪,似
乎有一个连她也不知道的秘密,在这个家庭里徘徊,她越发觉得婆
婆可怜起来。她为她端茶送水、服侍得周到体贴,却不是出于媳妇
对婆婆的孝心,而是一种女人之间的同情。

今天罗阡是好得多了,她坐起来,喝了一点橘子汁,听着收音
机里播放的评戏《罗汉钱》。傍晚时分,梅玫进去问她晚饭想吃点什
么,她忽然用一种梅玫从来没有听见过的温柔的语调说:

"坐下,陪妈坐会儿。"

梅玫受宠若惊。她坐下来,惶惶不安。

"坐过来一点,坐到我床边来。"罗阡微微笑了笑。但笑里分明
含着一丝苦意。几天之内,她的头发白了许多;那保养得很好的皮
肤上,忽然显现出许多皱纹来。

梅玫想,她也许是要同自己说一件什么事?她静静坐着,等待
着罗阡开口。

罗阡慈爱地望着她,脸上每一条皱纹都显得安详亲切。她也曾
有过做妻子的柔情,失落在哪里了呢?

"梅玫。"她的嘴唇动了一下，似乎想说什么。她也许有许多知己的话要告诉梅玫？可是，她抚摸着梅玫的手背，却轻轻叹了一口气。

"妈，有什么事吗？"梅玫终于忍不住问。

"没什么、没什么……"她解释说。

究竟是什么使她难以开口呢？她一定是有话要说。梅玫突然想起来，罗阡有好几次悄悄走到门口去，好像是为了去看望那株丁香树苗，似乎对丁香抱有一种特别的眷恋。

梅玫又默默等待了一会儿，替罗阡试了一遍体温。

罗阡在试体温的时候长久地盯着梅玫看，看得梅玫都不好意思起来了。

"快一年了，还没有吗？"她把体温表从口腔里拿出来，突然问。

"没有什么？"梅玫的脸唰一下红了，她心慌意乱，又失望又害羞。难道她等了半天，罗阡要说的竟是这样一句话？不，也许她是用这句话作引子呢，这是做婆婆的才能问的。

"我是说，不会是你们不要吧？"

"单位有规定，有计划。"梅玫简短地回答，真想走开。说实话，关于生孩子，她似乎没有一般年轻妇女的那种兴趣。

罗阡似乎放了一点心。她还想说什么，郭立枢回来了。

郭立枢今天好像特别高兴。手里拎着一只大盒子。梅玫去开门，他在走廊里就迫不及待地把梅玫捉住吻了一通。梅玫没有能够挣脱。这种突如其来的亲热，唤起了她心中淡薄了的情感，丈夫身上熟悉的气味，使她觉得亲切，又觉得怅然……

"快来看！给你买了什么？猜猜。"郭立枢兴高采烈地说。

梅玫摇摇头。

他得意扬扬地打开盒子，取出了一件粉红色的长睡衣，一抖开，房间里豁然一亮。睡衣上绣着朵朵玫瑰红的小花，在灯光下闪着诱人的光泽。梅玫伸手摸摸衣料，是绸子的，这种好东西，秋林商店也没卖的。

"我去还录音机，刚巧碰上李局长的儿子托人从杭州捎来的，他有三件，问我要不要。我想，贵是贵点儿，可真他妈的漂亮！出口转内销的，买也买不到。"他殷勤地把它披在梅玫身上，用一种夸耀的口气说，"这回，该不骂我思想僵化了吧？睡衣——最最资产阶级的，不也给你买了吗？"

梅玫看着郭立枢那种关怀备至的模样，心里突然感动起来。她为什么老对他不满意呢？他到底哪一点使她不满意呢？没有人不羡慕她有这样一位能干的丈夫。她低头瞅瞅自己身上，禁不住对他嫣然一笑。真的，也许自己先前的那种疑虑和不愉快都是多余的……

他们坐下来吃晚饭。郭立枢对她炒的菜赞不绝口，一边兴致勃勃地说："这两天你没去学校，情况发生了好大的变化，团省委和文教办都派来了调查组，召集同学们开了座谈会。他们都找那个学生会主席谈话了，还追查是谁把荆原请到学校里来的，态度很明朗。你看看，不是我瞎胡闹吧！"

他看梅玫放下筷子，眼睛睁得老大，知道自己这番话起了作用。便压低了嗓子，显得很神秘地说："今天我到荆原的原单位去做了调查，找到了当年把他划为右派的那位领导。他说，当年北京的几个大右派，都曾和荆原有联系。"

梅玫撇了一下嘴。

"你必须承认，在这场斗争中你的表现是不够坚决的。"郭立枢说。他吃饭时发表谈话一点儿不影响他夹菜，如果他话说得越多那就表明他这顿饭吃得越香。"当然我不怪你，是外界的思想影响造成的嘛。你马上就会看到我的……（他本想说"胜利"，又改了口）我的努力不是白费的，荆原很快就要被赶走了……"

"你说什么？"梅玫叫起来。

"不要大惊小怪。"郭立枢拍拍她的肩膀，"你应该同你的丈夫站在一起。至于录音带，上次是同你闹着玩儿的，当然不会是你。老婆总不会拆自己男人的台啰……"

他笑眯眯地望着梅玫，接着用最温和亲切的声音要求她今天晚上务必到祝书记家里去一次。他说本来早就应该去了，是妈妈生病拖了几天。他说，这件事无论如何只有她去最合适。祝书记是她爸爸的老战友，又很喜欢她，她去一趟是百分之百成功的。

"你可别以为我要你去走什么后门呀！"郭立枢郑重声明。"你只是去反映一下情况，下级向上级反映情况是正常的。现在的问题，只要祝书记对荆原表态就好办了。他偏要拖拖拉拉，要开什么党委会来研究研究，这完全是多此一举，官僚主义作风……"

梅玫默默收拾着桌子。

"方便的话，还请祝书记向省委的文教书记汇报一下，听说他同马书记的关系不错。我本想找李局长的儿媳妇的，她是马书记的外甥女，可惜她到千山休养去了。这件事，只要捅到马书记那里，马书记说一句话就妥了。其实祝书记应该亲自去找马书记才对……"

他走到她身边，猛一下把她搂在怀里，含情脉脉地说："好梅玫，辛苦一趟吧，为了我们，不，为了国家的命运，就求你这一回。当然，你别忘了对祝书记说，这节骨眼儿上可千万别派我到党校去学习。对了，我托人从安徽捎来一斤上等好茶，'猴魁'，怎么样？不错吧？你顺便带去……"

"放开我。"梅玫急促地说。她突然又觉得厌恶他了。

"你答应我，我就放开。"他嬉笑着。

"你放不放……"

"你去不去……"

俩人正相持不下，大门的门铃骤然响起来。郭立枢无可奈何，松开梅玫去开门。进来的是郭立桎。只见他头发蓬乱，脸色铁青，不看郭立枢，径自到自己房间去了。郭立枢回到客厅，见梅玫不在了，又跟到厨房。梅玫见他进来，不等他开口，甩了一下头发，平静地说："我不能去，我做不来这种事。"

郭立枢脸上的笑容顿时不见了。他咬着嘴唇，惶惑，恼怒，一言不发。看来，他的长睡衣白买了。

梅玫看郭立枢如此失望，有点于心不忍。走到他面前，温和而恳切地说："你到底为什么要这样做？你对我说句心里话好不好？"

看看郭立枢不语，梅玫抓起他的手，贴在自己脸颊上。这是她许多天来第一次温存的表示。她觉得自己是那么渴望着同郭立枢说几句心里话。不管怎么说，她是他的妻子，是曾经热烈而真诚地爱过他的。也许现在还爱着。为什么要听凭他们之间一天天变得陌生呢？不不，裂痕不应该再加深了。梅玫只要一想到他们曾经有过的美好的日子，对他的不满和怨恨就会全部烟消云散。

"枢，咱们平心静气地谈谈。"她充满感情地看着他。"你对荆原的讲话有不同意见，可以找他当面谈，为什么要动不动就整人呢？我爸在60年代没少挨整，我一想起前些年就觉得可怕，为什么……"

"我没有时间同你讨论这个！"郭立枢冷冷地打断她，把手抽回来，"对于政治，你几乎一窍不通。"

温情一刹那间全部化为乌有，梅玫只觉得眼睛酸酸的，眼前这个品貌端正的爱人变得模糊不清了。他根本不愿同她说心里话，或者说根本没有心里话。她到底什么时候爱上他的呢？爱他的什么呢？她拼命眨着眼睛，不让泪水涌出来。

"枢，你以前，不是这样的……"她难过地说。

"你错了，我跟以前没什么两样，是你自己变了！你好好看看自己吧！"

郭立枢说完，气呼呼地走了出去。他没忘了去客厅拎上那两盒茶叶，然后重重关上了大门。

梅玫久久地怔在那里。水在炉子上噗噗地开着，她忘了去灌。她第一次问自己，到底是他变了，还是她变了呢？难道真的是她自己变了吗？变在哪里？又是怎样开始的呢？……

她想得头痛。好一会儿儿才记起来，该到罗阡房间里去收拾碗筷。罗阡已倚着床栏静静地睡着了，眼窝下留着淡淡的泪痕。梅玫替罗阡掖好被角，突然，一张两寸的小照片从罗阡的枕下滑出来。梅玫捡起来一看，惊讶得差点叫出声来。一棵灿烂的丁香树下，站着亲亲爱爱的一家人。年轻时的罗阡，竟是那样的美丽动人，身边两个黑发大眼的男孩，活泼可爱。在她的右边，是一个青年男子，显然是孩子们的父亲。梅玫觉得他似曾相识，却又无法想起在哪里见过。罗阡为什么珍藏着这张照片？也许，她还是一直在爱着他的吧？梅玫想，生活中毕竟不能没有爱和希望，罗阡似乎总还是在期待着什么，否则她如何有力量度过这些年漫长的孤寂呢？

梅玫把照片塞回枕下，踮着脚悄悄走了出去。她到厨房拎了开水，想到大哥房里去灌暖瓶。走到他门口，门虚掩着，正要敲门，却听见从里面传出一阵男人低低的啜泣声，沉重而痛楚。她从门缝往里一看，大哥正趴在床上，头钻在被子里，两个拳头捶打着床沿，痛苦得反复辗转。她起初以为他病了，继而听见他含糊不清地自言自语，好像说着什么"我对不起你""我对不起你……"

他对不起谁呢？在这个世界上他与任何人无争，还会有负于谁？除非是那个女人。梅玫忽然想起来，罗阡在病中还曾经让她把郭立柽叫到房间里来，对他说了好半天话。说些什么梅玫不知道，反正郭立柽出来时，默默流着泪。后来郭立枢告诉她，郭立柽答应母亲不再同那个女的接近了。郭立枢连续几个傍晚下班时，亲自到郭立柽的厂门口去"侦察"过，郭立柽果然没再送她回家……郭立枢得意扬扬地说："这一个月，看看外头的情形，他头脑该清醒了吧？反哪门子封建！"

梅玫犹豫不决到底要不要进去，在门口站了一会儿。她心里确实非常非常为郭立柽难过。他自己尚需一双强有力的大手的拯救，哪里有力量去拯救那个不幸的女人呢？多么可悲的结局呀，难道他就没有勇气再作一点挣扎？梅玫真想问问他……

可是她自己呢？她在悬崖上还是在深渊边？有谁能拯救她呢？

她做完家务，回到自己房间里，看了几页书，便坐下来写日记。过了不大会儿，郭立枢回来了，手里拎着那两盒茶叶，脸上没有笑容，也不同梅玫说话，看样子是没能见到祝书记。见他回来，梅玫把日记本锁进自己的抽屉，去客厅看电视了。

二

第二天梅玫一早就去上班。她急于想知道郭立枢对她说的是不是实话，事态是否严重到那样的程度。她憎恨自己竟然拿不出一点办法来制服这个自诩懂得政治的丈夫。说实话，她能不让他说服就是万幸。她觉得自己不能再让这种情况继续下去了。

中午的时候，梅玫下楼去打开水，在楼梯口碰到了郭立楠。他握着一卷纸，正兴冲冲地从下面两级楼梯并一步地跳上来，差点没撞到梅玫身上。

"什么事儿这么高兴？"梅玫嗔怪地说。

郭立楠扬了扬手里的纸，兴奋地说："荆原老师的讲话稿整理出来了。上午我同政治老师说了一下，他说他想看看，最好争取在学报上发表，叫我中午把稿子送到他办公室去。"

"真的？那太好了。"梅玫忍不住叫起来。

郭立枢迎面走过来，朝他们瞟了一眼，也不说话，径自下楼去了。

梅玫很想把昨天晚上郭立枢同她讲的话告诉郭立楠，想想毕竟不大好，就拐了个弯问道："荆原什么时候走呢？"

　　"往哪走？"

　　"回去。"

　　"干吗回去？"

　　"不是说，有人——"梅玫不好意思说下去。

　　"赶走？他们赶得走吗？"郭立楠断然挥了挥手。"过几天他还要来开座谈会呢。你告诉郭立枢，少在背后捣鬼！"

　　"你们还是注点意好。"梅玫说。

　　"注意？溪水边的小羊再注意，狼也是可以找到借口的！显微镜下总能找到细菌。放大五十倍找不到，可以放大五百倍！找不到大肠杆菌，可以找绿脓杆菌！"郭立楠用他的生物学术语说。"可现在是1979年春天，70年代末期了，愚昧能一时蒙骗一些人，不能永远蒙骗所有的人！"

　　他扬扬手里的东西，飞快跑上楼去了。

　　郭立楠简短的话，使梅玫心里踏实了不少。她在各办公室转转，果然也没再听说什么。人们对政治毕竟是十分淡漠了。

　　她轻松了不少，下班的时候，哼着歌。路上碰到一个老同学，聊了好一会儿，回到家，已近天黑了。大门没锁，自己房间亮着灯。她推开门，见郭立枢悠然自得地坐在沙发上看报纸，漫不经心地瞅了她一眼，连招呼也不打。她放下手提包，转过身，一眼望见写字台——脑子"嗡"的一声炸开了。

　　写字台正中，放着她的那本深红色的日记本。日记本下压着一条一尺来长的白纸条，一直垂挂下来，像"文化大革命"中批斗"走资派"时的大标语。上头用红墨水写着几个大字："你走得太远了！"

"你——"梅玫惊愕得说不出话来，"你怎么打开我的抽屉了?!"

郭立枢慢条斯理地说："请别误会，我找一样东西，刚好看到了，对不起。"

梅玫呆呆望着郭立枢得意的神色，还有写字台侧面那只被别歪的锁扣、扔在一边的扳手，忽然明白是郭立枢明目张胆地撬了她的抽屉。郭立枢早就在监视、觊觎她这本日记了，而她却根本没想到。

"你凭什么偷看我的日记？"梅玫愤然涨红了脸。

"偷看？什么叫偷看？别忘了，我是你爱人！"

"这不是写给你看的！"

"那么写给谁看的呢？"郭立枢忽地站起来，一下子把日记本抓在手里，梅玫想去抢，已经来不及了。他晃着那个本子说："我还想问问你呢，你这些都是写给谁看的？"

"给我自己！"梅玫挺着胸脯说。

"给你自己？"郭立枢扬了扬眉毛，一副讥笑的神情，"说得倒挺轻巧，实际是这么回事吗？想不到，一个共产党员，也会干出这种事来！"

"我干出什么事了？"梅玫正想反问，门轻轻推开了。罗阡披着一条三角羊毛披肩，站在门口。她蹙着眉，嘟囔着说："你俩又怎么的了？总不安生！"

郭立枢如获救星一般，不由分说地把她扶进屋子里来。连声说：

"妈，您来了正好，来了正好。郭家出了新闻了，您听听，这样的日记，到底是不是我有意污蔑她！"

罗阡在椅子上坐下来，微微闭上了眼睛。

"您听听，"郭立枢翻着纸页，急切地在寻找着什么，"我念给您听听。我不冤枉她！"

梅玫痛苦地咬住了嘴唇。她不会耍泼，也不想为自己辩白。她倒很希望郭立枢把她全部的日记都照原文念出来，让罗阡来主持公道（虽说她未必是公道的）。日记本上写的全是她的心里话，并没有什么见不得人的秘密。她不愿让郭立枢看到，只是因为觉得郭立枢不会赞成她和理解她。

"2月15日，"郭立枢清清嗓子念道，"我第一次发现做客是这样无聊和没有意思，假如这是一家为了礼貌和某种目的而去拜访的人，你发现自己讲的东西人家不感兴趣，自己要想谴责的东西又恰恰触了人家的痛处。于是只好想出几句顺耳的话来讨好主人。我由此觉得，一个人若是有合适的谈话对象，也是一种幸福。我现在常常是这样，几天都说不了一句话。人家想同你说话，你又觉得无话可对他说，你想说话的人却没有。"

"家里的人都不在你眼里！"郭立枢"哼"了一声，接着念道，"2月23日，……我们凡做一件事，并不是真想这样做，而常常只是因为需要，要做给别人或领导看。真是没有意思。"

"2月29日，寒假快结束，又要开学了。我一想到将回到那冷冰冰的档案室去，心里就不愉快。在那里我独自一人，常有孤独之感。好像一个未老先衰的人。整个寒假里他给我那么多的欢乐，他给我讲一些也许是很普通的事，都会使我难以入眠。他帮我打开一个个思想禁区，使我看到了在自己的小天地之外还有那样广阔的世界。现在却要暂时结束了……"

"他是谁？"郭立枢晃着二郎腿，朝梅玫问。"当然，你不说我也很清楚。听下去！——3月8日，大家庆贺妇女节，我却一点儿也不快活。小黎同她的丈夫离婚了，她的丈夫是个十足的市侩。她说在现代社会中，妇女经济的独立并不能完全代替思想的独立。这应当怎么理解？"

罗阡显得有些不安，她搓揉着那条披肩，默不作声。

"4月25日，小的时候，我满足于当'三好'学生，大了，一心想当好干部、好妻子，将来做一个好母亲，然而这'好'的标准究竟是什么？人们说'好'的东西就一定都好吗？什么是坏呢？"

梅玫坦然坐着。就这样的日记，值得那么小题大做？

郭立枢看来早已把它读得很熟了。他很快翻过去，选着其中他认为是重要的章节。

"5月3日，杨树先绿了，绿得像一层青纱。一个孩子，戴着杨树枝编的花环。可是其余的树，一点春的信息也没有，全然无动于衷地站在那里。在它们内心还是一片冰冷的冬天，春天离得还很远。我常常觉得，在这个家，春天是不会来了……"

罗阡似乎被什么"蜇"了一下，猛然动了动身子。

"5月15日，紫丁香开得烂漫的时候，他出现在我们的生活中。好像一阵狂风过山，又好似一块巨石落水，把一切都打乱了。几年前我曾钦佩过的一个人，同他相比，竟然如同太阳出来后的雾气一般消散殆尽了。在他的面前，我觉得自己无知渺小。这些天，他一分钟也没有离开过我的脑海。我想，他年轻时是什么样子呢？也是这样冷峻、严肃吗？如果我是他同年龄的朋友，那该多好啊……"郭立枢念到这里，"啪"地合上本子，大叫一声："看看，我说吧！"

梅玫吓了一跳；她怎么会写出这样的句子来呢？简直是幼稚得可以！她一定是在很激动的情况下写的，绝非郭立枢编造。现在，事情弄糟了，郭立枢可以凭借这句模棱两可的话，做出他的解释，掀起一场暴风骤雨。

她偷偷瞟了一眼罗阡，忽然发现罗阡的眼睛里涌满了泪水，她的脸色白得像纸一样。梅玫想，婆婆一定是生她的气了。老人有她们严格的道德观念。她有一点害怕起来，怯生生地说：

"你们听我说，这，只是一个比方，形容我的心情。不要、不要误解了……"

"那么，这样的话也是比方吗？"郭立枢身子往后一仰，伸出手指舔了一下，打开本子，飞快翻下去：

"……当我们还小的时候，我们不知道应该怎样来生活，我们追求那些表面的虚荣、肤浅的答案，时间就这样白白过去了。而当我们比较懂得生活了以后，天真无邪的青春少女时代，却又永不再来。我当初曾经感觉到的那种幸福很快消逝了，我不知道自己究竟是否还爱着他。为什么在人们看来我的家庭是那么美满幸福，我却丝毫感觉不到呢？可见每个人所追求的幸福是不同的，如果你发现了他的自私、冷漠和虚伪……"

"现在你自己来说说吧！"郭立枢把日记本重重摔在桌子上，"你到底要追求什么样的幸福？"

梅玫坐在床沿上，低着头，像一个被审讯的囚犯。她的脸色苍白，显露着一种深深的委屈。她努力使自己冷静，再冷静。她相信一切都是可以讲得清楚的。

"结婚以来，我常有这种感觉，觉得我们两个人太不相同。"梅玫缓缓地说，"我很苦恼，可是我又无法消除这种念头。我只好坦率地写在日记上。我并不想对你隐瞒这种已经发生了的事实，也不伪装自己的感情，我想，你是应该理解的。"

"理解？"郭立枢冷笑一声，用一种近于恶毒的口气说，"一个被欺骗的丈夫，还谈得上什么理解！"

"欺骗？"梅玫愕然了。

"不要再同我做戏了！你表演得够了！一个正在堕落的女人是不会感激她丈夫的苦口婆心的！假如不是为了挽救你，我何必来'偷看'你的日记？你的所作所为，正派的人是无法容忍的！"郭立枢似乎尽力克制着自己的气愤，从上衣口袋里掏出一个小本子，打开念起来：

"×月×日，有人看到你和郭立楠在操场上眉来眼去达十五分钟之久；×月×日晚上，有人看到，你和郭立楠一起去江北太阳岛；×月×日中午，郭立楠在你的办公室里待了半小时之久，房门紧锁……"

"天哪！"梅玫失声叫起来，嘴唇颤动，面色苍白，"为什么要这样诬陷人？你真的相信这些谣言？楠楠可是你的弟弟……"

郭立枢微笑不语，又翻过一页，继续念："×月×日，你去太阳岛同荆原单独会面达两小时之久，荆原送至渡轮……"

"你说什么？"梅玫以为自己听错了。怎么又扯到荆原那儿去了……

郭立枢合上本子，双手抱着头，沉痛地说："真想不到，梅玫，你会是这种人。道德、廉耻、信义，都不要了！难道这就是思想解放运动给你带来的结果吗?!"

"你听我说，"梅玫喘着气靠在墙上，在她那受了伤害与侮辱的心里，还残存着一点对郭立枢的希望。她无论怎样的不了解他，可他总应该是了解她的。她是一泓清水，一眼见底。即使她与他意见不合、吵嘴生气，他怎么可以怀疑她的人品呢？她想。那也许是他听信了坏人的挑拨，一时的气话？于是她强忍着泪，压着火，恳切地说："我并没有做什么对不起你的事，你说的这些都是主观臆想出来的。我喜欢楠楠，把他当成我的亲弟弟一样，这是事实；我尊重荆原老师，把他看作我的老师、父亲一样亲近的长辈。这种纯洁的友情，你怎么能想得那么卑俗。"她忽然气上心来，声音都变了，"你把人想得太坏了！"

郭立枢两只手交叉在胸前，舒舒服服地晃着那把椅子，悠然自得地看着自己那个小本本。这是他的"日记"本，几年来从未间断，他的许多方面的神机妙算，都得助于它。他听完梅玫的话，不慌不忙地站起来，踱了几步，答道："相信？我相信你，还不相信他们呢！打着解放思想的旗号，干些蛊惑人心的勾当。右派，会是什么好东西？那个荆原是单身，听说老婆早已同他离婚了……"

罗阡手里的茶杯猛地晃了一下，水洒了她一身。梅玫慌忙把她扶住，罗阡却推开了她，发出一声撕心裂肺的叹息，跌跌撞撞地走了出去。

郭立枢莫名其妙地站在那里，嘀咕说："妈这是怎么了？"

他回过头，严肃地对梅玫说："不管怎么样，你目前的思想倾向是十分危险的，我不能不管。你必须迷途知返！我考虑了很久，最好的办法是写一封信——"

"什么信？"她迷茫地睁大了眼睛。

"一封揭发信。你应该立即往那个老右派的单位写一封信，揭发他在冰城以宣传思想解放为名，散布对安定团结不利的言论，还挑拨人家的家庭关系，造成恶劣后果……你不是在日记里写了，你感觉不幸福吗？我看等他滚出这个地方，你就没这些苦恼了。你好好想想吧，假如公开你的日记，会有什么结果……"

梅玫猛地打了一个寒噤。"控告信"——他居然还在打她的主意，实在令人恶心！这一刻她一切都明白过来。原来他煞费苦心地翻查她的日记，并以此威胁她，不惜歪曲、造谣、污蔑之能事，目的就在于整垮荆原。在这场所谓的斗争中，他为了抢头功，竟不惜工本，不择手段到了这种地步。她刚才怎么会对他抱有那样的幻想呢？梅玫的心一阵阵撕裂般地疼痛。只觉得他和她之间那最后一丝感情，终于彻底扯断了，剩下的只是憎恶和痛恨……

"梅玫。"他见她怔在那里久不出声，便露出一点亲切的笑容走过来。他伸出手想去抱她，声音柔和得叫人毛发耸立。"亲爱的，我会原谅你的，只要……"

"我没有请求你的原谅。"梅玫冷冷地说，毅然推开了他走出去。

她的脚步没有停留，径直朝大门口走去了。

"我没有什么可以请求你原谅的！"她背对着他，凄然重复说，用手捂住脸，朝前冲了几步，跑出大门。

郭立枢追出来，黑暗已吞没了她的身影。

三

梅玫在昏暗的路灯下奔跑着，穿过空旷的马路，在人行道上留下了她长长的影子。

她跑着，漫无目的地向前跑着，自己也不知道要跑到哪里去。

冰凉的泪珠，顺脸颊往下淌，任风儿吹洒开去，一滴滴，落在脚下干燥的路面上。

风呼啸着，带着暖意的风，轻轻推着她跑，把她一头油亮的黑发，高高地扬起来，翻卷着，像一朵美丽的墨菊。

她跑着，喘息着，无声地饮泣。

她想起她和他第一次约会，就是在这样一个春天的夜晚。风驰骋了一天，似乎疲倦了，不愿来扰乱他们。他们在碎石路上，听着不知从哪家窗子里传出来的舒曼的钢琴曲《五月，可爱的五月又来了……》，他们走啊走啊，好像总也走不到头……

可原来这一切终究只是一场梦！一切都消逝了，结束了。娓娓动听的情话，温柔的举止，山盟海誓，蜜月旅行……统统都消失了，留下的只是失望，痛心，回忆只能带来厌恶和寒栗……

她是爱过他的，真心实意地爱他。他看起来那么优秀，无可挑剔。换成另一个姑娘，可能也会爱上他的。可是，当人们都开始觉醒的时候，她为什么还沉湎在虚幻的梦里。为什么，她迟迟到今天才看清郭立枢的灵魂？这一切不是来得有点太晚了吗？

她跑得累了，放慢了脚步，深一脚浅一脚。她要走到哪里去？她自己也不知道。

她一直以为这个丈夫是值得她爱的，为了得到他的爱，她曾经有多少个夜晚辗转床头不能入眠；仅仅为了使他在姑娘们中间能对她留意地看上一眼，她精心地选择衣服，把头发梳了又拆开；她曾经在严寒的冬天到溜冰场去一站一小时，酷热的夏天顶着骄阳去划船，那都只是因为他在那里。为了听听他的声音，看看他矫健的身影。昔日那如胶似漆的感情，如今都到哪里去了呢？奇怪的是，曾经那样梦寐以求的东西，失去了却并不觉得怎样可惜。似乎是在失去它以前很久，它的价值早已不存在了……

她发现自己走到松花江大桥边来了。雄伟的桥墩和铁栏，像是黑暗中屹立的巨大的魔影。稠密而浑浊的江水，从它身旁流淌过去，闪烁着幽暗的波光。一列火车，正鸣着沉重的汽笛，从大江上横跨飞跃……

"大江同桥墩相遇，火车同大山相遇，它们碰到一起，只是由于偶然。相识了，也许结下了友谊。"她怀着无名的悲哀想。"可是，大江向前了，桥墩还留在那里，它们必定是要分开的，早晚是要分开的。因为一个要去大海，一个却担负着所谓'栋梁'的责任……"

"那么我同他的分手也是一种必然吗？"她茫然望着江对岸微弱的灯火。"为什么以前竟没有发现？几年前，我同他站在同一道起跑线上，那是大江被堵塞、被淤积的时候，不，也许是小溪流刚刚出山的时候……后来一切都变了，他说得对，不是他变了，而是我自己变了。我离开了那干涸的沙滩，背后有一股汹涌的怒潮在推我向前，可我看不清自己，这也许就是我这一年来郁闷的原因，把一切责任都推给他，也并不那么公平……"

梅玫贴着江边的沙滩默默朝前，江水就在她的脚边流淌，黑黑黝黝，没有声响。对岸江湾里，远远传来高一阵低一阵的蛙声……

她突然大吃一惊地发现，自己站在开往江北的渡轮码头上。她要到哪里去呢？她不知道。

现在她能到哪里去呢？她连个过夜的地方也没有。家是不愿回了。可是，一个年轻女子，孑然一身，谁能收留她？

她望着黑沉沉的对岸出神。在她的心目中，太阳岛没有黑夜。那密密的林子里的小楼窗上，亮着一盏不灭的灯光。他那岩石似的前额中，正蕴含着新的思索……

……最后一班渡轮的乘客开始陆续上船了。梅玫只要一迈腿一抬脚，就可以走到船上去。她多么想见见他啊，她纯真的心灵经不起如此无耻的污蔑，需要有人告诉她该怎么办。当一个人对世界绝望的时候，解除痛苦最轻而易举的办法，就是闭上眼睛往江里跳下去。但是她不会这样做。梅玫的心底，还有一种什么微茫而又遥远的希望在召唤着她。

她真想迈上船去了，要是能见到他，她就会知道自己该怎么办了……

但是她站住了。她不敢也不能够。她朝着对岸看了一眼，回过身，默默朝堤岸走去。

就在这时候，她看到了一个高高的身影，匆匆从堤岸上走下来，急急地走向渡轮码头。他走得很快，米色的风衣在黑暗中闪亮。一线微弱的路灯照着他严峻的脸。啊，是他！梅玫的心不由得一阵狂跳。

他在售票口买完了票，就向跳板走去。他稳当地走过了长长的跳板，就要跨上船去了。

要想寻找的人就在眼前，究竟叫不叫他呢？梅玫紧张地揪住了自己的衣领。即使他来了，她又能同他说些什么？诉说自己的委屈吗？不，不，她不愿意……

渡轮发出一声长鸣，码头上空无一人，船很快就要离岸。他把票递给了检票员，一脚跨上了甲板。

"荆原老师——"她突然忘情地叫起来，闪身从黑暗中走出，对他拼命地挥手。"荆原老师——"

他站住了，回过头来，他并没有看清是谁，按说他可以不理，在这样的夜晚，谁知会发生什么样的事情呢？但他把那只脚收回来了。对渡轮挥了挥手，很快转过身，从跳板上大步走回来。

梅玫忽然想远远地躲开，但是来不及了，他朝她走过来。

"是你？"他很惊讶。"梅玫？我没记错吧？"

梅玫点点头。她觉得胸中有一股热潮在往上涌。

"这么晚了……"他关切地说。

梅玫抬起头望了他一眼，像一个受了委屈的孩子见到大人，忽然背过身去，用手绢捂住了眼睛。她真想扑在他怀里痛痛快快哭一场。

"发生什么事了？"他把大手放在她头上，不安地问。

梅玫摇摇头，抽动着肩膀，一句话也说不出来。

"别哭，什么事，总可以解决的。"他像哄小孩似的说。她在他眼里，实在还是个孩子。对于姑娘的眼泪，他简直束手无策，一筹莫展。他想了想，亲切地说："太晚了，我先送你回家吧！"

"回家？"她喃喃说，泪痕满面地抬起头来，突然止住了哭声。一个字一个字地说："荆原老师，您告诉我，生活有意义吗？爱情是否可以永恒不变？"

这句没头没脑的话倒叫荆原犯了难。他站了一会儿，好像从这句话中猜到了一点什么。可是他怎么来回答这样一个庞大的题目呢？年轻的姑娘需要得到的答复，是同她的切身经历有关的东西，而这一切他都无从了解。他略一思索，对她说，时间已经很晚，他现在唯一能做的事情是送她回家。她必须先回家去，然后再来讨论生活和爱的永恒问题。他说得很恳切，焦急地询问她家住的方向。

他这一说，梅玫才想起来最后一班渡轮已经过去，荆原老师今晚是回不去江北了。她心里突然觉得惭愧。假如她继续留在这里，连他也无法去找地方休息。他当然不会放心把她一个人扔在沙滩上的。

……大桥留在后面了。寂静的马路上只有她和他的脚步声。

梅玫一边走，一边断断续续地对他讲述了今天晚上她同郭立枢的争吵，讲述了他们之间这一段时期来发生的裂痕。自然，她没有敢谈郭立枢要她写的那封"控告"信，这样的话，她连说都说不出口。

"事情都是我引起的。"她抽抽搭搭地说。"我也不明白自己怎么会那样讨厌他，我好像一点都不爱他了。可是我们曾经相爱过，这难道是不道德吗？"

荆原终于渐渐明白了懂得了梅玫的处境。不能孤立地看待她和郭立枢夫妻之间这场风波。这是时代变化中的必然，她完全没必要这样痛心地谴责自己。

然而生活究竟是什么呢？爱情是永恒的吗？他思索着姑娘的问题。他本可以很干脆地告诉她：不是。那种把婚姻当作绳索、把家庭作为牢笼的时代应该结束了。当产生爱情的条件发生了变化的时候，相爱的双方无可非议也会随之变化。世间万物都在运动之中，爱情也需要发展、更新。这样简单的道理竟然会使一个受过大学教育的青年如此苦恼，可见传统观念的根基之牢不可破。

但荆原犹豫着，他有什么资格来回答这个问题呢？不仅因为他从来也没有仔细地研究过它，更因为，在他的生活中根本就没有爱。这个字眼离他太遥远，也太陌生了。假如它曾经有过，后来也早已落入了松花江的恶浪之中，再也无处寻觅。当狂风骤起的时候，她带着孩子离开了他。她明明是爱他的，就像他爱她一样。但是她走了。生活里有过永恒的爱吗？在这块古老的土地上，即使有过，究竟是什么破坏了它？是什么呢？

……但那些被碾磨成灰的幸福和爱情的碎片，总还有几片残留在他的心里。二十二年了，他一天也没有忘记过他们。在结着冰碴的农村小黑屋里；在矿山炙人的骄阳下；在七级大风中攀爬着的高高的脚手架上；在尖利的钢丝索刺进皮肉的痛苦中；或是高烧昏迷、无人端来一碗清水的奄奄一息之时……妻子温柔迷人的微笑，孩子们欢乐的叫喊，时时出现在他的眼前。那么多年来，他是怎样地思念着他们啊。而这样一种或许是永恒的爱和情，却被粗暴地剥夺了、践踏着，无处寻觅。对于荆原来说，生活中具有永恒价值的东西，只剩下心灵深处对理想的不倦追求，与人民同甘苦、共患难的精神品格。

"但是时代毕竟是不相同了。"荆原侧脸看了一眼旁边的梅玫，忽然欣慰地想到。在他们生活中正发生着的这一切——破裂或是离异，都很难认为是一种悲剧的意义。不，历史并没有简单地在重复两代人的悲剧，一种本质的变异，已经开始深入到人们难以觉察到的日常生活领域中去了，她们是在探索新时代的生命……

他突然站住了。

梅玫诧异地望着他。不走了？她多么希望他说一句不走了。她真的再不愿走了。从小路拐进去，就到了那幢绿屋顶的房子，她的心缩紧成一团。

荆原确实是犹豫了。他突然感到了一种悲哀。他在会上讲演，在报上撰文，唤起人们对新时代新生活的希望。而在现实生活中，当他遇到了一个徘徊在十字路口的青年女子，他却别无他法，只能把她送回到那个令她厌恶的家庭里去。他为什么要把她送回去呢？就像是他自身的那个悲剧。现实与理想的矛盾就是这样不可调和。也许，70 年代最后一个 5 月所展现的春色，仅仅只是在冰雪初融的江岸上，嗅到了一阵淡淡的丁香花气息……

"走吧！"他下决心说。

四

一切要发生的事情终究会发生。

在这个世界上，除个两座山不会碰到，只要是活着的人，总有可能在某一个特定的环境下相遇。

重逢应是喜剧。但在这个家庭里，却恰恰相反。

荆原一路上又对梅玫说了些鼓励的话，要她不必为爱情的失望而痛苦。应该振作起来向前看。他说这些话的时候，都是从她的角度去谈的。他不愿像一般的长辈会在这种时候做的那样，去劝说梅玫同他的丈夫言归于好，他认为那是伪善和不负责任的。当走到她家门口那绿色的栅栏跟前的时候，他忽然想到为什么不可以进去同郭立枢好好谈一谈呢？既然他对自己有意见，正好可以交换一下嘛。可惜今天的时间确实有点太晚了。他决定改日再来。他把梅玫送上台阶，同她握手告别。

"您……"梅玫哽咽了，握住他的手不放。她紧紧地抿着嘴，好像一张开就会放声大哭。

荆原叹了口气，回转身。这时他发现他面前的暗影里站着一个人。

"谁？"他警觉地问。

对方细瘦的个头，微驼的背，像一个黑影。屋子里透出来的暗淡的灯光照着他，瘦削的脸上，浮着一丝惨淡的微笑。

荆原浑身一阵痉挛。他怔住了。他在这张脸上看到了一个他梦中寻求了二十二年的孩子的轮廓。他向他走近了一点，似乎想找到哪怕是一星半点可供追忆的印记。但蓬乱的头发、稀疏的胡须，竟连一点熟悉的影子都没有。不，不会是他，眼前这一根枯枝似的中年人，如何能同他脑海中那一棵鲜嫩欲滴的小松树连在一起？也许刚才那一刹那只是他的幻觉而已……

"你是谁？"他慌乱地问，想起了夜晚的太阳岛窗外，扔进来的那只木雕公鸡。

没有声音。

荒唐！他暗暗责怪自己，也许是神经过敏了。他向梅玫挥了一下手，急速地下了台阶，拉开了院子的门。

黑影忽然蠕动了，幽灵似的跟上来，抓住了他的胳膊。

"我……我是你的孩子……"他嗓子沙哑，几乎辨不出声音。

他战栗，像树叶瑟瑟发抖。他的泪，滴在荆原的手背上，滚烫灼人。这是郭立柽。他刚从设计室回来，见到荆原在他的家门口。他控制不住自己了。他梦里思念了多少年的父亲，来到了家门口，他不能让他就这样离去……

"我是周华啊，您的老大……"

突如其来的喜悦，使荆原有点手足无措！他是个善于控制自己感情的人，也禁不住潸然泪下。他紧紧抱住了郭立柽，一句话也说不出来。等待得太久的欢乐，到来时却已经麻木不仁……

梅玫呆呆站在一边。她忘记了自己的烦恼和苦痛，为他们的团聚感到由衷地喜悦和兴奋。她似乎并不觉得特别的惊讶。在这个家里，好像任何奇怪的事都会发生，她或许早就预感着一种什么了……

她清醒过来，跑去按门铃。

郭立枢来开的门，他睡眼惺忪，看样子已睡了一觉。他若无其事地瞟了梅玫一眼，这才发现她身后还有两个人。

"你——"他吃了一惊。

梅玫快速溜进去，敲开了罗阡卧房的门。

"你？你不是那个荆原吗？你到这里来干什么？"郭立枢睡意顿消，大声对荆原叫道。

荆原用一种异样的神情盯着他，冷峻、锋利，使他的脊背一阵阵发凉。他和荆原一个在门外、一个在门里，冷冷地对峙，好似隔着万水千山。

"你走吧！"郭立枢鼓起勇气大声喊。他的头皮发麻。假如荆原真的是来找他算账的，他很难说没有一点儿心虚。"难道你要来我家散布毒素吗？"

"住口！"是罗阡低微无力的声音。她由梅玫扶着，出现在厚厚的大木门边。

荆原震颤了一下，他的目光同罗阡相遇了。是气流相碰，尚有闪电雷声；是长风撞击，尚有大雨倾盆。然而，分别了长长的二十二年之后，老人迷茫干涩的眼光，却犹如两片互不相干的云朵，擦边而过，陌如路人……

"妈！"郭立枢低声，"他就是那个做报告的人……"

"他，他是你的生父！"罗阡突然爆发出一声惨痛的叫喊。用手按住了胸口。她浑身颤抖不停，伏在梅玫肩头，无声饮泣，继而呜咽起来。"我对楠楠的父亲发过誓，永远不让小枢知道他的生父犯过错误……我答应过楠楠的父亲，和周子轩永不见面……可是……你的生身父亲，就这样自己来了……"

郭立枢猛然惊呆了。由于这个可怕的家庭秘密突然被宣布，以前他脑中一闪而过的疑问，在这一瞬间得到了证实。他脸上掠过了一种大梦初醒的表情，夹杂着窘迫、尴尬、悔恨和遗憾。假如在半个月之前他就知道荆原是他的生身父亲，或许他就不会拿他下手？如果人们知道，他上蹿下跳、兴师动众的斗争对象，恰恰是他母亲二十几年前摈弃的丈夫，那岂不是要成为一件丑闻传遍全城？他呆呆地站在门灯下，纷乱的思绪在这短短的几分钟内快速翻腾。究竟应该寻找一种合乎情理的逻辑来对自己的行为加以解释，还是寻找下台的阶梯？少顷，他的脸色恢复了常态，又浮上了他平日那种自信和冷漠的神态。

"父亲？"他带着一种讥讽的口吻反问了一句。"不要弄错，我是郭家的人，从来没有过这样一个来历不明的父亲！无论是戴帽的或是改正的！"

他把双手插在裤袋里，用脚打点了一下地板，把头偏向荆原，严肃地补充说："历史一时的错误，并不能证明你们完全正确，少用父子之情这种东西来感化我，你们……"他的思路突然紊乱了。

荆原一动不动地望着郭立枢，他想念中的孩子。当年那个耳朵大大、眼睛圆圆的小男孩哪去了呢？时隔二十二年，社会把他造成了现在这个样子。挺着胸脯，自命不凡，那双空洞的眼睛里闪现着狡诈和虚伪。荆原觉得自己的心在一阵阵地绞痛，痛得好像要碎裂，无论在被监督劳动，还是在批斗会上，都从来没有这种难以忍受的疼痛。二十二年，生活的浪潮把他曾经失去的东西又冲回了他的脚边，不是磨损得百孔千疮，便是改造得面目全非。在那漫长的离别中，他曾对他的孩子做过最坏的猜测，也无非是在这些年的动乱中，沦为小偷、流氓、文盲、乞丐。却万万没有想到，他竟然是坐在主席台他的座位旁边，嘴上讲着冠冕堂皇的语言，背地里却想把他置于死地的校团委书记。而最最令人痛心的，似乎并不在于一个不认识自己父亲的孩子，无意中扮演了二十二年前把他父亲打成右派的那种角色，而在于当他知道了他的亲生父亲以后，那一副冷若严霜、无动于衷、誓不两立的架势！哦哦，这是何等可悲的事实啊。结束了二十二年的苦难，"改正"了先前的错误处理，社会归还了你应有的权利和地位，可是你却失去了你的孩子。他们在长达二十二年的灾难中长成了畸形儿，一旦打破缸瓮，畸变的形体却再也无法复原。失去的时间尚可夺回，而失去的心灵、失去的美好的感情，在哪里？在哪里啊？旧伤结痂了，那新戳的刀痕，却再也难以愈合。要带着它，走进新时代去了，年轻的一代，你们可知道父辈为此曾付出了怎样的代价？更具讽刺意味的是：他二十二年前那篇文章，以及今天的报告中所坚持的那些关于人才学的论点，尽管一再引起非议，受到指责，却最终在他自己的两个儿子身上得到了悲剧性的验证！

　　荆原一时思绪万千，老泪纵横。郭立枢不承认他这个父亲，他又为什么要来认这个儿子呢？他这个右派分子怎么竟会有这样一个极左的儿子，真是滑天下之大稽。而可怜的郭立柽，又难道应该是他的儿子吗？小时候他教他逆水扳桨，可不是为了他今天这样委琐地站在他的面前，眼里充满敌意……他的孩子究竟在哪里呢？也许他从来就没有过、不配有孩子！二十二年后他重新来到这个城市，竟然是这样的结局在等待着他吗？大地万物一下子都在他面前黯然失色了……即使给他一座金山，他又有什么用？二十二年中积蓄的全部希望，都在一瞬间被冲得精光。二十二年来，他没有一个家，今后也不会有……

他转过身去，蓦地看到了梅玫。她那秀丽的脸上布满泪痕，一双眼睛却闪着奇异的火花。

"爸爸！"她庄严地叫道，朝他走过来。她微笑着，却噙满了泪。"爸爸……"她想说什么，却没说出来……

荆原只觉得嗓子里热辣辣的，有什么东西在涌动。

"爸爸！"一个响亮的声音从门里飞出来。还没等他看清，一个身影跃下台阶，结实的手臂把他紧紧抱住。

"爸爸！我们都是您的孩子！"郭立楠欢乐而激动地叫嚷着。"都是您的！您不要我们吗？我要叫您一百声："爸爸！爸爸！亲爱的爸爸！""

"我亲爱的孩子——"荆原充满感情地长吁一声，兴奋地把郭立楠紧紧搂在怀里，一直把他搂得喘不过气来。他在小伙子那双明亮清澈的眼睛里，看到了新时代的希望。是的，这才是他真正的孩子，是他众里追寻千百度、踏破铁鞋无觅处的亲人啊。还有梅玫，那些挣脱了旧锁链的青年，都是他最可爱的孩子！

郭立楠从肩上的书包里拿出一沓厚厚的稿子，塞在他怀里，快活地说："您的讲话，学报排出小样来了，请您看一下。我去江北找您，扑了空，太晚了。回家过夜，没想到，您……您会在这儿……"梅玫把他拉到一边，低声对他说着什么。

荆原翻着那些散发着一股新鲜的油墨味的文稿，心里万分感慨。无论受到怎样的批判和委屈，他绝不会隐瞒并改变自己的观点，讲一句违反事物客观规律的假话！

"印出来了？印出来了？……"罗阡忽然慌张地问。她死死抓住了郭立楠的衣角，身子像要坠下去。她喃喃道，"怎么印出来了呢？你们不怕犯错误？印出来了？怎么会？我早已把录音带洗掉了……"

"原来是你干的好事！"郭立枢咆哮起来，气得脸都扭歪了。

"是我，是我干的……"罗阡摇晃着身子，靠在墙上，闭上了眼睛。她的呼吸是那么微弱，好像一根在风中飘动的游丝，随时都会断裂……

荆原一阵心酸。眼前这个他曾经爱过的女人，在离开他以后的二十二年中，也许什么都得到了，就是没有得到最重要的东西——爱；她也许什么都没有失去，唯独失去了最宝贵的东西——幸福！他感谢或责备她这噤若寒蝉的女人，故意洗去了录音带的内容，只想给他帮一个小小的忙吗？不，这仅仅只能证明她二十二年中内心深处的忏悔和自我谴责。他想了她二十二年，回来了，剩下的却只有怜悯……

他把手伸给了郭立枰，想同他再见。郭立枰却触电般地把手缩回去了。

"回来吧，爸爸……"他垂着头，结结巴巴地说道，"您……该回来了，回到这个家里来……"

"回来吧，爸爸，我们都欢迎您回来。"梅玫和郭立楠几乎同时说，一双恳切的眼睛充满希望地望着他。

郭立枢怔在那里，张大了嘴。鼻尖上渗出了颗颗汗珠。至少在几分钟之前，他还没有想到会是这样一个局面——除了他以外，几乎全家人都欢迎荆原回来，他们都爱荆原。郭立枢尤其没有想到罗阡的态度，这大大出乎他的意料，使他恼火，懊丧，然而心里也确实有那么一点儿不自在起来。他隐隐意识到自己刚才那番话说得过于绝情，起码是不聪明的。他为什么要当众宣布不承认父亲呢？事实上他是存在的，并且在人们心目中占有了相当重要的位置。假如今天郭立枢有一个享有盛誉的父亲会怎么样？说实话，这个社会的变化尚难预料……

郭立枢恍惚感到了自己的血液流得急促而慌乱。那血液里有着面前这个刚直的老人的一部分？他觉得不可思议。记忆中的生父模糊而遥远，荆原对于他完全是陌生的，他无法寻找自己感情中与荆原相通的那部分。他想说一句话，一句可以弥补刚才自己的粗暴，而又不失身份的话，却发不出声音。口很干，舌头发麻……他搜肠刮肚地寻找这样一句话，这句明明不知该怎么讲的话……时间一秒秒过去，他难堪而焦急，却还是没有能找出这句得体的话来……

"我们会再见的！"荆原紧紧握住了梅玫和郭立楠的手，大声说："夏天很快就要来了。"

郭立楠忽然想起了什么，从书包里掏出一张纸，递到他面前。荆原看着，眉头舒展开来——

那是一张铅笔速写，是郭立楠在那次报告会上匆匆画下来的。线条很粗糙，但却准确、简洁而传神。梅玫一眼就发现了郭立楠所捕捉的荆原的形象特征，那坚如岩石似的额头，以及额头上如同岩石般细密的皱纹。缝隙里蕴藏着深邃的思维……

荆原的眼睛湿润了。他把它小心地夹在那一卷文稿的小样中，转身走出门去。他走得很快，似乎害怕慢了一步的话，他就会失去迈步的力量而留在这儿。他没有再回头看他们，径自走进浓重的黑暗中去了。

"爸爸——"突然，郭立柽揪心地叫喊了一声，发狂似的冲出门去。楠楠紧随着也追了出去。

郭立枢闭上了嘴，漠然望了一眼荆原的背影，转身走进了自己的房间。

"他来了，又走了……"梅玫倚在院子的栅栏上，晶莹的泪珠在她的眼眶里滚动，却没有落下来。"他不会回来了，不会。他有自己的路要走……"

她忽然觉得眼前亮了一亮，是什么东西在黑暗中闪烁。她抬起头，发现原来是邻家院子里的白丁香开了。紫丁香刚谢，白丁香就送来了更为浓烈的馥郁。它那一层层雪花般纯净的花团，银光闪亮，酷似黎明前最早的曙色。

这一夜显得格外长。天快亮的时候，梅玫从客厅的沙发上早早醒来，独自一人走到院子里去。

太阳还没有出来，到处飘散着淡淡的晨雾。台阶上影影绰绰有一个人影，梅玫走近一看，竟是罗阡。一夜之间，她的头发白了许多，呆呆怔在那里，披肩上闪着一层晶莹的露水，手里捏着一枝凋谢的紫丁香。

梅玫在罗旰身后站了一会儿，没有惊动她。她呼吸着春天的早晨湿润而清新的空气，为这迷茫的晨雾遮掩了的初开的白丁香感到几分惋惜。然而她很快觉得自己的忧虑是多余的。朦胧的云层中正透出几道橙黄的光束。晨雾总是要消散的，即使不是淡淡的，而是浓浓的雾……

1979 年冬季

写于哈尔滨 ①

---

① 发表于《收获》1980 年第 3 期，1981 年获首届全国优秀中篇小说奖。

北极光

一

　　它们曾经是一滴滴细微的水珠，从广袤的大地向上升腾，满怀着净化的渴望，却又重新被污染，然后在高空的低温下得到貌似晶莹的再生——它们从茫茫的云层中飘飞下来，带回了当今世界上多少新奇的消息？自由自在，轻轻扬扬，好似无忧无虑的天使，降落在电视台那全城瞩目的第十四层平台上，覆盖了学院主楼前那宽大的花坛、废弃的教堂六角形的大层顶、马路边上一排排光秃秃的杨树，以及巍峨的北方大厦不远处，低矮的简易工棚……整个城市回荡着一曲无声的轻音乐。而它们，在自己创造的节奏中兴致勃勃地舞蹈，轻快、忘我……连往日凛冽而冷酷的北风也仿佛变得温和了。它耐心而均匀地将雪花洒落在各处，为这严寒的冰雪城市做着新的粉饰……

陆芩芩拉开二号楼那厚重的大门，望着外面漫天飞舞的雪花，惊喜地叫了一声。尽管在漫长的冬天里，雪花是这个城市的常客，她仍然像孩子一样对每场雪都感到新鲜、好奇。

大门乒乒乓乓地响，散课出来的同学们正在陆陆续续往外走。没有什么人同她打招呼，也没有什么人互相说一声再见。大家都是这样匆匆忙忙，女孩子们扣好大衣，拉严了头巾，小伙子们则把皮帽上的"耳朵"放下来，往脑袋上一扔，皮靴踩得雪地咔嚓咔嚓响，腋下还夹着书包，好有派的。假如骑车，车把上一定挂着饭盒，车座后面的架子上呢，或许是一只鼓鼓的面粉袋，或许是一只琴盒，或许是……有一次芩芩还看见有一个同学驮着一个三四岁的男孩，准是他的儿子。真没治，谁叫这是一所业余大学呢？你看前面这个人，连帽子都是油汪汪的，说不定是个食品厂的装卸工，走得那么急，难道还要赶回去上班不成？星期天的课，来的人不像平常晚上那么多，许多人要上班。芩芩恰好是星期天厂休。这业余大学，同正规大学就是不一样，在一起上课好几个月，彼此也不说一句话。下了课，各走各的，好像不认识，是现在的人同以前的那些同学不一样了呢，还是因为这是夜大？她在心里轻叹：这辈子算是上不了名牌大学了，就像这落在地上的雪花，再也飞不起来……

"芩芩，还不走呀？"一个尖细的嗓音在她背后叫道。

芩芩眨眨眼睛，摘下手套用手背擦去睫毛上的霜花，转过脸去。叫她的是一个与她年龄相仿的胖姑娘，和芩芩坐一张课桌，笔记本和讲义上到处写着"苏娜"两个字。她好像知道今天要下雪，穿了一件米黄色连帽子的拉链滑雪衣，露出里面火红色的拉毛高领衫。

"在雪地里发什么愣？"她冲芩芩好意地一笑，把嘴贴在她耳朵上说，"走唯，今儿星期天，跟我去跳舞……"

芩芩轻轻地摇了摇头。

"昨夜的月色……"苏娜哼着歌，转身走了。铁门的拐角晃过一个人影，有人在等她。

芩芩跺了一下有点发冷的脚，扬起了脸，让冰凉的雪花落在她的脸颊上。……不去跳舞，谁说不去跳舞？跳舞有什么不好？优美的旋律可以使心灵得到宁静和休憩，疯狂的节奏可以使人忘却忧愁和烦恼。她是喜欢跳舞的，只是……唉，星期天，该死的星期天，从下午一直到晚上，都不属于她自己了。她愣在这雪地里干什么？再拖延下去，他又该气喘吁吁地跑来找她了……何必呢？还是快点走吧，乖乖地按时回到他那儿去，横竖要不了多久，准确地说，再有两个月，也就是当中国人欢庆1981年春节的时候，她就得永远地住在那儿了……

"永远？"她忽然让自己这个一闪而过的念头吓了一跳。再过两个月，难道她就真的要永远地和他生活在一起了吗？完成这项每个人都必须完成的"历史使命"——结婚。当然，毫无疑义，结婚的全部意义就是永远，不是永远又干吗要结婚呢？她不是已经在那张意味永远的证书上，签了自己的名字，否则没法登记购买家具呀，这就是他同意她继续上夜大的"交换"条件……

芩芩不由快走了几步，好像要驱散这些天来总是纠缠着她的那些令人不快的念头和莫名其妙的问号。她最近是怎么了呢？一想到结婚，天空顿时就变成了铅灰色，雪地不再发出银光，收音机里的音乐好像在呜咽。似乎等待她的不是那五光十色的新房，而是一座死气沉沉的坟墓，用现在时髦的话来说，这就叫作"心理变态"。一个二十五岁的年轻姑娘怎么会不想结婚呢？说出来谁也不会相信……

她一不留神，闪身打了一个趔趄。新下的雪很松软，只是新雪底下的路面太滑。一到冬天，这个城市就像一个巨大的溜冰场。芩芩小时候学过花样滑冰，后来也一直爱滑花样。这两年冬天却很少有时间上冰场了，除了上班和去夜大学习日语，还得正正规规地"谈恋爱"，准确些说，无非是在一起消磨时间罢了。

电车慢吞吞地驶来了，在洁白的马路上无情地碾压出两道新的辙印。芩芩抖落着头巾和肩上的雪花，跳上了电车，心里不由对那些雪花有几分怜惜。它们从天上掉下来时，素白无瑕，把整个城市装点得像一座晶莹剔透的水晶宫，然而黑夜里吹过乌溜溜的风，白昼里践踏着无数车轮和脚印，使它们冻结、发黑、萎缩，变得残缺不全和难以辨认。只有当一场新雪重又降临，这美丽的冰城，才会显现出它银光璀璨的色彩。

电车尖叫着，停在一座电影院门口。车上的人，像一颗颗圆鼓鼓的土豆，从狭小的车门里掉出去。芩芩凝神望着人行道对面蓝色的木栅栏，夏天时，那栅栏里面的小院修饰得很漂亮，如今院子里那些金盏花、七月菊和马蹄莲的残叶都已被厚厚的白雪覆没了，宽大的彩色铁皮屋顶、高高的台阶、樱桃树下的石凳，都积着半尺厚的雪，干净得没有一个脚印，似乎这小院一冬天也不曾有人住过，静谧而又神秘，很像芩芩小时候读过的那些童话。要是以前，芩芩随口就会给它们编出一个动人的故事来，比如那古老的壁炉里，木柴在噼噼啪啪地燃烧，雪女王乘坐的十一匹马拉的雪橇轻轻停在门口……从雪橇上走下一个漂亮的公主，长裙上点缀着十二个月的鲜花，毛茸茸的帽子上，装饰着分叉的鹿角……

"筐里的啥玩意儿这么腥！"猛然，车厢里有人恶狠狠地骂起来，喷出一股刺鼻的大蒜味儿。

"你管是啥，有能耐屁股后边儿冒烟去！"旁边的人回敬。一拱身子，一只皮靴重重地踩在芩芩脚上，疼得她冒一身冷汗。

"你他妈的有能耐吃这臭鱼烂虾?！"

"早几年你想吃这臭鱼烂虾还没有哩！"

……什么古老的壁炉、雪橇、花篮、圣诞树……全消失得干干净净，只有眼前这拥挤不堪的电车、像罐头沙丁鱼似的被叠在一起的乘客、飞溅的唾沫、浑浊的空气……嘈杂、混乱。又到站了，人呼呼下去一大半，是秋林公司。星期天，响着银铃的雪橇该停在百货商店门口才对……从大门里拥出一对对穿得漂漂亮亮的男女青年，拎着大包小包，不是置办嫁妆，就是买送人的结婚礼品。他们挤在人流里，高喊："我要！我要！"当然是最新式的，最时髦的，眉头也不皱，扔出去厚厚一沓钱。人们被关在"笼子"里那么多年，今天这些向往不是都很自然吗？古老的壁炉早已被淘汰了，暖气可以通到最高的一层楼，就是婚礼也用不着到树林子里去采十二个月的鲜花，那个刚走出商店的年轻妇女手里的塑料花，起码可以在新房里"开"到她的孩子谈恋爱……

过了这一站，车厢里空多了。从积满白霜的车窗玻璃望出去，芩芩忽然发现大街两边贴着许许多多大红色的喜字，在纷纷扬扬的雪花里闪闪烁烁。好些人在门里出出进进，忙碌——欢喜；欢喜——忙碌，一辆卡车停在一家大门口的"囍"字旁，几个青年往上搬着一大堆花花绿绿的东西，在芩芩看来，他（她）们大概都是"财贸（貌）战线"的。一个姑娘打扮得珠光宝气地坐在驾驶室里，表情漠然，好像不知道自己将要到什么地方去，也不知未来是什么命运在等待她。

　　芩芩用鼻子轻轻哼了一声。结婚，又是结婚！今天是什么黄道吉日？又是阴历阳历都逢双？人总是喜欢图吉利的，那些离了婚的人之所以不幸一定是当初结婚没留神阴历是单数。两个月以后的那一天，芩芩和他举行婚礼的时候，她同样也得听从人们的摆布：按照这个城市的风俗，乖乖地坐在床上，让他给她穿鞋。他一定会非常殷勤地弯下身子去，给她系好鞋带，然后坐上出租车……从前是绣花鞋，现在是皮鞋；从前是坐花轿，现在是乘轿车——生活的确在朝着物质文明发展，可她为什么觉得并不快乐呢？

　　当然车子开动的时候，新娘必须大哭，不哭就显得对娘家没有感情，显得太"贱"，要被婆家瞧不起的。无论40年代还是80年代，这条法则永远不会过时。芩芩参加过厂里不少姑娘们的婚礼，她们都号啕大哭，哭得很伤心，然而谁也无法断定她们内心是否真是那么悲伤。假如这意味着一种幸福生活的开始，有什么好哭的呢？对于很多人来说，结婚只是意味着天真无邪的少女时代从此结束，随之而来的便是沉重的婚姻的义务和责任。欢乐只是一顶花轿，伴随你到新房门口，便转身而去了。芩芩每次茫然地望着女友哭泣，心里倒比她们感到更加难过。她设想自己的婚礼那天，不知是否哭得出来……

但即使一路哭过去，下了车，随之而来的结婚典礼上，新娘揉着红肿的眼，马上装出一副无限幸福的模样，羞羞答答地给客人点烟……芩芩参加过不少人的婚礼，大同小异，除了新娘新郎的长相不同，好像连服装、来宾的贺词、房间的陈设都一模一样。假如一年后再到那儿去，唯一的变化是多了一个既像新郎又像新娘的娃娃，走廊里挂着尿布，年轻的妈妈闪光的缎子棉袄的袖口抹得油亮，开始津津乐道地介绍她宝贝儿子今天的大便颜色，以及他刚发明的吐泡泡之类的新花样。于是，你就赶紧想出一句最得体的恭维话，然后尽快逃走……这就是"永远"吗？芩芩只要一闭上眼睛，两个月以后这样一种幸福小家庭的图景，便清清楚楚摆在面前。当然，他将会是姑娘们羡慕的模范丈夫，会把她照顾得无微不至。他曾经为了给她定做一双牛皮靴，而从南岗秋林跑到道里秋林，再从道里跑到香坊……哦，够了，就为了他会给她系鞋带，出嫁那天，芩芩偏要穿一双不系带的皮鞋，然后自己从床上一下蹦下来，很快把脚伸进鞋子里，她可不愿意让人给她穿鞋……

"哎，等一等……还有下车的……"她突然高声叫起来。售票员嘟哝了一句，"哗啦——"车门又打开了，她慌慌张张地跳下了车。路面很滑，她觉得自己险些要摔倒，却被一双大手紧紧拽住了。

"是你——"她回过身去，眼前就站着他。皮帽和肩头落了一层厚厚的雪，一双大眼睛热切地望着她。她明知道他会在这个车站等她，为什么差点坐过了站？

"才来？"他瓮声瓮气地问，手却没有松开。

"嗯……下雪……车……"她含糊其词地答道。

"妈包饺子等你呢，芹菜馅儿的。"他说。

"芹菜？冬天哪来的芹菜？"

"暖窖的，八毛一斤，还不好买。"

"是吗？"

"我请了几个朋友，一起吃饺子喝啤酒……"

"朋友？"

"可不，那都是些用得着的人。对了，今儿上午我买着落地灯架了，这回，全齐了……"

芩芩明白他说的"全齐了"是指什么。全齐了，就差一个黄道吉日，差十几桌热气腾腾的酒席，差一辆出租车……

"不高兴吗？"他有点摸不着头绪。

有什么可不高兴的呢？该办的，人家全办了。论家庭，他父亲是供销处长，你父亲才是个宣传科长，级别总是高那么一点儿吧；他只有一个姐姐，而你有两个弟弟；论工资，他是个三级木匠，而你是个二级装配工，也比你高那么一点儿吧；论学历，他是六九届的，而你却是七三届的；论长相，就算人家都说芩芩可以打上九十分，可他傅云祥，高高大大的个头，大耳朵高鼻梁，招人喜欢，虽说粗蛮一点，却有男子汉的模样。还有什么可不高兴的？一间新房早准备妥了，粉墙带一圈云纹图案，一架十九英寸国产黑白电视，已放在新房里了。"别这山望着那山高了，不知自己姓啥……"她自家妈妈爱这么嚷嚷。妈妈总随身带着一个袖珍标准秤，购买任何食品都经过复核，所以从来不吃亏上当。挑选女婿也当然精确无误。

"这雪，真大……"芩芩抱怨说，加快了脚步。

白茫茫的雪花中，她影影绰绰望见了前面傅云祥家的那幢刷着淡黄色与白色相间的二层楼房。狭长的楼窗，尖尖的三角形屋顶、突起的小阁楼、雕花的阳台……朦胧的雪色中，恍然给她一种童话的意境，使她想起许多美好的故事。然而每次只要她踏上台阶，听里面传来一阵乱七八糟的喧闹声、麻将牌哗啦哗啦的碰击声，她一走进房子里面，那个童话就倏地不见了。

二

"九筒！"

"一万！"

"碰！"

"出错牌了，妈的，重来！"

"王八悔牌，罚！"

"钻桌子呗！"

她真不愿跨进门去，不愿看见那一双双过于灵活的手指，用来在桌上徒劳无益地忙碌，那叠得整整齐齐的麻将"队列"，像一堆永远在拆卸中而建不成墙的碎砖，叫人惆怅。对于这种娱乐活动，她无论如何也培养不起感情和兴趣，什么碰碰和、一条龙、清一色、十三不靠……她总是搞不清彼此，被傅云祥嘲笑过好几次。她宁可去帮傅云祥的母亲包饺子或是洗碗，也不肯在麻将桌前坐下……

"芩姐！"有人从桌边跳起来，咯咯笑着朝她扑来。哦，是"酒窝"，一个漂亮姑娘。她总是无缘无故地笑起来，露出两腮上不大不小的酒窝。据说她很崇拜芩芩，因为芩芩的眼睫毛比她长一点五毫米。

"看你，念了大学，面都见不着了！"她亲热地搂住了芩芩的脖子。

"这叫什么大学呀，业余的……"芩芩苦笑了一下。

"嘿，好歹算是混一张文凭呗，以后换工作方便。"傅云祥替她解释说。他觉得自己能支持她去上夜大，够仗义的了。"来，芩芩，给你介绍一下，这是我的两位新朋友——轻工业研究所的小赵，外号"小跳蚤"，他爸爸是市劳动局局长。"

芩芩看见一张白皙的脸，一双漫不经心的眼睛。

"这是肉联厂的推销员。"

"老甘！"那人恭恭敬敬地站起来，布满疙瘩和粉刺的脸不自然地笑着。

她点点头，坐在靠墙的一把软椅上。录音机在播放着一支芩芩早已听熟的曲子，却从来听不清它的歌词。她想起自己家的隔壁邻居，新近也买了一只录音机，总共就录了一支外国歌，凡有客人来，她们就放那支歌。所以，只要一听到那支歌，就知道她们家来了客人。不知为什么，芩芩没有从磁带里听到过自己喜爱的音乐，在这儿也一样。

"芩芩！"又有人叫她。

"噢，你也来了？'海豚'。"她回头打招呼。那是一个长头发的小伙子，是她同厂的工人，同傅云祥熟识，外号海豚，因为他会用鼻尖和脑袋顶球，常常在众人面前露一手。

他们又埋下头去打麻将。看来酒窝也是个新加入的业余爱好者。芩芩坐在那儿，一时不便走开，只好打量着这个不久后将要属于自己的房间。确实什么都齐了，连芩芩一再提议而屡次遭到傅云祥反对的书橱，如今也已矗立在屋角，里面居然还一格格放满了书。芩芩好奇地探头去看，一大排厚厚的《马列选集》，旁边是一本《中西菜谱》，再下面就是什么《东方快车谋杀案》《希腊棺材之谜》《实用医学手册》和《时装裁剪》……

她抿了抿嘴，心里不觉有几分好笑。这个书橱似乎很像傅云祥朋友们的头脑，无论内容多么丰富，却是杂乱无章。在这个到处充满混合物的时代里，连她自己不也学会了用牛肉炖西红柿吗？

"下回总要赢了你的！"那个老甘突然跳起来，怪声怪气地笑着，哗啦哗啦地洗牌。

傅云祥关掉了录音机，打开了电视，正在演一个芭蕾舞剧的片段。

"……哎呀，你瞧瞧，她跳得多美……"酒窝入迷地瞪大了眼睛，啧啧不已，"这样的女人，准保有好多少人追她呢！"

"她已经四十岁了。"小跳蚤冷冷地打断了她，"这是中国最有名的芭蕾舞演员。"

"什么叫有名？名气有啥用？"傅云祥在摆弄天线。

"像这样的名演员，甭说演出，就是排练也得给钱，给好多津贴，要不，能这么卖力？"老甘揿着一只发亮的打火机。

"喂，小跳蚤，能帮我买一只两个喇叭的三洋录音机不能？便宜点儿，我连录音机都没有，丢死人了！"酒窝忽然娇声娇气地说。

"今年三洋录音机不吃香啦，国外如今最红的牌子是声宝，带电脑，双卡带，嗬，那个洋气，甭提了！"小跳蚤摇着肥大的裤腿，"买录音机，一句话！包我身上。我买个摩托，从广州运来，还有三天就到。只要弄到外汇，啥都能买到。"

酒窝惊呼一声，无限崇拜地瞪圆了眼睛。

"高级进口烟可是'红宝石'最棒？"

"我爱抽'银星'。"

"听说北京如今兴喝'格瓦斯'，比啤酒来派。"

"找老甘弄几箱没问题。"

"光听这名儿也舒服。威士忌——格瓦斯——白兰地——嗬，洋名儿就是带劲！我听说美国的苹果，打了皮儿三天不变色……"

"哎，芩芩，上次同你说的东西带来没有？"傅云祥接住了老甘扔过去的一支烟，忽然想起来问道。

"带来了。"芩芩站起来走到衣架旁，伸手到大衣口袋里去摸钱包。他指的是芩芩妈妈求人弄来的几张侨汇券。可是芩芩的手却在衣袋里拿不出来了。

"钱包丢了？"傅云祥慌忙问。

芩芩点点头，她最初把手伸进衣袋而没有摸到钱包时，反应还不及傅云祥那么快。直到现在她还没有完全清醒过来，那个钱包是不是真的丢了？丢哪儿了？

"小偷！当然是你碰上小偷了！还发什么傻？不偷你这样的人偷谁的？成天好像丢了魂似的……"傅云祥嚷嚷起来，在屋地上来回走动，"那里头有多少钱？"

"就一块多钱饭菜票。"芩芩不情愿地回答。

他松了一口气，又走到电视机旁去调天线。

老甘打了一个哈欠，慢吞吞地说："唉，小偷，真他妈的够缺德，准是待业青年干的。可他们下乡回城了没工作，咋办？也不是生来就想当'钳工'的，一年年待业，总不能老靠父母养活……这年头，人见了钱都像疯了似的……我们批发站的那些小摊贩，全家合伙做生意，卖红肠排骨，一天赚好几十块，挣钱都快挣红了眼……"

"他们匀你个块把，你就批给他们缺货的猪肝腰子啥的，是不？"酒窝没好气地瞪了他一眼。

"你还不是一样，忍痛割成双眼皮，还不是为嫁个港澳同胞，好当阔太太。京剧团那个唱青衣的小娘们，连那个香港老板的话也听不懂，就跟人家跑了，学了十几年戏，练了十几年功，说扔就扔了！"老甘嘘嘘吹着一支雪茄上的烟灰。

酒窝略略有点脸红，她转过身来向芩芩搬救兵说："就算为了钱又咋样？也不碍着谁。现在不害人的人就是好人，芩芩你说是不是？"

芩芩"啊？"了一声。她在想什么，没听清他们的争论。

傅云祥插进来说："你甭问她，她的上帝只有她自己认识，谁也读不懂她那本《圣经》。都啥年头了，还总念念不忘助人为乐呢。

这个问题我有研究，一句话：婴儿都知道把糖塞进自己嘴里，而不会塞给别人。这就是人的自私，是本能，本能你懂吧？就是比本性更……"

"对对对……"老甘细细的腿不住地晃动，"我也这么看。你们以为世上真有什么大公无私的人吗？那是骗人的！至多是先公后私，再不就是公私兼顾……"

"照你这么说，张志新、遇罗克那样的英烈，为真理而献身，难道也是先公后私？说不通……"芩芩忍不住问道。她剥了一粒茶几上果盘里的黑加应子水果糖，剥开了又包起来，她并不想吃它。

"你以为我们不恨'四人帮'？"傅云祥"啪——"地关掉了电视，在沙发上重重地坐下来，"假如当初没有停课闹革命，我就能一气儿念到高三毕业，然后顺顺当当上大学。现在倒好，书本全忘完了，连个夜大也考不上，能怪我吗？"

"听说明年国家的教育经费要大大增加，说不定……"海豚插嘴。

"那也轮不到咱头上。"傅云祥接着说，"你看老甘吧，下了乡，娶了个农村老婆，生一大堆孩子，四十几块工资，不想法子弄钱，日子咋过？要是不下乡，最少也能进厂子当个四级电工。你看酒窝姑娘，那学念的，连个欧洲在哪儿也不知道，写封信起码有一半错字儿，世上最亲的就是钞票……"

"呸！"酒窝朝他啐了一口。

"还有小跳蚤，他爸被关了牛棚，姐姐得精神病淹死在松花江里……"

"我不问你这些，我是说……"芩芩分辩。她何尝不知，傅云祥说的都是实话。不是这十年空前绝后的大灾大难，青年们何以落得这个下场：该发芽的时候是干旱，该扬花的时候又遇暴雨。善良、纯真的感情被摧残，而人世间几乎一切卑鄙丑恶，却都赤裸裸展示在他们眼前。长大后多少人愚昧无知，即使活过来了，多少人神经被折磨得不健全。"我是说，生活啊，你把多大的不幸带给了这一代人，可是……"

"比如说小跳蚤……"傅云祥拍了拍他的肩膀。

"啊，我腻了！听够了！"小跳蚤从自己的座位上跳起来，"别扯这些了行不行？吃饱了撑的，还讲什么十年、十年，我一听十年就头疼，就哆嗦。你们讲啥都没劲，什么四个现代化，如今地球上的核武器库存量，足够毁灭七个地球了，一打仗就完蛋！越现代化越完蛋！我每天坐办公室早坐够了，还不是你求我办事，我托你走个门子，互相交换，两不吃亏，我够了。活着干什么？活着就是活着，我想退休，最好明天就退休！"

"退休？"芩芩惊讶地叫起来，"你说什么？退休？"

"你奇怪吗？人生最后的出路，除了退休，还有什么？上班下班、找房子打家具、找对象结婚、计划生育、最后退休……还能有什么？我最关心的是松花江可别污染了，照这架势，等我退休以后，怕是连条小鱼苗也钓不上来了。我喜欢钓鱼，退休了，我骑摩托车上镜泊湖去钓鱼……"

"哈哈……真是好样儿的！"傅云祥大声笑起来，"我和你搭伴，这主意不错！"

"嘿嘿……"老甘眯起眼笑起来。"嘻嘻……"酒窝尖声尖气地笑着，连海豚也张开大嘴哈哈笑个不停。

芩芩用手捂住了自己的耳朵，她觉得刺耳，他们是在自寻开心呢，还是真心地觉得有趣？在傅云祥的家里，只能听到这样叫人莫名其妙的笑声。如果在饭桌上，啤酒加烧鸡，再来几句相声小段，一定人人都变得生动活泼而又神采奕奕。一句丝毫没有幽默感的玩笑话会逗得人人眉开眼笑，低级的插科打诨脍炙人口。可真正讨论问题呢？却没有人听得懂，也没有人感兴趣……

"怎么，你认为我说的不对吗？"小跳蚤一双无精打采的眼睛眯眯着，显得朦朦胧胧，好像到底也看不清他的眼神。"你觉得难道不是这样的吗？那你以为生活会是什么样子？"

"是呀，你说，你希望生活是什么样子？"傅云祥走到她身边，把一杯热咖啡递在她手上。

芩芩望着咖啡上的腾腾热气，一时竟不知怎么回答才好，她想象中的生活应该是什么样子的呢？她想象过吗？好像没有。未来是虚无缥缈的，很像老甘指缝里的雪茄冒出来的烟雾，若无若有。但是无论以前在农场劳动的时候，或是后来返城进了工厂，岁月流逝，日复一日，尽管单调、古板、枯燥无味，她总觉得这只是一种暂时的过渡，是一座桥，或是一只渡船，正由此岸驶向彼岸。那平缓的水波里时而闪过希望的微光，漫长的等待中，夹杂着虽然可能转瞬即逝却是由衷的欢悦。生活总是要改变的，既不像芩芩在农场几里路长的田垄上，机械地重复着同一个铲草动作，也不是早出晚归地挤公共汽车，更不是提着筐在市场排队买菜……那是什么呢？是在夏天的江堤上弹弹吉他，在有空调的房间里看外国画报吗？不不，芩芩没有设想过这样一种生活，她要的好像还远不止这些，或者说根本不是这些……那是什么呢？她一时又说不出来，是连她自己也不清楚还是因为难以表述？咖啡在冒着热气，周围的人影在晃动，她越发觉得自己心烦意乱。

"反正，反正不是现在这个样子！"她忽然站起来，脱口而出，"一定不是像现在这个样子！"她喝了一大口咖啡，放下杯子，走到门边去穿大衣。

"你要干什么？"傅云祥诧异地问道。

"一个本子，笔记本，落在教室了。"她结结巴巴地说，有点难为情，"我忽然想起来，一定是落在教室了，夜大借附中的教室上课，明天就找不回来了，我去看看，很快就回来……很快……"

"一个本子有啥了不起的？"他满不在乎地耸了耸肩膀，看了她一眼，改了口气说，"噢，去就去，我陪你，天晚了，又下雪……"

"不用了，你陪客人吧……"芩芩小心地围好围巾，朝客人们打了招呼，很快走了出去。

"你可快回来呀！"酒窝娇滴滴的声音在她身后喊，"要不我云祥哥连饺子下肚没下肚都没数了呢……"

离开那热烘烘的房间，芩芩顿觉头脑清醒了不少。屋外的空气虽然冷冽，却清新、鲜凉、沁人心脾。她的课堂笔记，是真的落在教室了，必须马上回去取，并不是她借故托词离席。她在农场待了三年，还没有学会撒谎就回城了，她同样不会对傅云祥撒谎。尽管她是多么不愿意在那儿继续扯那些无聊的闲话，宁可一个人在这夜晚的雪地里不停地走下去，走下去……

　　雪还在无声地下着，漫天飘飞，随着风向的变化不断改换着自己的姿态。时而有一朵六角形的晶莹的雪片，像银光似的从她眼前掠过，一闪身不知去向。大概它们也不愿就此落入大地，化作一摊稀水。可它们这样苦苦挣扎，究竟要飞去哪里呢？芩芩莫非也像它们一样：飞着，苦于没有翅膀，也毫无目标；而落下去，却又不甘心……

　　她突然觉得心里很难过。雪地的寒意似乎化作一股无可名状的忧伤，悄悄披挂了她的全身。那暖烘烘的小屋里充满了牢骚，夹杂着那么多的废话，使她厌倦、烦恼。可是她自己，不是连未来的生活应该是什么样子也答不上来吗？业余大学，她为什么要去念那个业余大学呢？赶时髦，还是希望？如果是希望，究竟希望什么？谁能告诉她呢？

三

　　是冬老人从遥远的北极带来的礼物吗？圣洁、晶莹、透明。当早晨第一线阳光缓缓地从窗棂上爬过来，透过一层薄明的光亮，窗玻璃上的霜花，变得清晰而富有立体感……像南海清澈的海底世界，悠悠然游动着热带鱼，耸立着一丛丛精致的珊瑚，漂浮着水草和海星；像黄山顶峰翻腾的云海，影影绰绰地显现出秀丽的山峰；像白云飘过天顶，浩荡、坦然；像梨花怒放，纷繁、绚烂……啊，冰凌花，奇妙的冰凌花，你是雪女王王冠上的华丽银饰……

可你又像小时候玩耍过的万花筒，每天都在变幻着姿势，无穷无尽地变幻。你带给人多少美丽的想象，从夏天雨后草地上的白蘑菇，到秋天沼泽地上空飞过的一群群白天鹅……可你是严冬的女儿，是冰雪的姐妹。你只在寒夜里降临，只在清晨才吝啬地打开你的画卷，那么短暂的一会儿，不等人看清那神奇的图案中蕴含的意味，你就急急地隐没了。可今天你为什么竟然还留在这儿？一直留到这昏暗的傍晚。是因为你知道芩芩要来吧，还是因为你知道这是一个星期天，清冷的教室里没有人会来注意你呢？

芩芩久久地立在玻璃窗前，惊诧地望着由于星期天暖气供应不足，教室低温而迟迟没有融化的冰凌花，几乎为这洁白如玉的霜花之美惊呆了。她家里的住房集中供暖，房间温度太高，玻璃上见不到冰凌花。只在几年前，她曾在农场连队的宿舍窗户上见过它们。可惜那时的生活太艰苦，宿舍里冷得叫人直打哆嗦，哪里还有心情欣赏冰凌花呢？那时候她从未觉得它有多美。没想到今天竟然会在夜大的教室里见到它，她的心里突然涌上来一种由衷的喜悦，好像见到了一个久别的老朋友。

"那么，这一面像什么呢？"她问自己，是的，这块玻璃上的图案很特别，像一团团燃烧的火焰，又像是一片翻腾的巨浪，从天际滚向天顶。它的花纹是极不规则的，整个画面呈现出一种宏大磅礴的气势……

"北极光！"她的脑海里突然掠过一个奇特的想象，"也许，北极光就是这样的吧！"她为自己的这一重大"发现"，激动得连呼吸也急促起来，"为什么不是呢？无论光焰是绿色还是蓝色的闪光，天空一定是银白色的，像北极的雪原。对，北极光应该就是这个样子，我可见到你了！"

她伸出一只手想去抚摸它，猛想到它们在温热的皮肤的触摸下，会顷刻化为乌有，又缩回了手。她呆呆地站着，心海的波涛也如那光束的跳跃一般颤动起来……

"不带我去吗？"她记得那时自己刚够着写字台那么高。

"不带。"舅舅对着镜子，戴一顶新买的大皮帽。帽子上灰茸茸的长毛毛，像一只大狗熊。

"真的不带？"

"真的不带。"

"不带我去就不让你走！"她爬上桌子，把那顶大皮帽从舅舅脑袋上抢下来，紧紧抱在怀里，"不给你钱！"她把小拳头里的一个亮晶晶的硬币晃了晃。

"那也不带。"舅舅似乎无动于衷。

"我哭啦？"她从捂住脸的手掌的指缝里偷偷瞧舅舅。

"哭？哭更不带，胆小鬼才哭。胆小鬼能去考察吗？"

"啥叫考、考它？"她哼哼呀呀地收住了哭声，本来就没有眼泪。

"比如说，舅舅这次去漠河，去呼玛，就是去考察——噢，观测北极光，懂吗？一种很美很美的光，不会有比北极光出现时更神奇的太空了，也没有画笔画得出在寒冷的北极天空中，变幻无穷的那种色彩……"

"北极光，一种很美很美的光……"她重复说，"我太想去看它了！"

舅舅笑起来，把大手放在她的头顶上，轻轻拍了一下。

"当然。谁要是这辈子能见到它，谁就能得到幸福。懂吗？"

她记不清了，或许她听不太懂。那是一个寒冷的冬天的早晨，玻璃窗上冻凝着一片闪烁的冰凌，好像许多面突然打开的银扇。舅舅消失在这结满冰凌的玻璃窗后面，大皮靴在雪地上扬起了白色的烟尘。舅舅去考察了，到最北边的漠河。可是他一去就再没有回来，听说是遇到了一场特大的暴风雪，几个月以后，人们只送回来他那顶长毛的大皮帽。寻找北极光原来是那样难吗？神奇的北极光，你到底在哪里呢？幼年时代的印象叫人一辈子难以忘却，舅舅给芩芩心灵上送去的那道奇异的光束，是她以后许多年一直憧憬的梦境……

"没有漠河兵团的名额吗？"在学校工宣队办公室，那一年她刚满十八岁。

"没有。"

"农场也没有？"

"没有。"

"插队、公社、生产队，总可以吧？"

"也没有。有呼兰、绥化，不一样吗？你为啥要主动报名去漠河？是不是因为那儿离家最远？"工宣队师傅以为冒出个下乡积极分子了。

"不是，是因为……"她噎住了。因为什么？因为漠河可以看到北极光吗？到处在抓阶级斗争，你去找什么北极光呀，典型的小资调，她可不敢说出口。

她只好乖乖地去了绥化的一个农场。农场有绿色无边的麦浪，有碧波荡漾的水库，有灿烂的朝霞，有绚丽的黄昏，可就是没有北极光。她多少次凝望天际，希望能看到那种奇异的光幕，哪怕只是一闪而过，稍纵即逝，她也就心满意足了，然而好几年过去了，她却始终没有能够见到它。芩芩问过许多人，他们好像连听也没听说过。她知道，这种瑰丽的天空奇观是罕见的，但它确实存在。存在的东西就一定可以见到，芩芩总是自信地安慰自己。许多年过去了，她从农场回了城市，在这浑浊而昏暗的城市上空，似乎见到它的可能性越来越小。这样一个忙碌而紧张的时代里，有谁会对什么北极光感兴趣呢？

"你见过它吗？你在呼玛插队的时候，听说过那儿……"她仰起脖子热切地问他。他们坐在江边陡峭的石堤上，血红色的夕阳在水面上汇集成一道狭长的光柱。

"又是北极光，是不是？"傅云祥不耐烦地在嗓子眼里咕噜了一声，"你真问那干啥？告诉你吧，有一年夏天，听说它从草甸子上空闪过，那个亮堂啊，像放焰火似的，只有夜里起来喂牛的人看见了。"

芩芩深吸一口气，惊讶得眉毛都扬起来了。

"那个北极光啊，说是如何如何美，有啥用呢？假如是菩萨显灵，我就给它磕头了，让它保佑我早点返城，找个好工作……"他往水里扔着石头。

芩芩觉得自己突然与他生疏了，陌生得好像根本不认识他了，这个恋爱一年已经成为她未婚夫的人。他就这么看待她心目中神圣的北极光吗？其实你早已知道他是这样的，你不是很快就要开始同他生活在一起了吗？两个月六十天，不算今天，就是五十九天。大红喜字、出租汽车，然后是穿鞋、点烟……客人散尽了，在那"中西式"的新房里，亮着一盏嫦娥奔月的壁灯，刺眼而又黯淡，他朝你走过来，是一个陌生的黑影。黑影不见了，壁灯熄灭了，贴近你的是混合着烟和酒味的热气……黑暗中你瞥见了一丝朦胧的星光，你扑过去，想留住它，让它把你带走，可它又倏地消失了。黑暗中只有他的声音，黏黏糊糊堵住了你的耳朵……她明明知道，在那拉上了厚厚的窗帘的新房里，那神奇的光束是再也不会出现了，再也不会了……

芩芩把她柔软的黑发靠在窗框上，垂下头去，一只手勾起深红色的拉毛围巾，轻轻揩去了腮边的一串泪珠。她的心里为什么有那么多的忧伤？难道不是她自己亲口答应了他的吗？事到如今，难道还有什么办法可以挽回这一切？人们会以为她疯了，他呢？说不定也会痛苦得要死。该回去了，否则他会气急败坏地跑来找她，也许他早已在车站上等她，肩上落满了雪花……该回去了，玻璃窗上的冰凌花若明若暗，很像小时候舅舅走的那天。他是去寻找比这冰凌花还美得多的北极光了。然而天暗下来了，很快的，就该什么也看不见了……

她把脸埋在围巾里，低声抽泣起来。蓦地，她似乎听到了教室里有一点响动，便很快收敛了哭声。她默默站了一会儿，摸到自己座位上去找那个笔记本。

"哐——啷——"她撞到了桌角和凳子，好像一个铅笔盒掉在地上了。她在昏暗中睁大眼睛，这才发现中间的座位上有一个人影。

"谁？"她吓了一跳，头发也竖起来了。

"一个你不认识的人。"传来一个鼻音很重的男声，遥远得好像从天边而来，严峻得像一个法官。

芩芩站住了，她不知道是应该走过去还是应该赶快走开。

"你，你在这儿干什么？"她想起了自己刚才的哭泣，竟然被一个陌生人听见，顿时慌乱而又难为情。

"对不起，这是一个公共的教室，你进来的时候，并没有看见我，而我对于你也是完全无碍的。我一直在背我的日语，如果不是你……"他弯下身子去摸索那些地上散落的东西。

芩芩这才想起来去开灯，如果不是碰掉了人家的铅笔盒，她真希望就这么悄悄走开，谁也不认识谁。可是——

两支并列的四十瓦日光灯，清楚地照出了他高高的鼻梁上厚厚的眼镜片，在那厚得简直像放大镜一般的镜片后面，凸出的眼珠藐视一切地斜睨着，光滑的额头，下巴上有几根稀落的短须。然而他的脸的轮廓却很漂亮，脸形长而秀气，两片薄薄的嘴唇，毫不掩饰地流露着一种嘲弄的神态……

他似乎也在默默地注视着她，他在嘲笑她吗？嘲笑她刚才的眼泪，或者是想引出这样一段对话："你从哪里来呢？以前我怎么没见过你？""我也没见过你呀。""噢，我知道，你是夜大日语班的，借附中的教室。""我也知道了，你是这个大学的学生，虽然你没有带校徽，可我识别的眼光很厉害……""你刚才为什么哭呢？""不，没有，我没有哭。""哭了，我听见的，你有什么伤心事？""伤心事？没有没有，什么也没有。我很快乐，我就要结婚了。人家介绍我认识他，他对我很满意，他家里对我也很满意，我对他——没有什么可挑剔的，如果我不答应，大概就找不到这样好条件的对象了。我要结婚了，所以我很伤心。不不，不是这样的，你不知道，一点儿也不知道，一句话是讲不清楚的，你别问了，我不认识你……"

眼镜片在日光灯下闪烁，他薄薄的嘴唇动了动，却没有声音。他什么也没有问，好像世上的一切都同他无关。

"我，我的钱包丢了，所以……"她冒出这样一句话来，难道是想掩饰自己刚才的眼泪吗？多么可笑，或许他根本就没有注意到。

"钱包？"他不以为然地哼了一声，"我从来就没有钱包，因为没有钱。可敬的小偷，愿他们把世人所有的钱包都扔进厕所，那钱包里除了装着贪欲，就是熏黑了的心。"

"可敬？你说小偷可敬？"芩芩倒抽了一口冷气。

他摆了摆手，说："诚然，小偷是极端的个人主义者，损人利己，甚至有时还谋财害命。咱们且不谈造成这些渣滓的社会原因，但更可恶的是在我们的生活中有那么一些冠冕堂皇的江洋大盗，侵吞着人民的劳动成果，却逍遥法外。或者是严重的官僚主义，可以在几分钟内，一个轻轻松松的签字仪式上，把几百万、几千万人民币扔进大海。"

"有这样的事情吗？"芩芩的脸色有点发白。她站着，他也没有请她坐，她本来是想把铅笔盒捡起来立即就走开的。

"给你举一个简单的例子，我们学院里有一位教师，平时工作勤勤恳恳，因为没有住房，夫妇长期分居两地，几个孩子都小，生活相当困难。这次调整工资，系里的领导争着为自己提级，他最后被刷下来了，还被说成是无能、业务不行。他无处申辩，只好……"

芩芩禁不住冒了一身冷汗，她是最怕听这样悲惨的故事的。

"再比如，"他用一把铅笔刀在桌上轻轻划了两道，"去年我们学院毕业分配，全部面向基层，可是一位副部长的一张纸条，就把他未来的女婿调到北京去了。人们满肚子自私，却来指责青年人缺乏共产主义道德，何等的不公平！还有谁会相信那些空洞的说教呢？人们对政治厌恶了，不愿再看见自己所受的教育同现实发生矛盾，与其关心政治，倒不如关心关心自己……这就是对以前'突出政治'的惩罚。我说这些只不过是为了说明现实的人生……"

芩芩发现他的口才很好，几乎不用思索，就可以滔滔不绝地讲上一大堆。她不觉有几分钦佩他，他讲得多么尖锐，多么深刻呀。而无论在讲述什么的时候，他的嘴边总挂着那么一点儿嘲讽，脸上既不愤怒，也不忧郁，语气平淡无奇，好像这一切都同他无关。

"唉，我们这代人，生不逢时，历尽沧桑。没有看到什么美好的东西，叫人如何相信生活是美好的呢？理想如同海市蜃楼，又如何叫人相信理想呢？有人说这叫什么虚无主义，我认为也总比五六十年代青年那种盲目的理想主义好些……"

芩芩"啊？"了一声。

"是啊，我对你说这些干什么？"他突然站起来，匆匆地收拾桌上的那一堆书，"你难道心里不是这样想的吗？人们只是不说出来罢了，天天在歌颂真实，可是真实却像一个不光明正大的情人，只能偷偷同它待在一起。正因为我不认识你，才对你说这些话。你以为我很爱说话吗？哈，我可以在十个人同我聊天的时候看报纸……"

"那你……"芩芩怯生生地问，"和你的同学也不说吗？你不闷得慌？你们，大学生……"

"大学生？你不也是大学生吗？只不过是业余的。可他们，只比你多一个校徽，或者外加一副眼镜罢了。大学？一个五花八门的大拼盘，一个填鸭场，一支变幻不定的社会温度计。设想得无比美妙，结果大失所望。男同学们，开'广交会'，拉关系找门子……"

"为什么？"芩芩笑起来。

"为了毕业分配呀，女同学们，嗯，热衷于烫发，一个卷儿一个卷儿地做，比学外语热心多了。嗬，你为什么没有——？"他做了一个卷发的手势。

"我……"芩芩不知该怎么回答。她应该说："你如果再过五十九天看见我，我一定不是现在这个样子了，结婚是一定要烫发的。"可她却什么也没说。

"好了，今天我说得太多了，我要走了。在这个校园里，简直无法找到一个安静的地方！你继续研究你的玻璃吧，没有人妨碍你。人在不发生利害冲突的时候总是友好的。"

他夹着一包书站起来，好像没有看见芩芩似的朝门口走。

"嗳——"芩芩不知为什么觉得很怕他就这样消失在自己眼前，她突然产生了一种很想结识他的愿望。她叫住他，却不知说什么才好。

北极光

"你，你是日语专业的吗？"

"是的。"

"我，我也学日语。可以，向你请教吗？"

他偏着头，既不显得特别热情但也没有拒绝："可以。"他说，"不过我的时间不多。"他的镜片闪了闪，好像在想什么，"你，你做什么工作？……你，为什么要学日语……"

"仪表厂的绘图员，陆芩芩。你，叫……"

"外语系日语专业七八级一班，费渊，浪费的费，渊博的渊。"

他甩了甩头发，走了出去。芩芩望着他的背影，发现他的个子很高，偏扬着脑袋，走起路来，颇为潇洒却又显得有些傲慢。

"你很单纯，继续研究你的玻璃吧……"他的声音留在教室里。可是窗外已经全黑了，玻璃上的冰凌花已失掉了它诱人的光彩。

"北极光……他对北极光怎么看呢？"芩芩找到了自己的笔记本，轻轻掩上教室的门，走下楼梯的时候，忽然这样想。

四

生活以其固有的流速向前推进，既不会突然加快也不会无故减缓自己的节奏。在它经过的地方，不同的地貌地形、不同质的土壤地层，留下了不同形状的痕迹。每个人都生活在属于自己而又与外界有着千丝万缕联系的世界里，彼此之间如此难以相通。1976年那春寒料峭的4月，曾使得千千万万的人的血和泪流在了一起。一下子冲破并填平了十年来横在人们心灵之间的大大小小和形形色色的相互防范、警戒、自卫、猜疑的堤坝和沟壑。然而这种统一却是短暂的，时间的流水总是在不断冲刷出新的壕堑来。当1980年隆冬的严寒笼罩了这个城市的时候，由于河床的突然开阔，所给人带来的朦胧而又忽远忽近的前景，青年们所苦恼和寻觅的，就远比四年前要更丰富而深广了……

　　1976年10月，那惊天动地的事件爆发的时候，芩芩还在农场，一点也不知道中国将要发生什么重大的变化。在那安静的小镇上，生活就像水银在那儿慢吞吞地流动，没有热度也没有波澜。场部传达粉碎"四人帮"的那天，芩芩只是看到连队的一群上海知青、浙江知青和哈尔滨知青的"混合队"，在破旧不堪的篮球场上踢了大半天足球，好像天塌下来也不关他们的事。那些南方知青的年龄都比芩芩要大几岁，来农场七八年了，好像天下什么苦都吃过，什么都懂，什么都不在乎。他们干活儿都很卖力气，割水稻尤其快，大车也赶得不错。喜欢用东北方言夹着南方话说话，什么"俺们喜欢吃香烟。""劳资科长贼缺德。"他们最关心回家探亲的事情，探亲一回来就在地头没完没了地讲许多新闻。芩芩对于社会的最初了解，就是从农场开始的，可惜那段时间太短，也许再待两年，她就不是现在这个样子的她了。她的履历表简单得半张纸就可以写完。前些年父亲也挨过斗，她刚十岁，学会了买菜做饭照料弟弟。没几天父亲就解放了，"结合"当了厂政宣组的副组长。她下乡、上调，也有过不顺心的事，但总比别人要好些，她用不着像有的人那样，煞费苦心地为工作和生活去奔波，所以她看见的邪恶也许就比别人要少些。

"你去办一个病退试试，就是林黛玉也要堕落的！"连队的一位比她大几岁的女友对她嚷嚷。因此，对于那些 60 年代后期分配到这边疆农场来的老大学生和南方知识青年，她总是抱着一种莫名其妙的崇拜心理。

她所在的连队来过一个建工学院毕业的大学生，当食堂管理员。他经常算错账，因为他在卖饭菜票的时候也常常拿着一本书。他的理想好像并没有因为他的处境艰难和遭遇不幸而泯灭，而只是暂时被压抑、限制了。他拼命地读书，总好像在思索着什么。他究竟在想什么呢？芩芩好奇地留心观察、猜测他，久而久之，她竟然不知不觉地惦念起他来。他有胃病，常常胃疼得脸色发白，有一次他去哈尔滨公出，连队卫生员让他去医院做胃透视检查，三天以后他回来了，不知从哪儿弄来了不少书。"透了吗？"芩芩问他。"透了。"他心不在焉地回答。那天卸煤，他热得脱了大衣，"啪——"什么东西从他衣袋里掉出来，上面写着字："钡餐"。钡餐粉还在衣袋里，那还用问，准是没有去透视。芩芩不禁油然生了几分怜悯。不久后他调走了，他的女朋友是他大学的同班同学，听说分配在贵州山区的一个公社当售货员。他就是到她那儿去，到那儿去他就可以在中学教物理课，不卖饭菜票了。他走的那天，芩芩一个人躲到草甸子里去了，她采了一大捧鲜红的野百合，又把它们统统扔进了河里。假如他不走呢？假如他没有那个女朋友呢？芩芩想着，哭了起来。她不知道自己这是怎么了。如果说曾经有过那么一次朦胧难辨的微妙感情，就那样连百合花一起扔在小河里，漂走了。从此以后她再也没有见过他那样的人。他是南方人，喜欢把"是的"，说成

"四的"，她经常笑话他。"你这人蛮可爱。"他有一次在路上碰到她，这样对她说。她那会儿正把从大车上掉下来的一捆黄豆送到场院去，心里一阵狂跳。记得这是他单独对她说过的唯一的一句话，如今她也不知道他在哪里。哦，真是奇怪，怎么会想起他呢？

也许只是因为她觉得那个费渊有一点像他吧，费渊的口音也是南方人，"你很单纯"，他也这么对她说。刚刚认识不到半小时，他是从哪里看出来的呢？难道他自己很复杂吗？芩芩倒恨不得自己也能复杂一点，那样的话，她对生活中的许多问题，也许就不会总是想不通，总是苦恼了……在农场时生活艰苦、劳动繁重，只想着饱饱地吃上一顿，甜甜地睡上一觉，什么忧愁都置于脑后了。总觉得那绿色的田野，连着远方的希望，有一天会走近……可是返了城，进了工厂，日子倒反而变得平淡无味。好似在大海行舟，望见深蓝的地平线，充满无数幻想，然而驶过去，遥遥无期的，仍然是一片苍茫的海水。偶尔瞥见一座小岛，也是寂寥无人，即使登上岛去，海上漂过一叶白帆，你挥手召唤，却再无人呼应，或许那船载的就是寂寞和孤独……

厂里新开了图书馆，芩芩除了学日语，有一点时间都泡在小说里。可是书读得越多，越发觉着生活的不如意。在农场时没有什么书可读，倒有如一潭宁静的水池，既无涟漪也无烦恼。芩芩不知自己现在的这种情绪是好还是不好。四年来，不断发展变化的社会生活常常给人以信心和力量，可是这种变化什么时候也能在自己身上表现出来呢？芩芩每天早上醒来的时候，总盼望这一天里会有什么意外的事情发生，可是日日平安，天天如此。傅云祥除了更换衣服，连讲话的声调都是一成不变。芩芩盼望明天，明天来而复去，也并不让人快乐……

自从那个星期天傍晚芩芩去教室取笔记本以后，她特别盼望去夜大上课的日子。坚持夜大学习十分不易，开学时全班有六十多人，到期中就只剩了一半。有的人是因为工作脱不开身，领导不支持，几次落课，就跟不上趟了；有的则是因为家务拖累。有位大姐三十四岁，两个孩子，还来学日语，有时孩子生病，她就得落课。芩芩在厂里上的是长日班，除了傅云祥偶尔找她看电影以外，坚持上课没什么问题。她喜欢日语，倒不是喜欢日语的发音，而是喜欢从陌生而节奏感很强的音节里，体验、揣摩日本民族的那种执着向上的奋斗精神。她刚刚看过一本写日本民族从明治维新以来一百年间如何发愤图强的一本书，叫作《激荡的百年史》，从里面她仿佛听到那岛国上传来的自强不息的呐喊……她似乎听到了中华民族的呐喊，这种呐喊虽然暂时低沉，有朝一日却也许更加雄浑有力。当然这种联想是近于可笑的，但芩芩的日语却学得认真而刻苦。同班的业余大学生们的水平都差不多，她早就盼望着能有一个人辅导自己"开小灶"。突然黑暗中冒出了一副眼镜，一个费渊，她怎么能不喜出望外呢？他说话有点像19世纪那种德国哲学家，和他谈话肯定会有收获。与他相比，傅云祥实在太注重实际了……她的思维有点混乱……

一连好几天，芩芩下了课，总是磨磨蹭蹭地走在最后面。她穿过二号楼那狭窄的走廊，不时地东张西望，希望在哪个拐角能偶尔碰上费渊。有时她借口一点什么事，绕弯路到学院的主楼去。主楼宽敞的走廊里，隔一段就放着一张椅子或是窄小的课桌，有人趴在昏暗的灯光下做作业，也有人三三两两在低声讨论着什么，还有人面冲着墙壁，一个人在叽里咕噜地念着什么……芩芩心里对他们羡慕得要死，因为她只差十四分没考上正规大学。如果不是复习功课期间妈妈老让那些热心的介绍人来麻烦她的话，这十四分一定不会丢，结果大学没考上，来了个傅云祥，十四分，好像他就值十四分。妈妈倒比她更喜欢他呢，他每星期天给她家送去别人买不到的新鲜猪肝和活鲤鱼，他送给芩芩别人买不到的出口的丝绸衣料，进口的款式新颖的女式短大衣，还有漂亮的奶白色牛皮高跟鞋……他什么都能买到，芩芩常常会有这种感觉，好像连她也是他买到的一件什么东西，只是他从不小气，舍得花钱。他捧着大包小盒进门，她在他的督促下不得已试试那些衣物，试一试也就脱下来锁进了箱子。他也天天很忙，忙得连报纸也没有时间看。对于她学日语，他并不反对，好像那是一件高级的事情。有时他学她的发音，怪腔怪调，叫人哭笑不得……

可她却希望有人能用日语和她对话，哪怕只是几句简单的问答。大学昏暗的走廊，呢喃的读书声在四壁回响，这种气氛不仅使人感到亲切，而且使人心里踏实。他一定会在这儿的，芩芩这样期望。

可是她始终没有能够碰到他，他从来没有在这儿出现过。他在图书馆，还是在自己的教室？那个星期天下午他为什么躲到附中的教室去？为图清静吗？她不能到他的教室去找他，她不敢，因为毕竟没有什么了不起的事。

这一天下了课，她独自一人出了二号楼，突然闪过一个念头，径直往主楼的地下室走去。她知道那儿有一个资料室，不过晚间是不开门的。她干吗要从那儿走呢？黑洞洞，怪吓人的。她站在那儿犹豫了一会儿。

忽然她听到里面传来了一种含糊不清的声音，低沉的、连贯的，好像在背诵什么，带着很重的鼻音。她的心头跳了跳。是的，是日语。她听见过一次，便不会忘了这声音。

"谁？"她大声用日语问。

"你或许不认识。"那背诵的声音停止了，懒洋洋地答道。

"不，我认识。"

"那么，你是谁？"

"我是业余……"她卡住了，以下她还不会说。

"噢，是你吗？研究玻璃的！"他从黑暗中走出来，披着一件深褐色的皮夹克，搓着手。

"这儿，很冷吧？你，你真用功！"芩芩诚心诚意地说。

"用功？还不是为了毕业分配混个好工作。"他皱了皱眉头，"人总得吃饭才能生存。"

芩芩有一点尴尬，她没有想到他会这样回答。

"你在背课文吗？"她问。

"课文？你以为背课文会有什么出息吗？蠢人才这么干。早稻田大学的研究生可不是背课文能培养出来的。我——"他开始用日语念起来，很长，好像是诗。

"明白了吗？"他低头问芩芩，很像一个老师在考问他的学生。

"不……"芩芩脸红了，"我，听不太懂……"

"噢，这是《鲁拜集》中的一段诗句，我把它翻译成了日语，给自己听。"

"《鲁拜集》？"芩芩好奇地问。

"《鲁拜集》是波斯诗人峨默·伽亚谟的四行诗集。"他好像很乐意回答她，"鲁拜那两个字，就是波斯语'四行诗'的意思，知道了吗？"

芩芩似懂非懂地点头。心想他知道得好多啊。

"你愿意听一听我译的诗吗？"不等她回答，他就自顾自朗诵起来：

> 我们是可怜的一套象棋，
>
> 昼与夜便是一盘棋局，
>
> 任它走东走西或擒或杀，
>
> 走罢后又一一收归匣里。

他接着又说，"你明白这诗的含义了吗？深刻！人生就是这样，任何人都受着命运的摆布和愚弄，希望只是幻想的同义词……"

地下室里好像有一股冷风，芩芩打了一个寒噤。

"你来找我吗？"他好像才想起来。

"不……是的，我想请教你……"

"抱歉！"他把两手一摊，"现在我没有很多时间，晚上我必须做完我的功课。你，很急吗？"

"不，不很急。"

"那就星期天吧，星期天我在这儿，不在这儿就在宿舍，三号楼三三三房间。"

"星期天……"芩芩犹豫了一下。她想说，星期天怕没有空。可他已重新钻入那黑暗的过道中去了。

"他真抓紧时间。"芩芩这样想，"不该打扰他吧……星期天，怎么办呢……"

恰恰星期六那天下了整整一天的鹅毛大雪，晚上雪停了，傅云祥兴致勃勃地跑来找她，说他要和军区大院的几个子弟，明天一起坐吉普车去尚志滑雪，问她想不想跟他们一块去。"跟？我才不呢！"她一反常态地用挖苦的口气说，"你愿跟，你就跟吧，我可不想当'仿干'！"

"仿干"是她从夜大的同学那儿听来的一个新名词。嘲笑那些一心想模仿干部子女的人。比如说有的人喜欢故意装出一副神气活现、傲慢无礼的样子，看什么都不顺眼，管公共汽车叫"那破车"，刚认识就说"给你留个家里的电话吧！"其实是传呼电话。这种人就叫"仿干"子弟。芩芩无法理解那些人的虚荣心，更不明白那些人为什么不学学干部子女的好品质，而喜欢摆阔炫耀。傅云祥的父亲只是个小小的处长，他却爱和省委的一批干部子弟打得火热，只是他不像通常的那些"仿干"那么令人讨厌。

这场雪倒意外地"解放"了芩芩。星期天上午她兴冲冲去附中的夜大上课，散了课出来，见学院的大门口贴着一张通知：

"各系留校同学注意：铁路货场告急！星期天下午在此集合去车站清扫积雪，义务劳动，希踊跃参加！"

每年冬天都有此类事，大雪常常堵塞交通，于是倾城出动，满大街铁锹镐头叮当响，冻得人额头上霜满脸通红。芩芩每次都积极响应，不过今天她却不高兴，下雪刚刚帮了她一个忙，却又在这儿同她捣乱。费渊要是去扫雪，不就又是碰不上了吗？她轻轻叹一口气，有点拿不定主意去还是不去。

"去试试吧，或许呢。"她在那张通知下站了一会儿，想了想，抱着一种侥幸心理，还是往三号楼走去。大道上的积雪已经被清扫到两边，露出灰色光洁的水泥方块。松软的新雪刺得人睁不开眼睛，寒风时而吹落大树上一团团棉絮似的白雪，掉在她的红围巾上。

"三三三"，她在幽暗的走廊里勉强辨认出门上的号码，敲了敲门，没有人答应，"一定是去扫雪了。"她失望地想，正要走开去，门却突然打开了一条缝，闪过一副镜片。

"是你？"门开大了，他捧着一部字典，朝她点了点头。

芩芩觉得有点意外。虽然她希望自己不要扑空，可他在了，她又觉得有些奇怪："你，没有去扫雪？"她脱口而出。

"扫雪？"他似乎觉得她问得奇怪，"把时间白白浪费在那阳光早晚会使它消失的东西上吗？那只是积极分子才会去干的事儿。"

"你不是？"

"当然不是，全身所有尚未被吞噬的红血球加起来，我充其量不过是一个不合格的爱国者。"

"那……你有信仰吗？你信仰什么？"

"信仰本来是无所谓有，也无所谓无的。上帝只是我自己，无论在地狱还是在天堂，我只看到一条出路：自救！我们这一代人只能自救！”

“先救国，还是先救自己？”

“当然先救自己！我从来不认为‘大河涨水小河满’是符合科学原理的，只有小河的汇集才有大河的奔流。人也同样，十亿人中产生十万名科学家，中国就得救了。扫雪？扫雪怎么能与思考相比？嗬，你是准备站一会儿就走吗？”

芩芩这才发现自己竟还站着，宿舍不大，放了四张上下铺，床下门边堆满了大小木箱，显得拥挤不堪。靠窗那儿有一张两屉桌，坐在床上，就得缩起身子，但床上桌上统统堆着凌乱的书和杂物，根本就没有什么地方可坐。有一堆书，好像软塌塌湿乎乎的。

“暖气漏水了。”他欠起身子把对面床上的东西移了一下，“漏到书箱里去了，没办法，大学的条件就是这样。找不着水暖工，大概也去扫雪了。你先将就坐吧！”

芩芩表示完全不介意的样子，在床边坐了下来。不料大腿上却重重地硌了一下，她低下头一看，原来是一本硬面的影集，边上磨损坏了，显得很旧，还湿了一个角。

“你的吗？”她把它抽出来，拿在手里。

“算是吧。”他接过去，不经意地翻了翻，随手扔在桌上，“不过，那个我，早已不存在了。现在的我，是这样的——”他指了指自己的床头。

芩芩这才看见，他睡的下铺的里面墙上，挂着用两块玻璃夹起来做成的简易镜柜，里面有两张照片，一张是他的正面像，却闭着双眼，两只手捂着耳朵；另一张不大看得清，似乎就是他的一个背影。镜框旁边，贴着一张狭长的白纸，写着几行诗：

　　我要唱的歌儿，直到今天还没有唱出，
　　每天我总在乐器上调理弦索。

　　"泰戈尔的诗，是吗？"芩芩问。她的眼睛顿时放出了光彩。她没想到费渊也喜欢泰戈尔。傅云祥不喜欢诗人，称他们为"梦游患者"。可费渊为什么偏喜欢这两句呢？芩芩更喜欢泰戈尔的这几句诗。"花儿问果实：果实呀，我离你还有多远？果实说：我在你的心中呢！"这几句是大意，她还能背出许多原诗，比如："我的一切幻想会燃烧成快乐的光明；我的一切愿望将结成爱的果实。"她真想给他背一遍，可是她发现他仍然在低头翻那本厚厚的字典，马上兴味索然了。

　　"为什么说，这里的你已经不存在了呢？"她把那本旧的相册拿过来，随口问。

　　"你自己看吧。"他没有抬头。

　　芩芩心里颇有一点责怪他的这种古怪脾气，他好像在查阅一个什么单词，沉醉在自己的思维中，世间万物似乎都与他无关。这个样子，芩芩准备向他请教的问题也就不好马上开口。于是，她翻开了影集的第一页。

　　哟，多么漂亮的画面啊：银色的飞机，宽阔的机场跑道，一个外国总统模样的人，正在接受一个中国儿童的献花。那是一个好看而可爱的小男孩，微微卷曲的头发，漆黑的大眼睛里满是天真的问号。他伸长着胳膊，正把鲜花投到外宾的胸前，那幸福的表情好像整个世界都对他张开了怀抱……

那是二十几年前的费渊，也许在首都吧？从他脚上那双亮晶晶的小皮鞋上看得出来，他有一个幸福的童年，一个优越的家庭。生活本来也许是应该让他径直走进那银色的机舱，在灿烂的朝霞中飞入高高的云层，可他却为什么来到了这里？在这八个人住的拥挤的集体宿舍，暖气管漏着水……

又翻了几页，他突然长大了，面颊出现了棱角，头发变得浓密。他站在台上，抓着话筒，好像要向全世界宣布什么，臂上挂着红卫兵袖章，那芩芩少年时代曾羡慕入迷过一阵子的红布条。他在喊什么呢？大概是喊什么："誓死捍卫……"或是喊"横扫一切牛鬼蛇神……"当然喊过，芩芩也喊过，只是不懂那究竟是什么意思罢了。哦，当年，他也有过这种热血沸腾的时刻？这同他现在这种冷若冰霜的外表简直判若两人，就好像蚕不应变成从茧子里飞出来的面目全非的蛾子一样。那时他一定相信自己是在捍卫真理，芩芩也曾这么相信。可是真理到底在哪里呢？他从那讲演的台上走下来，岂不是如同从一个虚设的真理的空中楼阁，一步跌入到大地上来一样吗？他一定摔得遍体鳞伤，要不，他的眼神不会这样沉郁阴冷……

哦，这大概是他的全家照了。照片上写着日期：1968 年 10 月。大概是他下乡前留的纪念。这是他的父亲，他的脸型很像父亲，清癯秀气；他父亲的衣着很普通，显得忧虑重重，疲惫而憔悴，然而却坐得那么挺直，眉宇间分明有一种不凡的气质。这大概是他的母亲，芩芩觉得他的母亲很美，他的五官不像母亲那么柔和、匀称。

她脸上虽然没有一丝笑容，然而端庄、沉静，那紧抿的嘴角上有一种知识妇女内在的尊严，像一位大使夫人。她的身边还有一个小姑娘，一定是费渊的妹妹了，好像因为害怕照相馆刺眼的灯光而缩着脖子，也许是那几年的混乱中，她总习惯于躲在她哥哥背后的缘故。哦，这是他，唯有他的神态仍是坦然、自信的，扬着脸，那么满不在乎，好像就要迎着草原初升的太阳走去，在那无边的草原上开满了鲜花、飘舞着红旗。那时他嘴角上还没有芩芩现在看到的那种嘲讽的神情，他的眼睛多么纯真而虔诚啊！芩芩真想能看一看当年的那个他……

"你爸爸……"她终于忍不住问，"他们现在在哪儿？"

他头也没抬，若无其事地答道："死了。"

芩芩的头皮一麻。

"他，他是……"

"曾经是一个驻东欧国家的大使。"

"为什么？……"

"因为人所皆知而又无人得知的原因，1970年死于监狱。"

他不再作声。暖气仍在漏水，滴答，滴答……

芩芩呆呆地坐了一会儿，揉了揉眼睛。她很想找出一句话来安慰他，可是她能说的，他一定都听到过，他似乎也并不需要什么安慰，难道他的安慰在字典里吗？

她轻轻翻开了影集的下一页，起初她以为看错了，又看了一眼，不觉大大惊讶：这是一张县知青积代会的集体照，人人戴着大皮帽，大棉袄胸前别着大红花。芩芩几乎很难从中找到他。他突然变成了一个朴实憨厚的青年农民，似笑非笑地咧着嘴，眉间似有一点难言的苦衷。他的额头上出现了几丝淡淡的皱纹，很像那用来做大红花的皱纸……

照片上方印着几个规规矩矩的字：1970 年同江县。

1970 年？70 年不正是他父亲死在监狱里的时间吗？而他居然在县里参加知青积代会，四处汇报讲用，真令人难以相信。但这却是事实。没有比影集所展现的历史更真实了。芩芩想起她原先所在的连队的那些知青积极分子，有一次她肚子疼请假上卫生所看病，她刚开完了药，她们就进去问大夫她究竟得了什么病。有一次她邻铺的一位女连长头发上生了虱子，芩芩想帮她好好清洗一番，那人却说："你没有虱子，说明你没有改造好。"真叫人哭笑不得。所以她无法设想，眼前的费渊曾经参加过积代会，她突然为他感到脸红。可是，她难道没有拼命地挖过土方吗？仅仅只是为了能在光荣榜上出现自己的名字……

还往下翻吗？好像剩不几张了。这张好像全湿了，是酒杯里的酒溢出来了吗？整个画面都是酒杯，不，是搪瓷缸、大海碗、断把的刷牙杯、玻璃瓶子，满的、空的都有，碰撞在一起，好像听见一群流落他乡的孤儿绝望的呼救。杯子在摇晃，冲出来一股难闻的酒味，照片里为什么没有他呢？他醉了，一定是醉了，如一团烂泥瘫在那破炕上，没有炕席的土炕上，泥巴和酒混在一起。为什么？他不是全县的知青典型吗？他也酗酒？芩芩真的闻到酒味了，这张照片这么湿，好像就是从那堆五花八门的杯子里冒出来的酒，留在照片上，直到今天还没有干……

她把这张照片小心地抽出来，掏出手绢去擦，无意地翻过来，发现背后有一行毛笔写的字：

"亚瑟第一次从监狱里回来的日子——1971年9月13日。"

芩芩当然记得，"九·一三"是林彪摔死的日子。为什么把他同亚瑟联在一起？她看过《牛虻》，牛虻第一次从监狱里出来，因为发现自己被神父欺骗，信仰受到了玷污，痛苦得想要自杀。费渊也曾想自杀吗？芩芩小时候有一次因为爸爸答应带她到大连姥姥家去玩，结果却带了弟弟，也曾经想过自杀。就那么一次。而他，虽没有死，却把心泡在酒精里了……

芩芩浑身发冷，真想扔了那影集逃走。忽然却从那影集里滑出另一张照片来，似乎是随随便便夹在里头的——

画面上也没有他，只有无数的白花，像北方的雪野，纯净，圣洁。芩芩见过这白花，是在四年前悼念总理的电视上，在去年平反的"四·五"战士的新闻报道图片里。那些献给总理的花，开在长青的松柏上，开在最冷最冷的1月……

"你照的？"她轻轻问。

他从字典里抬起头来，一副茫然若失的神情，推了推眼镜，盯住了那张小照，半天才说：

"1976年1月回北京探亲，看见了，什么都看见了。总理这样的伟人，结局尚且如此悲惨，人间还有什么正义可言？从此，原来的那个'我'不复存在了。懂吗？"他垂下头，声音有一点嘶哑，"应该烧掉的，这本影集，还有什么意义呢？你不应该看。你太小啦，看不懂……"

"为什么看不懂？你怎么知道我看不懂？"芩芩像一个受了委屈的孩子似的叫起来，"你以为我就没有苦恼吗？我来找你……"

她来找他，究竟是为什么呢？真的是为了学日语吗？她自己也不知道。她平日从家里到工厂，从工厂到夜大，从夜大到傅云祥家，总要碰到许多人，陌生的，熟悉的。可是，她为什么一次也没有碰到过她想要碰到的那个人呢？那个人是谁？她不知道，反正不是傅云祥。可是她却偏要同他结婚了，多么滑稽。她是一个快要做新娘的人，她来找他做什么？当然为了学日语，不可能是为了别的。学日语也只是为了看懂日文商标和说明书，因为现在的仪器多从日本进口……她找他是为了学日语，心里却明明想从他那里，听到从傅云祥那儿不曾听到过的中国话。是的，是中国话，而不是什么日语。否则她就不会这么长时间地看他的影集，不会以这样的耐心等待他查完字典，也不会因为这浓缩了一个人二十年历史的发黄的照片，在短短十几分钟内，感情上掀起了翻腾起伏的潮汐……她究竟是怎么了呢？

"你要提什么问题？说吧。"他放下了字典，轻轻叹了一口气。芩芩感觉到他在打量着她，他的目光变得温柔了……

"……是，是关于日语语法……"

芩芩的话音刚落，忽然听到从窗外传来一阵喧哗，欢乐的叫喊声中夹杂着铁锹乒乒乓乓敲击的声音，芩芩好奇地探头过去把脸贴在玻璃上朝下张望，只见那条通往礼堂去的大路上的积雪已被打扫得干干净净，一棵高大的杨树下什么时候耸立起了一个又高又胖的雪人，足有丈把高，浑身白得耀眼，圆圆的脑袋上只有两只眼睛乌黑乌黑，好像是嵌上去的煤块儿；鼻子红通通地翘得老高，芩芩仔细看，发现原来是一根胡萝卜斜插在那儿。雪人四周围了不少看热闹的人，一个穿黑色短大衣的小伙子，正站在一把木凳上给雪人安耳朵，耳朵大极了，好像是两块大白菜的菜帮，耷拉在那儿，人群中不时发出一阵又一阵哄笑……

"嘻嘻……"芩芩也忍不住笑了起来。她回头对费渊说，"你看——"

费渊没动身子，侧过脸去朝玻璃窗外扫了一眼。他对那个模样可爱的雪人似乎毫无兴趣，却留意地盯住了那个穿黑大衣的小伙了，忽然，他急不可待地站起来，推开小窗户，冲着那群人大声喊道：

"曾储！曾储！"

那个穿黑大衣的小伙子刚把雪人的另一只耳朵安上，一边搓着手一边津津有味地欣赏着自己的杰作，听到叫声，扬起脸来。他看清是费渊，用手卷成一个喇叭筒，大声喊道：

"快下来吧，成天把自己关在那儿，快成机器人啦！下来欣赏我的雪人怎么样？"

费渊皱了皱眉头。

"找你半天了。宿舍暖气漏水了，你快上来修吧，要发大水啦。"看来他认识这个水暖工。

"马上马上，你下楼我就上去！"他嘻嘻哈哈地摇着手臂，"你来看我的雪雕，假如合格，我明年就报考雕塑系……"

"你最好去上建工学院的采暖专业……"费渊在嗓子眼里嘀咕了一声，"快上来，没工夫同你开玩笑……"

"急什么？把你的破帽子扔下一顶来，这雪人光脑袋没长头发，要冻感冒了……"他把双手叉在腰里，笑嘻嘻地喊。周围的人越发乐了。

"真有兴致，扫完雪还不过瘾……"费渊又嘀咕了一声，顺手抓起一只纸盒子朝外扔去。纸盒在空中悠悠飘落下去，被那人一把接住，三下两下把盒子撕开，卷成了一个圆圆的筒，再一折一叠，变成了一顶帽子，扣在雪人的头顶上，雪人顿时变得神气十足。

"盲目的乐观主义者……"费渊叹了一口气，关上了窗子。

芩芩舍不得离开窗口，还在兴味甚浓地看着那个雪人翘翘的红鼻子。无论她怎么看，那个雪人总好像在亲切地冲着她乐，笑嘻嘻地咧着嘴。芩芩很喜欢它。她看见那个穿黑大衣的小伙子又往雪人手里塞了一把破笤帚，和大伙嘻嘻哈哈打闹了一阵，背起挂在树枝上的一只帆布工具袋，朝费渊住的这幢楼门口跑来。

"他们为什么没去铁路货场呢？"芩芩忽然问。

"大概是留校扫雪的那拨吧！"费渊心不在焉地动了动嘴。

门被"咚"地撞开了，一个粗壮的身影站在门口。"修暖气啦！"他拉长了声音喊，由于跑楼梯，急促而有些喘息。他发现了芩芩，便收敛了刚才那随随便便的样子，脸上的表情严肃起来。

"嗳，先报告你一个好消息。"他的声音却掩饰不住兴奋和喜悦，"猜猜吧——"

"我从不猜谜。"

"刚才啊，我听物理系的同学说，美国哥伦比亚大学的李政道博士来中国招考研究生，一下子就招去了四名呢，全是三十上下的年轻人，这说明中国人的智力绝不比外国人差，只要努力，将来我们完全可以超过他们！"

"我还以为是什么了不起的事呢！"费渊冷冷地打断他，摇了摇头，"又不是你考上了，犯得着这么激动？"

"你……"曾储似乎想说什么，咽回去了，有点扫兴，"来，借光！"他朝费渊摆摆手，挪了一下桌子，肩上帆布口袋里的工具咣当咣当响。他从帆布口袋里掏出一把扳子，蹲在暖气片旁边低头检查起来。

"这几天活儿忙吗？"费渊双手叉在腋下，问道。

"采暖季肯定闲不着，管道都老化了，每天都有宿舍教室漏水，我觉得还是忙的好，反正出全勤有奖金，加班有津贴……"

他敲了敲暖气管，自言自语地说："噢，我得回去取点东西，恐怕回丝不够了。"他很快站起来，动作太快，油黑的短大衣碰掉了桌上的一本书，他弯下身去捡书，忽然问：

"嗳，老费，借到没有？"

"什么？"

"书呀，我说的那本书。"

"嗬，不太好借，等过几天，我再去问问。"费渊回答。

他点点头，轻轻地哼着一支什么歌，拉开门走了出去。

西班牙有个山谷叫雅拉玛，

人民都在怀念它……

他的嗓子不好听，但浑厚、低沉有力。芩芩觉得那歌的曲调朴实动人……

五

"一个水暖工，学生宿舍老找他修暖气，他也常找我借书。"他对芩芩说，"咱们接着谈咱们的，不碍事。"

"水暖工？"芩芩有些惊讶。"他管你借什么书呢？"芩芩凭着刚才楼下窗外他"雕塑"的那个雪人，在心里断定这个曾储是那种无论干啥活儿，也会想出法子玩的小青工，还喜欢开一点不轻不重的玩笑，有时来点恶作剧。他这样的人，居然还爱看书吗？

"你以为水暖工就不学无术？也许恰恰相反。现在有许多默默无闻的人，就像被不识货的木匠丢弃的一截木料，弄不好就被当成垃圾了。如果运气好，说不定可以雕刻成一件艺术品。刚才那个人，叫曾储，比我小一岁，是老初三的学生，下乡返城，好像一直不太走运。噢，因为他是这个学院的工人，找人给说了好话，最近刚进业余大学日语班插班学习，否则根本进不去，如今上个业余大学，也得有关系啊。他让我帮他借的，是一本经济理论的专著。"

"真的？"芩芩问道。她怎么记不起来有这么个"同学"？

门又撞响了，这回他好像为了表示礼貌，在门上"笃笃"地敲了两下。进了门，就把身上那件油腻腻的黑大衣脱下，扔在木箱上，一副要大干一场的架势。

芩芩留心地打量了他一眼。他的个子不高，结实而粗壮，两条胳膊好像充满了力气。他的长相很平常，小平头、四方脸，说不上有什么吸引人的地方。假如他走在街上的人群中，芩芩决不会对他多看一眼。只是他的眼神很灵活，有一种聪颖而热情的光泽，使人感到亲切。他穿着一件干净的蓝工作服，胸间竟然别着一枚金色的小鹿纪念章。小鹿的造型很美，撒开四蹄在奔跑……他的表情有些拘谨，同他随和的外表有些不对称，这种不协调使芩芩觉得似曾相识，她莫非在哪儿见过他？

她望着他的背影苦苦思索，哦，记忆这个爱和人捉迷藏的顽童，可算是让人捉住了。是的，就是他，一点儿没错。夏天时在江畔餐厅的柜台上，在一片嬉笑声中……

那是一个炎热的下午，江堤的柳树都热得无精打采，江滩上的沙砾有些发烫。她和傅云祥骑车路过斯大林公园，傅云祥提议去喝汽水，芩芩懒洋洋地跟他走进了江畔餐厅。那座带有彩雕、十字架和大露台的俄式木房子，在远处望起来像一个美好的童话故事，而走近了却是一只盛着烟蒂和酒瓶的木箱。餐厅里人很挤，喧闹、混乱，芩芩只好站在柜台不远的地方，用细细的吸管慢吞吞喝着汽水。"嗳，你瞧……"忽然傅云祥推推她。"什么？""瞧那个人！"——柜台边上正挤进来一个小伙子，抱着一大堆汽水瓶子，看样子是要退瓶，可是服务员正忙着，他喊了好几声服务员也不理睬他。柜台上有一只带方格的木箱，退了的空瓶子，是要插在那里端走的。他看了看那木箱，便把怀里的一大堆汽水瓶，一个个地插到那空格里去。

"瞧他，缺心眼儿！"傅云祥挤了挤眼睛，吸了一大口果汁，舒舒服服地叹了口气，"他把汽水瓶都插到木格里去了，那木格子里还有别的瓶子，一会儿，你瞧他还能讲得清楚吗？"

没等芩芩弄明白傅云祥的意思，一阵尖尖的叫喊声就从柜台里飞出来了："你说你拿来十二个，谁见着了？哪儿呢？""我不是告诉你，我已经把它们放在木格子里了。"那人低声说。"放在木格子里？那谁知你放了几个呀？十二个？我兴许还说二十个呢！""你——"他顿时愤然涨红了脸，结结巴巴说："我明明放了十二个，你不相信？"他回头看了看周围，似乎想找个证人，却又把话咽回去了，"……你……我宁可不要你的钱，可你得把话说清楚了！"他不像要吵架的样子，却也得理不让人。"清楚？你自个儿心里最清楚！"戴着白三角头巾的服务员咄咄逼人，眼看一场"人造"的暴风雨就要降临，四周顿时围上来一帮终日无事、专看热闹的人。"得得得——"傅云祥扔了吸管，把手里的汽水瓶一撂，拨开人群走进去。"别吵啦别吵啦，这位大姐服务态度顶顶优秀，一个瓶一个坑不含糊，赶明儿奖金可跑不了啦！来，我给他当个证人，十二个瓶，一个不多一个不少，不信我帮你数数！你要乐意把奖金分我一半儿！"他嬉皮笑脸地把那木箱子摇得哗啦哗啦响。"谁要你数！"女服务员瞪他一眼。"要不这十二个瓶子算我的，豁出来才块把钱，回头盘货清账，多了钱再给我打电话！"他装模作样地把两块钱递过去。女服务员禁不住"扑哧"一声笑了："快走吧，摊上你们这号皮子，哼！"傅云祥推了一把那个发呆的小伙子，挤出了人群，高声对他说："往后可记着点儿，别这么傻气了！你好心好意帮她，人家还信不着你呢！"他感慨地摇摇头，得意地朝芩芩飞了一眼，意思是说："瞧我的，怎么样？"

那个人一句话没说，微笑着朝傅云祥点了点头，走开了，头也没回。芩芩只记得他黑黑的皮肤，一双眼睛不大，但很亮。对了，衬衫上就别着这么一枚飞跑的小鹿纪念章。当然是他，一点没错。从外表看，他脸上有一种较真、执拗的神情，怎么会连汽水瓶都不会退？或许他的心地过于纯正，相信别人都同他一样天真无邪，这种人现在可是实在不多……

"老费，最近你注意报纸杂志上发表的那些关于经济改革的文章了吗？"他蹲在一边忙碌着，忽然问道。

"嗯？"费渊漫不经心地答应了一句，"说什么了？"他又埋头到字典里去了。

"我在一篇论文里看到一段话，觉得很有道理。它说今天的中国很像一个大实验室，开始被允许进行各种试验。这种试验也许成功，也许失败；也许会发现新的元素，也许有爆炸的危险，但它的意义在于我们已经打破了原先僵化的硬壳，什么困难也不能阻拦我们了。联系马克思的《资本论》第二卷……"

"又是《资本论》！"费渊合上了他的字典，用一种教训的口吻说，"我告诉你多少次了，不要再去做这种徒劳无益的蠢事。什么企业经营管理方式，什么经济体制改革，这同你的切身利益没关系。啃着冷窝头，背着铺盖，搞什么社会调查；饿着肚子，冒着风险，办什么业余经济研究小组，有谁来听你的？过多少年才见效？而你现在迫切需要的是吃饭！是工作！是不再干这个又脏又累的水暖工！如果你踏下心学日语，两年后考上研究生，命运就完全改变了。以后还能翻译出书，或是去日本留学。你干什么不行，偏去研究什么《资本论》？"

芩芩惊讶费渊竟然一口气说了那么多话，看来如果不是因为非说不可或是憋了好久，他不会这么激动。当然，他就是激动的时候也是面不改色的。而那个水暖工，叫什么来着，哦，曾储，怪咬嘴的名字，他却像夏天在江畔餐厅退汽水瓶那样一声不吭，噢，总算是回头宽容地笑了笑。

"好一个科学救国派。假如不是你的头发乌黑，我真要把你当成一个八十岁的老头儿了。"曾储说话的口气带着一点调侃和风趣，"现在我们干部队伍年龄老化，青年的心理状态老化，可我们的共和国还这么年轻。我们目前的经济状况，好像一个人患了高血压，可同时又得了糖尿病；营养不良同时又高血脂，看起来很矛盾。"他背对着芩芩在拧他的螺丝，"我总是认为，长期以来，经济建设中'左'的错误一直没有得到纠正，仅仅变革经济结构是不能从根本上解决问题的，还得从体制改革入手……"

"咱们不谈政治好不好？"费渊飞快地看了芩芩一眼，"我烦透了政治，一提政治我就反胃。我关心的是，今天这个时代有更多的自我发现，一种对'人'的价值和尊严的重新认识。然后产生出崭新的人生观！"他开始滔滔不绝起来，"意大利的文艺复兴运动，大胆地肯定了人的自然本性；人文主义者勇敢地宣告：人为什么要追求幸福呢，这是由人的与生俱来的本性所决定的，本性的力量是不可抗拒的。同样，欧洲18世纪的资产阶级启蒙运动，则提出了良好的社会环境是保障个人幸福的前提。卢梭深刻地阐明了'人是生而自由的，但却无往而不在枷锁之中'的真理；法国大革命提出了'自由、平等、博爱'的口号。俄国的民主运动，也充分肯定了利己主义是'每一个人行为的唯一动机'，就是车尔尼雪夫斯基，也提出过'合理的利己主义原则'。而这些宝贵的思想遗产，却被人用筛子统统筛掉了……"

"可你不要忘了，别林斯基也说过这样的话：'社会性，社会性——或者死亡！这就是我的信条！'"曾储抬起头，不慌不忙地说道，"是的，今天的人们之所以重新思索人生的意义，就是因为这些年来人的正常的欲望和追求受到了压抑。个人必须依赖社会而生存，马克思主义认为，人的本质是社会关系的总和，人的价值的实现和人的全面发展，有赖于社会经济发展的水平，有赖于人们对私有观念的摆脱。所以，我认为对人生意义的思索，必将引起更多的人对社会的思索。嗬，给我一个盆！"

芩芩顺手把床底下的一个脸盆递给了他。她的神情有点恍惚。他们的话，她不能够全部听懂。与其说她是在努力判断他们争辩的问题的正确与否，不如说她在用心地揣摩他们两人之间的不同。他们都很有头脑，可是……

曾储打开了暖气开关，从里头流出来浑浊生锈的黄水，放了满满一脸盆，他小心地端出去倒掉了。

"我不会同意你这种陈词滥调。"费渊冷笑了一声，"如果十年前，我也许比你还要虔诚，我曾经狂热地崇拜'狠斗私字一闪念'之类的口号，结果怎么样？社会残酷无情地抛弃了我，如果不是由于我自己的发奋努力，什么人会来改变我的命运呢？自私是一个广义的哲学概念，是动物的一种本能，没有这种自私，社会就不能发展，所以我的自私是完全自觉的。利己并没有什么不好，我是不损人的利己，比那些损人者岂不高尚多了？"

曾储套上了他那油渍麻花的黑大衣，说："不过你应当明白，如果没有这四年来整个社会的变化，你是不可能在这儿发表这套宏论的。每个人都不是一座孤岛，而是大陆即社会整体的一部分，如果每个人都仅仅追求个人的幸福，其结果就是谁也得不到幸福。对人生哲理的探求，会促使人们懂得必须努力地去改变社会大环境……"

"不！"费渊摇了摇头，"像你这样的处境，居然还抱着这样的生活态度！想必你是没有吃过太大的苦喽。假如你有过与我类似的遭遇，你就不会说这种蠢话了。我相信你再碰几个钉子，会改变你的信念。"

"信念？"曾储裹了裹身上的黑大衣，低声说。"信念……"他又重复说。"真正的信念，是不易改变的……"他那口气，好像生怕碰坏了一件什么无比美妙的东西。

"然而我对这一切早已淡漠了。我的心宁静得像月球的表面，没有风也没有涟漪……"费渊耸了耸肩膀。

"啪——"一个扣子从曾储的大衣上掉下来，他捡起扣子，在手里摆弄着，"当然，对一颗变冷的心来说，要紧的是怎样加快血液流动……"

"我帮你钉上吧！"芩芩轻声说。她忽然觉得这个水暖工是那么令人同情。她若不帮他钉上，那个扣子或许出了门就找不到了，而他却要在寒风中东奔西跑地检查暖气。他俩交谈、争论的时候，似乎根本就忘了她的存在。是呀，她对于他们算得了什么呢！无论是"自我"，还是"社会性"，她都插不进嘴。她非常愿意帮他们做一点事，她会很开心……

"有针吗？"她问费渊。

"不用了！"曾储客气地拒绝道，"我自己会钉，真的，不是吹牛，我还会做衣服呢，翻领大衣，喇叭腿裤，西装裙，小孩儿的围嘴……不信吗？"

他笑了一笑，脸上又浮现出那一种天真的稚气，同他刚才那严肃的争辩很不协调。他走到门口，回头对费渊说："嗳，听说兆麟公园今年的冰灯不错，有雪雕的白天鹅……"

"嗯。"费渊也报之以淡淡一笑，不过芩芩似乎觉得他根本没有听见。他的心是那么冷漠淡泊，既没有浪花，也没有波涛，没有光，也没有热，好似一片荒凉的沙洲，无法摆脱那无形的寂寞感；又有如一颗遥远的星星，惨然地微笑，孤零零地悄悄逝去在夜空里……

走廊里传来了曾储哼哼呀呀的歌声："西班牙有个山谷叫雅拉玛……"歌声远去了，房间里又恢复了寂静，芩芩似乎听见了自己腕上的手表声。

"……他如果有过我这样的遭遇，他就不会像现在这样想了……"费渊叹了一口气。他望着自己床头的那本相册，很久没有说话。

"芩芩……"他忽然叫了一声，声音很轻，似乎有一点颤抖。这样轻的声音却足以使芩芩的心爆炸——她吓了一跳，鼻尖上冒出了汗珠。

"……我知道，你很单纯。"他默默地看着她。芩芩看不清他镜片后的眼睛，但知道他的目光正追踪着她脸上的每一个细微的表情，"你很单纯……可是，她却走了……"

"她是谁？"芩芩问。虽然她明明知道那是谁。

"1978 年春天，知青大返城，她回了南方，扔下了我，一个人走了……"他垂下了头，"那时我才真正明白，人是虚伪、丑恶的，我看透了，彻底看透了，个人的利益是世界的基础和柱石……可是你，噢，你这个小女孩，还保留了人的善良天性，真奇怪……"他自言自语地说。

"不，不……"芩芩紧紧揪住了自己的围巾，心慌意乱地在手里搅动。她怎么是单纯的呢？她，一个快要结婚的女子，竟然主动跑来找他，同一个陌生的男子坐在一起交谈这么久，她怎么还会是单纯的呢？按照他的逻辑，她也是一个虚伪、丑恶的人。她突然觉得脸红、惭愧，恨不得钻到床底下去。"不……"她喃喃地说。

"你不要分辩了。"他说。他说话似乎总有那么一点旁若无人。"从我见你的第一个傍晚我就发现了，你当然不是在研究窗子的玻璃，我怎么会不知道，你是在看玻璃上的冰凌花。在这人心被毁坏得太多的当今世界上，还会有什么人欣赏那圣洁而又短暂的冰凌花呢？可是你却在心里叹息它的美丽，感慨人生的虚幻和自己的孤独……"

他的声音很轻，像雪花；很软，像新鲜的雪地。芩芩的心颤抖了。孤独？他怎么知道她孤独？身处于人群之中，看起来浑然一体，内心却格格不入。好像玻璃对于水，又好像石棉置于火……他却看透了她的心思，懂得她的苦恼，也许他是一个能够理解她的人呢？可是他的声音为什么没有一丝热气，像冷僵了的积雪，沙沙作响，搓揉着她的心。她觉得浑身发冷，抬起头看见了玻璃窗上的冰凌花——啊，你又来了，莫非你是这阴冷的大学生宿舍的常客？

多美啊，芩芩禁不住又在心里惊叹不已。虽是下午，它却恍如一片晨光曙色，在那银色的东方，飞起一群展开了翅膀的天鹅……那一层毛茸茸的霜花，就像舅舅大皮帽上厚厚的绒毛……

"你见过北极光吗？"她突然问。问得这么唐突，这么文不对题，连她自己也觉得有点儿莫名其妙。

他看着她，没有回答，芩芩心跳了。她怕他说出自己不希望听到的话来。

"那么……你，知道北极光吗？"

他点了点头。

"你，喜欢它吗？"又是一句没头没脑的话。没见过的东西，谈得上什么喜欢不喜欢呢？不，芩芩不是这个意思。她只不过是想知道，他的想法和傅云祥有多大差别？除了菩萨的灵光以外……

"极光，是高纬度地带晴夜天空常见的一种辉煌闪烁的光弧或光带。"他终于开了口，口气像芩芩中学里的物理教师，"太阳的带电的微粒，发射到地球磁场的势力范围，受到地球磁场的影响，激发了地球高层空气质粒，所造成的发光现象，明白了吗？它只是通常在高纬度地带出现，北纬部分就叫北极光。"

"不。"芩芩忍不住说，"在我国东北和新疆一带也曾出现过，那是太阳黑子活动频繁的年月。我舅舅……"还说什么呢？舅舅同他有什么关系。

"出现过？也许吧，就算是出现过，也是极其偶然的。"他掏出一把精致的旅行剪开始剪指甲，"可你为什么要对它感兴趣？北极光，也许很美，很动人，但是我们谁能见到它呢？就算它是环绕在我们头顶，烟囱照样喷吐黑烟，农民照样面对黄土……不要再去相信地球上会有什么理想的圣光，我就什么都不相信……嗬，你怎么啦？"

芩芩用一只手捂住了自己的眼睛。她觉得眼睛很酸、很疼，好像再看他一眼，他就会走样、变形，变成不是原来她想象中的他了。她觉得自己的身子在下沉，心在下沉，沉到谁也看不见的地方去，那是一口漆黑的古井，好像她小时候读过的童话《拇指姑娘》里的那条地道，地道通向那只快要做新郎的肥胖鼹鼠的洞穴。她为什么那么失望？北极光确实神奇、罕见，但它那种惊天动地的美感，它的存在与否，同她和他们的生活有什么关系呢？费渊，他也只不过是说了一句实话罢了，比傅云祥说得"高级"一点儿，看得更"透"一点儿。有什么可失望的？你不是来补课的吗？问什么北极光……

她解开书包，取出了日语讲义，把书页翻得哗哗响，像一个谦虚的小学生一样认真地说："嗬，浪费你不少时间了，言归正传吧。我现在最困难的是日语语法……"

他很快从桌上那一堆书中找出一本精装的小书，放在她面前，似乎随意地说："拿去自学吧……另外，以后你如果有空，可以常来找我……愿意吗？我，哦……同你一样，也常常感到孤独……"

夕阳从积满霜花的玻璃窗上透过来，为昏暗的宿舍带来几分暖意。芩芩发着愣，辨认着他床边上隐约可见的诗句，她仍然不明白费渊为什么偏偏喜欢这两句：

我要唱的歌，直到今天还没有唱出，
我每天都在乐器上调理弦索。

六

黑夜过去，白天又来临。芩芩每撕下一张日历，就像面前囚禁自己的那"预制板"的高墙，又加厚了一层。婚期越是迫近，这种痛苦的心情越是强烈……芩芩小时候最盼望过年，可现在，她巴不得日历天天原封不动地留在原处。

下过一场大雪，白雪很快就被行人的脚底踩脏了。街道是灰黑色的，溜光溜滑，时而有自行车无缘无故地栽倒，把人摔出去老远。大卡车开过，扬起一阵灰色的雪末，像工地上没有保管好的水泥。只有屋顶是白的，行人的脚印够不着那儿，也没有人想去冒这个险。芩芩以前总盼望春天融雪的日子早些到来，厂团委会组织青工去太阳岛踏青，在树林子里喝啤酒、吃红肠夹面包、唱歌、拉手风琴……那是一年里最快活的日子。可是现在她却希望天天下雪，似乎下雪能使冬天无限期地延长，阻拦什么不愉快的日子来临。

"又是一个星期过去了……"芩芩早上醒来，望着窗台上一盆凋谢的木扶桑，闷闷不乐地想道，"四十七天，还剩下四十七天了……"

"芩芩，今儿星期天，试试云祥送来的那件驼毛棉袄……"妈妈在厨房里喊道。试试就试试吧，横竖早晚是要穿的。"哐啷——"什么东西掉在地上，打得粉碎。是傅云祥去年在她生日那天送的一只保温杯。她默默捡着碎片，并不觉得怎么心疼，不过这似乎不是一个好兆头。"你到底是怎么了？一天丢了魂似的……"妈妈越发高声地大叫起来，"不知中了什么邪魔，一天倒像谁该你多少钱似的……傅云祥哪点不配你？念啥夜大呀，觉着自己多了不起……"

"别说了好不好？！"芩芩猛地关上了房门。你知道什么呀，妈妈，你哪怕懂得我一丁点儿心思，我也会原原本本讲给你听。三十几年前一顶花轿把你抬到爸爸那儿，你一生就这么过来，生儿育女，平平安安，连人家西双版纳密林中的傣族男女还"丢包"自由恋爱呢，你却除了我的父亲再没有接触过别的男人。可悲的是你以为孩子们也可以像你们那样生活，除了一个美满的家庭外再别无所求。"家里啥也不缺你，你有啥不乐意的？！"爸爸常常这样对她嚷嚷，好心的父母们往往就这样因袭着他们自以为幸福的人生模式，亲手造出旧时代悲剧的复制品，反却煞有介事地指责年轻人不安分守己、无事生非。穿梭在山谷平原使柳条发轫的春风，为什么这么难把他们吹醒呢？如今有不少这样的家庭，两代人之间难以互相理解。他们之间除了知识的悬殊以外，还有时间的鸿沟以及人生意义认识上的差异。芩芩并不认为在这种鸿沟中总是年长的一辈不对，不是也有些父母要比自己的孩子们心境更乐观明朗、更加富于生命力吗？但是芩芩的父母不是这样，她所接触的家庭也大多不是这样。假如她有一个姐姐可以倾诉心事，或许就不会这么苦恼了。可是她没有姐姐。她有同厂的好友,她们都盼望快点吃芩芩和傅云祥的喜糖,芩芩还能同她们说什么呢?厂门口的海报倒是三天两头地更换,不是乒乓球赛就是某某艺术院校和剧团招生,再不就是工会组织参观画展、听一个市里的文学讲座或是诗歌朗诵会,有一次厂团委还请了一个省青年突击手来做报告。这一切比起前几年来,当然是丰富多彩了,足以填补青工业余时间的二分之一,可剩下的那二分之一呢?芩芩还是觉得不满足。这一切活动对于她来说,都有点像暗夜里隔着一条河的对岸的火光,可望而不可即;也像对面山头垂挂的一道晶亮的瀑布,远水解不了近渴。她的苦闷,既连自己也说不清楚,又能向谁去诉说呢?

她在小说里看到 50 年代初期的青年人,单纯、真诚和无私,奋不顾身地献身于自己的理想,果决无畏又乐观执着,他们是幸福的。可是后来呢?他们一直还保持着那种热情吗?到了 60 年代后期,也许失望和痛苦,已将幸福整个淹没了。那个逝去已久的年代,虽然不时使人感到它扑面而来的热气,但是在他们身上,美中不足总还缺少什么,似乎是一种称为独立思考的那个东西,芩芩觉得是生命中最重要的。她常常问自己,在今天这个社会里,那种献身精神是否还有它的位置呢?芩芩是相信有的,可她的朋友们却很少有人相信。傅云祥嘛,则是连想也不屑想这些事。"你干吗老要自寻烦恼?"他一百个不理解芩芩为什么要提这种问题。碰了几次壁,芩芩不再和他"讨论"了。但她一天天冷却的心,却仍然渴望能使自己振奋起来。她从一本《中国青年》杂志里,看到一个词叫作"时代性"。那么 80 年代的时代性是什么呢?她多么希望能有一个人与她一起探讨这些人生的奥秘啊……

芩芩在农场连队里，认识一个知青大姐姐，勉强算得上是她的好朋友。她是老高三的北京知识青年，可惜已经返城回了北京。她曾对芩芩说过这样的话："没有爱情的人生是不完整的，而爱情就是在对象中找到'自我'，是对自己一种更高的要求、更好的向往和归宿。建立家庭不难，而真正的爱情，却难以寻觅。爱是无限的，每天都在更新。"这段话，芩芩背得滚瓜烂熟，可是在生活中却是如此难以付诸实现。她一次也没有在对象中找出过"自我"，她甚至不知道这个"自我"到底是什么。反正她和傅云祥谈不到一块去，傅云祥也绝不是"对自己的一种更高的要求和更好的向往"。可是，偏偏她就要"归宿"到傅云祥那儿去了，还剩下四十几天。日历再翻下去，过了冬至，黑夜又会缩短，一切都已无可挽回，她还傻想些什么呢？傅云祥已催过她好几次去拍"结婚像"，再拖下去人家要生气了。芩芩常想，自己已经二十五岁了，可她还没真正爱过什么人，难道世界上根本就没有这个人吗？芩芩不知道。连爱都没有，还怎么更新呢？

这一周里，芩芩再没有去找费渊，日语问题倒是有一大堆，可是不知为什么，她总没有下决心到那阴森森的地下室去找他。从内心来说，她仍然是钦佩他的，钦佩他思想的敏锐和分析问题的逻辑性。在她那常常感到寂寞的干涸的心田里，不时地涌下来一种强烈的渴望，渴望与人交谈，渴望一个人，一个无论什么样的人对她的理解，她和他交谈，除了日语以外，当然还要谈生活，谈谈各自对生活的态度，但这实在是太不可能了。芩芩难道能对他去诉说自己的苦恼吗？他会怎么想？何况，他对北极光也没有特别的兴趣，不喜欢浪费时间闲聊天，他把自己看得那么宝贵，仿佛多说一句话，他的生命就被牺牲了一部分。再说，常常请他辅导日语，要是让傅云祥知道了，很容易闹误会……

芩芩胡思乱想着，咽了几口早饭，匆匆背上书包，赶去夜大上课。"那衣服倒是合身不合身哪？"妈妈追出来，"云祥一会儿来取，说不合身让裁缝再改改。"

"不合身！哪儿都不合身！"芩芩在楼梯下没好气地喊。其实她根本就忘了试。

星期天车挤，路上耽搁了好一会儿。芩芩刚进校门，就听到了铃声。她气喘吁吁地朝二号楼跑去，差点撞在一个人身上，定睛一看，竟是曾储，十几天前在费渊那儿遇到过的水暖工。他仍然穿着那件油腻腻的黑大衣，像小学生似的斜背着一个洗得发白的帆布书包。芩芩想起来，他每次来上课，总喜欢这样背书包的，书包带套在脖子上，像个小学生。这会儿他正和一个推自行车的人不知争着什么，面红耳赤，瞪大着眼珠，一只手紧紧拽着自己的书包带。

"向你们反映过多少次了，学生宿舍四楼的暖气不热，半夜毛巾都冻冰……"

"我知道了，回头告诉锅炉房多烧点儿！"那人踩着自行车的脚镫子，慢条斯理地回答。

"没用！不是锅炉房的事儿，是暖气管道循环回水不通畅，过冬前我就提过建议，必须得改线，可校办没人理我……"

"改线不是小事儿，得研究，给你解释多少回了，你别没完没了的。"那人用一种熟人兼长辈的宽厚体谅的口吻说，跳上了车。

"我叫你走！"曾储一把拉住了车子后面的书包架，骑车人没留神，车子一歪，"啪"地摔倒了。

"这小子……"那人笑起来，一边掸着身上的雪一边骂道，"真有点蘑菇劲儿，你这水暖工，管得真宽，改线也起码得明年春天停暖之后吧。"

芩芩已经走出去老远了，听到身后传来曾储的嚷嚷声：

"等明年春天？那这一冬咋办？大学生该冻成冰棍儿啦！我说，领导能不能上四楼去住一宿试试？"

芩芩放慢了脚步。

……他那天堆雪人时，高兴得像个孩子，刚才和领导反映问题，倒是这么较真儿，这人有点意思，干什么事都这么兴致勃勃……芩芩听到身后追上来一阵脚步声，擦过她身边，大步跳上楼梯去了。等她走进教室，他已经坐在最后一排，低头在那儿记笔记了。

芩芩有一点心不在焉……斜背的书包带、工作服上跃跃欲试的小鹿，剃得短短的小平头……为什么不是小鹿，每次下课他总是最先走，一下楼就消失得无影无踪……这一周中芩芩都想找机会同他说话，可他好像仍然不认识她。是故意装的还是腼腆不好意思？他是个小工人，何必摆这么大架子？干吗非同他说话？不过他读《资本论》，学日语；他讲"信念"两个字时，表情那么庄严神圣。他究竟是个什么样的人呢？费渊说他是个最倒霉的人，为什么？表面上可看不出他有什么愁苦，他的眼睛很有神，有光彩。他不爱说话，可开口说话，挺风趣，会引人发笑，叫人忘记了烦恼……有一天大清早，芩芩路过图书馆，看见他背着书包在雪地里跺脚，好像在等图书馆开门……

"下课啦！还不走？"有人推推她。是苏娜，芩芩的同桌。她今天更漂亮了，驼色的长毛绒大衣，领口露出闪光涤棉夹袄的琵琶扣。

"今天我们去拜访歌剧院的一个演员，是眼下全城最红的新星。"她很带一点骄傲的口气对芩芩说，一只手捋着自己的大波浪发卷。"你跟我一起去吧？好多好多人都想认识她呢，她很快就要出国访问了……"

芩芩摇了摇头。

"你呀，真是的！"苏娜娇嗔地耸了耸鼻子，"你不会生活！今天这个时代为我们打开了社交的广阔天地，每个人都可以从中找到生活的乐趣。我最崇拜名人，各种各样的名人，画家演员诗人钢琴家……"

对于这位好心肠的女友的热心，芩芩只是报之以淡淡的一笑。她也想认识好多好多的人，周围的生活实在是太闭塞了。不过她不一定要认识什么名人，而是……是什么呢？

"拜拜！"苏娜潇洒地对她挥挥手，就要走下楼梯去。

"嗳！"芩芩忽然喊住她。她赶上两步，有一点气喘，结结巴巴地问："那，你认识那个人吗？"

"谁？"

"那个水暖工……就是坐在最后一排，总爱斜背书包的那个……"

"噢，他呀。"苏娜恍然大悟，显出一副无所不知的神情，忽又轻蔑地撇了撇嘴，"你问他干啥？"

"不，不干啥……就是问问……"

苏娜把脸贴近她的耳朵，芩芩只觉得扑过来一阵浓郁的异香，接着是一阵窸窸窣窣的耳语：

"别提啦，他进过笆篱子，关了一年多，我都调查清楚了。起先我还以为他那傲劲儿，老爹一定是个大官，可他其实连个亲妈都没有，后娘养大的，现在自个儿分户单过啦，一个小破房，连口热饭都吃不上。他原来那厂子里的人都说他傻得邪乎，得罪了厂里当官儿的，丢了机关的工作，只好到这儿来当水暖工……"

"你说什么？"芩芩扶住了楼梯的栏杆。她的脸色顿时变得苍白。她觉得自己的心在隐隐在痛。"真的吗？"她问道，声音是那么无力。

"有一句假话，算我苏娜白认识那么些人，谁不知道我的情报最靠得住。"她指天戳地的发誓，越发地来了兴致，"你可听清了啊，他是1977年1月被——"她做了一个被拷起来的手势，"你想想，都打倒'四人帮'以后啦，问题该有多少严重。听说同什么天门事件啦，反迷信啦，有关系，一大堆罪名哪，进去了，还不安生，也不知偷偷写什么，又拷了两个星期反背铐。"

芩芩紧紧闭上了眼睛。反背铐？太可怕了。

"还有意思呢，有一天放风，他不知从哪儿挖来一棵野草，种在一个破瓶子里，放在自己窗台上，用刷牙水浇它。他被关押，说是政治问题，还不是那个单位的领导打击报复。他们厂的人说，他揭发厂领导把好机器当报废机器卖，得利分红的事，那些头头都是些弄虚作假乌七八糟的玩意儿。去年倒是平了反，可那厂子的头儿，是个'不倒翁'，照样稳坐钓鱼台，他还不是自认倒霉。人看样儿心肠倒挺好，就是满脑子转些奇怪的念头，表面上还看不出来……"

"那你……"芩芩不禁对苏娜这么详细地了解曾储的情况觉得奇怪。

"你问我咋知道的呀？"苏娜倒是反应灵敏，"我的一个邻居小孩，嘿，也就是顺手牵了个羊啥的，在拘留所同他关在一起。他先出来，到这孩子家来看过他妈，他妈瘫在床上，他给人家送钱，人家到现在还常念叨他。那孩子出来后，就像换了个人，变成活雷锋了……哟，快十二点了，我该走啦！"她忽然叫起来，高高地抬起手腕看表。

"等等……"芩芩跑了两步跟上去，"你不知道他，难道……难道。"

"难道啥？倒是说呀！"

"难道……"芩芩忽地涨红了脸，"他就没有一个亲人什么的……"

"亲人？"苏娜扬了扬眉毛，嫣然一笑。"怎么没有？三十好几的人了，没有亲妈还有女朋友哩。"

芩芩咬住了嘴唇，垂下眼皮望着脚下光亮的格子水磨石地，小小的黑皮包从肩上一直滑下来了，却没有觉察。

"你呀！"苏娜重重地拍了一下她的肩膀。"真死心眼儿，他蹲笆篱子那年，对象就同他黄了，他攒了四五年的工资，打了一套家具，就快结婚了，被人拷走，等他一年多后放出来——那女的早就嫁人了，还生下一个胖小子，家具都拉走了不还给他了。世上的事就这样，什么爱情不爱情，我早就看得透透的了，趁早甭要什么爱情，结婚就是结婚，情人就是情人，两码事！噢，对不起，我走了……爱情，哼！"

她摇了摇那一头起伏的波浪，高跟鞋清脆响亮的声音传遍了整个楼道。忽然，她又想起什么似的走回来，对正在发愣的芩芩挤了挤眼睛，笑嘻嘻地说："嗳，你有爱情没有？"

芩芩眼泪汪汪地晃了晃头。

"就是嘛，啥爱情不爱情，还不如爱自个儿。我给你打个比方，我是个幼儿园阿姨，你猜那些小嘎子唠嗑说啥：'电影里老讲爱情，爱情就是当妈妈。'另一个说：'不对，爱情就是爸爸和妈妈。'还有一个不同意，说：'爱情就是打离婚！'逗死个人了，才四五岁，就谈论爱情了。哈！不过他们说得对，爱情就是这么回事。你还是跟我去玩儿开开心吧！"

她说着，亲亲热热地搂着芩芩，一边咯咯笑着。

芩芩闪开了身子。她笑不出来。她想哭，她总是想哭。即使在充满狂欢气氛的舞会上，她也想哭。她不是已经无数次体验过这种孤独和寂寞吗？欢乐谁都可以找得到，哪怕去捉弄一个最最可怜的人，也足以大笑一场。欢乐，为寻欢作乐而抛洒的热情，有多少值得回味的价值呢？欢乐过去了从不留下痕迹，而痛苦，忧伤，为自己、为不幸的他人而流下的苦涩的泪水，却在心灵上刻下一道道深重的创伤。啊，坦诚而又虚荣的苏娜，叫我对你说什么好呢？无非是一个高级小市民，"高雅"的庸俗，庸俗的"高雅"……

苏娜撇了撇嘴，飞跑下楼去了。

芩芩依然怔在那里，为苏娜刚才信口开河的关于曾储的故事，有点惊骇，又有点茫然若失。她真希望那些都是苏娜信口胡诌出来的，但是不会，她心里知道不会。她把心目中曾储模糊的影子，同苏娜勾勒的轮廓叠在一起，它们是相符的。是的，那就是曾储。他忽然变得清晰了，同她第一次见他那样，虽不是风度翩翩，但是稳稳地脚踏实地，哼着歌儿，无忧无虑地敲着暖气管，还关心什么经济体制改革，关心兆麟公园冰灯会上有一只天鹅雪雕，那乌亮的眼睛里，闪烁着一丝不易察觉的忧郁和悲愁……

她把围巾搭在肩上，一步一步走下楼梯来。

他关在那黑暗的囚室里是什么样子？那小窗台上有一棵绿色的小草，凭小草就可以辨别出他的窗子。如果是一只小鸟，不，要是那时候她认识他，她要给他去送饭……

"你好！"恍恍惚惚她听到有人叫她的名字。

她站住了，揉揉眼睛。她希望看到一枚飞奔的小鹿的纪念章，或是斜背的书包带……啊，不是，是他，费渊，闪闪的镜片，秀气的脸庞缩在一件深灰色的呢大衣领子里。

"你好。"她含含糊糊同他打了一个招呼，好像还没有从刚才的情绪里摆脱出来。

"这些天，没去我那儿吗？"他轻声说，竭力显得若无其事和漫不经心，但芩芩明白他决不会平白无故出现在这里。

"没去……没……"芩芩还是不会撒谎。

"这一周的课，还好懂吗？"

"还好懂。"

"那本书，你看了吗？"

"看着呢，挺有用……哦，该不是你要用了吧？"芩芩才转过弯来。

"不不不，不是这个意思。我用不着，那些我早就学过了，你留着用好了。"他连连摇手，一边从衣袋里掏出一个白色的长信封来，在芩芩面前晃了一晃。芩芩看见了上面的日文和五颜六色的外国邮票。

"顺便告诉你一点事，也想听听你的意见。"

"听我的意见？"芩芩大吃一惊。

"是这样，我舅舅在日本一所大学当教授，他愿意资助我去自费留学，手续很快就可以办好。"

"真的？"芩芩很高兴。她每每听到别人的好事，总是由衷地为别人感到高兴。

"……可是我在想，……"他把手背在身后，在原地踱了几步，"我去呢，还是不去呢……"他偏过头看了芩芩一眼，"……当然，我去了是要回来的……我说过，我是一个爱国主义者……"

"当然要回来啦！"芩芩爽直地说，"不回来，在那儿干什么？"

"……我在想，也许等一两年大学毕业了再去为好……更好些……"他在芩芩面前站住了，"竟没有一个人可以商量……你说呢？"

"我……"芩芩心慌起来，"我，不知道……"她低下头去，手指绞着自己的围巾角。那角上有一个漂亮的商标，竟然是一只小鹿。她以前怎么没发现？小鹿欢乐地奔跑着，在密密的大森林里，在青青的草地上，跃过横倒的枯木、树墩、荆棘，跳过湍急的溪涧。她多想跟小鹿一块儿飞跑呀，当然不是在那太平洋西岸窄小的岛国上，而是在她熟悉的松花江两岸辽阔的平原上……

"你说呢？"他又问了一遍，显得焦躁不安。

"我，我不知道，真的，不知道……"她勉强笑了笑。他干吗要来问她？毕业了再去，是为了学历吗？她不太懂。不懂的事要她怎么发表意见呢？当然，她还应该说一句什么，否则就太生分了，会伤了人家的自尊心。"你……"她说，却不知为什么说了下面一句："你的暖气还漏水吗？"

"嗬，你还记得，暖气……"他喃喃自语，脸色变得阴沉了。

是呀，暖气同她什么关系？她想问的根本不是这样一句话。她明明是想问："你知道那个水暖工住在哪儿吗？听说他住在一个小破房里……你一定知道的，告诉我吧，我想去找他……为什么？什么也不为，也许为好奇心，闲得无聊，闷得发慌……我想知道人都在怎样生活，和自己做做比较，如此而已……"

"去看冰灯吗？"芩芩却冒出这样一句话，"我们想去看冰灯，你也去好吗？"

"我们？"费渊镜片后面的眼睛奇怪地眨了眨，反问了一句。

"我们……"难道说，"我和傅云祥"吗？不不，她不就因为不愿同他一起去，才会邀请费渊吗？芩芩涨红了脸，"我们——就是说，班上的几个同学……"

费渊皱了皱眉头。

"我不想去看什么冰灯，在这寒冷的世界上，我已经被冻够了！

难道还要去欣赏冰的宫殿，来剥夺仅剩的温暖吗？那不过是自欺欺人罢了！无论多么透明的冰体，也是由被污染的水分子组成，它是伪君子，在黑夜里发光……无论多么美丽，可是春天到来，它终究还得融化。生活有什么希望呢？我只能改变自己的境况，而现实是无可救药的……"

他把那只信封塞进衣袋，低声说了句"对不起"，就匆匆拉开大门走了出去，厚重的门帘下卷进一股白色的寒气。

"是的，也许他说得对，冰灯只能在黑夜里发光……"芩芩倚在门上，望着他的背影消失在楼前那一排排光秃秃的桦树林里，长长地叹了口气。

七

不可能再改变了……顺着这条大直街一直走下去，就是哈尔滨城里有名的松花江摄影社。走进摄影室，摆好姿势，露出笑容。一秒钟之内，一切都完成了——"永远的""幸福的"合影。芩芩麻木地迈着脚步，被他紧紧地牵着手，好像被人绑架似的，只不过前面不是监狱，而是一家照相馆……

傅云祥一定要拉她到这家摄影社来照结婚像，除了他认为这家照相馆的结婚礼服特别漂亮以外，还因为摄影师是他的一个朋友。"王师傅说了，照完了就放一尺二寸大，放在橱窗里陈列三个月，然后白送给我们。"傅云祥得意扬扬地告诉她，"我说一定要涂成彩色的，不是彩色的不要。所以你一定要戴那副绿色的耳环，像真的翡翠一样。绿色的耳环配你的皮肤特别特别适称，其实那是个冒牌货，友谊商店才卖四块五一副，可向他们照相馆租一次就得花两块钱，他们挣老鼻子钱了，回头我得同他商量商量，再给咱便宜点儿……"

"哎，你小点声好不好？"芩芩不耐烦地瞪了他一眼。他就喜欢在大街上高声喧哗，好像小摊贩似的叫卖什么东西。

"嘿，这有啥。"傅云祥不以为然地笑了笑。不过他还是略略放低了声音，"你猜我今儿一早醒来，寻思啥来着？"

"照相呗！"

"嗯，可也差不离儿。我在想，咱们挺走运，赶上了好年头，要是再早几年结婚，不得穿着那老土便服，两人带着大像章照相啊，贼他妈蠢！瞧，一会儿你穿上白纱长裙，戴上花环，不定有多美呢，一辈子就这一回，总得像个样儿，嗯，你说是吧？所以，还是粉碎'四人帮'好……嗳，咱先上贸易市场去溜达溜达咋样？妈说捎两斤烤地瓜回去，晚了该卖没了……"

芩芩点点头，这有点出于傅云祥的意料。她平时最讨厌上自由市场。

是的，从那熙攘而拥挤的集市穿过去，起码可以晚半点钟到达照相馆，啊，就是晚十分钟，哪怕一分钟也好，芩芩现在非常非常希望突然发生一件奇迹，比如照相馆突然着了火之类的事。不过不行，这家着了火，还有另一家；最好是胶卷突然断档，要是四年前这倒有可能，现在大概不会发生此类事了；那么最好是傅云祥脸上突然长了一个疖子，红肿不退，也不行，疖子过一周好了还是逃不过要照；除非发生地震，把全城的人统统压在底下，连她、傅云祥，还有照相馆的师傅……不过这太残酷，芩芩有点于心不忍。那到底怎么办？真的就这样走进去吗？不，芩芩总觉得好像会发生一点什么奇迹。假如在中世纪，就会有一个勇敢的骑士挥舞着长剑来救她，然后骑着马把她带走；即使在拇指姑娘那黑暗的巷道里，也会有一只可爱的小燕子，在她出嫁前一天赶来，把她带到温暖的南方去……她幻想着发生这样的"奇迹"，使她能够逃脱那个即将到来的"永远"……

"怎么两毛钱一根啦？前天还卖一毛五！"傅云祥直着嗓门喊起来，把手里的两根冰糖葫芦，扔回了他面前卖冰棍的老头儿的木箱里。

"又涨价，连冰糖葫芦也涨价。"他嘟哝着停在一辆公家的送货车旁。"你看，这暖瓶，真漂亮，多钱一对儿？"

"这是个壳儿，里头没配上瓶胆！"

"没有胆你卖个溜！"傅云祥嘀咕了一声。

"上对面私人小铺买胆去吧，那儿有！"卖货的人挺热心。

"私人铺子啥都有，牛皮鞋到干肠，啥都有。"傅云祥经验十足地对芩芩说，"咱买干肠呗。"

"那么硬，咋吃呀？"芩芩有气无力地答应着。

"嚼呗！有嚼头！"

"嚼啥也没味儿。"

"那是你舌头出毛病了。"

也许他说得对，是舌头的毛病。在农场劳动时吃什么都香。

“这橘子酸的还是甜的呀？”傅云祥在一个棉毯子裹着的筐里扒拉着。

“酸甜。”穿着厚厚的棉大衣的年轻人提高了声音，像唱歌一样回答。

“嘿！”傅云祥乐了。

有什么可乐的呢？芩芩无动于衷地站在一边。酸甜？生活难道仅仅只是酸甜的吗？不，还有苦，还有辣，苦辣的时候更多些，像生芽的马铃薯。你能感觉苦辣，你不是还没有麻木吗？你不过是不像以前那样喜欢香甜的食物了，以前的舌头才有毛病呢……

“等成了家，买几条金鱼儿回去养着！”傅云祥用胳膊肘推推她，喜笑颜开地望着地上的一盆金鱼。不少人围着看，冰凉的雪地上，脸盆里的金鱼居然没有冻僵，慢吞吞地游着……

鱼儿游在水里，横竖四周都是水，它即使流泪，也是没有人看见的。芩芩出神地望着那些可怜巴巴的鱼。人们总以为它们游得多么快乐，哪里知道它离开了溪泉湖沼，圈在这碗口大的天地里，供人观赏和购买，它无时不在无声地哭泣，把眼睛都哭肿了哩……

“买两斤烤地瓜！”傅云祥颇带命令口气地说，在炉子上翻来覆去地挑选。

“都是好的……”卖地瓜的老大娘嘟哝着。她的棉袄袖口坏了，露着油黑的棉花。

“对这些摊贩不能客气，光知道挣钱！”傅云祥抱着沉甸甸的布兜，对芩芩抱怨说。

芩芩回过头去望了那个老大娘一眼，她还在寒风里嘶哑着嗓子喊着。芩芩突然想起了农场，有一个下雨天，牛车陷在地里走不了，她们到附近的屯子去避雨，一个衣衫褴褛的老大娘，塞给她一棒热乎乎的煮青苞米……

"你又想啥？"傅云祥在前头站下来等她。"妈说要给你买件那样的羊毛衫。"他指了指路边摊床上挂着的一件鲜艳夺目的高价毛衣。

"我不要。"

"你要啥？"

"啥也不要。"

"你说过要一个十元零八毛的洋娃娃。"

"我是随口说着玩玩的……"芩芩有点哭笑不得，

洋娃娃？二十五岁的人还买玩具？她在农场幼儿园看管过小孩子，她问孩子们："你们家里有些什么玩具呀？""啥叫玩具？玩具是啥呀？"孩子们乱七八糟地嚷嚷起来，他们生下来还没有见过玩具，只有碎玻璃片和火柴盒……人和人的生活就这么不同，就像这同时出售廉价皮鞋皮带皮帽子的集市……

当然，这乱哄哄的集市贸易，比起前几年货物奇缺的空荡荡的国营商店总是好得多了。无论如何，生活不断在发生巨大的变化。虽然希望和失望、改革和混乱经常交织在一起，使人们在欣喜之外仍有忧虑。可是，十年浩劫过去，一夜之间怎么可能消灭贫困落后？即使经济快速发展，建立起一个物质发达的社会，人们的精神面貌又会怎样？就没有苦闷和空虚了吗？前些年，人的欲望都被压抑了，被迫遵循着人为划一的程式，愤怒和不平只是一股冰凉的潜流，默默地蕴藏在黑暗的地底。但是突然，大地被唤醒了，地火冲天而起，喷吐出炽热的熔岩火浆。潜流变成了翻腾的浪花和波涛，它呼风唤雨，冲击着旧的堤坝……洪流所到之处，正在改变许多昔日不为人注意的事物，人们开始按照自己的本心去生活。究竟它是从什么时候开始冲击芩芩的心田，连芩芩自己也弄不清楚。但是流水经过不同的河岸，船帆始终在往前走，河岸将昨天同前天比，把今天同昨天比，今天又同明天比。与芩芩同时代的青年朋友们，都希望由自己来掌握命运的舵，驶入自己心目中理想的港湾。但什么才是真正的幸福生活？哪一种理想才是时代的潮头，而不是随着潮头翻起的泡沫呢？……

芩芩在心里暗暗地把傅云祥同厂里熟识的小伙子比较，按眼下流行的那些标准，她应该心满意足了：家庭、收入、长相、人品……都还说得过去，按那些最实际的标准，她才选择了他。当然现在流行找知识分子，芩芩隔壁邻居是一个女招待员，在三十九张照片中反复比较的结果，选中了一年前曾被她拒绝过的一位大学毕业的中学教师。

"咱们芩芩一定要找个技术员！"她妈妈这样发誓并张罗着，不久后果真有人带来个技术员。细眉小眼，说起话来女里女气，芩芩打心眼里不喜欢他。有一次，他提议一起去看电影，散场后，他请芩芩去饭馆吃馄饨。吃着吃着，他突然叫起来："咋少了一个呢！""你怎么知道少了一个？"芩芩没好气地问。"我一边儿吃，一边儿数的！"他理直气壮地端着碗去找服务员。等他端了那一碗馄饨出来，芩芩早跑没影了。

比较，就是这么比较的，多么实际而又具体——来了个傅云祥，偏偏又去看电影，又经过北京餐厅。"咱们去吃馄饨吧。"芩芩提议。"我来买。"她积极地掏钱，是她提议的，怎么好叫他买呢？馄饨端上来了，她全然不知道那馄饨是什么滋味，她一直在紧张地倾听那一声叫喊："少了一个！"她发誓假如再听到这句话，从此以后不谈恋爱了。还好没有，真的没有。傅云祥大口大口地吞着馄饨，笑眯眯地瞧着她，也不知道烫，末了还在碗里落了一个没吃。芩芩放心了，笑起来，"考试"结束。她不想要那位技术员，一想起"少了一个"，她就反胃。相比之下，傅云祥可比那技术员强多了。就算小傅没上过大学，只是个刚出徒的木匠，但他肯钻业务，技术好，脾气也好。再说哪有十全十美的人呢？芩芩只能在这种自我安慰中求得心理平衡。

"你说我哪点好呢？"有一次她问傅云祥。

"你——"傅云祥笑眯眯地想了一会儿，"你的心眼儿好，第一次去看电影我就发现了，路边要饭的伸手要钱，你就给。以前我谈过一个对象，吃一顿饭我花十来块，可她一见要饭的，就把脑袋转过去……"

芩芩觉得，傅云祥知道找一个心眼儿好的，说明他也是好心眼的人。芩芩同厂的一位团委副书记，梦里都想攀一门高亲，不知用了多少心计，娶了一位局长的丑小姐。比起这个人来，傅云祥是个实在人儿。他不说"少了一个馄饨"，去买菜会问"这肉多少钱一斤？"芩芩的毛衣织得漂亮，她也爱美。总不能把高压锅和痰盂放在一起比较……

"你倒是快走哇！"路边不远就是一个溜冰场，芩芩探头望过去，脚步又慢下来。傅云祥在前面回头，不耐烦地喊道："别磨蹭了，都几点了……"

无论怎么磨蹭，一切都是无可挽回了。走过溜冰场，拐过前面的街口，就是那家照相馆了。摆好姿势，"咔嚓"一秒钟，一切都结束了，从此以后，就再不需要进行什么比较了。

啊，那个小女孩滑得多么好啊，金红色的滑雪帽，金红色的毛衣，在晶莹的溜冰场上飞舞、旋转，像一柄燃烧的火炬。她的动作灵敏而欢快，像一朵轻盈的雪花。雪花落地，似无声的伴奏，在这洁白的画板上任意涂抹……芩芩想起自己小时候，也曾无忧无虑地在冰上舞蹈，只不过那时候她总是为自己没有好看的紧身裤而发愁。她得过全市少年花样滑冰第二名，奖给她一副冰刀。那年下乡临走时，送给叔叔家的孩子了。啊，瞧，这个小姑娘的身体相当灵巧，一口气转了那么多个圈儿，还能稳稳地保持身体的平衡。她那么自信地微笑，好像在未来的赛场上，迎接向她飞掷的鲜花……

每个人小时候都有过自己的许多梦，美丽的梦。生活之路就同这冰场那么光滑、畅通无阻。芩芩在溜冰场上很少摔跤，在生活里也同样。她很幸运，每一步都有人替她安排妥帖。可她却为什么总感到不快活呢？自从长大以后，她就再没有快活过。盼呀盼呀，飞掷的鲜花没有出现，倒是出现了结婚礼服，出现了新娘的头饰……

让我再看你一眼吧，小姑娘。你的金红色的滑雪帽，同我当年那顶一模一样，我差点要以为自己变小了呢。可是这一切都是一去不再复返了，都要结束了。童年、少年、青春的梦，统统都要消失了，不会再回来。我真想亲亲你冻得通红的小脸蛋，像拇指姑娘吻别洞口的小草儿那样。她在走向黑老鼠家前的最后一分钟里看见了归来的燕子，可是我知道这样的奇迹是不会有的，不会有的，那只是一个童话，再见吧，小姑娘，祝愿你长大的时候，找到一个称心如意的爱人，一个你真正爱的人，除了他你不会再爱别的人了……

"快走哇！"傅云祥喊道，有一点气恼了，"你要看花样滑冰，我给你弄票去！"

现在她就站在照相馆前厅里闪闪发光的大镜子面前了，傅云祥已经不亦乐乎地去找人了。周围的墙上悬挂着镜框，浓妆艳抹的新娘照，一个个都很漂亮，却总有哪里让她不舒服。当然，什么奇迹也不会发生，很快，她就要像所有来这儿的新娘那样，穿上拖地的长裙，披上透明的薄纱，重重地抹上口红，淡淡地描上眉毛，然后幸福地微笑。笑得适度，否则会有皱纹。嘴张得不大不小，大了有点傻气，小了就会使人以为你不幸福。是的，就这样，再来一张两人合影……

芩芩忽然想起前些日子在一本杂志的封底上，看到过一幅俄国画家茹拉甫列夫的油画，题名为《婚礼之前》，画面上是一个穿着华丽的结婚礼服的姑娘，跪在即将成为她丈夫的商人脚下哭泣。不远处的暗影里，站着为贪图商人的钱财而逼迫女儿断送自己幸福的父亲……

这样的时刻她为什么想起那样一幅画来呢？是因为这出租的结婚礼服，同那位新娘的裙子有点像吗？她马上就要变成那样一个倒霉的新娘了，只不过不会跪在地上哭泣，因为哭泣也无法挽回这一切。更何况并没有什么人逼迫她，一切都是她自愿的，她既不是为了钱，也不是为了什么别的，只是因为彼此"合适"。许多家庭不幸的原因不都是由于"不合适"吗？即使芩芩从楼上跳下去，周围又会有谁同情她呢？人们还会以为她做了什么见不得人的事。可她却觉得比那位画上的新娘还要不幸。不幸是因为没有什么人逼迫她，是她自己愿意的……

傅云祥眉开眼笑地从人群中挤过来，把一张发票在她眼前晃了晃："交完钱了，出租礼服便宜一半儿价钱，走吧，赶紧去化妆……"

当然得去化妆，不会有什么奇迹的，不会有。化完妆，就像一位标准的新娘，乖乖去照相……

"唉，里头人太多了！"傅云祥抱怨道，"等着吧。"他在化妆室门口停下来。

等什么，横竖是要化的，早晚是要化的，化了妆，就不会再想什么骑士的燕子了……

"待会儿照的时候，你要高兴点儿。"傅云祥像哄小孩似的在她耳边说，"你老也不爱笑，其实你笑起来更好看，戴上花环，像那个日本电影明星夏子……"

芩芩不置可否地笑了笑，为什么不笑？当然要笑啦。小时候她就不知多少次偷偷戴上妈妈大衣柜里的那条紫绸花环，在镜子里照了又照。每个姑娘都有自己的秘密，芩芩在三年前就绣好几对牡丹花的尼龙枕套了……

傅云祥津津有味地观看墙上镜框里的相片，不时地回头瞧她一眼，又美滋滋地转过脸去。

要不了半小时，他就要在"咔嚓"一声中，成为她照片里的爱人。

"爱人？"芩芩突然吃了一惊。她爱他吗？如果说她曾经希望过有一个爱人，那么一定不是他，不是。她没有说她不愿意结婚，只是，只是不愿意同他，不愿同他结婚。她从来没有真的相信自己会同他结婚，真的，他不是她的爱人，她也从来没有爱过他，没有。她不知道什么叫爱，也从来没有遇到过她爱的人……

"好了，进去吧！"傅云祥和颜悦色地挽住了她的胳膊。

进去，当然只有进去，就像走进新房一样。还有什么退路呢？想哭吗？哭也没有用，奇迹是不会发生的，这既不是刑场也不是坟墓……

"你先梳头，我去取那些拍照的服装。"傅云祥殷勤地将一把铝梳子插在了她的头发上，忙忙乎乎地走出去了。

芩芩坐在镜子跟前，打开了自己的头发。头发很黑很亮，用不着打发蜡。梳开了，分成几缕绾起来，再盘到头顶上去，垂下一丝鬓发，看起来俊俏……

忽然，有什么东西，在镜子里闪了一下。

铝梳子的把上，刻着一只小鹿，扬开四蹄在奔跑，穿过森林，越过雪野……它要跑到哪儿去呢？它不知道，可是它还在不知疲倦地跑着。生活总不会停留在原来的地方，总不会像现在这个样子。它会是什么样子的呢？不知道，但总不是现在这个样子……

镜子里的东西又闪了一下。

芩芩惊呆了，她没有看清那是什么，却又清清楚楚地看见了——

"北极光！"她轻声呼唤着，"真的是你吗？"

她眨了眨眼睛，镜子里什么也没有，只有她自己。

不，不，她分明是看见了。这生命之光，只有她自己能看得见，只有她知道它在哪里。她要去寻找它，一直到把它找到为止。她可以没有傅云祥，没有舒适的新房，没有好工作，但不能没有它。失去它，便失去了生活的希望，留着这青春焕发的躯体干什么？有如大梦初醒，她明白自己其实不爱傅云祥，不是因为他平庸、普通；不是因为他太实际，缺才华；统统不是。究竟是因为什么呢？她还是说不上来。也许，就是因为这时隐时现的北极光。啊，人生，尽管现状是如此地令人不满，但总不能像傅云祥和他的朋友们，在一片浑黄的大海上，没有追求、没有目标地随意漂泊……

她匆匆揩去了脸颊上的泪痕，站起来，抱起棉大衣跑了出去……

八

"……都讲完了吗？"费渊靠在走廊尽头的一扇被封死的玻璃门上，有气无力地问道。他的脸色阴沉得可怕，像下雪前的天空。

"经过……事情的经过……就是这样。"芩芩喃喃道。她站在离他不远的地方，低着头，把自己经历的一切，对他这个相识不久的人倾诉。她花了一个多小时，红着脸，冒着汗，喋喋不休、语无伦次，好像小学生在向老师坦白做了一件什么错事。她常常浮上来这种感觉，倒不是因为她的故事本身，而是因为费渊的眼光。尽管他在她整个叙述过程中几乎一言不发，那平时就漠然无神的眼睛里仍然毫无表情，但芩芩却从开始讲就觉得有些别扭，好像是一个悲痛欲绝的人对着一棵枯树在号叫，或是一个欣喜若狂的人抱起了石头跳舞……他为什么连一点表示、一点反应都没有呢？芩芩好几次觉得自己再也讲不下去，那故事本来就是那么平淡，连讲的人自己都没觉得有什么趣味。她硬着头皮讲，越是想简单些，却越是啰唆个没完。她厌烦了，她看出他也厌烦了，一点儿也没有那种同龄人的好奇心。好像他早就猜到了是这么一回事，好像他早就知道了有这么一个傅云祥，好像他早就料到了芩芩要从照相馆里跑出来。他静静地听着芩芩的叙述，一直沉默着。只是当芩芩讲到这一句时，他才情不自禁地"啊"了一声。芩芩说：

"……不照相，其实也没有用，挽回不了的，我知道。因为，因为……我们已经登记过了……"她说得很轻很轻，由于羞于出口，轻得只有她自己能听见。但她却清清楚楚地听见他"啊"了一声。他"啊"得很轻很轻，似乎也只有他自己能听见，但是芩芩听见了。好像一股凉气从头袭来，叫她浑身发冷……"啊"是什么？是惊讶吗，还是气愤？他是根本没想到芩芩会同这样一个人去登记呢，还是没想到芩芩是一个"登记"过的人？这一声"啊"，真叫人百思不得其解……此后便是长久的沉默，长得足足能够再讲两个故事，讲一对情侣卧轨自杀，再讲一对冤家言归于好……"讲完了吗？"沉默被打破了，他神情沮丧地重复，算是芩芩这一番诉说得到的唯一呼应。可是芩芩没有想到会是这样一句话，是的，她从照相馆跑出来，穿过溜滑的大街，跑过冻凝的雪地，自己也不知道为什么跑到学院宿舍来找他。无论如何，她期待的不是这样一句话。

"经过……经过就是这样……"她想快快结束自己的叙述，又加了一句，"自己酿的一杯苦酒，送到嘴边，终究是不愿喝下去……"

"不喝下去，你打算怎么办？"他挪了挪身子，声音嘶哑，冷冷问道。

"……我，我不知道……我想，问问你……你懂得比我多……我自己，宁可泼了它的……"芩芩猛地甩了甩头发，眼里突地涌上来一阵泪花。

"泼了？"他推了推眼镜，好像由于受惊，镜架突然从鼻梁上滑落下来。

"是的，泼了。无论如何，我不应该向命运妥协。过去，是无知，是软弱，自己在制造着枷锁，像许多人那样，津津有味地把锁链的声音当作音乐……可是突然间，我明白了，生活不会总是这样，它是可以改变的。在那枷锁套上脖子前的最后一分钟里，为什么不挣脱？不逃走？我想，应该还来得及，来得及的……"芩芩哽咽了，她转过脸去。

"可惜太晚啦……"他重重地叹了一口气，"太晚啦……登记……你知道意味着什么吗？……以前我并不知道这个情况……你告诉我得太晚了……假如我早一点知道，也许就不会这样……"他把眼镜摘下来，慢吞吞地擦着，好像要擦去一个多么不愉快的记忆。

"……以前，啊，你知道……我一直很苦恼……又不愿用自己的苦恼去麻烦别人……我多少次想，就这么认了……算了……"她的眼睛里噙满了泪水，"我的心是苦的，可是对谁去诉说呢？也许一个人一辈子也难于找到一个知音……"她的声音发颤，自己觉得那泪水马上就要夺眶而出了，她紧紧咬住了嘴唇。

"我不是这个意思……我一直以为你很单纯……我实际并不了解你……"他又长长地叹了一口气。那叹息声很重，落在芩芩心上，像沉重的铁锤。为别人惋惜的感慨声，决不会如此沉重，倒更像是在为自己叹息……他脸上的表情是多么冷酷啊，全然不像那天芩芩在他宿舍里，曾经感到过的温和亲切的一瞥。面对这冷然无情的沉默，就是奔突的高温岩浆也会骤然冷却。啊，他不是曾经慷慨激昂地说过——

"你说过，人生的目的就是追求现世的幸福。而从恋爱的角度谈幸福，就是获得他所爱的人的爱。每个人都应该珍惜自己的存在，努力摆脱旧的传统观念的束缚，人应当自救！"芩芩讷讷说，突然不知哪来的勇气，"我想了好久，我不应当再错下去了。我要找到我真正爱的人，无论付出多大的代价……我想，你会告诉我，应该怎么办……"

她抬起眼睛望着他，看不清他的面容，他的面容模糊了。他的眼镜浸在她的一片迷茫的泪花中……

"你会告诉我的……"她抱着最后的希望说道，"会的……我想，会的……"

"不，我不知道。"他紧紧抱着自己的双肘，眼睛看着地上，"……我真的不知道……对不起……说过的话，终究是说说罢了……生活很复杂，人生，虚幻无望……我们能改变什么？……你想想，别人如果知道我支持你和你的……未婚夫分手，会怎么看我？……我没法回答你……"

昏暗的楼道里，钻进来一片惨淡的夕晖，照着他苍白清秀的脸庞。窗外飞过几只乌鸦，呱呱地叫着，令人毛骨悚然。棉门帘在不停晃动的门上拍打着，卷进一团又一团白色的寒气。

"再见！谢谢你。"芩芩客气地把手伸给他。为什么不谢谢呢？她腮边、颊上、眼里、心里的泪，顷刻之间全没有了，没有了。幸亏没有流下来，多么不值得。

"这就走吗？"他慌忙把手伸给她。冰凉，像大门上的铜把手，"要……借什么书吗？"他问。

她摇摇头，笑了笑。阳光在她脸上跳动，一定可以看到她在笑，多么坦然。她包好头巾，朝门口走去。木门上的把手是温和的。

"芩芩——"拉门的那一瞬间，她似乎听见他在背后急促地叫了一声。他在走廊的深处，声音那么遥远……

芩芩心目中一个美好的幻影，在瞬间破灭了。这个高深莫测的费渊，有几分像挥舞着宝剑的骑士，把高山大河切开了让你看，却不管山塌地陷……他解剖社会的言辞入木三分，却不会在别人需要的时候，伸出一双友爱的手……他或许每天都在深刻的思索中选择自己的去向，却从来没有迈出去一步……他爱生命，却不爱生活；爱人生，却更爱自己。他在严酷的现实中被扭曲变形，你却把这扭曲了的身影当作一个理想的模特儿……

"我会爱他这样的人吗？"芩芩问自己。她打了一个寒战，似乎为自己的这个念头感到惊愕。但不久前她确实曾经主动地找过他，并对他怀着一种潜在的期望。这种期望并非是感情的呼唤，而是对理想的执着寻求。可是，失望，又是失望。对傅云祥是谈不上失望的，因为本来就没有希望过什么。而他……

也许生活里本来就没有这样的人，就像他说的那么虚幻无望。芩芩对自己说，你需要的那个人，其实是没有的，根本就没有。也许她根本就不知道自己会爱一个什么样的人。假如他和她在茫茫的人海中偶然相遇，也许就在淡淡的对视一笑中默默错过……"从来没有爱过的女孩子，无力为自己描绘爱人的肖像，即使多次得到过爱的女人，也不会有爱的模式。那是心灵奇妙的感应和吻合，是自己飞扬的气质，在一个活生生的人身上得到的再现……"芩芩脑子里猛地跳出了农场那位知青大姐对她说过的话，不由越发觉得茫然……

"这样的人是根本没有的。"芩芩安慰自己说，"一个人活到没有人拉就爬不起来的地步，还活着干什么？我不会爱这个费渊，一定不会。让什么爱统统都见鬼去吧！不要傅云祥，谁也不要。假如一辈子找不到你爱的人，又能怎样呢？天边不是还有北极光吗？……如果不是为了像那只小鹿一般轻捷地朝前奔逐，你又为什么从照相馆跑出来？为什么？你腮上的泪水，什么时候冻成了冰珠？你的心在啜泣？在悸动？这寒冷的北国，难道就找不到一颗温热的心吗？不，不……"

听到那欢快的叫喊声了吗？一阵高似一阵，像开江的冰排喧嚣奔腾。那儿有一个冰球场，芩芩熟悉的。以前她爱滑冰，每次遇到冰球比赛就迈不动腿。那才是生活——激烈、勇敢、惊险，充满了力量、热情和机智……芩芩禁不住向冰球场快步走去。她的眼睫毛上结满了霜花，身子却微微发热。

穿着五颜六色、鲜艳夺目的冰球比赛服的运动员，像彩色的流星一样从眼前掠过。只见绚丽的光斑在跳跃，明亮的眼睛在闪烁。长长的球拍，像一把灵巧的桨，在银色的冰河上划动。而那小小的冰球，却像苍茫天际中的一只神奇的小鸟，盘旋、翱翔，逗引着那些头戴盔甲的"猎人"飞快追逐，它却倏而不见了踪影……那些"猎人"都是些勇敢的好汉，他们速滑奔逐，风驰电掣，叫人看得眼花缭乱屏息静气。谁观看冰球赛，都会为赛手拍手叫绝，那真是速度与力度的统一，刚与柔的绝妙交叉。站在这激烈搏斗的冰球场面前，人世间一切纷争械斗，顿时都变得平淡无奇……

冰鞋在自由地滑翔，像跑道上的飞机轮子。它无论转速多快，却永远不会起飞。但是滑翔也是一种幸福，总比在烂泥里跋涉强得多，比在平路上亦步亦趋痛快……只要你在滑翔，你就会觉得自己早晚是要飞起来的……会的。

那些薄薄的冰刀啊，久违的朋友。你尖利的刀锋，要支撑一个人全身的重量，受得了吗？踩在一双窄窄的冰鞋上，向前、后退、旋转、起跳……不仅要保持重心上的平衡，还要保持信心上的平衡。说不上什么时候摔倒了，人被扔出去老远，爬起来再滑。这冰场真像人生的舞台，暗暗地鼓励每个赛手重新站起来……

你奔过来，飞过去，快速地在那光滑的冰面上留下了一道道印痕，连眉头都不皱一皱。难道花样滑冰的明星、冰球比赛的冠军，竟然是从伤痕上站立起来的吗？不过不要紧，真的不要紧，伤痕累累的冰场，浇上净水，一夜之间就可以恢复原状。运动才留下伤痕，而冰场怕的是寂寞，听听这呼喊声，喝彩声——

忽然，就在距芩芩很近的冰场上，红队和蓝队的两个运动员猛然相撞，围观的人还没有反应过来，其中一个人已被腾空挑起，一个跟头翻出了冰场绿色的栅栏外，重重地摔在一棵杨树下，滚下雪坡，四周的观众发出了一阵惊呼。

他摔在离芩芩不远的地方，芩芩眼见他用胳膊在地上挣扎了一下，却没有力气爬起来。她急忙飞跑过去。

"要紧吗？"她弯下腰去搀扶他。望见他的脸色苍白，她心里充满了怜悯，"疼吗？"

"没事。"他咬着牙说，额上跳着青筋。他努力想站起来，翻了一个身，用手撑着地面，果真站起来了。好像一个受伤的武士，穿一身古怪的花衣服，戴着头盔，在雪地上站着，嘴里大口地喷着白色的雾气。

看热闹的人都围上来了，运动员和教练也气喘吁吁地跑过来。

"怎么样？伤着没有？"

"真他妈的缺德，快输了就在合理冲撞上使招数。"有人愤愤不平地嚷嚷。

"嘿！"他忽然兴奋地叫起来，一只脚在原地跳着，若无其事地摆了摆手，"没承想我这么结实，骨头茬摔一摔，倒紧绷了，没事，上！"他说着，很快往前走了几步，敏捷地一个翻身又跳进了冰场。

他的声音好像在哪儿听见过，眼睛也很熟悉。他扶着绿栅栏活动了一下腰，忽然回过头来，似乎在寻找什么人。他看见了芩芩，感激地朝她笑了笑。

"是你？"芩芩差点要叫出声来。怎么会是你呢？你这个多灾多难的人，居然还有兴致在这儿参加冰球比赛？你怎么有钱买冰刀？全身武装得像一个古代的骑士，差点叫人认不出来。你那矫健勇猛的身影与你平时谦和的外表显得多么不相称。假如不是在这里遇见你，真难以相信，你对生活还抱着如此巨大的热情。我虽然不了解你，可你的故事让人心动。

他消失在那一群五彩缤纷的冰球运动员的行列中，再也找不到他。穿着相同服装的冰上运动员，假如没有背上的号码，是难以区别他们的。可是，他们却包裹着一颗颗不同的心，世上许多人看起来很相似，然而头脑却有着天壤之别。他究竟是一个什么样的人呢？干着又脏又累的水暖工，还有兴致学日语、打冰球？一只灵活、敏捷的小鹿，穿过森林、越过雪原，不知疲倦地奔跑……

"曾储！"她脱口而出，没有人听见，他当然不会听见。她的脸红了。

那小鹿奔跑着，冰球在雪野上滚动，像鹿角上挂着的铜铃……

"芩芩！"

一声气急败坏的叫喊从身后传来。小鹿消失了。

"芩芩！"

喊得声嘶力竭，好像地球顷刻就要爆炸。他，啊，面容沮丧，神情恼怒，气势汹汹地朝她跑来。芩芩没想到傅云祥会找到这儿来，他一定跑遍了全城。那模样儿真叫人可怜，淡淡的小胡子上结着冰凌，连帽子也没戴，耳朵冻得通红……

"你……"他气得说不出话来，嘴唇在哆嗦，"你……"

芩芩有点心慌，她避开了他凶狠的目光，突地感到一种难言的惭愧。他并没有做什么对不起她的事，她凭什么这样对待他呢？无论如何，结婚是明摆着的，她何必要无事生非地从照相馆里跑出来呢？让他在这寒风中心急如焚地到处找她，冻得鼻子都发红了……

"跟我回去！"他大声嚷嚷，像一头发怒的棕熊。

芩芩留心地看了一下四周，很快从冰场边上的绿栅栏下走开去。她不愿让别人注意到他们，尤其是冰场上的运动员。刚走开，就听见了冰场上热烈的欢呼声，大概是比赛结束了。红队赢了还是蓝队赢了呢？当然是蓝队，他是蓝队的……

"跟我回去！"他伸出一只戴着棉手套的手来拽她，像一只大熊掌。

从冰场里三三两两走出来不畏严寒的冰球爱好者，熙熙攘攘地挤满了狭窄的冰场出口。芩芩四下张望，她不知道自己在看什么？

"为什么，你说？"他咯咯地咬着牙。

……当然，他不会那么快就出来，他要脱下运动服，换上那件油渍麻花的黑大衣……

"你说，为什么？……"他的眼珠子快要弹出来了。

……不能再站在这儿，你是在等他吗？黑大衣……

"你走不走？"傅云祥的声音里带着威胁，粗暴又凶残。他的大手像钳子似的捉住了她的胳膊，使她动弹不了。她又回看了一眼，乖乖地跟他走了。

电车站人多极了，正是下班的时候。

"我自己会走！"芩芩猛地甩掉了他的胳膊。

傅云祥在一棵光秃秃的榆树下站住了。

"你……你……"他想要说什么，却说不出来。

芩芩心里升上来一种怜悯感。"你……你知道，我是爱你的……"
她想他一定会这么说。他是爱她的，可她不爱他。她早就该告诉他，
却一直拖到今天。

"你……"他的嘴唇动了动，恶狠狠地说："你把我坑了！"

是的，他是说"你把我坑了！"而不是说"你知道，我是爱你
的"。如果他说了后一句，芩芩或许会感动得掉泪，会同他一起回去
的。不，即使后一句也不会，不会……

"你倒是说呀，到底为什么跑了？"他又重复了一遍。天暗下来
了，风很大，他用两只手捂住了冻得通红的耳朵。

电车来了，上车的人在"生死搏斗"。他迈了一步，又退回来
了。他看了她一眼，声音忽然变得温和了：

"……你说，是不是因为你突然肚子痛了才走的？"

"不是。"

"……那……是不是突然遇见了熟人？"

"不是。"

"那就是，就是你又把笔记本落在夜大教室里了……"

"不是！"芩芩愤怒地叫起来，"不是！"她那么大声，引得旁边
好几个人朝她看。那不远的电线杆下站着一个黑乎乎的人影，好像
打算走过来，却又忍住了。

"那到底为什么？"傅云祥的声音也变得急躁而粗横了，"你叫

我怎么向家里、向大伙儿说呀？"他痛苦地喘息着，拼命揉着他的耳朵。

"为什么？为什么？我自己也不明白。"芩芩突然咆哮起来，"什么也不为！是我本来就不想去，压根儿不想进那个照相馆！我什么也不为！不为！"

傅云祥长长地松了口气。

"你不愿穿婚纱服照结婚照，你倒是早说呀。不照就不照呗，也不能这么调理人，不照结婚照也行……"

"我压根儿不想结婚！"芩芩猛地打断他，痛苦地长吟了一声，"我统统告诉你吧，我根本不愿同你结婚！"

"你耍什么小孩儿脾气？你以为闹着玩儿哪？！"傅云祥倒嘿嘿笑起来了，"亏你说得出口，是不是神经有点不正常？"

"你给我走开！"芩芩突然哭出声来，她掩住了自己的脸，"我不想看见你，我宁可死……"

傅云祥呆呆愣在那儿，张大了嘴。他似乎清醒了一点，又好像越发地糊涂了。他站着，两只手捂着耳朵，忽然暴怒地喊道："哼！不要脸！我知道你，像只蜘蛛，到处吐丝，吐情丝……"

吐丝？你也懂得什么叫吐丝吗？人人都有吐丝的本能，可有的好比是蜘蛛结网捕食，有的是缝纫鸟垒窝。而我，我是野地里柞树林里的一条茧，吐出丝来作茧自缚，把自己的心整个儿包裹在其中，严严实实地不见一点光亮，谁知何年何月才能化作一只蛹，再变成一只蛾子，咬破茧子飞出去呢？你不会知道，永远不会知道的……

"吐丝？"芩芩冷笑了一声，忽而大声叫道，"我是要吐丝的，我要吐好多好多丝，织十六条结婚用的缎子被面……"

"神经病！"傅云祥骂道。

电车来了，不远处电线杆底下的人影却不动弹。

"走不走？"他推了她一下。

"再织三十对枕套……"

"走不走？你不走……再不走我……"

芩芩转过脸紧张地盯住了他。"再不走我……"怎么？就钻车轮子底下去吗？有这种勇气，芩芩会感动，会回心转意。真怕你有这种胆量，可千万别干这种蠢事。我宁可同你一块儿钻进去的，千万别……

"再不走我……我的耳朵要冻掉啦！"他怒气冲冲地嚷嚷，扭歪了脸。

"你走吧！"芩芩平静地说。他的耳朵没掉，可她的心，同他之间系着的那最后一个扣，无情地掉了，彻底掉了。

"你等着！"他咬了咬牙，跺了跺脚，三步并作两步跳上了电车。车门在他身后"咔嚓"关上了，车窗上是一片厚厚的白霜，什么也看不见。车哐哐地开走了，卷起一阵灰色的雪末。

"一切都结束了……"芩芩无力地靠在榆树的树干上，两行冰凉的泪从她的脸颊上爬下来，冻成冰珠子，滚入脖颈里去。她浑身发冷，脚已经冻僵了，两条腿发软，胳膊却在微微颤抖……她觉得自己很衰弱，一点力气也没有。她怕自己滑倒，转身紧紧抱住了那棵树，把脸颊贴在粗糙的树干上……

一切都结束了……不，也许一切刚刚开始……"你等着！"他恶狠狠地扬长而去……接踵而来的将是父母的责骂、亲朋好友的奚落、邻居的斜眼，背后指指点点、风言风语……传遍全厂的头条新闻，然后编造出一个又一个离奇古怪的故事……如山倾倒的舆论，如潮涌来的谴责，会把她压倒、淹没，而无半点招架之力。她有什么可为自己辩护的呢？没有，半点也没有。既没有茹拉甫列夫画的那个新娘贪财的父亲，傅云祥也不是《拇指姑娘》里那个黑老鼠未婚夫……既没有人逼迫过她，也没有人欺骗过她，一切都是她自愿的，虽然她并没有自愿过。如今，她将被当成一个绘声绘色的悲剧故事里，不光彩的主人公而臭名远扬……一切都刚刚开始，可一切都完了。名声、尊严、荣誉……都完了。或许父亲还会把她从家里赶出去……

可是她却什么坏事也没有干呀。这一切都是为了什么？难道真的没有人能够理解她吗？她痛苦地拍打着榆树的树干，树干在黄昏的冷风中发出"空空——"的响声。榆树已掉尽了最后一片树叶，无声无息地苦熬着冬天。它也许已经死去了吧？那枯疏的寒枝上没有任何一点生命的迹象。或许死了倒是一种解脱呢，芩芩脑子里掠过了这个念头。不知哪一本书里说过，宁可死在回来的爱情怀抱中，而不是活在那种正在死去的生活里……她找到她的爱情了吗？如果真的能够找到……

"要我送你回家吗？"一个声音从榆树的树心里发出来，不，不，是树干后面，她吃惊地回过头，恍然如梦——面前站着他——曾储。

"……很对不起……刚才，我听见了……"他低着头，不安地交换着两只脚，喃喃说，"从冰场出来，看见了你们，好像在吵架……

我怕他揍你……所以……"他善意地笑了,露出洁白而整齐的牙齿。

"……你……不会见怪吧?……我这个……好管闲事。"他又说。

芩芩脑子里闪过了刚才电线杆下的人影。

"天太冷,会冻感冒。你……不比我们这种人……抗冻。"

"你都听见了吗?"芩芩抬起头来,冷冷地问。

"听见一点,听不太清……我想,你一定很难过……"

芩芩没有作声。

"也许,想死?"他又笑了,却笑得那么认真,丝毫没有许多年轻人脸上常见的玩世不恭的神情。

"我给你打个比方吧。"他爽快地说,轻轻敲了敲那棵榆树的树干,"比如说一棵树,它既然是一棵树,就一定要长大,虽然经风雨、电击、雷劈、虫蛀,但是它终于长大了。长大了怎么样呢?总有一天要被人砍下来,劈开来做桌子、板凳或其他,最后烧成灰烬。一棵树的一生如果这样做了,也就体现了树的价值,尽了树的本分。人难道不是这样的吗?他生来就是有痛苦有欢乐的,重要的在于它的痛苦和欢乐是否有价值……"

啊,榆树,这光秃秃的冬眠树木,在他那儿竟然变成了人生的哲理,变成了死亡的注释,揭示了生命的真谛。就像这棵榆树为了我才站在这里……可你是什么?你是一棵白桦,还是一棵楸木?或许是山顶上一株被雷劈去一半的红松……你看起来那么平常、普通,你怎么会懂得树的本分?也许你是一棵珍贵而稀有的黄菠萝木,只是没有人认得你……

"要我送你回家吗?"他又重复了一遍,眼睛却看着别处,显然是下了好大的决心。

送我回家？怕我挨揍？怕我晕倒？谢谢，我不要怜悯，我要人们的尊重、理解和友爱，而不是怜悯。你满怀热忱地向别人伸出手去，你能帮得了我吗？我向你诉说我心中积郁的痛苦，可你所经历过的那些不为人知的苦难又向谁去诉说？水暖工，你这个卑微而又自信的水暖工，你能拉得动我吗？我不相信。那些闪光的言辞和慷慨激昂的演说，再也不能打动我的心了，我需要的是行动、行动……

"要不要我送你回家？"他又问，裹紧了大衣。

"不要！"芩芩的嘴里突然蹦出两个字来。"不要！"她又说了一遍。

他默默地转身走了。棉胶鞋踩着路边的雪地，悄然无声。是的，他穿着一双黑色的棉胶鞋，鞋帮上打着补丁……

小鹿在穿过雪原时，奔跑得轻快而敏捷，自然也是这样，没有惊天动地的响声。它在雪地里留下自己清晰的脚印，却总没有人知道它奔去了哪个无名的远方……

"曾储！"芩芩在心里轻轻呼唤了一声，紧紧闭上了眼睛。

冬天傍晚的夜雾，在街道两边积雪的屋顶上飘荡、弥漫、扩散。西边的天空，闪现出奇异的玫瑰红……

芩芩睁开眼睛，忽然想去追他，但他那粗壮结实的身影，已消失在拐角那一所童话般的小木屋后面了……

九

　　那奇异的冰凌花，严寒编织的万花筒，不知不觉融化在温热的暖气里。由于学校工作的改进，暖气加热了，室内气温上升了，于是，教室的窗玻璃上再也见不到那曾经深深牵起芩芩思绪的冰凌花了。也许这样上课时倒可以专心，不至于总是遐思傻想了……

　　"嗳，老师刚才讲的什么……"芩芩推了推苏娜的胳膊，低声问道。

　　苏娜告诉了她。

　　……他是喜欢坐在最后一排的，可是刚才进来时明明看见他的座位空着。难道他又迟到了吗？假如能回过头去望一眼就好了……他好像已经有好几天没来了，难道出了什么事吗？……

　　"这一段就讲到这儿。下面……"老师咳了一声，又敲敲黑板。芩芩猛醒过来。

　　"刚才，老师讲了什么？……没听清……"芩芩又问苏娜。

　　苏娜奇怪地看了她一眼，把笔记本推过来。

　　……快一个星期了，傅云祥那儿居然没有一点动静，他总不会这么轻易地"放"了我的。不是寻死觅活，就是威胁强迫，大概在同他的父母商量对策吧，总得想个法子说服他才好。可是又有什么法子可想呢？家里人要是知道了，还不得发动一场"暴风骤雨"。而别人呢，谁能帮助你？不是有人告诉你"太晚"了吗？而你又偏偏拒绝了另一个人的"怜悯"……

　　"下课了！还愣着干什么？"苏娜冲她诡秘地撇撇嘴，"这几天你咋的啦？"

"瞧你那小脸儿一点笑影没有，下巴颏都尖啦！"苏娜眯起眼打量她，"现在还不到八点，不算晚，我带你去话剧院一位化妆师那儿，她有高级珍珠霜……去不去？"

芩芩摇了摇头。两天不见，她发现苏娜又换了一种发型：后脑上梳起的一个精细的发髻，像又细又亮的金丝蜜枣，散发出一种古典美，漂亮得令人羡慕。苏娜总是那么热心，热心得叫人讨厌。

芩芩回过头去朝教室的最后一排望了一眼。当然，没有，还是没有他。他没有来。

她忽然生出一点希望。

"我问你一点事呀？"她鼓足了勇气问苏娜。

"我知道你要问什么，"苏娜诡秘地眨了眨眼，"你不说我也知道。"

"知道什么？"芩芩心慌了，好像被人揭穿了一个秘密。

"他好几天没来上课了，你在惦记他，对不对？"

"谁？"

"曾储，那个水暖工。"

芩芩羞涩地低下了头。

"我也是刚听说——他，受伤了。被人打了。一群小流氓，嗬，也真有他的，一个干仨，可到底架不住……"

"你说什么？"芩芩惊叫起来。

"有人说，就是他一直揭发的原来单位的那个领导……因为市里最近派了调查组，调查那个工厂的问题。那人眼看现在这形势，斗不过了，想报复他，把他打残……哎，故事长着呢，回头有工夫再给你讲，我该走啦……"

"等等！"芩芩抓住了她软软的皮手套，慌慌张张地问，"你，你知道他住在哪儿？"

"这个……"苏娜笑起来，神秘地耸了耸肩。

"好苏娜，你一定知道……"芩芩简直是在哀求她了。现在她觉得苏娜一点儿也不讨厌，不讨厌了……

"自己去找吧！"苏娜无可奈何地叹了一口气，"离这儿不远，马家沟一座从前老毛子的教堂对面的小平房。"

"谢谢你！苏娜，谢谢你！你真好……"

芩芩顾不上说再见，跑出教室，一口气冲下楼梯，跃出了大门。

夜沉沉，只有雪地的亮光，照见夜的暗影。

风凛冽，只有横贯全城的电线，为风的奏鸣拨着和弦。

然而，夜挡不住青春的脚步。无论多么黑，多么晚，她要去找他，找到他。

寒风吹不灭生命的火焰。无论多么冷，多么远，她要去找他，找到他，也一定能找到他。

那所古老的教堂尖顶，在黑暗的夜空里显得庄严肃穆。沉重的铁门紧闭，微弱的路灯照见空寂荒疏的院子里未经践踏的积雪。一只残破的铜钟，在黑夜里发出不规则的沉闷的响声。

芩芩没敢往里看，快快逃开了它。小时候她上学常常走过这里，从那高大幽深的大厅里，传来含糊不清的赞美诗，总使她觉得压抑和迷茫。生活是什么呢？难道就是跪在那里忏悔和哭泣？不，生活也许更像栖息在教堂屋顶上的那群鸽子，每天早上在阳光里像雪片一样飞扬……就在离这教堂不远的地方，有一个溜冰场。虽然冰场上总是静悄悄的，却充满着生命的活力——旋转、飞翔……

"信念……"第一次听他说这个词的时候，面容几乎同这教堂一般神圣。可他就在这教堂对面的小街，一排小平房的东头。芩芩掏出书包里的手电照了一下，这破旧不堪的倾斜的小屋，门口的积雪扫得干干净净，从窄小的窗子里透出来温暖的灯光。芩芩伸手去敲门，心不由得怦怦跳起来。

……怎么说呢？"来找你。""找我干什么？""不知道。""不知道你来干什么？要我送你回家吗？""不要！""那你来干什么？你很难过吗？我看得出来……""不是……啊，是的，我很难过，因为听说你病了，受伤了……我来看你……"

没有人来开门。

芩芩呆呆站了一会儿。忽然，那窄小的窗子里飞出一阵热闹的哄笑。

"真赢了吗？"

"真赢了，这还有假？我在青年宫亲眼看见，连眼睛都没眨一下。起初心里直发毛，那个日本人，听说几年蝉联冠军，好厉害，棋子儿捏在手心里就同摆弄颗石子儿差不多。咱们那位毛头小伙子，外号火鸡，初出茅庐，还嫩着哩，替他捏把汗……"

"我知道那小子，有胆魄，去年东三省围棋赛，夺了魁首。"

"就是他，嘿嘿，没承想，他真替咱们中国人长脸，坐那儿一动不动，小眼睛一眨一个主意，没等你看清那棋是咋围上去的，嘀，对方就动弹不了了……"

"真棒！"

"哦——小火鸡万岁！替咱们争了这口气！"

"中国人到底有志气！"

"今儿过节啦！"

"……明媚的夏日里，天空多么晴朗……美丽的太阳岛，多么令人神往……"有人唱起来，用脚敲着地面伴奏。

欢声、笑声、歌声，还有筷子有节奏地打着脸盆的声音，夹杂着二胡声……

芩芩禁不住轻轻踮起脚尖向窗子里望去，屋里很拥挤，几个年轻人，正嘻嘻哈哈闹得高兴。有两个人抱着小木凳，合着歌曲的节拍在原地又跳又蹦。而他，曾储，靠在屋角一铺土坑的墙上，头上扎着绷带，手里抓着一支口琴，送到嘴边要吹，好像疼得咧了一下嘴，无奈地笑起来，用口琴轻轻敲着炕沿，打着拍子……

"猎手们，猎手们背上了心爱的猎枪……"

"我们赢啦！"有人又喊。

"今天过节！"

"小火鸡万岁！"

"还有篮球、足球、排球、冰球呢！"

"我祝中国队统统打翻身仗！"

人们七嘴八舌地嚷嚷，有人把一只热水瓶抛上了半空，没接住，掉在地上，"砰——"的一声响，炸了，银色的碎片落了一地，又是一阵大笑。

"曾储这回连开水也喝不上啦！"

"假如明年的排球赛中国队打赢，我豁出来买一个新的！"

"先灌上一瓶生啤酒开庆祝会！"

"哈哈——"

他们笑得无拘无束，无忧无虑，真诚、坦率，小小的一间屋子，充满了朝气和热情。好像一只火炉，看得见那热烈而欢快的火焰在燃烧跳跃。生活在这里变成了另一种样子。芩芩突然觉得自己是那么喜欢他们，她很想走进去，走到他们中间去，加入他们的谈话……

小屋通往外屋的门那儿，似乎有一个过道。她又轻轻敲了敲门，可是仍然没有人听见。她犹豫了一会儿，试着拉了拉外屋的木门，门没有插，"呀"的一声开了。

她轻轻闪身走了进去。掩上门，解开头巾，靠在墙上喘了一口气。"啪——"什么东西从天花板上掉下来，差点打在她的头上。她抬头看，黑乎乎的天棚什么也看不清，大概是块剥落的墙皮吧，地板的每一记跳动都会使它发颤——这是芩芩对这个低矮的平房的第一印象。

屋里的人仍是丝毫没有注意到门响，他们讨论得紧张热烈，芩芩不知道自己怎么办才好。

这与其说是一间平房，更不如说是搭出来的一间偏屋。外屋的墙是倾斜的，半截的砖头露在外面龇牙咧嘴地做着鬼脸。阴湿的墙缝呼呼往里灌着冷风，屋角挂满了成串的白霜，还有两根亮晶晶的冰柱。靠近里屋的那面墙下，有一只炉子连着火墙，炉火很旺，烧着一壶开水。炉灶的另一头有一只熏得漆黑的铝锅，一块砧板和一把菜刀，窗台上搁着几只土豆和一棵冻得梆硬的白菜……

芩芩望着它们发愣，觉得鼻子有点酸酸的。

"……我还是坚持我的观点。"一个鼻音很重的男声慢条斯理地说，"再优秀的人物，也有利己的动机，他为了实现自己的理想和抱负，鞠躬尽瘁甚至献出生命，是为了使自己的灵魂得到安慰。我在市青年宫组织的人生观讨论会上，也是这么说的！"

"我不同意你这种谬论！"一个尖尖的嗓音打断他，"照你这么说，利他只是手段，而利己是目的啰？或者说，利他是动机，利己是潜动机？这是典型的市侩哲学。我认为比较完美的社会主义道德观，应该是通常所说的'利他'，是指从利他的动机出发去行动，在产生利他效果的同时，客观上也能利己。你能说布鲁诺、秋瑾这样一些历史上的伟人，都仅仅只是为了拯救自己的灵魂吗？使灵魂安息的办法多得很，可以去行善、布施，用不着冒着上绞架的危险。一颗渺小的心怎么会想到为大众的利益去奋斗呢？不信你叫阿储说，他一定赞成我的！"

"我可当不了这个裁判！"那个熟悉的声音响起来，"这些天，我倒是常常在想，中国过去过于强调目的和理论，争论来争论去，总是'为了什么''为了什么'，抽象、教条又脱离实际。我觉得应该把注意力更多地放在'怎样办'上，也就是找到解决问题的具体方法。比如一棵树，重要的是怎样让它长成材；一群牛，重要的是怎样养得结实肥壮。树和牛，无论'为了什么'生长，都是地球生命。所以，我比较感兴趣的是人们对待生活的态度。仅仅停留在对过去的发问，不能使今天的现实变得更好，我们要多想想怎样去改变社会的不合理部分……"

那个鼻音很重的男声说："我常常听到自己的灵魂中，发出的同外界不协调的声音，这恐怕就是所谓的'时代病'吧。谁能回答我'生活的意义是什么'，意义嘛，说有就有，说没有就什么也没有……"

有人插话说："如果没有意义，活着干吗呢？"

有人反驳："如果不能活着，意义又有什么用？"

他们全都轻轻地、友好地笑起来。

曾储说："看起来是个矛盾体，实际上这就是真理的辨别过程。取决于每个不同的人对生活不同的感受。作为我来说，大致倾向于前者。"

"对！"那尖尖的嗓音叫起来，他当当地敲着茶杯，"我赞成！"

"你们又离题了！"一个严肃的女声抱怨说，"每次讨论社会问题，总要扯到思想呀、政治上去，一个个都像哲学家似的……"

"那当然啦。伟大的哲学家苏格拉底说过，未经思索的生活是不值得过的。"

"言归正传吧。说到经济问题，我最近倒有一个新的想法。"又一个声音急促地说，快得好像会计在拨弄算盘，"我认为农村应该多种大豆香瓜花生，当年种当年见效！而不是什么油松啊，椴树啊，生长期长，收益和需求脱节……"

"我是主张既要种西瓜又要种椴树的。"曾储反驳说，"椴树花蜜品质特别好，可以快速带来经济效益……"

"上次你写的那篇《对我国经济发展的几点建议》的文章中，谈到中国搞现代化的几方面弱点和优势，我觉得很有道理。你能不能把优势部分着重谈谈。"有人发问。

"简单说，是这样：我们这个民族和其他东方国家一样，比较注重群体发展，讲究伦理道德，这是东方文明中值得保存的财富，西方文明则注重个体发展，讲究及时行乐。东西方文明，日本结合得比较好。日本搞市场经济，自由竞争，但同时保留了东方国家群体发展的传统，这条路是成功的。这就是集体发展的优势所在。在中国这样一个人口高密度的穷国、大国，繁荣昌盛是一个长期的历史过程，过去我们只强调集体生存，没有引进集体竞争，这是不对的。但从国情出发，恐怕仍要坚持集体生存、集体竞争、集体富裕的国策和价值观，摸索结构优化的道路，同时向生态农业过渡……"曾储不慌不忙地侃侃而谈。

"所以经济改革一定要有一个总体构思。既讲大优势和小优势，也讲避小短和避大短，对吧？"

"对！"

"时间不早了，今天就暂时先谈到这儿吧？"那个斯文的女声认真地说，"有兴趣的人，可以各自把观点写出来，下次再讨论。"

有人轻轻嘀咕了一句：其实，讨论这些话题，纯属多管闲事……

屋子里顿时静下来，大家都不说话了。

"……是啊，这些大事儿轮不到咱们发言……"她听到曾储也叹息了一声，"但不管怎样，我认为重要的不在于生活对我的态度怎样，而在于我对生活的态度……"

芩芩揪紧了围巾。……倾倒的墙、灌风的窗子、冰柱、白霜、冻土豆……重要的却不是它们对你，而是你对它们！啊，你！说得真好！

"哟，忘了，开水该干锅了吧！"那个尖细的嗓音叫道，一声沉重的地板咔咔响，他急急忙忙地跑出来，差点撞在芩芩身上。

"芩姐！"他忽然冲芩芩喊。

芩芩愣住了。这不是海豚吗？他怎么跑到这儿来了？

"你，怎么也？……"海豚疑惑不解地问，"你认识曾储？"

芩芩不置可否地"啊"了一声，说："你呢？"

"……来听听……祥哥那儿热闹是热闹，到底没这儿有意思。"海豚直言不讳地说，"进去呀！"

"我……"

"谁？"曾储的声音从里屋传出来，大概他还不能下地。

"走哇！"海豚拉了她一下。

她满脸通红地出现在门口。扑进她眼帘的，首先是他额头上缠的绷带，还渗着血迹。他靠在炕头上，盖着一床薄薄的毯子，屋里装满了人，除了人以外就是乱七八糟一堆又一堆的书……

"是你？"她听见他轻轻问了一句，声音是惊讶的。当然，他没有想到她会来，连她自己也没有想到。

她站在那儿，不知说什么好。

屋里的人一个接一个站了起来，踮起脚尖悄悄退了出去。她看见他们中间有的人胸前别着白色的校徽，有的人穿着工作服，背着沉甸甸的书包……

有一个人走到外面又回转来，趴在曾储耳边轻轻说："那件事你放心，我们已经把你的材料直接交给报社总编了，也许市委调查组的人明天就到这儿来找你……好好休息。"

"没事！"他伸了伸胳膊，挥了挥拳头，"我这人，不那么容易打趴下，可惜拳击还没练到家，否则也不会吃这个亏。等开春了，上江沿拜个师傅，哪天再好好收拾那些仗势欺人的浑小子！"

你还会打架吗？芩芩惊讶地抬眼看了看曾储，他的胳膊真粗，说不定还会武术呢！看他教训那些小流氓一定精彩，他不会屈服，一定打得勇猛、顽强。芩芩喜欢勇敢的人……

他们走了，屋子里顿时静下来，只有开水壶仍然在炉子上有节奏地响着。

芩芩走到外屋去，在炉子里添了一铲煤，把炉盖盖上，拎着水壶走进来。她的眼光在桌上搜寻着杯子，却看见了一只倒扣的碗。她想把那只碗拿起来给他倒水。

"嗬，不是。"他笑笑说，"不是这只。"他侧过身从炕里面找出一只搪瓷缸来，搪瓷缸外面的釉皮已经剥落，隐隐约约可见"上山下乡"几个字。

她把滚烫的开水递到他手上。

"你有这样的茶缸吗？"他问，似乎有点没话找话。

"没有。"芩芩答道。她想起来，她有一只外壳凹凸不平的铝皮饭盒。

芩芩抬起眼皮悄悄打量这十几米的小屋，一铺城里不多见的小炕，倒是收拾得光洁整齐。一张蒙着塑料布的方桌，两只方凳，一只没有刷过油漆的白木书架，书架顶上有一只草绿色的帆布提箱。这些就是全部的家当。天棚上糊着纸，斑驳的墙壁上没有任何字画，只有一张《世界地图》，还有一只旧的小提琴盒。屋角的地上有一副哑铃、一副羽毛球拍。虽然陈设简陋，却可见主人兴趣之广泛。窗上拉着一块淡蓝的窗帘，像一片蓝色的晴空。窗台上摆着许多小瓦盆，长着各种各样的仙人掌，有的像一个个捏紧的拳头，有的像钟乳石，还有的像小刺猬……

"为什么，不种点花呢？"她问。

"仙人掌也会开花，只是几年才开一次，花瓣透明很漂亮，让人格外地盼望、珍惜……"他说，"我喜欢仙人掌，因为它顽强的生命力……"

他不再说了，朝墙那边偏过脸去。

"头疼吗？"芩芩关切地问，她很想为他做点儿什么，但她没说出来，"……伤得厉害不？缝针没？"

"缝了几针，不碍事，过几天就拆线。"他笑了笑，却咧了一下嘴。"你随便坐吧。"

"要不要我帮你做点什么？"芩芩不好意思地说。她又看见了那只倒扣的白碗，不明白它是干吗用的。

"他们刚才帮我下了面条，我不饿……"

芩芩找不到话说，低头去琢磨那只白碗。碗很旧了，有好几道细细的裂纹，碗底结着垢，它究竟为什么扣着？为什么？难道它是个古董吗？再不就是个祭器？真奇怪。你为什么不说话？你也许很疲倦了？我还是改天再来吧……

忽然芩芩的座位下面发出了一阵窣窣的响声。

芩芩吓了一跳，手一哆嗦，胳膊一伸，那只碗就"当——"地掉到地上去了。它在地上转了两个圈儿，居然没有破碎，骨碌碌钻到桌子底下去了。

"你……"曾储突然瞪圆了眼睛，涨红了脸，"你看多玄，就差一点儿！"

他掀开毯子，自己挣扎着走下地来捡碗。弯下身子到桌子底下摸了半天，总算把那只碗掏出来了，他对着灯光小心翼翼地照了半天，松了口气，把它又翻过来，扣在原来的地方。他坐到炕上又歪着头把它打量了半天，好像在鉴别一件什么稀世珍宝。

芩芩觉得好奇怪，万万没想到，曾储竟然会是这样"小气"的人。假如是一件玉雕，即使只磕碰一下，芩芩也会主动道歉，可这只是一只粗瓷碗。一只碗有什么了不起的？大不了去买一个赔你。她赌气扭过身去看那一排仙人掌，心里觉得有点失望。

"真对不起。"他忽然说道，一只手使劲拍打自己的脑袋。"我咋对你发火呢……我这个人，好激动……好动感情，改不掉……唉，算了……噢，你生气了吗？"

"嗯？"芩芩回过神来，"不、没，没有。"

"……刚才不知是怎么搞的，我有点急。不过，假如你知道这只碗，你也许……就会不怪我了……让我为自己辩护一次吧……"他的声音很低，有点难为情，"一个人常常要做错事，随时随地都可能……"

这只平常的碗还有什么故事？芩芩有些好奇。

他的眼睛望着窗台上的仙人掌，好像看见了童年时追逐奔跑过的树林和山冈……

"……你也许不知道，我并不是东北人，十六岁以前，我一直在苏北的一个小镇上。大概是人说的命不好，我母亲在我三岁的时候就得病死了。很快来了一个后妈，她有了自己的孩子以后，待我很不好。每次吃饭，她都在饭桌下用脚踢她的孩子，让他们快点吃，吃得多些，有好东西也总是偷偷地给他们留起来，起初我不知道，后来她的孩子自己对我说了，我的自尊心就受到了伤害。我每天要去割草来喂鹅，全家烧的柴都归我一个人到山上去砍，砍了再担回来，我长到十二岁，还没有穿过一双新鞋。但是我读书一直很用功。十四岁那年，我考上了县中学，就搬出家到学校里去住了。那时候只要考试成绩好，就有助学金，学校老师的心肠挺好，我用助学金交学费。每年寒暑假，就出去帮人家做工、背纤、撑船、卸货、打石子……这样我每月吃饭的钱就差不多够了……哦，这个开场白太长了，你该厌烦了吧？"

"不……"芩芩只希望他讲下去。

"……有一年过五一节，同学们都回家了，我无家可回。一个同学没有路费，我把身上仅有的七毛钱都给了他。偏偏不知什么人偷走了我的饭菜票，我连吃饭的钱也没有了，而全校一个认识的同学也没有，县城的同学家，我又不愿去。我就只好饿着肚子在教室里坐着，后来抱着一点侥幸心理翻着自己的书包，忽然从铅笔盒里掉出来一个硬币，我一看是五分钱，真是高兴极了。我赶快跑到街上的一个小饭店，用这五分钱买了二两白米饭，我很饿，恨不得一口都吞到肚子里去。我吃了两口，想起饭店里常常有一个桶装着不要钱的咸菜汤，可是我没找到那只桶。我端着碗走过去问服务员：'大婶，有清汤没有？'她看了我一眼，指指后院。我走出去一看，后院里桶倒是有一只，盛着泔水……我当时又气又恨，从小没娘的孩子脾气总是倔的，不像后来，经过许多的坎坷，硬是给磨圆了许多。那一刻，我觉得自己受了侮辱，我受不了这样的奚落，尽管肚子饿得咕咕直叫，却走到那个服务员面前，'啪'地把一碗饭全扣在桌上了，然后昂着脖子走了出去。我刚刚走出饭店门口，又饿又气，昏倒在地上。等我醒过来的时候，发现自己躺在马路旁边的一块石板上，一个老头儿端着一碗馄饨守在我的身边，正一口一口地喂我。他的指甲很长，衣服也很破、很脏，我认得他，他是这一带的乞丐，是被媳妇从家里赶出来的……我喝着那一毛钱一碗的馄饨汤，眼泪扑簌簌落在碗里，我猛地爬起来给他磕了一个头，把这只碗夹在怀里，一边哭一边跑了……从此以后，这只碗就留在我身边……我常常想，生活大概也是这样，有坏人也有好人，既不像我们原先想象的那么好，也不像后来在绝望中认为的那么坏。人类社会走了几千年，走到今天，总是在善与恶的搏斗中交替进行……我忘不了那个乞丐，他自己很艰难，却还帮助别人……"

没想到一个平平常常的碗里，盛着人生的酸甜苦辣。也没想到，你有那样凄苦的童年。假如换了一个人会怎么样？会让那一桶泔水把整个世界都看得混混沌沌？五分钱一碗白米饭，天哪，你有过这样的日子，我比你幸福多了。不，也许应该说，你比我幸福。因为你受了那么多的苦难，还保留了一颗美好的心。你为什么没有堕落、没有沉沦呢？后来你是怎么活过来的？不要回避我的目光，假如你不讨厌我，把一切都告诉我吧，我愿意在这里坐到天明……

"后来？……"她问。她恍恍惚惚地，好像跟他来到了那没有见过的贫瘠的苏北……

"后来，就是你见到的这样……没什么好说的了。"他戛然止住了话头。

"那你是怎么来东北的呢？"

"……也很简单……到中学二年级那年，我的一个亲舅舅，知道了我的境况，就把我接到他这儿来读书。他是个技术员，大学毕业分配到冰城工作，在这里安了家。他教我溜冰，给我买书，那是我一生中最愉快的两年……"他的眼睛里放出了光彩，却转瞬即逝了，"……后来就'文化大革命'了……我下了乡，刚下乡的第二年，舅舅的工厂内迁三线，离开了冰城。我在农场种了几年地，工农兵学员当然不够格，办返城也没条件，直到1976年才招工回城，其实在农场干下去也行，我想研究国营农场的经营管理，可是偏偏和分场长不对劲儿，他千方百计帮我找的门子，让招工的把我'赶'回城里了，何况那时，我先前的女朋友，也催我回城……就是这样，三分钟履历，不是没什么好说的吗？"

他说得多么轻松、自在。十年的辛酸，都在轻轻一笑中烟消云散了。

"那你……没考大学什么的吗？"芩芩问。这是她一直憋在心里的一个疑团。

"嘿嘿，"他笑起来，"我这人大概生来倒霉，1977年、1978年两年招生我还关着，没赶上。去年是最后一年，头两天考得还挺顺利，第三天一大早出门，一边骑车一边还在背题，没留神撞上了一个老太太，坐马路上起不来了。想溜掉吧，到底不忍心，送她上医院。等完了事再赶去考场，打下课铃了……"

芩芩紧紧咬着嘴唇，许久没作声。在她的生活里，还没有见过曾储这样的人。没有！傅云祥是一个走运的人，而他，却是一个不走运的人。她愿为他的不幸而呐喊、呼吁。生活不分青红皂白地把每一个"契机"，不公平地分配给人，造成了社会的"内分泌紊乱"。而他，一个遭过人世间冷遇的人，竟然还对生活抱着这样的热情。如果不是芩芩亲耳听他讲述，她会以为这是虚构的小说……

夜很静了，听到远处火车汽笛的鸣叫，时间很晚了，你该走了。为什么还不愿走？你心里不是有许多话要对他说吗？他吃过那么多苦，一定什么样的重负都能承担。他应该会告诉你，今后的路怎么走……

他伸手抓过桌上的闹钟，咔咔地上弦。他在提醒你该走了，他很疲倦了，头上的绷带还渗着血，可他那双乌黑的眼睛里没有愁容。难道在这双眼睛里，生活给予他所有的忧患，都在一片宽广的视野里化作了远方的希冀？

"真抱歉，今天不能送你回家了……"他把闹钟放在桌上，"你对经济问题感兴趣吗？假如……"

"不！"芩芩站起来，"我对什么理论都不感兴趣！"她想喊，"我感兴趣的只是人生，给人生解谜。就为了你告诉我一棵树的价值，我也要给你讲故事，讲一个照相馆的故事、一个馄饨店的故事、一个集市贸易的故事、一个……算了吧，我算什么？我那一切一切的悲哀、一切一切的痛苦加起来的总和，还装不满你的一只碗。我还有什么值得诉说的忧伤呢？人们总以为自己很苦、很不幸，不停地抱怨、哀叹……岂知这世上，最不幸的是那些无处诉说自己痛苦的人……"

"再见！"芩芩低声说，看着自己锃亮的皮靴，她的声音颤抖了。

"如果你需要我……"她在心里无声地说。嘴唇动了一下，又紧紧抿上了。

门在身后"呀"地关上了。小屋温暖的灯光，从窄小的窗子里射出去，在黑暗的小胡同里闪耀。教堂那巨大的暗影，在晴朗的黑空里，依然庄严肃穆，只是在微弱的灯光下，消散了先前的神秘。

"信念……啊，信念……"芩芩对自己说，"无论如何，生活总不应跪在上帝面前祈祷和乞求……"

十

芩芩醒了。

梦中的幻象，似乎还没有完全从眼前消失：她骑在一匹小鹿光滑而温暖的脊背上，飞掠过无边无际的银色原野。雪地里长满了绿色的仙人掌，仙人掌有刺的手掌，轻轻触碰着小鹿的蹄子，小鹿痒痒地躲闪，身上的梅花一朵朵绽开，飞起来，变成了漫天飞舞的雪花……

她睁开了眼睛。

天刚蒙蒙亮。窗外依稀的晨光中，什么东西在闪烁。她跳起来拉开窗帘，那不是梦，是雪花在飞舞，又下雪了。

雪下得好大，窗外白茫茫一片，院子里高大的白桦树杈上，落了厚厚的一层雪。灰蒙蒙的天空像一块锌板，压得人喘不过气。那雪花，好似在沉重地下坠，跌落在地面上，再也挣扎不得……

谁说雪花是轻松的呢？在西伯利亚发生过暴风雪掩埋整个村庄的事情；在新疆的天山常有雪崩；在农场，大雪压塌过牲口棚；在这个城市，有一年，电车在雪墙里行驶……啊，大雪，你一层压一层，越积越厚，就像人心里的忧虑，不会融化……

她睡不着了。家人熟睡的鼾声此起彼落，昨夜不愉快的情景又出现在她眼前。

先是妈妈发疯般地冲进来，乒乒乓乓地摔得满屋子的家什叮当直响，指着她的鼻子骂道："你不嫌丢人，我还嫌丢人呢，你要想同小傅黄了，算我白养你这个闺女！"妈妈又哭又骂地闹到半夜；爸爸早已戒烟，昨晚上又一根接一根地抽起来，长吁短叹，一口一个"好端端的，弄出这样的事，你叫我怎么见人？叫我怎么见人？"然后是傅云祥全家出动，浩浩荡荡、大驾光临，好像要进行"大使级谈判"。他的母亲列举了三十二条理由，证明傅云祥是无辜受骗，陆芩芩要对傅云祥和他全家所蒙受的耻辱、丧失的名誉负全部责任。他的姐姐像个泼妇似的站在屋的中央，从她嘴里喷出一团团墨汁般的污水，劈头盖脸向芩芩泼来："你去另找吧，看你能再找个什么得意的来。就你那样的，找大学生是个矬子；找技术员是个聋子；找工程师是瘸子；找教授？哼，教授有一堆孩子……我睁着眼睛看着呢，看你陆芩芩眼高，能攀个啥高枝儿?!可惜心比天高，命比纸薄，甩了傅云祥，怕没人要你哩……"

芩芩打定主意不吭声，由她们闹去。她冷冷地坐在那儿，毫无表情。他们闹到半夜，芩芩的爸爸妈妈不知赔了多少笑脸，讲了多少好话，那帮人才总算骂骂咧咧地走了。芩芩想到爸爸妈妈为此受的委屈，心里倒有些难过和不忍。闻讯赶来的大姑又劝了她两个小时，翻来覆去，无非就是那几句话："你再能耐个人儿，也不能不嫁人，嫁了人，好歹就是过日子。过日子，傅云祥哪点不好！"

"我就不嫁他！"芩芩在心里喊，"我情愿一个人一辈子！你们谁也不明白我！"她知道自己什么也说不明白，啜泣不止。

大姑叨叨咕咕地走了，芩芩心疼这快六十岁的人，为自己的事连夜赶来，抹着眼泪送她到楼下大门口。

门外的路灯下站着一个人，在寒风中缩着脖子，来回地走动，等她的大姑走远了，他迎上来。

"你站住！"他叫她。嘶哑的声音里露着凶狠。是傅云祥。他们全家出动，唯独他没有露面。

芩芩站住了。

他走上来，一只手插在棉袄口袋里，一只手藏在身背后，呼哧呼哧地喘着粗气。

"你做得太绝了。为啥不早说？我和我家哪儿对不起你？"

芩芩抬起眼睛望着他，轻轻说："……你不知道，一个人想明白一件事，弄懂一句话，需要时间……你没有对不起我，只怕是我对不起你，但我更怕对不起自己……"

"哐啷！"什么东西掉在地上了，是金属的声音。

"扑通！"他跪在她脚下的雪地上，抱住了她的腿，"芩芩……你……回来吧，我稀罕你，好好待你，我不记仇，只要你回来……"

芩芩的腿在发颤，她闻到了他头发上发蜡的香味。她轻轻叹了一口气，拨开了傅云祥的手。她不知道自己是怎么走回来的，跌跌撞撞，脚步踩得雪地咔咔直响，她走进房间拉窗帘，看见路灯下的人还站着……

现在天亮了，路灯下的人影已经不见了。昨夜的脚印，已让一场新雪覆盖，再也见不到它们……

然而，人生的脚印，却无法覆盖。每走一步，就留下了一步的足迹，无论正的、歪的、斜的、倒退的、朝前的，都会永远地留在你生命的史页上，成为你人生的鉴定。歪歪的脚印即使更改过来，也留下了偏斜的印痕……你如此苦苦挣扎为的是什么？你以为那些谩骂不会把你一口口吃了吗？轻飘的雪花还能压断大树，而你只是一株柔弱的小草，一阵风来就可以把你连根拔起……

芩芩忽然神经质地从床上跳下来。

她穿好衣裤，马马虎虎地擦了一把脸。在镜子里看到自己的眼睛有些红肿。她用热毛巾焐了一会儿，抹上面霜，套上大衣，蹑手蹑脚地打开门走了出去。

风真大，少有的大风，刮得雪片横飞漫卷，迎面扑来，呛得人睁不开眼睛。芩芩在雪地里疾走，好几次差点滑跤。她的红围巾上披了一层厚厚的雪花，眼睫毛上闪耀着晶莹的雪水……路边俄式别墅的玻璃花房、绿色的栅栏，都隐没到茫茫的飞雪中去了，城市重又变得洁净……她望见了傅云祥家的二层楼房，那狭长的梯形小窗、雕花屋檐，从外面看仍然像是一个童话，但你若是一踏进门，童话即刻就消失了……

"我回来了。"芩芩毫无知觉地朝前走着，木然自语。"无论如何，你还算是一个好人，我一点都不怪你，只怪我自己。我除了回来，没有别的出路。虽然我明明知道，终身伴侣不应凑合，婚姻应当有爱，可我的挣扎，最后只能以失败而告终。我和你在一起并不快活，我不爱你，我也不知道你是否真的爱我。我们之间只有合适，没有爱情。我欺骗了自己很久，结果也欺骗了你。如此貌似美满婚姻，只能走向婚姻的坟墓。虽然我并不愿意欺骗你，可我就连讲真话的机会都没有。理想是云彩，而生活是沼泽地。人不应该自欺欺人，无论真实多么令人痛苦……"

"人活着到底是为什么呢？人生的意义到底是什么？我想得头疼、发昏、发炸。可是我没有找到回答，也许永远也找不到。至少我不愿像现在这样生活，不是活着，而是生活，我想活得更有意义。我看到了在你我的生活之外，还有另一种生活；在你以外，还有另一种人。假如你看见过，你就会对自己产生怀疑，你会觉得羞愧，会觉得生活不应是现在这个样子……这十年无论多么艰难曲折，总有人找到了光明的去处；这十年的荒火无论留下了多么厚的灰烬，那黑色的焦土中重又滋生了新的绿芽……啊，你什么也不会想，绝不会多想一点点。这就是你，这就是我们走到今天，终究还是要分手的原因……我感谢你给过我所有的爱护，可是我却不能爱你……因为爱太重了，无法用来偿还爱护。假如社会能早些为我们打开社交的大门，假如这一切变化早些来到我们心上，假如我早些知道自己应该怎样去生活，也许照相馆的事儿，就不会发生了……啊，从此我将要承受多么沉重而又无可推卸的负担啊，道德、良心，不不，我没有力量承受，我会压垮的，我会毁掉的，所以我只好回来了，原谅我吧……"

她摘下手套，伸出手去按门铃。

门铃很高，台阶上落满了雪。她的脚底下滑了一滑，手套掉在地下的白雪上了。

一只墨绿色的呢面手套，是芩芩自己用碎布拼做的，厚实而暖和。她捡起它来，手套上沾满了雪末。她拍着雪，忽然愣住了——她觉得这不是手套，很像是一盆绿色的仙人掌。

她猛地把手套抱在自己胸口，她听见心的狂跳。

房子的走廊里传出了收音机里的广告节目。他们已经起床了。

门铃就在头顶，踮起脚尖就可以按着。

可是台阶上突然摆满了仙人掌。

有脚步声朝门口走过来了。

芩芩抬头看了一眼门铃，怔在那里。

门锁在咔咔地转动，插销在响。

她忽然回身跃下台阶，跳在雪地上。她险些儿又滑倒，站稳了，紧紧抱着她的手套，飞快地跑起来。

"芩芩——"她听见身后粗鲁而绝望的叫喊。

……雪还在下着。它们曾经从广袤的大地向上升腾，在净化的渴望中重新被污染，然后又在高空的低温下得到晶莹的再生——它们从高高的天际中飘飞下来，带来了当今世界上多少新奇的消息？

啊，仙人掌，你不在积雪的路边，也不在芩芩的胸口，而在这里，在这破败的小屋窗台上，一盆盆、一簇簇，苍翠、挺拔，像手掌、像拳头、像手指，也像手腕……是一只只手，凡人的手，普通人的手，创造生活的手。仙人掌有刺，但耐旱，那是一只只强韧有力的手。手能改变许多事物，只是唯独不能改变自己的命运……

"我来了！"芩芩急切地喊。她没有敲门，径直闯了进去。"我来了！"她焦灼地喊，站在屋的中央。"假如你需要我……"她说过，可是不，不是。是她需要他，去按门铃的一瞬间，她才真正明白了自己。"我来了……"她讷讷地自语，却为这空无一人的小屋的嗡嗡回声感到凄寂怅惘。

门开着，薄薄的被褥叠得整整齐齐，却没有人。仙人掌在举手向她致意，或许是说再见。

她颓然跌坐在凳子上，骶骨震得生疼。

桌上是一堆打开的书，杂乱无章地叠在一起，露出夹在书页里的小纸条。她瞄了一眼，发现都是关于经济问题的论著。书的最底下压着一叠狭长的白纸，写着黑压压的小字，好像是一篇文章的手稿。芩芩注意到那白纸似乎是从什么地方裁下来的毛边，废品商店有论斤卖的。书稿中露出那只倒扣的蓝边粗瓷白碗，旁边压着一本很旧的笔记本。

闹钟在"嗒嗒"走着。芩芩坐着有点发闷，抬头对了一下表，钟很旧，却走得很准。

她猜想他是出去吃早点了，她的目光停留在那本灰色的笔记本封面上，犹豫了一下，终于忍不住拿起来。

"啪——"什么东西从本子里掉出来，好像是一块旧布头，还有一张发黄的纸片。

芩芩好奇地打开那块一尺见方的布头来看，她的心骤然缩紧了。

白布上有一行歪歪扭扭的血写的字迹，由于时间久远而显得发黑和模糊，隐约可辨这么几个字："誓死捍卫……曾储 1966 年"。

这是一份血书。这么说，当年他也写过血书？用牙齿咬破手指，用小刀扎进皮肤，滴下来点点忠诚的鲜血……这么说他也曾经有过狂热的年代，有过迷信，有过受骗，有过……血书是历史真实的记录。在这块土地上长大的青年人会犯的错误，他都有过；凡是一颗真诚的心会经历的苦痛，他都经历过。可他为什么竟然没有从此一蹶不振？为什么没有万念俱灰、沉沦、堕落？

她抓起另一张纸片来看，脸上愀然作色。

假如她没有看错，这是一张遗书。千真万确，上面用毛笔写着几个字："别了！生活！——曾储 1970"。

奇怪的是，生活两个字被加上了圈圈，在 1970 年的下面，还有几个用钢笔写的阿拉伯数字：1971，一个细长的箭头指着"别了"那两个字。

这是什么意思呢？芩芩看不懂。这分明是一份遗书，他却活下来了，活得这么乐观、兴致勃勃，像仙人掌，不需要很多的水，耐饥耐旱，顽强、执拗……他到底怎么活过来的？是什么样绝望的悲伤，使他产生过死的念头？他是一个谜，芩芩多么想要解开这个谜底呀……

门"吱呀"一声轻轻推开了，伸进来一个小脑袋。

"曾哥在家吗？"是一个小男孩，顶多不过八九岁。胖乎乎的脸蛋，怪好玩的。

"进来。"芩芩招呼他，"找他有事吗？"

"有事。"那孩子腮上挂着泪痕，哭哭唧唧地说，"我哥踢球把王奶奶家的玻璃打坏了，反赖我干的。我妈要用擀面杖揍我，我跑得快，来找曾哥评理。上回我妈同魏大娘干仗，就是让曾哥评理的……"

"哦？"芩芩觉得有点好笑，"你曾哥，是人民代表吗？"

"代表？不，不代表。"孩子想了想，晃晃脑袋。"可他啥都管。"

"哼，管到我头上来了！也不睁眼瞧瞧我是谁！我魏老娘可不是好惹的！"一阵连珠炮般的骂声从窗外飞起，虽然看不见人影，也能想象出一个泼辣的中年妇女，两手叉腰站在路上，冲着这边叫道，"我的垃圾爱倒哪儿倒哪儿，见天多管闲事，吃饱了撑的……"

"魏大婶，这就是你的不是了。"一个白发苍苍的老太太，颤巍巍地出现在小窗口，怀里抱着一包东西，"你家那垃圾总倒在当院，光图自个儿省事，哪回不是小曾子帮你撮走。这么大岁数了，也该有个明白的时候，还好意思在这儿咋呼……"

"我……哼……他帮我收拾，他这是愿意！"

"哎，别走，魏大婶……"芩芩听见了那个她等待已久的熟悉的声音。脚步咔咔踩着雪走过来，在小窗外站住了，笑呵呵地说：

"咱们干脆说清楚了，您要再往这块儿倒垃圾，我让街坊邻居往上泼脏水，在你门前冻上一座冰山，开春儿够您瞧的！还不是你自个儿倒霉……"

"自个儿倒霉……哼……"底下没声了。

"曾哥回来了！"那孩子扑出门去。

"这号人，就得这么治她！"他扶着那白发苍苍的老太太走进来。脸冻得通红，眉毛上都挂着白霜，手里抓着一个咬了一半的火烧，衣袋里露出一只拆开的信封。老太太把怀里的东西小心翼翼地放在锅台上，原来是几只热腾腾、黄澄澄的黏豆包。

"快趁热吃！昨儿个乡下刚捎来的。"老太太慈祥地望着他，"你的伤没好利索，自个儿就别做饭了。"

"好啦！"他把鼻子凑上去闻了闻，"真香！怪馋人的！王奶奶最疼我！哦，你家房子的事有信儿没有？"

他们都没看见站在里屋门边的芩芩。

"跑了多少次房管局了，还没消息。唉……"老太太叹了口气，"白耽误你的时间，写了多少张申请，没个答复。石头扔水里还听个响，唉，一家七口人住九平方米，还硬是不给落实……恨人！"

"别生气，王奶奶，着急上火也不管用，您如有事尽管找我。写十次八次不顶用，咱们就磨它几十次几百次，不怕它不解决。真不行，哪天陪您老上区政府，告他们去！"

"嗳嗳……"老太太用袖管擦了擦眼角，"……快吃吧，好孩子……同你说说，俺心里就敞亮了……"

"坐会儿再走吧，看我都忘了让您进屋……"他扶着老太太要进里屋，一回身这才看见了芩芩。

"是你？……"他惊讶地张大了嘴，眉心掠过一丝惊喜。

王奶奶善意地望着她，领着那男孩儿悄悄走了。

芩芩使劲攥着自己的围巾。她觉得自己的手心冒汗了。为什么这么紧张？也许应该坦然地笑一笑……

"我来了……"她喃喃说，"我要把一切都告诉你……"

他望着她，眼光是严肃而亲切的。

"……我都知道了。"他打断了她，"是小海豚告诉我的……没什么……真的没什么，谁都会遇上坎儿……"

不，芩芩遇上的不是坎儿，是人生的目标。

"当当……"是铁钩子捅煤炉的声音。他在外屋添煤，捅得那么用劲。煤"呼"地着起来，好像静夜中原野上驶过的火车，隆隆响着。火车开走了，风驰电掣，驶过那一个个开满鲜花的小站，没有停留……

"你不用担心，大家会帮助你的！"他在外屋大声嚷嚷，"一个人没有痛苦，就不会有欢乐……只要还能感到痛苦，心就没有麻木，生活里就还有希望……这种痛苦越是强烈，一个人的生命就越旺盛……你说对不对？"

他走进来，鼻尖上沾着一点煤灰。

"你说对不对？"他又兴致勃勃地问了一遍。

芩芩勉强点了点头。她转过脸去，怕自己哭出声来。两颗晶莹的泪，落在她手里那张遗书上，她没来得及把它们收好。

"哦……你看见了……"他轻轻自语。

"为什么?"芩芩急切地抖动手里的那张纸片问道,"十年了,你还打算……"

他像孩子做了错事被人发现了似的,不好意思地低下头。

"昨晚我心里特别难受,就把这张纸重翻出来看,后来趴在桌上睡着了,没顾上收。"

"别了——当年你真的想要告别人生?"

"因为绝望——一个人一生总会遇到绝望,况且是我们这一代人。具体为了什么事产生要'别了'的念头,有点记不清了。或许是为受了委屈、侮辱、欺负,总之是看不到希望吧……"

"那你后来又为什么、为什么别了呢?"芩芩小心翼翼地问。

"我记不清了,也许很简单,看见了空中飞过一只小鸟,在水里看见了一条小鱼……在瞬间唤起了生活的热情……"

"可是,你在'生活'两字上加了圈圈,别了的箭头指着1971年——仍然没有'别了'?"

"谁说没有?"他的口气突然严肃起来,"别了——同自己的过去告别,1971年那一次思想危机,才真正开始了我人生道路上的一个新阶段。打一个比方,有一点儿像……像亚瑟偷偷地坐上小船逃走,小说翻到了第二部……"

"可是你为什么没有堕落?你好像总是乐呵呵的……"

他苦笑了一下:"堕落?怎么会没有?我曾有好几次走到过堕落的边缘,只是没有掉下去……我从监狱出来后,听说她……噢,你不知道,就是我以前的女友……结婚了……我痛苦得几乎要发疯……跑到她那儿去……我的血在沸腾，仇恨的火焰在燃烧，那时是什么事情都做得出来的……可是，隔着玻璃窗，我看见她坐在床边晃着摇篮，在摇她刚刚出生的婴儿，神态那么安详、宁静……我的心颤动，悄悄地逃走了……人生来就有追求幸福的欲望和权利，只要妨碍这种幸福实现的社会条件还存在，或是实现这种幸福的客观条件还没有全部具备，我们就不可能指望在某一个人身上得到偿还和报复……我们要做的事情太多了，需要指责和憎恨的不是她个人，而是这个社会的愚昧和丑恶……"

芩芩忽然气喘吁吁地打断了他，没头没脑地问："你知道北极光吗？"

"北极光？"他显得有些惊讶。

"是的，北极光！低纬度地区罕见的一种瑰丽的天空现象，呼玛、漠河一带都曾经出现过，像巨大的闪电、像彗星的拖光、像银色的波涛、像火焰像霓虹……"她一口气说下去，"真的，你见过吗？听说过吗？我想你一定听说过的……你知道我多么想见到它。在我小时候，舅舅曾对我说，神奇壮观的北极光，谁要是能见到它，谁就会得到幸福……真的……"

他眯起眼睛，高兴地笑起来。"哗啦"一下拉开了窗帘，阳光映着雪的反光，顿时将这简陋的小屋照得通亮。

"我想起来，十几年前，我也曾经对这种神奇而美丽的北极光入迷过。我上学时喜欢天文，记得我刚到农场的第一天，就一个人偷偷跑到原野上，去寻找这宏伟的天空奇观，结果当然是什么也没有看到……我问了许多当地人，他们也都说没见过，没听说过……

我很失望，甚至很沮丧……但是无论我们多么失望，科学证明，北纬地区确实会出现北极光。我看过北极光的图片资料，比我们所见到过的任何天空现象都更壮美、更令人激动……无论你见没见过它，承认不承认它，它是真真切切存在的。在我们的一生中，也许能见到，也许见不到，但它会在某个你意想不到的时刻，忽然出现……"

他的目光移向窗台上的仙人掌，沉吟了一会儿，又说："……我现在已经不像少年时候，那么急切地想见到北极光了，我的理想变得踏实而具体。我每天修暖气，一根根管道排查检修，修不好就暂时维持，到春天停了暖气后，拆掉重装……这是很实际的生活，对不对？它们虽然不发光，却也发热啊……"

阳光从结满冰凌的玻璃上透进来，在斑驳不平的墙上跳跃。那冰凌花真像北极光吗？变幻不定的光束、光斑、光弧、光幕、光冕……不不，北极光一定比这更美上无数倍，也许谁也没见过它，但它确实是有过的。也许这中间将要间隔很久很久，等待很长很长，但它一定是会出现的。

"谢谢你！"芩芩说。她的眼睛望着他胸前那亮闪闪的小鹿，"谢谢——"她咽噎了。她多么希望能紧紧地握一握他的手，他的手一定是温暖而有力的。

"咱们到外面去走走……刚下过雪。"他局促不安地提议。"我，好久没去江边了……看见了吗？又是退稿，社会科学院的退稿信。"他摸出衣袋里那只拆开的信封，递给她，"不过没关系，我会修改，或是重写，我相信自己的方向是对的，只是没有受过专业训练，还不够发表的水平……"

"……你的伤……好些了吗？"她清醒过来，想起来问。

"没问题。"他晃了晃脑袋，"一点外伤，没事！活动一下好……你对经济问题感兴趣吗？欢迎你常来参加我们的讨论……世界大得很，听说上海缝纫机厂有几个青年工人，研究现代化的企业管理，写出了有关弹性工作体系的论文……"

"多好啊，你一定能行！"芩芩由衷地感叹。

"我也相信。"那声音斩钉截铁。

……夏日宽阔的松花江，此时像一片无边无际的白雪皑皑的原野。马车的铃声在远远地响着，看得见那蠕动的黑点，好像童话里飞奔而来的十一匹马拉的雪橇……

一个穿着金黄色滑雪衫的小男孩，伏在一只崭新的木爬犁上，像一架小飞机，从高高的冰台上掠下来，顺着冰橇的跑道，一直滑出去老远。后面的一个，冲下冰台后，冰橇却一直打着圈圈转，冷冽的风中传来他们咯咯的笑声……

曾储捧起一团雪，用力一挥手扬了出去，风儿却把它们挡回来，扬了他满头满脸。他紧跑几步，身子向后一仰，打了一个"出溜滑"，开心地大笑起来。

"你为什么总是没有忧愁呢？……"

芩芩仔细地看着冰爬犁两侧，刚刚被打扫出来的一块冰面，冰是透明的，呈现着一种晶莹的绿色，好像一眼能望见冰层底下流动的江水，望见江底鱼儿自由地游动……

他抓起一把雪沙，快速搓着手背，想了一会儿，回答说：

北极光

"忧愁？为了让人家同情你吗？我不需要。在物质生活上，我从来不富裕，所以也无所谓失去。我不像许多人可以抱怨命运，我好像连抱怨的资格也没有……一个人假如不能自拔于困境，也会流于庸俗。更何况，人活着……总不能仅仅为了自己……我宁可撞死在自己的理想上，也决不回头……"

他忽然惊喜地指了指前方：

"你看——冰帆！"

芩芩看见在不远的江面上，疾驶着一行鼓满风帆的船。小小的船只尖细的桅杆上，挂着一面面三角形的白帆。原来船身的甲板只是一根粗大的木方，下面安着两根三角形的铁轴。风吹动白帆，铁轴迅速地在冰道上向前滑行……每只船上都坐着一群兴高采烈的孩子，戴着五颜六色的滑雪帽，不时发出一声声惊呼……

他们情不自禁地朝着冰帆跑去。

"可我还是盼望春天！"芩芩忽然站住了。她的脸让风吹得通红，围巾在脖子上飘动。她凝视着曾储那乌黑的眼睛，大声说："开江了以后，我们来划船好吗？你会划船吗？"

"当然会！"他点点头，大口大口地吐着白色的寒气，"我也盼望春天……可是，从开江到真正的春天到来，还有一段泥泞而漫长的道路……解冻的地面也许布满陷坑，但充满生机。要走过这一段刚刚开化的路，真不容易……不过我相信我们会走过去的。"

"可惜我不会划船。"芩芩不好意思地说。

"我来教你！还有游泳，都可以学呀，学会游泳就可以横渡松花江了。知道吗，只有盐才会溶化在水里，而石头永远不会……"

又有一个穿红棉袄的小女孩，坐在雪爬犁上飞下来，像一个红色的绒线球，一直延伸到江心，像一道彩虹，横贯了整个江面。那不是红绒球，是芩芩小时候的滑雪帽，是旋转的红冰鞋……那一切是多么遥远哦，远得好像天边的北极光，在宽阔深邃的天际闪耀，照亮了地球的天空。是的，北极光——你永远不知道它什么时候会出现，但它一定会来的。

芩芩眨了眨眼睛，那炫目迷人的光泽消失了。有一群轻捷的小鹿，在雪地上不知疲倦地奔走，扬起了一道道迷蒙蒙的雪雾……啊，那不是鹿群，而是几匹健壮的枣红马，正嘚嘚地从江对岸迎面驶来，拉着满载的货物。芩芩和曾储以前在农场劳动时，都曾坐过无数次的那种结实的马车。马车上覆盖着一层新雪，在阳光下闪耀着质朴的光……

1980 年冬季

写于哈尔滨 [①]

---

① 　发表于《收获》1981 年第 3 期，《小说月报》1981 年第 9 期转载。

塔

正如上帝对你们每个人的了解都是不相同的，所以你们对于上帝和大地的见解，也应当是不相同的。

——纪伯伦

为了一个曾经同甘共苦的人从远方归来，他们在湖边相聚。

分别不过才短短几年，他们都已经是三十几岁的人了。

宋为良

……真热，站着不动都一个劲儿出汗，脚底心好像要冒烟……多少年没在南方过夏天了？七八年？好像更长些……总算回来了……没错，是这儿，四路汽车站，通六和塔，说好就是在这儿等。我对薛宁说，要去就去六和塔，远一点。再说桂霞也早就吵吵想去看看这座世界闻名的塔……不对，难道记错了地方了吗？以前四路汽车站好像不是这样的，……哦，对了，湖边新铺了一块草坪，房子都拆光了，还建了一个游船码头，难怪认不出了……

"桂霞，你渴吗？"

"不。"

"你站到树荫下来，别晒着。"

"不怕的。……咱还等谁？"

"等我的同学。"

"嗯。"

……说好八点半，怎么还不来？游客真多，人碰人，肩碰肩。大概都是些放了暑假的大学生。黎荔是研究生，一大早准是去背她的外语了，薛宁这个家伙爱睡懒觉，在农场时就懒，睡觉从来不脱毛衣，宁让蚊子咬也不挂蚊帐。人的习惯不大好改，再说这两天他正好又休班呢。可凌建中不应该迟到，当过兵的人最遵守时间，不过现在成了家，也难说，要是有了小孩，一大早就更加忙乎人了，他结婚有几年了，可从没听说他生了男孩还是女孩。……听说顾亦非也要来的，这个老夫子，对象到底找好了没有？现在城里不是三十多岁的男的吃香吗，他的鬼脾气也实在要命。还有谁会来呢？阿华是工人，星期天不是他的厂休息日，还是去挣那钞票要紧，还有几位看得起我们呢？现在老同学凑在一起，不大容易了。大家都忙，各忙各的，薛宁说，如果不是因为我回来，老同学一年也难得

塔

见一面……

也是 7 月的一日，天快亮了，晨风拍打着墙上的大字报，哗啦哗啦直响。一夜之间，一辆破三轮车跑遍全城，薛宁刷大字报可真有两下子，这会儿倒靠在车把上睡着了，张着大嘴，活像一条胖头鱼。"糨糊桶见底了！"顾亦非梆梆敲着桶底。"我回去拿！"薛宁从睡梦中跳起来，一脚踩在阿华的红袖章上。阿华心疼得直叫。"我来踏，踏得快，我从小帮我阿爸踏三轮车……"我嚷嚷。可瘦得像柴棒似的顾亦非，总喜欢同我抢。"咚——"三轮车撞在路边的马桶上了，一个老太婆边骂边追出来……快逃！假如凌建中在就好了，他有一辆摩托，屁股后头冒烟，全校同学心目中 21 世纪的宇宙飞船。如今农场的大道上飞过一辆摩托，小伙子准是个搞活经济的积极分子，可凌建中几年前就有了，那时他爸爸还没有倒霉，他不是我们"组织"的人，同他认识还是下乡以后的事情。……啊，闭上眼睛，清清楚楚看见几个年轻人，在朦胧的晨曦中贴标语。可是，现在的人一提起他们，就好像看见了什么十恶不赦的魔鬼……

"真热！"桂霞走过来，拽拽我的衣角，低头说。"一大早就热得这么邪乎，都怪你！"

怪我，是怪我。干吗拣了大热天回来？8 月的北大荒，是天然避暑地。太阳底下摘条黄瓜吃，都像是冰棍儿。四年一次探亲假。拣个地儿淌汗来了？不，不，这是没有办法的，探亲加出差，领导信任，要办事，等不到秋。不过也正合我的心思，十几年了，没在夏天回来过……丝瓜汤，火腿冬瓜，红苋菜豆瓣，毛豆青椒，杨梅、荔枝、黄金瓜……啊，小心口水……黄金瓜，雪梨瓜，金黄金黄，雪白雪白，北大荒是没有的……记得杭州那时到处都有水果摊，黄金瓜称好了，嚓嚓地刨皮，一股清香扑鼻而来，一团香喷喷的雪花，几口咽下肚里去，脚下一摊黄金。还卖黄瓜，刨了皮，满街黄瓜味儿。所以有人管杭州人叫"刨黄瓜儿的"。可如今，到处是冷饮亭、雪糕、冰激凌、可口可乐、橘子汁……还有广告，到处是广告、商亭、地摊，五颜六色，简直叫人眼花缭乱，就是没有黄瓜摊……

"桂霞，你在这儿等等，我看那块儿好像有卖黄金瓜的……"

"我要吃香瓜。"

"这儿没有香瓜。"

"我……吃那——"

"啥？"

"那嘛——"

"我去看看。"

"——嗳，别走。为良，我怕……怕丢了……"

好吧，我哪儿也不去，就在这儿陪你，谁叫你是我老婆。在农场你算是个人人羡慕的好媳妇，到了城里谁认识你呢？当初大伙儿在农场的时候，你还是个拖鼻涕的小姑娘，谁也没有想到，你会把我留住。唉，凭良心说，不是因为你，我也返不了城，回了城我上哪儿住去？……黄金瓜，唉，算了，还是回农场去吃香瓜吧……我觉得自己变得像个乡巴佬，街上好像不大有人穿塑料凉鞋……桂霞身上的这件绣花衬衣，昨天不是还挺顺眼来着，今天看上去，好像她把绣花枕头套穿上了……

哎哟！好有劲儿，他感觉肩膀被人狠狠地拍了一下。

"嘿嘿……我猜是你，建中！让我好等。不过，你是第一个到的。噢，这是我爱人许桂霞。"

"喜糖已经吃过好几年了，新娘子还没见到。本来，那一年大家都盼你回来……嘀，回来结婚的。哈哈。"

凌建中还是老样子，黑黑的皮肤，黑黑的小平头，一条褪色的黄军裤。不过，他说话怎么这样慢吞吞起来？好像在做报告。他什么时候学会这样哈哈笑的呢？活像他爸。不过并不讨厌，蛮像回事儿。我就不会。当然我只是一个拖拉机手，而他已经是丝绸局的计划处副处长了……

"听说你主动要求调到洪河农场去了？"凌建中迫不及待地问。"怎么样？有干头吗？"

这话问的！没有干头，谁会扔下待了十年的老窝，到一个人生地不熟、靠近边境的建三江沼泽地带的新建农场去？

"洪河农场是80年代先进水平，一个现代化的农业发展模式。七百个机械工人，种一百万亩土地，效率是咱们过去农场的十倍以上……"我不知该从哪儿讲起。

洪河，一提别拉洪河畔的洪河农场——我全身的血忽地热起来，好像当年报名下乡去偷户口本时的心情一样。连我自己也不明白，经过这么多年的折腾，心里怎么还会留着这一块绿洲。不到一年之中，该走的知青都走光了，剩下了我，无"家"可归，在农场垒起了一个自己的小窝，开始安居乐业。我以为，我的心，像冬天的菜窖，比屋子冷些，比雪野热些，不冷不热，可以储存好多的蔬菜，存好久，到春天也不坏，是只恒温箱。既然在农场筑了窝，一辈子就老实儿待着吧，驾驶铁牛，还算得上是"国内先进水平"……可是，洪河农场一招驾驶员，我就毛了。听说那儿比友谊五分场二队的一式美国"金鹿"装备还厉害，丰田车，贝利克农机，在荒原上建起了一个崭新的现代化农场。当然，公路还没修好，从建三江局去洪河，坐车先到"纽约"（扭腰），再经"伦敦"（轮蹾），才到"平壤"（平地）。可这吓不住我。中国的铁牛时代，在许多乡村还未开始，在洪河，却要被更先进的农机代替了。我觉得自从下乡以来，心里一直在盼望着的天边的彩霞，突然在晨光中闪现了，我太激动了，半夜把桂霞推醒了，抱住她说："跟我走吧，我又要去开拖拉机了！""放着好好的机耕队长不当，去开荒？我不去！"桂霞扭过身，不理我。可我知道她翻了一夜身。天快亮的时候，她坐起来，拢着头发，伏在我耳边轻轻说："人说建三江通火车了，那火车走得慢，人在铁轨边上一摆手，它也停，多好个地方……你到天边儿我也去！人活着，要有奔头……"

后来的情形，招聘驾驶员简直成了考状元了，我从没有走过后门，这回也让桂霞的爸爸去说了情……

"听说是搞补偿贸易，那合适吗？"建中好像挺了解情况，"社会主义借助资本主义的翅膀飞起来？"

"当然合适，先飞起来再说。六万吨大豆，不用五年就还上了，五年以后是纯盈利，吃不了亏。何况，重要的问题在于……"

我不像建中，在学校时就雄辩。一到他面前我更显笨嘴拙舌。我感兴趣的当然不仅仅是日本车、美国机器，而是这个农场的建制。它从飞机上看，是放射型的，场部在中心，四周设有六个作业区，取消了原来农场的生产队制，工人和居民全部集中在场部，我们称它为"垦区卫星城"……

"建中，你以前就关心国营农场的经济体制改革，洪河是试点，它的成功或失败可给国家的大型农垦企业现代化建制提供有益的借鉴。怎么样？我不白去吧？你真应该亲自去看看。……哟，黎荔！你什么时候到的？我怎么就没看见，真的没看见……"

"我可看见你的扎根树了。"黎荔笑着看了一眼桂霞，"真年轻，跟你一比，我们都成老太婆了。二十几岁？"

"二十五。"

"桂霞，这就是我常跟你说的黎荔大姐，她在农场当过老师，可惜你们家搬来时，她已走了。"

几年不见，她明显地见老了。虽然她穿了一条深蓝色红圈圈的连衣裙，白色的高跟凉鞋，脸上也没有什么皱纹，可是一眼看去，她像一个地道的中年女子了。是肤色？是眼睛？是神态？不是说江浙的人皮肤细嫩吗？我真不懂这些讲究……她是研究生，大概太辛苦了……

一双手伸过来，把我的手紧紧握住了，耳边是一个低沉的男声："阿良！"

是顾亦非。我能听出来。他把我的手握得这么紧，好像他离开农场上火车那一刻……

　　他是这群同学中，除了我以外最后一个离开农场的（我是没有法子走，大家都知道）。他一直迟迟不返城，因为回去了也无班可接，没有工作。他的父亲早死，母亲多病，弟弟婚后待母亲很不好，已分开单过。1977年第一次大学招生时，他在农场报过名，据说，考试分数是在"重点线"以上的（难为他这么多年一直埋头自学），好几所大学争着要他，最后竟然一所大学也未敢录取。好几个月后有消息传出来，不录取的原因，还是他的"老问题"——1970年冬天，曾有两个杭州"同乡"，一对姐弟，从他们插队的虎林县到农场来看过他，住了一宿，他们谈了话。姐弟从他这里走后，"过江"去了，而且，竟然未被那边送回来……顾亦非因此受到了严厉的审讯、追查、隔离、批判。……当时我作为他的排长，由于一再为他辩护说情，也受到了批评。我在支部大会检讨几次，以后再没有被提拔重用。可我心里明白顾亦非是冤枉的，他怎么会知道那姐弟俩离开这里以后，要到哪里去？他们怎么会告诉他呢？在当时这可是有叛国行为的死罪呀，他难道会不劝阻他们？何况我相信顾亦非还不是那种会在绝望中选择"一走了之"的不负责任的人。可是，没有人愿意听信我们的解释和申辩。他从此沉默了。……他本来出身就不好，这以后，工农兵学员、招工（包括煤矿招工），哪怕是在连队当老师，一切的机会，都同他绝缘了。我对他的全部友情仅仅只能做到使他在高烧生病时，不至于被当作旷工处理。现在想起来，我的心里还有些歉疚。1977年是他最失望的一年，他落榜了，第二年再没有报名。1979年招生截止后不久，他的所谓"政治问题"却被平反了，他总算作为一个自由人离开了农场。但上学机会再也没有了。今天听起来，这一切似乎像故意编出来的小说。"剩下你一个人了，好好活下去……"他临走前一天，喝了那么多白酒，第一次喝醉了……

他把自行车推到一边去，站在树下看着我，并不说话。人多的时候，他总是不说话的。他几乎一点变化也没有，还是那副白边眼镜，腮边淡淡的青胡茬……

"就等薛宁了。"凌建中看了看表，"迟到十五分钟了，这家伙！"

"大概又和他老婆吵架了。"黎荔同情地叹了口气，"平均二十四小时吵一次架，四十八小时打一次架。"

"为什么？"我印象中薛宁不是个爱斤斤计较的人，何况婚前对他的爱人满意得了不得。

"为了芝麻和绿豆。像许多家庭那样。没意思，少谈他。"黎荔用手绢扇扇风，一副不耐烦的神情。

"来了。"凌建中用手指指着前面。

林荫道上挤满了人，我找了一会儿，并没有发现薛宁。

"哪里？"

"喏！那个穿淡黄色翻领汗衫的。"

我差点认不出来了：宽宽的白色筒裤，带跟的褐色皮凉鞋，发型，啊，说不上，反正挺时髦；戴一副茶色的宽边太阳镜，像只大猫。……只有走路的姿势没变，还那么懒洋洋，无精打采的。这可是个好心的懒鬼。

北极光

"喂！懒虫，起来吧，今儿食堂开鱼荤！"

"我从来不吃鱼。要吐鱼刺儿，不如不吃省点事……"

"喂，把被褥子拿出去晒晒，长跳蚤啦！"

"咬就咬吧，咬我就不咬你啦！"

薛宁居然还留了一撮小胡子，像个"假洋鬼子"，可他以前最恨留小胡子……这小子，外表上恐怕是同学中变化最大的一个了。老三届的男同学们，大多数人仍然习惯穿蓝上衣或灰衬衣，在衣着时髦的人群中，往往显得寒碜而又格格不入。其实他们并不反对人们赶时髦，只是自己没有那么多的钱，或是没有工夫和兴趣罢了。听说薛宁在旅游局当向导，当然应该与众不同……

薛宁

……晚是晚了点，忙忙碌碌张罗了好几天，通知、联络，结果发起人最后一个到达，有点不像话……不过没关系，他们会等我的。阿良好说话，假如我不提议老同学们聚会，他也想不到，晚了就晚了吧，又不是送外宾上飞机……谢天谢地总算刚送走一批，可以轻松几天了。

"米米想去儿童公园""给米米修电动狗熊""小椅子坏了！""米米想吃冰赤豆汤""去给米米买乳白鱼肝油""给米米……"

塔

想轻松几天？这才叫自动调节，劳逸结合呢！

为女儿效劳，心甘情愿。女儿长得像小明星，长睫毛，黑眼珠又圆又大，女儿会说"欢迎你们来到天堂游玩……"地地道道的广州话。女儿会说"How do you do！"标准的英语！

"洗棉被""洗窗帘""洗沙发套""插头换到床右边""大衣橱移到门口""去排队买排骨""买酱油""买煤饼"——星期天奏鸣曲。

"我不是旋陀螺呀，米米她妈。"我尽可能面带微笑，这是导游的职业习惯。

"你去雇保姆吧！"她把一束筷子摔在地上。

于是那个不承认自己的旋陀螺，就不停地无可奈何地转起来。

吵架多了，自然就有经验。大家都小心翼翼，尽量避免同花瓶、茶具之类接触，以免造成不必要的经济损失。幸好我天性疏懒，那些比较经济实惠，经久耐用的筷子、毛巾、枕巾之类，我也常常懒得去碰。这是家庭安全的基本保证。

米米，我的小米米，她不会去把炉子上的开水壶推倒吧？假如她奶奶到楼上去了呢？噢，不会，今天爷爷在家……

"怎么少了十块钱啦？"

"我怎么晓得？"

"你不晓得谁晓得？家里没别人！"

"从来是你管账，我兜里只有三毛钱。"

"反正是少了……"

少了……反正原来也不多，这我知道。两个人的工资相加，不到九十块，要还结婚时欠的账，要养孩子，要给新婚的朋友送份礼，要……唉，算了算了，横竖是这么回事。连架也懒得吵，你爱骂什么骂什么好了，确切说，除了小说家外，普通人无论是恶毒或优美的语言，都不产生经济效益……

人活在世上麻烦的事情实在太多了，本来回到家里就是想清静一会儿，才找一个护士老婆。黎荔曾经想把一个女大学生塞给我。老天爷！戴一副厚厚的眼镜，我估计那眼镜后面每时每刻都会生出些奇怪的问题来麻烦我……这十几年来，难道烦心的事还不够吗？去了北大荒，一年一度回来探亲；那些无穷无尽的大批判文章；后来为了离开农场回杭州报户口，为了顶替父亲接班进旅游局；为了同其他导游竞争去学广东话……够了，最后希望在领取结婚证上的大红印时，能给我人生唯一一次简化的机会。恋爱是结婚的桥梁？可在我看，恋爱的定义就是自找麻烦：出身、家庭、学历、外貌、脾性、社会关系、健康状况、社会地位……够了，一律统统免去，只有这件事我可以有权自己支配。我一定要痛痛快快、简简单单支配一次：看一眼，嗯，还顺眼。成了。谈什么恋爱？实在懒得谈恋爱，一个月以后，单人床变成了双人床……

汽车还不来，要迟到了，肯定是要迟到了。阿良要骂我了，他结婚后还是第一次回来，他老婆是农场的坐地户，没死没活地缠了他一年多，唉，阿良，走错了半步棋，全盘皆输。

"十块钱……"

我根本不知道什么十块钱，我什么事情都是马马虎虎的。

"上次你出差回来报账，也少十块钱……"

"上次你……"

女人一吵架就会兜底翻，我惊讶她的记性。没想到这也是麻烦的来源之一。不过我仍然懒得发脾气。

"你离我远点叫好不好？我耳朵震聋了，下次你再叫就听不见了……走开！"

"我偏坐这里！这家是我的，房子是我的！"

忍无可忍了——"这床是我买的！"

大家翻脸不认人——"房子是我家的，要滚你先滚！"

"你再说一遍，我就揍你！"

"你敢！"

"你再说一遍，我就敢！"

"房子是我家的！散伙就散伙！现在离婚的人多了！不怕难听。"

拳头举起来了，落不落下去呢？不落吧，实在有失面子，日后威风扫地；真打她吧，轻重不好掌握……这一拳真是叫人左右为难。说实在话，我真懒得打她，不过是虚张声势罢了，可是，为了今后少些这样的麻烦，只好对不住了……

米米吓醒了。我逃出去，在街上逛了一夜……

这一拳，真打出没完没了的烦恼来。丈母娘、丈人老头儿，娘舅，蜂拥而来，还搬来了单位领导，差点没扣发工资。他们全家给我彻底下了马威。看来结婚真是多余，自寻烦恼——结过婚的老同学都这么说。……这个矛盾大概到共产主义社会也解决不了。现在离婚也是一件麻烦的事，甚至比凑合下去更麻烦。房子是她的，假如离了婚，叫我住到哪里去呢？还要付孩子的抚养费。假如再结婚，还要谈恋爱，算啦，唉，懒得费事。我知道她嫁给我的时候，是因为我天天同港澳同胞打交道，出入华侨饭店，坐小汽车，她的女友都羡慕死她了。可现在，又嫌我没有学历，嫌我换不到外汇、港币，嫌我……女人的心是难以捉摸的，你永远也无法满足她们按照社会变幻莫测的流行标准而提出来的各种要求。她们今天会为自己的丈夫不是留学生而痛苦万分，明天又会为得不到一件时新的女式大衣或连衣裙而万分痛苦。这种痛苦都是真诚的，有时连我也痛苦起来。我总不可能既是才子，又是富翁；既是达官贵人，又是劳动模范……我好像混得还算可以了，可只有自己明白自己是多么可怜……

谢天谢地，汽车来了，一定要挤上去。

"星期天你还要到哪里去？"她又摆出一副审讯的架势。

"嘿嘿，一个老同学，从黑龙江农场回来，大家去看他……"

没敢说大家要去六和塔玩，否则肯定不准假。再说，哪是什么同学，中学的同学早就土崩瓦解了，"文革"中按照各人的观点、地位，甚至"派别"重新进行了划分，这一次新的组合是后来奔向边疆农村的各路小分队的基础。"老三届"已经成为这一代人特定的名词，在我们中间，"老三届"的六届生都可以称同学。可是，阿良同学在杭州根本就没有家了。他母亲去世了，父亲住在哥嫂家里，一共十四个平方米，他们回来探亲，哥嫂把大床让给他们夫妇，自己睡地板。就为这，阿良没有像别人那样回南方旅行结婚。这次来，也只能住十天。唉，阿良，他是永远回不来了……

"黑龙江回来的人有啥看头？黑鬼儿！"

"我也当过黑鬼儿，你……"

我狠狠地推了她一下，我恨不得像武松打虎那样把她教训一顿！再无所谓的人也会真的生气的。我最不愿听这些所谓的城里人，这样称呼从黑龙江回来的人。前几年我穿一身黄棉袄回来探亲的时候，街上电线杆底下的小流氓也在背后这样骂过我。那时候，我忍住了，拳头塞在裤兜里，把裤袋捅了一个大洞。我不屑于同他们算账，这帮毛孩子太无知了。他们不会想到，自己站电线杆下的权利，还是我们这些"黑鬼"替他们换来的。我们用抛洒在荒原上的青春，换得他们游逛在马路上荒度掉的青春，多么不公平！怪谁呢？不怪他们，可她、她怎么可以……

她号啕大哭起来，一场风暴即将来临。我想起了我的"黑鬼"们，悄悄溜了出去。

"爸爸！"米米扑过来。

"把孩子带走！"她止住了哭声，下达命令。

如获大赦。用自行车换了个女儿，可是用途恰好相反。于是再把女儿送到她爷爷家去换一辆自行车，女儿留下了，却没有自行车，让她姑姑骑走了。算啦，坐汽车去吧，谁能想到汽车也结伴儿来……

到了。跑几步吧，算了，横竖是晚了……

望见了，全都到了，那是阿良，塑料凉鞋里竟然穿了一双袜子。还是一副木头木脑的样子，像个外地人，他是永远要做外地人了。

写在书上，怪好听的：北大荒人，可这意味着他的孩子——儿子、女儿，将要世世代代地留在那里，同泥土打交道，除非成绩优异，考上大学，重新回城。可假如再分配到外地去呢？恶性循环，恶性循环穷折腾……

"轰——"那只巨大的怪兽在夜空中终于停止了吼叫，它蹲在那里，奄奄一息地哼哼着。我们暗暗得意：脱谷机停转了。每当它把我们折磨得筋疲力尽的时候，我们就故意往它的巨大的机口中塞进过多的稻束，机口堵塞了，一修就是几小时，于是我们从容不迫地上场院去睡觉……

"隆隆……"它重又猛地吼叫起来，把我们从短暂的梦中，从草垛里、凉炕沿上拽起来。我们无精打采地走到机器旁，看见那个浑身是草屑和白霜的人，狗皮帽子下只露出两只眼睛，对我们嘿嘿地傻笑。他刚从机肚子下钻出来。

"这法子不错。"他喉咙里咕噜了一声，眼睛却会意地眨了几下。

是阿良，他是排长，不该他修机器。可他……他早识破了我们的诡计，却不声不响地默许我们把机器堵塞，好让我们喘息一会儿，而自己……

如果那时有选举制，我们一定无条件拥护他当场长。可是十多年过去了，他到现在还只不过是个机耕队长，确切说，是拖拉机手……

他迎上来了，傻乎乎地笑着。他真的那么愿意留在农场吗？那鬼地方……

凌建中

"兵分两路，三个人骑车，三个人坐汽车，六和塔车站会合。大家有没有意见？"

真见鬼！居然使用这种表达方式，顾亦非又要暗暗发笑了。这有什么好笑的？凡有人群，组成社会，就必有社会分工，有分工就有指挥，指挥得当，决策对头，才能执行顺利，运转正常。当然，当年在农场的时候，总是阿良指挥，亦非当黑高参、我当干将的。可是生活却常常"大翻个"，十年中翻了多少个来回了……

"阿良，我们骑车先走了，四眼井那儿有一段上坡路不大好骑……薛宁，你上车时灵活点，给他们占个座……"

"黎荔，顾亦非，走啊。"

黎荔骑着她的女式平跑车赶上来。

"嗳，小润刚发表的那篇通讯你看了吗？"她问我。

"看了。"

"你觉得怎么样？"

"还可以。"

"少打官腔。我是说，主题，构思取材，你有什么具体的意见？"

"没什么具体意见。"

"你们谈过吗？"

"没有。"

"天天生活在一起，怎么会没谈过？"

"是没谈过。她忙，我也忙。"

黎荔扭头看了我一眼，眼光里充满了怀疑。不过没有再问下去。她是小润的好朋友，我从部队转业回城后，同小润结婚了。她来庆祝，不知怎么就同小润成了好朋友。噢，据说她们在60年代的全市中学生数学竞赛场上就认识，小润说，在她心目中，黎荔是全城不可多得、出类拔萃的才女，也是她心目中的偶像。黎荔到现在还是单身，才女居然找不到丈夫。小润假如先当记者后成家，恐怕也找不到爱人，她自己却根本认识不到这一点。

　　"你和黎荔一起在黑龙江农场待了三年，怎么居然没有爱上她呢？"

　　我们结婚后不久，有一次散步时她问我。她问得很诚恳。真的为我们感到惋惜，好像我错过了一个天底下最好的机会。她的口气中，即使略微有几丝妒意，也淹没在内心对女友由衷的钦佩之中……

　　"她比我大，她是老高三的。"我认真地解释，我不愿讲黎荔的坏话。

　　可我干吗非要爱上黎荔？我怎么会爱上黎荔呢？只有小润才会这样认为。——因为黎荔是全校品学兼优的高才生，因为她会两门外语，因为她父母都是留学生、大学教授，因为她会弹钢琴，因为她考上了研究生……总之，因为她出类拔萃。

　　可这些充其量都是现时知识妇女的看法，男人可不一定这样想。我从决定了这辈子应该结一次婚那天开始，就从来没有注意过黎荔。在那样一个轰轰烈烈的革命年代里，她从未表现出应有的才

塔

能，她既不会在台上宣读决心书，也不会领着人们呼口号，没有人记得她会两国外语。她好像对周围的一切都漠不关心。我参加整建党工作组的时候，连队交上来的大批判稿中，她那篇简直牛头不对马嘴。一个毫无政治热情的人，怎么会成为我"志同道合"的终身伴侣呢？

我把她划为那类可敬而不可亲的"小资产阶级"范畴的女性。后来她身体不好，阿良把她推荐到场部学校去教书，我也没有反对。1972年我参军走了，很快忘了她。……再见面已是……1978年了，她考上了大学。那年春节，在薛宁家聚会，她来了，原来她和阿良、薛宁都已成了好朋友，六年后，意外重逢，我吃惊了，她像一个风度翩翩的大学教师。侃侃而谈信息论、人才学……我居然一无所知。

"女的来帮帮忙！"薛宁当当敲着菜板。厨房里的活，当然找女同胞。

黎荔满腔热情地跑过去。"韭菜切几厘米？二厘米？二点五厘米最好？"

"切萝卜应该切成菱形或梯形……哎呀，这块肉，切成多边形了……""白切鸡下锅几分钟？最佳时间是十五分钟。""蛤贝是无脊椎动物……"

兴趣和好感顿时消失了。她一副学生腔，让人受不了。男人，不，也许确切说，是我，不喜欢书生气的女人。那种具体而实际的家庭观念所需的贤妻良母，代替了"同志"和"战友"。而在这后一种选择的候选人名单中，黎荔又一次被无情地剔除了。幸好她从不知道这些。让她去好好当她的研究生吧，祝她万事如意。

北极光

"真遗憾。"小润在听说因为她比我大两岁后，又流露出那种天真的惋惜神情。"为什么男的比女的小，就不能发生感情呢？"

"当然，这是次要的。"我承认。否则无法自圆其说。"主要是，像我这样个性比较强的人，不大会喜欢一个各方面比自己强的女人。我需要的是一个好妻子。"

小润沉默了，这是实话。

两年以后有一天晚上，她突然问我："当初你爱我就因为我会是一个好妻子吗？"

"当然……不全是……"我有点语无伦次。"你聪明、温和、能干……又有事业心。"

当我对60年代那些女船长、女钻井工、女书记、女部长的"事业"不以为然之后，尚未意识到女科学家、女作家、女演员、女经理的新风潮的狂飙正在席卷中国，并开始"危及"许许多多家庭。我估计，那些男人也都像我一样，既"支持"当过工农兵学员的妻子，有一个好职业，又不至于成为什么"家"……

……啊，过花港了……荷花都已经开了，能闻到荷叶的清香……太忙啦，连游泳的时间都没有……

黎荔的车子往我这边靠了靠。

我主动问："那么，你对她这篇通讯怎样看呢？"

"问题抓得很准，她很敏感，一下去就发现问题，这是好记者的首要条件。文字很活泼，没有一般农村报道的八股腔。"她斟字酌句回答我。"但中间啰唆了点，总的来说，不如上次得奖的那篇精练、完美。不过，她完全有希望成为一个优秀记者……"

我身上有点发凉。礼貌起见，我笑了笑。

"听说，你好像不大愿意她写文章？"

"——也没什么……她老是下乡。"

"你们又没孩子，何不让她趁这机会多干点事呢？她有才能，这很难得的……"

树上的蝉儿突然鸣噪起来，叫人心烦。

"……你要为我想想！我不能生孩子，生了孩子我就什么也干不成了！我不能生孩子！"

"我正是为你着想，你已经快三十岁了。"

"正因为我已经快三十岁了，我更不能忙着去生孩子。三十岁还一事无成！我不能一辈子当工农兵学员，被人瞧不起，我受不了！"

"现在不生，以后总要生的吧？……"

"不，就不生，偏不生！这辈子没孩子又怎么样？自己都没能活得像个样子，还要什么孩子？一个未创造出来的生命会使你有愧吗？有愧的是我们自己。重要的是我们自己，是我！"

"你太自私了！"

"你才自私呢！你就关心小家……"

"我是为你好。"

"在我不能证明我对社会是个有用的人之前，在我不能发挥自己的能力之前，我决不用孩子来掩饰自己的无能！假如我是一个可以做点事情的女人，我决不在年轻时代为生孩子浪费这种才能……"

"你太绝对了。这是走极端，这……"

当千千万万家庭在为孩子的抚养、教育操心奔忙的时候，我们却为一个并不存在的生命，发生了婚后的第一次、第二次、第三次争吵……我们双方父母的家境都不错，但为了追求独立生活，我们从不借父母的光，我们自己开伙，生煤炉，买菜，算经济账……应该说，我是理解她的上进心，但我无法接受她的观点。我们这代人，在那个十年里，就算牺牲了太多时间，也不能用80年代的家庭利益来进行补偿。

人们当然不会想到我，一个看起来诸事如意的家伙，也会有这样纠结的家庭矛盾！一个在企业经济管理上头头是道地高谈阔论的家伙，在一位得过奖而不肯生孩子的老婆面前，竟然如此束手无策……

可我知道，她是爱我的。我也爱她。

"你看了《先知》这本书吗？"

黎荔的车又跟上来。快到赤山埠了。

"没有，好像没有。好像小润在看，是黄色的封面，一位黎巴嫩诗人的散文集对吗？不过我没细看，太忙了……本来我也是喜欢文学的，老三届的人差不多都喜欢文学，可是实在太忙了……"

她把脸转过来对我说："应该看看。这是阿拉伯现代文学'叙美派'的新文体。阿拉伯文学在世界文学中占有相当地位。纪伯伦非常擅长这种新文体。他好像比泰戈尔更强烈、愤懑，带有忧郁伤感的情调……"

柳枝拂着我的脸，微风轻轻吹过……我突然觉得，同一位有学问的才女，在林荫道上谈诗、谈哲学是一件非常愉快的事。当然，

塔

她务必不是你的妻子……

"你想听其中一段吗？"她清了清嗓子。

"一百三十页第四节：'一个被二十个骑士和二十条猎狗追逐着的狐狸说：他们当然会打死我。但他们准是很可怜很笨拙的，假如二十只狐狸骑着二十头驴子带着二十只狼去追打一个人的话，那真是不值得的。'"

"靠边！"我对她大声喊。"汽车进站了，当心！听见没有，快过来！"

她恍然大悟，慌慌张张地骑到前面去了。

"建中！"阿良在汽车上招手，他站着，他的桂霞坐在靠窗的一个座位上。没看见薛宁。

车过去了，满满的一车人。

"你怎么老落在后头？"我对跟在汽车后面骑上来的顾亦非说。他才露面。

"车没气了。不像你凌副处长，从头到脚都新。"

顾亦非爱讽刺人，我习惯了。

"嗳，最近买到什么好书吗？"

顾亦非最关心的是新书，这个老夫子，居然有办法在内部书店弄到一张卡片。

"《是一次新革命的前夕吗？》《"欧洲共产主义"与国家》《社会主义与自由》……"他报了一连串书名，其中有一本我已买到了。

"怎么样？"

"你嘛，看不看都可以的。这些书同你的晋升没有多少关系，还可能帮倒忙。"顾亦非耸耸他的三角眉毛。

"哈哈，你这个人。凡是你介绍的书，我都是看的。"我知道，这几年他对我不那么"友好"了。1976年，我们曾一起因散发总理遗言受到公安局的审讯，后来，我被提拔了，工作一直比较顺利，而他现在连个正式职业都没有。

他一只手扶住车把，另一只手推推眼镜，又抹了一把汗，也不看我，闷声闷气地问："听说你最近参加了一个关于'行为科学'的座谈会。"

"是的，我在企业管理研究中着重研究职工的组织管理。我认为，'行为科学'运用心理学、社会学、人类学等现代科学理论，研究人的行为的一般规律，其中有许多东西是可以借鉴的。"

"不要这样模棱两可。"他的车速放慢了，用一种挖苦的口吻说，"究竟哪些可以借鉴呢？马洛斯的'需要层次论''双因素论'——提倡物质、名誉、地位的刺激，又是个人主义的。"

"需要层次论当然具有科学性的，双因素论可以调动职工积极性。"我打断他。

"嗬嗬！"他用鼻子哼了一声，一副不以为然的模样。"这么说，'期望理论'——积极 = 目标价值 × 实际目标的概率，不就是'跳一跳，把果子摘下来'吗，一个新公式，多妙！"

"可是它们的哲学基础毕竟是不同的……"

他根本不听我在讲什么，只管自己说下去："还有团体行为，组织发展，民主管理，领导素质，社会调查方法，都仅仅只是借鉴吗？"

塔

"可它们有治标和治本之别。"

"又是这一套！阶级性，二重性，可笑！你的研究简直等于零。我问你，人的行为规律同其他客观规律一样，有什么阶级性呢？"

"可目前所有关于行为科学的理论都适应西方现有的生产关系……"

"算了算了，你根本不懂。'行为科学'本身和资本家对于'行为科学'的应用是两回事……"

他气急败坏地打断我的话，然后滔滔不绝地在马路上大声发表他的高见，引得路上的行人都纷纷朝他看。我怕他再说出什么出格的话来，只好不再同他争论。这个人有点怪癖，平时闷声不响，垂头丧气。但只要一有人同他争论问题，马上精神抖擞，好像一只上足了发条被放在桌上，突然跳起来的玩具青蛙。可谁要真同他争论，就大大上当了，因为他无论怎样理屈词穷也不肯认输。只要你不赞成他的看法，他就会坚持不懈地同你战斗下去，而且不分地点、场合，咄咄逼人，尖酸刻薄，直到把你弄得筋疲力尽。这一年我们之间的思想分歧逐渐明显，总是一见面就抬杠。但我被他说服的可能性又极小，只好尽量避免交锋。不过假如他不总是撩刺人，我还是很愿意听他谈谈，只要一两个月不见，他就又生出许多"奇谈怪论"来。

"你不认为应该建立中国企业管理行为学吗？"他回头大声喊，他终于发现了自己的听众只是胯下的那辆自行车，有些生气。

"当然可以考虑的……"我大声回答，追上去。谢天谢地，上坡了。黎荔已经下来推着车在前面的人行道上走。

"你陪黎荔推上去好了，蛮长一段路呢。我先骑上去，否则阿良他们要等的……"我说完，就弯下腰用劲地蹬车，径自朝前去了。

　　今天我让薛宁鼓动黎荔来，就为了让她和顾亦非有机会在一起谈谈。

　　这两个书呆子！

黎荔

　　……他为什么先走了？这个精明过人的凌建中，他做一件事、讲一句话从来不会无缘无故的。大概优秀的管理人才都需要具备这种基本要素。小润有这样一个丈夫，可以了。

　　……真闷，连一丝风都没有，树荫下也并不凉快。大约有摄氏三十五度，不，至少有摄氏三十五点五度，一到夏天人不知怎么就没精打采的，像疲倦的树叶儿。

　　"要手绢吗？"

　　"有了。"他勾起肩，在衣服上擦汗。一只手抓下头上的草帽，拼使劲儿扇风。

　　他绝不会想到把草帽给我。这是个极不适宜扮演骑士角色的人。……没见面还偶尔想到他，一见面就想快点走开，离得远远的。

　　"喂，未来的女博士小姐，学业怎样啊？"

　　"进行时，我有一半时间在实验室。"

　　"虫子救国。"他阴阳怪气地笑了笑。

"同哲学救国一样。"我不想同他客气。

"这样比较，还是草履虫可爱多了。"

我勉强笑了笑。"这世上大概没有你看得上的东西。"

"要加上：除了你自己。"

算了，我又不想同他比赛口才，他的口才在那场浩大的运动中是全校闻名的。一个人对付十几个人，一口气讲几小时嗓子也不哑。可到了北大荒农场，尤其是发生了那件牵连到他的"过江"事件之后，他却好像喝了一碗哑巴汤，从此沉默寡言。除了同去农场的几位"战友"外，他不喜欢谁，也没有谁喜欢他，他好像总是对周围充满了敌意。

"啪——唿""啪——唿"他又拿草帽扇风。

"顾亦非，你的草帽吹掉了！"

那一支长长的出工队伍中，有人对他叫道。队伍正走过一条宽宽的水渠，湍急的水流从闸门下涌出来，淌到水稻田去。他那顶草帽不知怎么就偏偏掉在了水渠中央，顺下游漂去。他回头看了一眼，径自走了。

草帽是上周发的，昨天连长弄来一点红漆，在每个人的帽子上都写了"胸怀朝阳"或是"志在边疆"的红字。我觉得不大好看，但不戴就没有别的草帽了。

也怪，他的新草帽今天就掉进了水里。

宋为良扯嗓子喊了几声，见他不理，只好急急忙忙跳下田埂，自己去水里抓那顶草帽。他终于捉到了它，欢欢喜喜送还给顾亦非。

宋为良那天正对"胸怀朝阳"满意得不知该往哪儿戴才好。可是顾亦非接过来，也不知怎么搞的，那顶帽子好端端的就又掉进水里去了。

"你这傻瓜！"薛宁捶了他一下。"不戴草帽，脸上会晒起泡的！"

"这叫头皮直接晒朝阳，不是更革命吗？"顾亦非揶揄说，苦笑了。

后来他告诉我，他讨厌这四个字，那时他对这种形式主义已经没有热情了。他的父亲是一个民主党派的地方负责人，运动初期自杀了。他在农场受到的歧视比我们都甚。

我认识他是在刚到农场下了火车去连队的拖车上，他躲在角落里，守着一只木箱，一副郁郁不欢、落落寡合的模样。半路上突然下起雨来，拖车开过路边的一个屯子，大家跳下去躲雨，他却坐到了那只木箱上，别人怎么劝他也不肯下车。雨停了，大家回到车上，见他湿淋淋，一动不动地蹲着，嘴唇冻得发紫，棉袄盖在箱子上。他那模样活像个守财奴，我心里真有点瞧不起他。到地方了，大家七手八脚地往下卸东西，他的木箱碰了我的脚，疼得我差点掉泪儿。"什么宝贝嘎重，要四个人抬……"我瞪了他一眼。"书。"他的嘴唇轻轻蠕动了一下，凭口型我听出是这个字。"书？"我重复了一遍，眼睛忽然亮了。就在这一刻，我同他的目光对视了，他戴一副白边眼镜，如果摘了眼镜，他的眼睛一定是很大很黑的，当时我只觉得他的目光很沉重，像一柄铁铸的兵器，他的眉毛很粗，倒三角，颧骨很高，使他的面部显得严肃而桀骜不驯。一撮硬邦邦的头发从帽檐下钻出来。

塔

"以后可以借我看看吗？"我回头看看四下没有人，轻声问。书一向是我的亲密朋友和伴侣，尤其在这远离文化的边地，一闻到书味我会像沙漠中遇见的一汪净水，没命地扑过去。

一星期后，他悄悄给我送来了一包用旧报纸包着封皮的书。等连队熄灯后，我用手电筒照着一本本地翻看，不由得大失所望。那是《联共（布）党史》，普列汉诺夫的《论个人在历史上的地位和作用》，卢梭的《忏悔录》，《列宁传略》，其中只有一本小说，是伏尼契的《牛虻》。唉，我还以为他有些什么好书名著呢，比如，科学家艺术家的传记、画册，英文原版资料……可他的这些理论书籍，党史，马列……说老实话，我，不大感兴趣。

第二天在井台上遇见他，我轻声问："再没有别的吗？"我想他大概是拿些"大路货"来敷衍我。

"有。"他十分肯定地点点头。"还有《马克思传》《世界通史》……"

我望着他的背影发了一会儿呆，我才明白他是怎么样的一种人了。虽然当时我和他排斥反感的，是同一种污泥浊水；但我们需要的，却并不是同一种精神食粮。在那一个空虚的精神世界里，各自填补的方式和内容都不相同；我喜欢居里夫人，他崇拜黑格尔。命运从我们相遇的一开始，就在我们之间划出了一道深深的裂缝。岁月似乎并未能弥合这些裂缝，因为在那些年中，我恰恰是对一切哲人，一切企图改变这个世界的人，充满了厌恶和成见，或者说，是恐惧……我开始躲着他。他也很少来找我——这害人的偏见和自尊！但我记住了，那一次我因阑尾炎手术后发炎，病得快死的时候，是他半夜走了十几里路，到分场去请来了医生。我的病好以后，他大病了一场……可这些难道能说明什么吗？后来我们慢慢走近，话题多起来，可我又偏偏调到场部中学当老师去了……

生活里，有的人，分开很久也好像昨天刚刚见过面；而有的人，分开几天就要"调整焦距"了。顾亦非就是后面这种人。他话不多，每次都刺得人想跳起来，事后不得不费心思想一想。他好像总是比别人走得急些，快些……

又戴上了，这没有字的草帽，戴上草帽的他像个老头儿，又像以前电影里的特务……现在的年轻人谁戴这样的草帽呢？假如我有个爱人走在身边，决不让他……啊，想到哪里去了？'

冰箱的门关好了没有？否则对试瓶的水温会有影响。晚上还得去一趟实验室，必须在六点一刻之前……

"这种上坡的地方，应该设茶水站。"

他气喘吁吁地发表意见。

我点点头，我也渴了。

假如有一个爱人，坡就不会这么陡，空气不会这么闷，树叶儿不会这么干瘪，车不会这么沉……

可是，他在哪里呢？在我的记忆中，他好像从来不曾存在过。也许在我出生的时候，他就已经离开了这个世界？也许当我有一天离去的时候，他才刚刚出生？

"你一定曾经爱过谁。失败了，或者，相爱而不能在一起。告诉我，他是谁？"小润眼泪汪汪地问道，她似乎已经深深受了感动。

"没有。真的没有。我发誓。"

"不可能。"她坚决地摇摇头。"每个人都曾经爱过。而且不会只爱一次。童年，少年，老年……"

"没有。真的没有。零点一次也没有。我的不幸就在于我连一次失败的恋爱也不曾有过。"

我想哭，可是没有眼泪。

……高才生，奖学金，居里夫人的铜像，科学，数学竞赛，高考准备……多么紧张的六年中学，美好的少女时代，献给了未来辉煌的建设图景。大学之门在招手，大步跨进去，你理想中的人站在科学的圣坛上。我的父母是三十五岁回国才结婚的。啊，父母——一分钟就变成了里通外国的洋奴，特务……整整三年，没有人理我们。我走了，或许爱人在远方。可是远方在哪里？长炕，煤油灯，草垛，破黑板……老高三的寥寥无几，有一个"火线入党"了；又有一个第一批工农兵学员走了；还有一个得出血热死了……回家探亲碰到一个，既会抽烟又会酗酒；原先的班长，娶了一个插队村子的农村女孩；原先的邻居、齐教授的宝贝儿子，进了街道工厂……还有这个顾亦非，因为草帽事件，竟然被连里开了批判会……我不知道我该爱谁，我根本就不知道谁可以爱。流行的标准使我厌烦，但我又不敢想象去创造自己的标准。假如我没有受过十二年教育，没有见过那梦中曾向我微笑的爱神，我大概还可以与世人站在平行的阶梯上，获得同一棵树上的果子。可是我的树长得太抽象，太渺茫了，在月亮上，在云端里，我知道我永远也走不到哪里……

没有，真的没有，没有没有没有没有……

哪怕是一次受骗的爱呢？哪怕是永不能见面的神交呢！哪怕是……真的没有没有没有没有没有……

没有爱人，也得老老实实物色一个丈夫，否则人们就在身后编出千奇百怪的故事来。丈夫的条件明码标价：家庭出身，年龄，工资，学历，外貌。

"哎呀，她丈夫年龄怎么比她小呀，多不般配。""瞧，她丈夫像根晾杆！""她丈夫工资还没她多呢！""听说她丈夫家是高干！""她丈夫家里有外汇！"

在地球上，女人最伟大的事业是找丈夫。

我没有时间，也没有精力去实践这样伟大的事业。我太忙，也太累，功课太多，我常常感到筋疲力尽。我身上背着那么多重负，就像推车走这长长的坡，又渴又累……

"喂！下坡了，当心！"

顾亦非瞪了我一眼，跨上车冲了下去。

……江桥就在前面，远远的，望见了那座高而威严的古塔，在骄阳下似乎也显得疲惫不堪……

顾亦非

终于在六和塔下安全会师。可惜导游没轧上车，这只胖鸭，今朝要尝尝自费旅游的味道了。官费旅游，会议旅游，当然物美价廉，免收洗澡费，严禁出汗。

多少辰光没到这塔下来了？噢，上星期刚来过，不过没看见这座塔。大概它去寻宝俶塔约会了。还等他吗？假如他半路发了绞肠痧呢？

嗬，来了，活像一只烤鸭，油光发亮的，小肚子都腆起来了。

人要变，同孙悟空的速度也不差上下。因为人本来就是猴子变的。

步行串联时，薛宁为了向一户高山居民宣传最新指示，爬坡时把胳膊摔断了；到了北大荒，铲地时为了一株苗眼里的草，他会蹲在地上用手去拔草；1976年他写过催人泪下的悼念诗……可现在……

"喂，你家的酱油电子化实现了吗？"

他吹嘘过厨房里安在锅灶前的会自动滴在菜锅里的油瓶。他羡慕有电饭锅、录像机的人家，就像当年羡慕人家当兵、上大学、当连长一样。他的喜好应时应地而变，而且习惯把苦恼归结于他的老婆。……我又刻薄了，可这是实话……

"走，先去喝点汽水。"凌建中开始熟练地指挥大家。汗水黏在汗衫上，肚皮突起，有一点发福的趋势。

凌建中，这个"老三届"里独一无二的幸运儿。他简直连一班车也没落下过：每一次"新事物"的浪潮都把他推向前进。当兵热时他穿了军装；"工农兵大学生"红极一时他上大学；1976年后转向企业管理，又赶上了"技术热"潮；如今如鱼得水，春风得意马蹄疾……

"桂霞。"为良把打开的花阳伞递给他老婆。真是模范丈夫。当年在农场时，这可是一个对女同胞从来目不斜视的正人君子。

"汽水没有！" "冰糕？卖光了。" "冰棒？等一下。" "等不及吃茶去！"

茶水摊前挤满了人。一只杯，你喝了我喝……

凌建中当机立断："咱们先爬塔，还是先划船？我看上午先划船比较凉快。"

"无所谓。"薛宁表态。

"我随便。" "划六十到七十五分钟就可以。"她的声音。

游船服务处："船已租完" ——特此通知。

阿良看了看他妻子，舔舔嘴唇，有点失望。

"钱塘江水不出租吧？"我问。

老说我刻薄，难道世上有什么顺心的事吗？不是为了见阿良，陪阿良旧地重游，我从不星期天外出。

凌建中总算听懂了我的话。"我们游泳好不好？游泳也是一样的。"

阿良回头望了塔一眼，点头说："游一会儿也好。不过桂霞……"

桂霞使劲地扭着身子，脸"唰"地红了起来。游泳？她摇头。

黎荔说："她不想游，我可以陪她在沙滩的阳伞下坐坐……"

我不想听见她的声音，如果不是为了陪阿良……但愿她不要下水，一个穿游泳衣的她，啊……

薛宁突然兴冲冲从那块"船已租完"的牌子下钻了出来，肩上扛着两根桨。

"走吧。"他得意地努努嘴。

小子，有办法！船租完了都可以造出来。"老三届"百炼成钢，有的是生存能力极强的人。包括凌建中。

妈妈不会忘记喝那碗中药吧？痰桶大概又满了。

薛宁

你们看，江边明明留着好几只船，没有两下子，船到不了手。那是留着"救人"的，"救"一些从岸上来的熟人。

"坐好，小心！"

我光脚跳上船去。江上吹来几丝凉风，阳光减弱了。

今天怎么搞的，好像大家兴致都不高，一定是同阿良带的这个老婆有关！他老去顾她，生怕冷落她。真是得了"气管炎"了。为了这个东北"气管炎"，大家只好讲普通话，别别扭扭，真叫人扫兴……还有，天气太热了，杭州的夏天根本不适宜旅游……一定要让气氛活跃起来，瞧我的！

"阿良，怎么不把你儿子带来？"

"带来的话，哥哥家里住不下，天气又热，路上也不方便，把他放在姥姥家里了。"

我觉得好笑起来。"嗳，假如你带儿子，我带女儿，凌建中也带……"我忘了凌建中还没有孩子。"我们这批人，不都拖儿带女了吗？"

大家都哈哈笑起来。连顾亦非也皱着眉头笑了笑。

"你们记不记得那年到二号地去割大麦，回来时路过卫星水库，凌建中非要下去游泳，一下水脚趾就让水草给缠住了，吓得他拼命喊救命，还是阿良下去把他拖上来的呢。"

"回去以后敲他竹杠，一瓶干白外加两个罐头。"

黎荔插进来说："有一次你们到水库去割蒲棒，回来的半路上偷了老乡的一只鹅，扭折了脖子，卷在一件破棉袄里头，到我们宿舍来烧着吃，鹅毛都塞在炕洞里，第二天正好扒炕，连长说：'嗯？什么味儿？有人销毁罪证？'大家回答说：'昨天冲进来一只疯鹅，死活非要钻灶炕……'"

"疯鹅？哪来的？"

"让疯狗咬的呗！"七嘴八舌……

凌建中说："我怎么不知道这回事？"

那时他已经参军走了。啊，北大荒农场，夏天早晨凉爽的风！雨后松树林的蘑菇！松花江——钱塘江，相距何其遥远。一个咒骂过千百遍的地方，离开了却常想念。再也不会有躺在秋天的谷草垛上，望着大雁从头顶的蓝天飞过引起的那种对未来无边无际的遐想，再也没有那个年龄，再也没有……

江水朝下游流去，再也不会回来了。

阿良不紧不慢地扳着桨，他在想什么？

"阿华、豆儿，没来？"他问。

阿华是不会来的。他在一家街道企业的家禽加工厂拔鸭毛，多劳多得，天天加班。想当年曾经带领几百号人马，在荒原上大兵团作战，抢修河堤，威风凛凛的分场长，如今却同一帮大妈大嫂混在

塔

一起拔鸭毛，够惨的！豆儿也不会来的，他在一爿馄饨店里喊："沃面一碗唻"……我根本没叫他们，他们不会来的。

米米，我的米米，不会走到弄堂口去吧？给米米照相，她会躲到蚊帐里去。她说："把我照进照相机里头，我出不来啦！"

"米米，不要动，这是爸爸的师傅的东西。"

"噢，师傅，是唐僧啊。"

阿良不紧不慢地扳着桨，小船划出去好远了。他咬着嘴唇，在下什么决心。

"你们有没有听说，阿珍要离婚的事，是真的吗？"

顾亦非"哼"了一声。"这有啥奇怪！回了城的老三届，结了婚的人，十有八九在闹离婚。"

小船晃了一下，桂霞紧紧抓住了阿良的衣角。

黎荔纠正他："太夸张了。只能用虚数较多。没有百分比。"

我希望他们没把我算进去。……听说阿珍要离婚，但没有人知道离婚的真正原因，反正就那么回事。阿菊同小六在农场时好得像一个人，小六文化低，阿菊回来看他就不顺眼了。当初，彩彩找了个政治条件好的转业兵，现在成天打架，苦恼不堪，又有什么奇怪……那几年，多少人的婚姻都颠三倒四的，何况老知青。

换个快乐的话题吧，对了，唱歌。多少辰光没唱歌了——

"唱《澎湖湾》好不好？"

"什么《澎湖湾》？"阿良好像根本没听说过这么一首歌。他的

"气管炎"推了他一把，嘟哝说："瞧你，广播里放了多少次了。"

阿良不无遗憾地摇摇头。凌建中说："好听是好听，歌词背不出来，换一个。"

换什么呢？《军港之夜》？唱滥了；《乡间小路》？阿良又该没听说过了；《十送红军》？太老了；《红杉树》？太难唱了……

"嗳，唱那个——《年轻的朋友来相会》。"建中提议。

大家嘻嘻哈哈地一致同意。我起哄似的起了头，阿良也不划船了。

年轻的朋友们，今天来相会，荡起小船儿，暖风轻轻吹……

下面是什么？ |5_11　6_2 2|3_3 34_32 2| 歌词背不出了，大家你看我，我看你，嘴里呜呜乱哼了一阵，终于忍不住笑起来。

阿良有些抱歉地说："唉，现在哪有工夫学唱歌呢？还是老歌好听……对了，我们唱《中华儿女志在四方》吧？！"

一个熟悉而遥远的声音，轻轻从我们头顶飘过，还记得歌词吗？那曾经是我们多么多么喜爱的一支歌：

迎着晨风，迎着阳光，
跨山过水到边疆，
伟大祖国天高地广，
中华儿女志在四方。

桂霞也兴奋地跟着我们唱起来。她准保是那时一边拖着鼻涕，一边趴在窗台上跟着知识青年哼会的。

一支几乎被现在的人们淡忘了的老歌，在水面上轻轻飘荡，唤起人许多逝去的记忆。这支歌是属于我们这一代人的，就像"朱大嫂送鸡蛋"属于我们的父母一样。

上游漂来了一艘船，上头挤满了小青年。他们在唱着"开放的花蕾，为什么也流泪？……"

歌曲是无私的天使，给你送来轻松和快乐的享受。有的歌可以唱几个世纪，它像一道绵绵的水流，带走人们的忧愁和悲伤。但是，也有的歌，像一颗流星，稍纵即逝。沉沉夜幕吞没了它的轨迹，岁月掩埋了残留的陨石，再也找不到它的踪影。可是，无论过了多少年，只要一听到那熟悉的旋律，哪怕是几个音符，便使人想起很久以前的事……它像一座沉重的大山，横在你的面前，考验你征服它的勇气；它也是尖利的犁铧，划破你的心田，用你心里流出的血，浇灌那被开垦的处女地……

哪里最艰苦，就在哪里奋发图强；
哪里最困难，就在哪里百炼成钢。

阿良和凌建中的眼睛里都有泪光闪烁，黎荔托腮沉思，只有顾亦非无动于衷。老天，我今天怎么也认起真来了，谁不明白那是一个貌似美好的乌托邦呢？被这支歌的歌词和力量感召，我们干了多少傻事、蠢事？失去了多少？谁说唱歌不用付代价的呢？

我打断了他们的歌声，心里涌上来恶作剧的冲动。

"顾亦非服装店的裤子式样新颖，加工精细，阿良，你不带你老婆去做两条吗？"

"你说什么？"

"我们这群人中人才济济，最近出了个小裁缝，最擅长裁筒裤。"

我是顾亦非热心的赞助人和老主顾。他病返后一直没工作，在街道工厂糊纸盒，又有一个多病的母亲，一个月收入二十多元，过得简直穷极潦倒。幸好他家一间小平房临街，我唆使他索性申请开一爿私营理发铺，很赚钱。他先是不肯，硬要开一家洗印照相的小店，结果生意清淡，差点没赔本，只好转为裁剪，不过也只会裁裤子。他母亲身体好的时候，就帮他踏缝纫机。可是听说他最近又不做裤子了，改成专裁童装，他说童装太贵，一般人买不起，而年轻的父母又希望孩子穿得漂亮，他代裁童装，设计不少新花样，大受欢迎。不过他一天只裁四五套，够数了就打烊，任顾客砸门也不开。他说只要挣够饭钱就可，余下的时间可以用来看书，做点自己的事，并无发财之意。我老婆穿的几条裤子都是他免费裁的。这群人中，现在大概算我同他的来往最多了。

"裤子有什么新式样呢？"阿良认真地问。大家都不唱歌了。

一阵风来，忽然把顾亦非的草帽掀到江里去了。草帽漂在水面上，一沉一浮的。

"最新奇的式样吗？"顾亦非解着衣扣、脱了鞋，诡秘地耸耸肩膀，"要让我来设计，只有不用衣料了，可以做成'皇帝的新衣'。"

他一个猛子扎进水里去了。

黎荔惊叫了一声。

"让他去。"凌建中平静地笑笑说。"他去捡他的草帽了。这个水鬼！"

阿良睁大眼睛寻找着顾亦非的踪影，似乎也很想跳下去。他回头看了看桂霞，不动了。

"我有点晕船，"黎荔说。"我们回去好不好？"

"他会自己回来吗？"阿良又伸长脖子张望。

"他在钱塘江里打来回，就同过马路一样。"我说。

回来时，大家都没再说话。

顾亦非

……真想在这暖烘烘，湿答答，光溜溜的滩涂上睡一觉！赤身裸体，滚一身泥，像一条虫子，在太阳下麻木不仁地趴上几个小时，忘掉所有的忧愁和烦恼。

天是蓝的，没有一片云；江水是灰色的，无声无息地流淌，身后的田野，一块金黄，一块碧绿。初中时曾在这里劳动过，番薯煮饭，比赛谁吃得最多，吃得肚子胀鼓鼓的，……这里真安静，不大像是人的统辖区……

跳下水的时候，我明明听见她"啊"了一声。是她的声音，好似从上一个世纪传来……如果是 20 世纪，我和她就不会相遇，也就不会有这十几年来萦绕心头的难以解除的思念和怨恨……

……整整一袋化肥，"哗"地倒在水田的一个角落上了。水面泛起一阵白沫，重又恢复了原状。我和薛宁"完成"了任务，坐在田埂上抽烟。阿良排长到一号地检查撒化肥进度去了，四下无人。这些日子，我们已不再像刚来时那么傻气，用汗水和高产的大米为连长铺设升官的梯子。我们吐着烟嘲笑远处那些在水里爬来爬去的女生。

有一个穿淡红色衬衣的人，光着脚扛着一袋化肥往我们的地块走来。她捡起我扔在地头的脸盆跳下水，按顺序从东头开始，一把一把往水田里均匀地撒那些白粉。

"装什么相！"薛宁做了个鬼脸。

我推了他一下。我认出这是她，本连一位颇受尊敬的女子，能看懂日本尿素的说明书。不过她留给我的印象，是因为她的大批判文章写得文不对题。还有，到农场的第一天，她就向我借书。虽然那些书，她后来几乎原封不动地还给我了，脸上还带着鄙夷的神态，表现出一种对政治绝对不屑一顾的清高相，几乎刺伤了我。那时我还没有同她好好交谈过，但是她对现实的鄙视态度使我觉得高兴。我总觉得她身上有些什么东西同我相似，我们之间心灵有一条小径是相通的。"迎着晨风，迎着阳光……"那支歌，属于我们这一代人，却从来不属于我这样的人，也不属于她……

"这儿都撒过了。"出于尊敬，我一本正经地对她说。

她看了我们一眼，没有说话。仍然端着满满一盆雪白的化肥，倔强而艰难地在水中行走，腿有点一瘸一瘸的，后来她滑了一下，跌倒在水里，却死死抓住那只盆不肯松手，很快又自己爬了起来。她的裤子全湿了，薛宁忍不住哈哈大笑，我跳下水去扶她，她把我推开了。

我结结巴巴说："你太较真了，又不会有人表扬你。"

"我要对得起我自己。"她低着头，轻声说，一只手掠着溅上了水的头发，头发很黑，顺着脸颊披下来，像原野上富有生命的草地……"土地并没有罪过，我不能骗它……不能……"

我呆立着，望着她的背影在水田里蹒跚走开去。我没有想到，在这种环境下，这样的日子里，还会有人如此认真地对待生活，对待自己。而她，并非出于头脑简单，更不是为了捞取什么，她是一个博学多才的女子，她有做人的原则……我感到了羞愧。

……后来，我参加了科研班，试图帮助分场的农业技术员培育本地的小麦良种。再后来，她就调到场部学校去当老师了。我们放农忙假，或是去场部拉木材什么的，去看过她几次，整个农场她似乎是唯一可以谈谈的人。她给我拆洗过一件棉袄，虽然她自己的棉袄从来都是送回家里去做的。我给她念过我写的几首诗，写的什么忘了，可她说的话还记得：

"诗像你一样，是埋在沙里的金粉。"

这大概是她对我说过的唯一一句有感情的话。她不喜欢随便说话，总想把什么都弄得高度准确。我当年曾经那样深切地为她的生活态度感动过，一把化肥引起我灵魂的震撼，并不亚于一个丑陋不堪的盲人，重见光明后在一面镜子里见到了自己真实的形象后所带来的痛苦。我从烂泥里爬起来，扔掉了烟头，那一刻我确信面对混乱而令人失望的现实，可选择的出路并不仅仅只是堕落、放纵和消极的对抗，孤寂的沙漠里也有生命和绿洲。假如我是一个精神上的强者，我就有力量去抵御沙海的侵吞。无论是在魔鬼的掌中，或是五光十色的花花世界里，你都可以找到自己的价值标准，这是一盏位置固定而永久不灭的航标灯，茫茫黑夜中你朝它走去，在接近它的过程中求得自身日臻完美，我的心因此自由而坦荡……

痛苦开始一天天咬啮我的心。我怕看见她，我没有勇气对她说什么，我们之间的鸿沟并不在于我们的家庭出身，并不在于她是教师我是农工，而是我比谁都清楚地看到，她从来没有注意过我。爱的目光是有穿透力的，可是……

对岸游泳场的凉棚下有一群人，我能找到她，无论多远。可是她……

假如带点诗意地说，她是在寻求一个云中的影子；假如刻薄些说，她总想制造一个爱的蜡像，再到人群中去对号入座，而她的蜡像却总是还在配方。

这黏糊糊的滩涂上，连块石头都没有。石头扔在江里沉下去了，埋在那里永远不会再浮上来。

可是感情，埋葬了多少次，仍然一次又一次，顽固地从心的坟场的瓦砾堆里爬出来，一个夜深人静时出现的幽灵，复活了又死去、死去重又复活的幽灵，时时跟踪折磨着你，直到你的灵魂死去的那天为止……

忘掉她吧，一个连正式工作都没有的中年人，你应当为自己感到羞愧！研究生、硕士、助理研究员、女博士，多么平坦美丽的金光大道。这条岔道口，是你自己错过了的。她在十几年前就提醒过你，她和你所能走得通的只有"虫子救国"之路，而你却鄙视并嘲笑了她。无可非议，她的这个劝告是明智而实际的，但你却固执地拒绝了。鬼知道究竟是因为什么，——每个人内心的深处都有一种呼唤着自己灵魂的声音，使你无法抗拒。也许在你看来，一个人真正的价值，在于他有勇气并不依照流行的标准去选择自己的未来……是的……你恨过她，你至今还在恨她，因为那些虫子在她心目中比你的地位高得多；因为她除了关心细胞、细菌、染色体、基因之外，却不关心它们生存和生长的外部条件。你的许多想法，三十五岁以上或二十五岁以下的人，都不会理解。只有"老三届"的人心里明白。是的，你恨她，因为她救活过你，使你从此也如此认真地活下去，而陷入了永远无法摆脱的烦恼之中……

嘀，不不，我是爱她的，只要她一天不改变自己，我就一天不会改变这种爱。正因为她是那样吝啬、珍惜自己的爱，正因为她是可以为这种爱牺牲自己，正因为她不爱我，我才会这样深切地爱她？或许，志向不同而生活态度一致的人，也会相爱，却难以结合……唉……大概我们一生都要这样默默地隔江相望了……

"顾亦非——"

一个声音从江上传来，凌建中游过来了，他是来找我的。我在这里躺得太久了。……啊，睁开眼吧。一个多么真实的世界，太阳晒得屁股疼了。草帽晒干了，肚子也饿起来了。

妈妈会不会自己热馄饨呢？那些来裁童装的人去敲门，会把她吵醒的，忘了在门上贴张条子……

宋为良

横渡钱塘江是没有把握了，这么多年不游泳，在江边上游一会儿也就过了瘾了，何况还有桂霞，不能把她一个人扔在岸上。不过她好像同黎荔谈得挺投机，还老是咯咯地笑。我想她会喜欢杭州的，她是第一次来，要让她好好玩玩。天气太热，一路上委屈她了，实在是没有办法的事。夏天回来，家里人可以铺席子睡地板，可以用竹榻睡在弄堂里，冬天怎么睡呢？一共十四平方米，这是没有办法的，哪里像在农场，三口人就住二十几平方米。不过夏天回来也好，可以让桂霞看荷花、游泳，啊，游泳她死活不干，怕露胳膊腿儿，这有什么关系呢？她怕什么呢？要慢慢说服她。可惜时间也不多了，还剩五六天了，最好到桐庐的瑶林仙境去玩一次……

黎荔在对桂霞说什么哩？她好像挺喜欢桂霞的。说老实话，桂霞比"牧马人"里那个李秀芝可差远了，许灵均可以为李秀芝不出国，我就做不到。当时谁会想到知青全都返城呢？命中注定，刚刚答应她，喝过了订婚酒，大规模返城就开始了。唉，一个人说过的话应该算数，她哭，我就心软。有钱难买真心实意，回杭州又怎么样呢？顾亦非还在待业，阿华从分场长变成了一个"中共待业党员"。凌建中、黎荔、薛宁还算混得不错，可人家以前在学校里就出名。凌建中的爸爸是大干部，他这十几年是每班车都班班不落的，

塔

又在部队待这些年，一帆风顺别人不好比。黎荔父母是教授，她考上研究生有什么奇怪呢？薛宁爸爸是交际处的一个科长，科长最有实权了，薛宁人又聪明，搞旅游，就是"吃吃白相相"，顶吃香了。难道不是早早就定好的吗——淘粪工人的儿子回城接班当淘粪工人；修鞋匠的儿子接班修鞋；研究员的儿子接班，最次也得让他管资料。如今时兴接班顶替，连卖肉都要"一代一代往下传"了。不过这样想，不是变成"龙生龙、凤生凤、老鼠儿子打地洞"了吗？阿玲的父亲是工人，她不是也考上大学了？可见也不一定……

不过这次回来探亲，老同学蛮够意思了。凌建中还要我到他家去吃饭，他虽然刚"升"了一大级，倒是蛮念旧情，人也蛮正派，不大看得出他是个"干儿"。他问来问去问的都是农场的事情。不像薛宁，一面嘴里问"嗳，农场怎么样？"一面心不在焉地东张西望。你回答什么，他根本就没听见。

"……农忙时在作业区，天一亮，从炕上跳起来，套上衬衣就蹦进了拖拉机驾驶楼，驾驶楼是隔音隔尘的，恒温，天热天冷都只穿一件衬衣，然后打开收音机，听新闻，听音乐，国际时事，别看不出门儿，天下事全知道，都说洪河的驾驶员眼界不一般，下了地，一个班次能翻上百十垧地，下班回来，白衬衣领子上照样一点灰不沾。我们刚下乡时的梦想，多少回想象、讨论过的文明生产条件，现在已变真的了……"

"啊？噢噢……"

"这个农场取消了连队制，居民全住在场部，孩子上学，大人下班上商店、图书馆、理发、照相，同城里没多少区别。住宅区是三层楼，一套五十平方米，烧煤，用土自来水，就是目前暂时还供电不足，晚上轮流供电，叫作'西方不亮东方亮'……"

"啊？……噢，为什么取消连队？"他讷讷问。

"缩小城乡差别，精简机构，改革体制……"

"嗯，嘿嘿，走向现代化了。"

"一到农忙，一百多辆空调车全体出动，场长的指挥车从这个作业区跑到那个作业区，'喂喂，洪河，我是05，我是05，我要场长，我要场长。''喂喂，我是场长，05请讲话'……嘿嘿，真像打仗一样。"

"中苏关系看样子……"

算了，你好好当你的导游去吧。当年那种一碗大米饭一人一勺，一根香肠一人一口的"军事共产主义"时期已经永远结束了。回到城里的人再不愿听到"农场"这两个字。当然，又不是老红军长征，几十年后还可以值得骄傲。如今还会有谁承认那种英雄主义呢？当然，真正的英雄我没有看见过。那是书本、小说里写出来的。不过英雄的精神，真的就那么一钱不值了吗？我的拖拉机被人放掉了几升汽油，拿去灌他们"先富起来"的摩托车，我也只好睁一只眼闭一只眼，一个外乡人，谁听你的？那个上海青年，不就是通报批评了副场长的老婆不请假外出，到现在提不了科长吗？人家有山东帮、河北帮、五八年帮，可是你们这批"老三届"，什么帮也没有，被七零八落地遗忘在这里。知识青年像潮水一样退走了，留在沙滩上的几只小鱼小虾，还有什么蹦头？可是，在北大荒的每个农场，每个角角落落，哪儿没有留下来的老知青呢？他们都是怎样在过日子？

不要讲什么热爱不热爱，总归都是要活下去的，活下去就要劳动、建设、创造。就像一年前，拖拉机开进这片见不着人影的荒原，现在已经可以吃到香瓜了。

　　嗬，草窝里发现的那对小熊，真是好玩。大家起的名字，"飞飞""燕燕"，天天吃白馒头，长到一百多斤了，谁知道我焊的那只铁笼子结实不结实？留着将来我们要自己建动物园的……临走时二区又抓了一只小狼崽，也不知还活着不？在草甸子里打猎真有意思，那次姜场长在作业区检查生产时，天茫茫黑了，突然听到草棵子里有动静，他一举枪，枪响鸡落，是一只漂亮的大野鸡，大伙说："摸黑打野鸡真是百年不遇。"后来有一位外国大使来荒原打猎，大白天遇到一只野鸡，子弹却卡了壳，场长救驾，一连五枪仍未打中。场长大为恼火，下令"不许外传"，可是司机泄了密。大伙在地头同场长开玩笑，说他"百发不中"，场长一本正经地说："确有此事，要是黑天就中……"……多么有趣的生活，城里有吗？建场后副总理坐直升机来视察。春涝时，农垦部长坐爬犁到作业区去检查生产……不过这些对他们讲，除了凌建中外，他们都不会感兴趣的，各人有各人的事情，路又隔得这样远。他们讲什么存在主义、弗洛伊德、现代派，我听也没有听说过。我大概已经变成一个地道的乡巴佬了……他们大概会厌烦我的，我只会开拖拉机，虽然是最先进的拖拉机，总归是拖拉机……我会卷纸烟，会喝白酒，会为了一车柴禾同人打仗……谁叫我留在那里了呢？我如果有办法，回来扫马路也干……但我回不来了，像一只留在沙滩上的小虾……

　　"桂霞，你饿了吗？等顾亦非回来咱们就去吃饭。"

黎荔

那个桂霞每次看他，眼睛里都饱含了温情，她起初一直局促不安地咬手绢，可是，一谈起农场，谈起他们的家、孩子，谈他，她就微微扬起了头、露出了自豪……

她们原来的家，已改建成整齐的小院，修了自己家的压水井，院子里种上了沙果树，后园子里，夏天蔬菜是吃不完的。还种了南方的蚕豆，蚕豆长得细高，结荚少，但是又大又饱满。他们养了几十只鸡，全是雪白雪白的。下的蛋，也是雪白雪白的，他们还养了一对大鹅，来了客人，大鹅就会伸长了脖子使劲地叫起来报告……

阿良会打家具，会挑水，会做饭，会拉二胡，他的拖拉机是全分场开得第一好的，还会自己修理，他没有不会做的事情。

桂霞告诉我，他们的小家，电视、沙发、大衣柜都齐备了。不过这些东西在新居的简易工棚里还没地方摆，得到明年才有新房。目前他们还没决定是先买洗衣机还是录音机……

说到阿良的缺点，她唯一不满意的就是他太喜欢看电视，常弄得很晚才睡觉，第二天早上起不来。

一幅甜蜜的田园生活图景。边陲乡村的小康之家。

我不怀疑她和阿良的幸福生活。即使以前我怀疑他们还有不协调的那个角落，在她缓缓的叙述中，我开始怀疑自己……

没有谁规定过任何人都能够得到幸福，在这个世界上，有人是注定了没有幸福的。可是谁来规定谁该有幸福而谁该没有幸福呢？薛宁是注定不会有幸福的，因为他从来对幸福抱一种无所谓的态度。

他不把幸福看得太重，所以也就并不觉得有什么不幸福。或者说，他没有什么固定的幸福观，也从未为追求这种幸福付出过代价。所以，即使当原有的幸福观，在生活向前推移的浪潮中局部被修正时，他甚至不会觉察，因为他的"不幸福"很快就被一种新的价值观淹没驱除了。那么小润幸福吗？好像也很难说。我有时甚至觉得她很痛苦。凌建中在事业上雄心勃勃的奋进和对小润的漠不关心，势必会在他们之间形成无情的鸿沟。当小润急需用自己的事业填补这种感情鸿沟，而实际上又难以达到的时候，他们之间的裂缝就开始扩大了。但是凌建中不会意识到他的幸福受到的威胁正来自他本人。当然，这不能完全怪他，因为社会无法保证一个家庭中的两个成员同时成功，国外不是在鼓吹应重点保证一方的才能发挥吗？可是车尔尼雪夫斯基却说，爱情的持久性在于互相不断提高对方……唉，还是老三届的青年们太"命苦"了，连生存都很困难，还"提高"什么呀？我也许算是个佼佼者、幸运儿，但我又能去"提高"谁？又能被谁来"提高"？

而顾亦非，不大有人知道他在想什么，仍然天天啃他的书本，写那些永远也不会发表的论文。1978 年、1979 年，他似乎曾经复活过，那一次，在人群中，我见过他孩子一般天真的微笑，仅有的一次……可惜，他再没有机会上大学了，他总认为我是个热心学位的博士迷，一个只关心个人前途的自私鬼，可是他不明白，我除了爱情以外的一切问题，都比他实际得多。因为除了科学以外，其他一切都无补于今天的中国。这是一个知识化的时代，只有在经济高度发达的基础上才能谈得上其他需求，这是很清楚的……其实，他应该找一个比他小得多的活泼、单纯的姑娘做妻子，或许他会生活得轻松些……

总之，夫妻协调的家庭是少数，不协调是多数。瞬息万变的时代，城市信息流量如此之大，社会怎么还可能长期维持和保证一种稳定、和谐、安逸的家庭生活呢？何况协调并不等于幸福。幸福作为一个词语是极抽象的，然而，每一个人的幸福却又极其具体而不尽相同。对于今天的年轻人来说，它包含的内容，同我们的上一辈人有了相当大的差异，因此追求的方式也因人而异。然而"老三届"还是"思"多于"行"，敢想而不敢为的……阿良的安全感和幸福感来自他们脚下的土地。他们用共同的劳动建设他们的家园，在一种相依为命，互相依存的状态下，产生爱情的因素要简单得多，可是一旦这种条件发生改变，幸福感还会继续吗？

唉，多么枯燥无味的理论！连我自己都要讨厌自己了！

"桂霞，黎荔，你们喝汽水！"

阿良喘着粗气，汗淋淋地把一大包冷饮放在我们面前。

凌建中和顾亦非游过来了，一艘大轮船开过，把他们冲出去好远，沉下去，又浮上来……是的，浮上来了……

六点钟一定要赶回实验室。

凌建中

已经十二点半了，先解决吃饭问题。我请客。

塔

到处都是人，像江滩上的沙粒，重重叠叠。背着相机，水壶，穿着说不上什么颜色的衣服，老远老远地来到这里，风尘仆仆，汗流浃背，就为了望一望这座古塔，登一登这座古塔。这座古塔究竟同他们的生活有什么联系呢？没有。可是他们全都兴致勃勃。这就是中国的老百姓，正从愚昧走向开化，从落后走向先进的人民群众。不能简单地将此看成是游山逛水，而是今天这个时代前进的标志。夏季旅游人数的骤增，反映了人们物质生活水平的普遍提高和对一种较为文明的生活的向往。当然，我这样说，顾亦非又该说我是粉饰现实了，他可能会说"时代是进步了，生活水平却不见得提高了，过去一个挣工资的可以养活五六个孩子，而现在双职工连一个孩子也养不好。人们只不过把节育节省下来的钱用在旅游上罢了，但这的确是进步……"幸好我没有把刚才的话说出来，否则又得抬半天杠。

　　……满了。茶室全部满座，那些人一泡茶室，就是几小时。

　　……又客满。饭店油烟瘴气，混杂着香味、烟味、汗味，……要站在别人背后等，看人家端着碗夹菜，直咽口水，而背后还有一圈等座位的人……

　　走吧，再去找找。这么多的人。……人口普查数字快公布了，谁知道究竟会有多少呢？不负责任。从我们的祖辈开始……不负责任……我就有六个弟妹……可是我自己居然一个孩子也没有，这不公平。小润，唉……这也算精神文明？

　　嗳，这家店人少些……什么？没有饭，只有烧饼……总不能让阿良吃烧饼，这太不够朋友，人家好不容易回来一次。阿良你说什么？随便吃一点？这怎么可以？还有桂霞。走吧，再上那儿去看看。

"咣啷……"什么东西打破了。"你赔！""赔什么？你看里头的苍蝇！什么卫生合格！""苍蝇生翅膀会飞，我管得牢吗，讲点道理好伐？！"

围上了一群人看热闹，于是越发热闹了。越闹越热，震耳欲聋。走吧，寻饭吃去，早知吃饭这么困难，应该自己带点面包罐头什么的。这类事我太没经验，以前出来，总是到虎跑去吃饭的。

"要不到虎跑去吧？"我建议。

"虎跑在修。大殿像只漏斗，一下雨到处都漏，怪不得连老虎也跑掉了。"薛宁没好气地回答。

阿良不知所措地摸着耳朵。桂霞往一个撑着大白伞的小摊走过去，那儿好像卖什么纪念品。黎荔在一棵树下眯着眼看天，自言自语说："气象预报，下午有雷阵雨。"顾亦非阴沉着脸，蹲在一块石头上。

"阿良，你快来。"他爱人向他招招手。

他俩在那摊摊前磨蹭了好一会儿，我的肚子又叫起来。薛宁朝他们走过去，我也跟过去了。原来他们在商量要不要买一个涂着金粉的泥塑小塔。

"哎呀呀，上当啰。"薛宁急忙叫起来，一个劲地摇头，"三分钱也不值，骗人的货，不如买一个开心弥勒佛哩！"

阿良夫妇正犹豫，这摊摊的主人对薛宁这种肆无忌惮的公然蔑视已经忍无可忍了。他用一把鸡毛掸子的细竹竿"笃笃"地敲着凉伞的柄，瞪着布满血丝的眼睛骂起来：

"袋儿里叮当响，不要到格哒称好佬。当心六和塔塌下来压进冬！"

薛宁大概早就窝了一肚火没地方出，顿时涨红了脸，回敬了一句：

"六和塔塌下来，只怕你饭碗敲破！"

"饭碗头用不着你担心事，只恐怕你老婆没地方去了……"

越骂越难听。顾亦非拉了薛宁就走。真是饭没吃上，灌了一肚子气。阿良追上来。他还是把那只塔买下来了。

"嗳，薛宁，你有没有办法想？"我忽然记起那座翘角的茶室后面有一间雅座，是给贵宾用的。有小吃，茶点。我爸爸带我去过，如果爸还活着，一个电话的事情……

"我陪港澳同胞，不大到这里来。不过，有一个认识的人，不知在不在，去试试也好……"他咽了一口唾沫。

我们站在一棵巨大的樟树下面等着薛宁。从这里可以望见那栋优雅精美的小楼的窗口，以及楼下一个空屋里的匾额、国画、盆景……一扇绿纱门正对着我们，下面有几级矮矮的台阶，落着几穗紫藤萝的小花……

知了令人厌烦地叫着，我感到饥肠辘辘，疲惫不堪，真想在那台阶上躺下来。

我知道那小楼意味着什么。十几岁的时候，我曾经几次坐着爸爸的"下级们"的车（坐他的车是不允许的）到这里来过。打蜡的地板把我摔倒了，第二次再去时那里已铺上了地毯。但是父亲对我们孩子要求很严格，他担忧的就是资本主义在中国第三代、第四代身上复辟。他除了认为年轻一代可能会同修正主义具有某种联系之外，对于自己的一切行为却从来深信不疑。他同我的母亲的感情似乎一直不好，好几次不知为了什么事，家里打得天翻地覆。我从那半懂不懂的争吵里，隐隐地感觉到一些什么，在我少年的记忆里留下了无数的疑问，后来成为我对于自身所处的那个阶层的最原始、初步的了解。许多干部子女成年后所选择的道路都是基于对自己家庭的感性认识。我永远不会忘记父亲在做完了全省大学生毕业分配动员报告后回到家里，就给上海一个大学的党委书记挂长途，要求他把哥哥留在上海。他打电话的时候，我就躲在客厅的屏风后面，他走后，我觉得他以前对我说的一切，都是从屏风后面发出来的声音。我恨那架电话，没人的时候，我就拼命地，使劲地敲那架电话的键子，终于把它弄得不响了才甘心……运动爆发了，生活像一个大转台，突然换成了黑夜，摆满了假的布景，而那种阴森和恐怖的气氛，却明明是真的！父亲很快被揪斗、隔离。我亲眼看见老百姓是怎样冲上台去，声泪俱下地批判谴责那些不关心人民死活而高高在上的干部，我曾亲耳听见顾亦非和薛宁在私下里嘲笑我是一条寄生虫……我离开了周围的干部子弟圈子，而加入了宋为良他们的队伍。我知道，那既不是偶然，也不是被迫……

这十几年来，人们的观念发生了多么大的变化，曾经视为神圣的偶像倒塌了，专制和极左遭到了大多数人无情的唾弃。在很长一段时间中，我像逃犯一样隐瞒自己的家庭出身，这倒并非因为担心父亲的"走资派"身份，影响我的政治前途，而是害怕这种身份会造成人们对我的成见和疏远……我从高峰跌落到深渊，再从深渊中爬出来，努力去寻找自己的位置。我希望用自己的行为证实，我不是一个依仗权势而是凭借自己的本事生活的独立的人，我渴望成为这样一个人，用自己的存在（而不是父母）赢得人们的尊敬。我为这一信条付出了代价。

明明是体检合格服兵役——走后门；明明是转业回城——走后门；明明是群众推荐上大学——走后门；明明是干出来的技术过硬的车间主任——又是走后门！真他妈的！人们总是以怀疑的、不信任的眼光看着我，这眼光提醒着我和他们之间的距离。常常的，在几分不自觉的得意中，我会突然感到一种难言的痛苦。毕竟，要完全消除我同他们之间的差别，是十分困难的，这种隔阂，到底是什么呢？我已竭尽全力地去做我应该做的了……

"……我们说管理系统是信息系统，是就管理的职能，它的本质属性来说的，从这个系统的功能来考察。但是，系统的功能与结构是密不可分的，任何系统的功能，都有相应的系统结构，管理体系的结构就是管理机构和它的组织层次，这种结构的形成是由管理体制决定的。管理机构的臃肿，会堵塞信息的流通，组织层次的重叠，会延迟信息的传递，因此，实现管理体制的改革，精简机构，减少层次，紧缩编制，必然会大大提高管理的效率。高效率是管理的生命力。"

百十人的大座谈会，名流荟萃。你要从容不迫侃侃而谈——这难道是爹妈的官衔能代替得了的吗？况且，我这个所谓的"副处长"，难道就没有自己的烦恼了吗？我真的就像人们以为的那么顺利、轻松自在吗？多么动听的副处长，我却常常觉得自己在机关里，不过是一只花瓶，一张改革的标签，或者说是一种象征。你资历浅薄，面对那一道道庞大而厚重的铁门，密集而牢固的网眼，你不是时时感到自己的无能为力、人微言轻吗？计划处副处长去搞行为管理，当然被认为是不务正业；支持一批青工去搞投入产出法，又遭到许多部门的抵制，因为先进的管理方法，也许会带来失业。省委工业书记批复了支持，文件履行还是没完没了。最后还是一家小厂三十二岁的厂长担了肩胛，进了调查组，仅能源误差就达三十八吨。从事改革技术经济都如此之难，冲击旧体制就可想而知了。你想提出具有创造性的独立见解，不知触犯了谁的利益，内定的青年干部备案名单上就会被加上问号。到底是挑选接班人，还是培养代理人？我常常迷惘不解。反正，干得越多上级越不满意，而一切物质待遇，年轻人当然是理应靠边站的，因为"你们享社会主义的福还早！……"

薛宁怎么还不出来？真有点儿饿了。

顾亦非

说老实话我可不想进去，你们谁乐意进谁进。我情愿去买苍蝇叮过的烧饼吃。当年凉水咸菜就窝头都吃过，还有什么东西不能吃的？只有凌建中才会想出这种主意来，他在骨子里摆脱不了这些特殊待遇。一年一年，谁知为什么，这种反感越来越强烈。三十几岁，正是西方人大有作为的年龄。三十而立，我们这些三十几的人，却依然徘徊街头。很像今天这一顿午餐，我们都被排除在外的情形。生活的舞台上不知哪里是我们应该站立、可以站立的位置。因为每个人的存在价值并不简单等同于他们的实际价值，许多具有本身的存在价值的事物，在现实中有时竟然一文不值。就像哈雷彗星、日全食或是新发现的元素。当然，人们总是力求这两种价值的统一，于是就出现了调整，比如小学生要应付考试，取得预期的好成绩，就必须按照书来背答案，可是如果不按书上的答案呢？看来凌建中、薛宁、黎荔都是善于调节自己的标准的，只有阿良除外。可是黎荔又有什么可值得骄傲的？如果没有整个高考制度改革，没有时代的剧变，她同样只有困死农场，不要说虫子救国，怕连她自己都救不了……

阿良突然走过来拍了拍我的肩膀，用杭州话说："前年有一本轰动全国的小说，叫作《人到中年》。写得倒是蛮感动人的。不过我想，如今四十多岁的医生、技术员，不管工作多么辛苦，工资低，总还有张文凭，有学历、资历，在单位里，好坏也是业务骨干，不用他们用哪个？看今年的形势发展，他们蛮有奔头哩，发啥个愁？可我们这批老三届的人，才真叫倒霉，要本事没本事，年纪又不算老，叫人看不起，像皮球一样被人踢来踢去。两夫妻又是低工资，天天一早背着伢儿去上班……唉，有人来写一部《人到三十》就好了……"

"你这样讲太绝对了。"凌建中用一块石片在地上划拉着。"每一个阶层的人中，精华总是少数，不能笼统地肯定老三届。他们虽然"文革"前学习基础较好，但在十年动乱中，由于自身的命运太坎坷，吃的苦太多，原来接受的正统教育一下子崩溃了，许多人到现在还没有重新找到新的思想支点，眼看着知识水平、实际能力比自己差得远的弟妹辈进了大学，在学历上超过了自己，社会地位分配如此不公平，觉得我们这一代是作为'代价'付出去了。所以很消沉，悲观，产生了一些诸如俄国19世纪'多余的人'那种类型的人……"

他谈到这里，突然顿了一下，下意识地抬起头，看了我一眼。他发现我也正在看他，便索性洒脱地笑了笑，朝我一点下巴："嗳，老顾，是不是呀？"

何必问我？你心里不是很清楚刚才那个比喻的针对性。不过你实在是弄错了，我们这里，至少现在的树底下，没有这种人。历史现象可能惊人地相似，但那一个时代所创造的那样一种人，另一个时代再无法重复。何况，多余不多余，也仅仅只是一种人对于另一种人的看法，衡量的真正的标准应当是自己。

"我看过一本小说，就叫作《多余的人》，写一个右派的儿子在'文革'中的遭遇。"阿良认真地想了半天，说。

"对课！"凌建中用不大熟练的杭州方言说。他喜欢以此来同我们这些"平民百姓"混为一谈——"打成一片"。

我用手指捏死了一只爬到我脖子上来的蚂蚁，笑笑说："阿良没错，我们马路对面有户人家，女的是弹钢琴的，前几年专门伴唱《红灯记》，现在呢，《红灯记》不演了，没有单位要她，她逢人就说，'我是个多余的人'……"

凌建中不自然地咳了一声，扭过头去，表现出明显的不高兴。他当然知道，我这才是同他"对课"。

"这样看是不是比较准确些，老三届虽然许多人目前还没有什么大的作为，大多处于一种从苏醒到成熟的过渡阶段。"黎荔插话了，她带有打圆场的口气。"但我从不怀疑他们中间，将产生新中国第三代最优秀的人，当然，他们必须同旧观念彻底决裂。二十几岁的小青年也不能低估，他们更少有保守和传统观念，比我们轻松多了……"

"更轻松？好像我们不受压抑？我没那么轻松！根本就不轻松！"我突然嚷道，只觉得胸口蹿上来一股火，我努力想克制自己，但是没有压得住。那股火来势很猛，好像憋了许久，已经浓烟滚滚了，只有在老同学面前，才会痛痛快快地燃烧起来，尤其因为，朝着这堆干柴吹了一口气的，正是黎荔。我就是想对着她燃起一堆冲天大火，把我们身上积压太久的重负，统统烧尽……

也许是我的粗暴吓住了她，她的脸涨得通红，惊愕地睁大了眼睛，几滴珠子似的汗水，顺着她雪白的脖子上淌下来……滴在我无意扔在她脚边的那顶草帽上……我的心抖动了一下，我……

阿良默默地望着我，眼光里有一点责备、询问、同情，还是无奈？啊，我不知道……

多少年前，他这样注视过我，在初冬覆着一片白霜的原野上，大家都汗流浃背，筋疲力尽……好像就是昨天，这双眼睛，不，十年了……

装满芦苇秆的马车，突然在原野上狂奔起来，马蹄从厚厚的茅草、蒿子秆中践踏过去，压出一道杂乱的辙印，车轮吃力地发出嘎嘎的响声，车轴随时都会断裂，马车在摇晃，芦花飘得满天都是，我们几个人，在苇垛上紧紧地抱成一团，死死地拽住大绳，只听见宋为良急促而惊慌的喊声："吁——吁——"马车仍然在狂奔，天地都在摇晃、倾斜，世界要颠覆了。但是没法跳车，跳下去更危险，唯一的办法是抓住大绳，只要不翻车，就有生的希望；……稳住、镇定、勇敢、再勇敢些！坚持就是胜利，马总有疲倦的时候，只要不翻车……

　　终于，它跑累了、镇静了、清醒了，它越过了干涸的阿棱达河床，在河对岸的一片草滩上停了下来，大口喘着粗气，打着喷嚏，一动不动呆立着，垂下了头……

　　我们从苇垛上爬下来，跌倒在地上，我咬住了一棵干草茎。宋为良恶狠狠地朝我走过来，怒气冲冲地站在我面前，死死盯着我，他的手淌着血，衣服全剐破了……

　　"我……我不过为了让它走快些，用脚，在它屁股上踹了一脚……"我讷讷说。我想钻到地底下去，想骑上马逃走……"你们，骂吧！"

　　那时，他就像现在这样，久久地望着我，一言不发。慢慢地，那眼光变得亲切了，我觉得那似乎是说"算了，别说了，我们谁都犯过错误……"可他什么也没说，许久，他叹了口气，说了声："回去吧。"……

　　马车在昏暗的原野上摇摇晃晃地行走，黎荔把她的棉上衣盖在

塔

了我的腿上……只有经历过那种同生共死的残酷考验的人，才会明白我们这些北大荒的"难友"彼此间的友谊和理解。以后许多年中，我再也没有得到过别人这样一种不需用言语解释的信任。但如今，即使在我们之间，这种理解也是再也不会有了，再也不会有了……

我用两手抱住了膝盖，垂下了头。不再看他们。我的心里难过得要死，我真恨自己！难得的一次聚会，竟然是不欢而散。如今真到了话不投机半句多的地步吗？

啊，马车，马车，我只不过是踢了它一脚，它就毛了……

"我知道，你一定在偷偷地写什么，老顾！"阿良突然叫起来，拍打着我的肩膀。"我知道，你绝对不是一个没事干的人，你写吧，写一本关于我们的书。这一代人中，只有我们，经历过这样残酷的意志的磨炼，这是一只太上老君的炼丹炉，比我们更年轻的人，没有走进去过……"

我看见了十年前那道亲切的目光，像黑暗中的闪电，从我心上掠过，我的心悸动了，像一根废弃已久的琴弦，突然被重重地拨了一下，在空旷的野地里发出沉重而巨大的震响……然而，当我抬起头，我周身的热血却突然冷却了，连我自己都没明白情绪的变化，是因为什么？烦躁和失望包围了我。

我冷冷地说："我可没这份闲心！……"

凌建中

绿纱门开了，出来一个人。唉，不是薛宁，是个老头儿，打着饱嗝，矮胖胖……好像有点面熟，他走过来了，噢，他是——

"方伯伯！"

他好像已经看见我了，不叫他不行。他是爸爸的老战友，常去我家。听说最近刚调到省委政研室去当负责人。

"哦……是建中？怎么跑到这里来啦？"

他笑眯眯地问，站住了，显得很高兴。

我告诉他，我们陪一位从黑龙江回来探亲的老同学出来玩。

"找不到人……今天只好饿肚皮啦。"薛宁忽然从一棵树后面钻出来，老远哇哇喊。

"什么饿肚皮？"方伯伯疑惑地转过身子去看薛宁，又回头看看我。

薛宁不知他为何人，垂头丧气地走过来说："太迟了，人家已经开过饭了……"

方伯伯恍然大悟，旋即挥挥手说："走走走，都跟我来……"

薛宁眉开眼笑地跟上去，顾亦非站着没动，我拽了他一把。

一会儿工夫，我们已经坐在刚才从窗子里看见的那幅梅花图和盆景下面的藤椅上了。窗外的大樟树像一把大伞，整个屋子既阴凉又舒适；电风扇轻轻响着，溜过来一阵又一阵的凉风……

崂山矿泉水、冰镇橘子水、白糖桂花藕粉、点心、龙井茶、冰镇西瓜，还有松子小蛋糕……应有尽有。

塔

疲劳、饥饿、干渴消散了。我却惶惶不安起来，为什么？我不知道。

"都是你的同学吗？"方伯伯耐心地坐在一边看着我们狼吞虎咽，一边和气地问。"都做什么工作呀？老同学凑到一起不大容易吧？"

我把每个人的情况简单介绍了一遍。他立即对阿良大感兴趣。称阿良是好样的，还表扬了桂霞。他说："知青大批返城，留下来的知青也可以大有作为嘛。"

"拖拉机谁都会开的。"阿良愣头愣脑地回答。

方伯伯好像没太注意到这句话，笑眯眯地说："你们几个，都是老三届的老知青了，我听说，老三届的人，小青年不放在眼里，老头儿也不在话下。我很想看看，你们咋个了不起哩，我是做调研工作的，喜欢同年轻人聊天，一是了解情况，二也是学习嘛。今天碰到你们很高兴，假如你们同意，我们谈一谈，嗯？"

我对大家说："方伯伯是老前辈，我常同他聊天，他喜欢同年轻人接触……"

"如果是思想僵化的人，看见你们这些'垮掉的一代'，早就吓跑啰……"

他一句话，说得大家都笑起来。

"你们目前感到最大的苦恼是什么？"

他的和蔼而锐利的目光从每个人身上扫过。

黎荔那个迟迟不见踪影的爱人，薛宁烦心的家务事，阿良的留守知青前景，顾亦非的正式工作和劳保，我？提拔？会议？孩子？……

屋子里静下来，窗外的知了在叫。

坐在角落里的顾亦非突然说："既然您让我们谈，谈错了别见怪。我们曾经说过谎，但不想再说了。别人的苦恼，我不知道。我没有正式工作，有个多病的母亲，天天要为温饱而奔波。但我并不为此发愁，因为凡是世界上活着的人都必须谋生，无非谋生的手段不同。我苦恼的是，没有人注意我们的想法，并不是每个人都能在自己的本职工作上施展才能的，如果有人对理论问题感兴趣，却没有什么途径学习提高，更不要说有关方面会听取或采纳他们的建议……"

黎荔很快接上去说："我同意他的意见。这是一大批至今不放弃自学的老三届的实际情况……作为我自己，我总是感到目前的教育体制，严重禁锢学生的创造才能……"

方伯伯点了点头。我对黎荔今天的发言略微有些吃惊，谁都知道她是"两耳不闻窗外事"的。

"我们搞旅游陪团，总是同各方面的接待工作发生冲突，磨嘴皮。"薛宁慢吞吞地说，"宾馆服务不好，还有苍蝇老鼠，客人提意见，有时到我房间里来发牢骚，可我们这批年轻导游，没有发言权，没办法发挥作用……"

方伯伯把视线移到了阿良脸上。阿良嗫嚅说："我们农场也差不多。现在时兴提拔老大学生当场长，留下来的老知青大多数觉得没有发展前途。实际上，在基层，现在的生产骨干，都是没有返城的知青，他们有经验，又敢说话。听说，像鞍钢这样的大企业，老公司，现在百分之七十都是刚接班的新工人，'老三届'的就算是老工人了，大多担任车间主任和班组长……"

"哦……"方伯伯点着一支烟，靠在藤椅上，陷入了沉思。好久，他回过头来，对我说："你呢？建中。"

"看起来，我是个幸运儿了，至今一帆风顺，有一块小小的立足之地。但很少有人知道，即使是我这样搞过调查研究，又发表过几篇企业管理方面的论文的年轻人，处境也是十分艰难的。在一个具体单位，为了让领导采纳我的哪怕十分之一的合理建议，也要费十分之二十，甚至九十的力气，我在清醒的时候，常常有一种被当成一件时髦的摆设的感觉，似乎他们称赞我，并不是因为我正确，而是不得不称赞我，事后我还得到字纸篓去寻找我的意见书……"

宋为良拍了一下自己的膝盖，叫了一声"对！"薛宁惊讶地张开了嘴，黎荔会心地微笑了一下，就连顾亦非，也郑重地点了点头。……他们都赞同我的想法？我感到一点安慰……

我没想到，刚才那场争吵，暴露了潜存于我们之间的矛盾，但不满和怨气，在这会儿却获得了统一，无形中达成了谅解。嗬，"老三届"尽管有悬殊各异的家庭、经历、现状、性格，但心灵中毕竟还有那个时代凿下的彼此相通的狭窄隧道，能互相感到一线微弱的光亮。我发现我以前并没有真正了解顾亦非，他把自己生活的困难说得多么轻描淡写，实际上他却生活在一种深沉的痛苦之中……同样，我也不了解薛宁、阿良和黎荔，我在内心把他们看得平庸而且无能，我几乎是在施舍对他们的友谊！我感到羞愧……社会没有可能去让他们从事更重要的工作，但他们却没有对自己丧失信心！唉，我这该死的优越感……

"那么，你们认为应该怎么解决呢？"方伯伯终于停止了抽烟，问道。

"和药。"顾亦非用严肃的口气答道，但眼里透出一丝嘲讽。

"对对对。"方伯伯没有看见他的目光，"用和药，说的对，一个身患重病、虚弱不堪的人是不能对他重投'猛药'的，只能先轻投'和药'，调养滋补，等到身体的抵抗力恢复以后，再投以'猛药'，祛病除根，病人就可望痊愈。要知道，中国人在与疾病斗争中，积累了五千年的经验……"

"这套诸葛亮舌战群儒的雄辩宏论，可以舌战群盲。"顾亦非撇撇嘴，"就不知这'和药'没完没了地吃下去，而始终见不到'猛药'，在人体的抵抗力恢复的同时，病体的抗药性也在增强……可悲的是，这套理论极能迎合喜欢保守疗法的国民性，能半死不活也比开刀动手术强……我们可以等待，但要求兑现……"

方伯伯轻轻叹了一口气。

"我知道，你们很着急，因为生命太宝贵，我们像你们这么大，恐怕已经做了许多事情。但是十年内乱造成的严重后果，不是一天能改变的，你们谈到的这样那样的问题，我看用一句老话说是——怀才不遇，报国无门。用现代语言说，是——积极性受到压抑。对不对呀？我看，这个问题可以慢慢解决，首先自身要积极投身于四化建设和社会的改革……"

"我连工作都没有，到哪里去投身四化呢？"顾亦非突然打断了方伯伯的话，他有一点激动，脖子上鼓起了两道青筋。"老大学生，新大学生，有文凭。老干部，新干部，有级别。可是我们这些人，什么也没有。我们拥有的，你们又看不上。如果是二流子文盲，也就算了。但我们受过教育，我们有过理想。我们从泥潭里爬出来，从废墟上站起来，我们今天可以什么也不要，但我们要明天，后天。没有谁让我们苦苦去学习思考，更没人把我们的思考当一回事，可是我们才三十几岁，您理解我们为什么这么努力吗？"

我发现他使用了"理想"这个词，理想主义者一般不说自己是理想主义者，"文革"后"理想"已是贬义词，只有对自己的真朋友才说，以免与仍然满口"理想"的伪善者混为一谈。他当着方伯伯说"理想"，看来他真有点激动了。本来就偏激……不过方伯伯不是那种不能容忍"偏激"的狭窄的"鸡胸脯"。驯野马，不能打，不能压，而要放开缰绳让它跑，让它跑得口吐白沫、精疲力竭、打闪失蹄才能驯服它。

他喝了一口水，苦笑了一下，愣愣地看着窗外，不再说话。

方伯伯脸色很不好，他划着一根火柴，点着烟，吸了两口，烟竟然灭了。他站起来踱步，想说什么，却没有说，他没有生气，我看得出来。他一生气就一口接一口喝茶。不投机？是的。这是事实。只愿能互相理解。因为即使对于过去的批判能取得一致，通向未来的路，却不会只有一条……

有人推门。

"方部长，您在这儿？正找您……天好像要下雨，是不是该回去休息了？"

他点点头，走到我们每个人面前，同我们握了握手。他拍了拍顾亦非的肩膀，说了声谢谢，慢慢走出去了。我感觉到他手掌的分量，感觉到他目光的沉重……

在桥梁发明之前，江河不知道南岸和北岸，都是为了它而存在的。

田野却并不需要桥梁，小河里有一艘渡船就可以了。

宋为良

会下雨吗？南方的天气，我已经不大会看了。

管它下雨不下雨呢，这回非上六和塔顶不可！

肚子填饱了，今天我一定要带桂霞上去。

"我们现在去看一个千年古迹，一座塔，就是六和塔，它初建于公元970年，是五代吴越国王钱王俶为镇压江潮而筑。当时的潮水，要涌到月轮山脚下。此塔以雄伟壮观著称于世，呈八面形，占地一点三亩，外观十三层，内部分七级，高五十九点八九米，可同香港的几十层大厦媲美……"

薛宁摆开他导游的架势，装模作样地给我们讲解起来。每个人都喜欢表现自己的长处，可是，薛导游，别忘了十五年前保卫六和塔，我也是其中之一。

"桂霞，走哇，累不累？发什么愣？塔顶上没有鸟窝，那是避雷针。"

"……这塔，比俺农场的粮食烘干塔高呢还是矮呢？"她仰着脖子站在那里，数着层次并未发出我想象中的惊叹，"一、二、三……"

日本投资安装引进的美国贝利克、瑞德、卡特三家公司提供的粮食烘干塔，每小时一次性可烘干小麦二百五十吨，两台烘干机同时作业可烘干十万斤，进入粮食处理中心的大豆，以每小时一百五十吨的吞吐量流入粮仓。那塔是银白的，高二十四米，四周环绕着重重叠叠的管道，底部有一座仪表控制室。在绿色的大平原上，可算是一件宏伟而独一无二的大建筑物。农场的人们都管它叫塔，很为此自豪。远近来参观的人必到塔下留影，照片拍出来好像真的在出国考察一般。不过据我估计，六和塔当然还是要比它高得多了，桂霞怎么会发生这么大的错觉。

"你是第一次看见这种古塔吧？"

"嗯。"她点点头。

难怪。在那块三十年前才刚刚开发的原野上长大的她，当然不知塔为何物。那块土地，没有古迹，没有名胜，除了瞭望塔，没有别的塔。

"六和塔的塔名，原出于佛经的'身和同住，口和无争，意和同悦，戒和同修，见和同介，利和同均'，故取其六和之意……"薛宁又在念念有词，好不快活。

"其实，自有人以来就不曾有过什么'和'……"，顾亦非嘀咕了一声。

据说，我国古代的建塔是由于佛教的输入，用来供奉佛的"舍利"和经卷的所在。国内有著名的大雁塔、嵩岳塔。而这座六和塔，却是为了镇压江潮所修，与雷峰塔的镇妖之说异曲同工。那么世界上其他各种塔呢？比如金字塔、比萨斜塔、埃菲尔铁塔，都是我们回城后近年来才知道的……

好凉快，塔里阴凉通风，可以用来避暑……人真多，都知道塔里凉快？这么多人的脚，爬了这么多年，也没把塔踏得矮一点？而七百个拖拉机手一年收获的大豆，可以装满十四座烘干塔，一年出口两万吨……桂霞，你小心，这儿拐弯。

……好像是在二层。好像是在那一根圆木柱上头……不对不对，大概是三层，是在一座菩萨旁边……我记得清清楚楚的，用一支毛笔，蘸着红油漆……

嗳，慢点走，走这么快干啥？你们都喘了，哈哈，建中，当官儿当老爷了，缺少运动，不像我，天天爬地垄沟捡豆包吃……

三层不大像，中间怎么还是空心的……会不会写在四面的墙壁上了呢？不大会，我记得是写在中间的……到四层去看看。……越往上走越发陡起来了，灯光这么暗，像电影里的古堡……

"桂霞，走这疙瘩，拽着我，怕啥的？哎哟，同志，踩你脚了，对不起！"

"北佬儿！"

……算了，回骂又要吵起来。桂霞也不让……可实在气人，北佬又怎么的？你家弟兄没有人当过北佬？我就不信。说不定你哥当了北佬你才留城哩……哼，臭豆腐好吃，黄豆是从你屁眼里蹦出来的？……北佬，你以为种地的人好欺负？如今可不一样了，开 170 马力 3588 型拖拉机的小伙，都会看几个歪歪文，穿得比你帅，兜里钱比你多！出了门谁不另眼相看？洪河的人，谁不知道 3588！别看我现在还开车，要不了十年八年，农场全靠咱们了。

……五层，好像是在五层，你们歇歇去吧，我也歇歇……怎么没有柱子呢？奇怪，我记得明明是这里，薛宁站在我肩膀上，我憋足了一口气，踮着脚尖写字，撑得我三天肋骨疼……

"桂霞，你到窗口去，那里看得见北京城。"

"骗人。"

"真的。"

"我怕掉下去。"

……在我们上火车去北大荒的前一天，我就好像真的看见过北京城。现在的人都爱说受骗，受骗，一受骗就万事大吉……可我去北大荒是心甘情愿的，自己报名的。我从来没想过去享福，去做官，去发财……我们那时候曾经向往过的生活，好像也就是现在这个样子，做一个普通的劳动者，开发，建设边疆……从物质条件上说，今天或许比我们那时想象的还要好些。那么，又是什么受骗了呢？对于普通人来说，横竖都是一样的……

"阿良，你老在那里东寻西寻的寻什么？像个小偷。"凌建中走过来。

"寻到了，自然会告诉你。"

……六层，楼梯突然窄了，楼上的塔层突然缩小了，真像一只笼子……七层到顶了，一定是在这层上，再爬不上去。……又是没有，真奇怪……到底在哪里呢？该死的记忆，十三年了，会不会弄错？不会的。

"阿良，这是几层？"

"七层。"

"怎么就到顶了呢？从外面看，明明是十三层。"

"在塔里是两层并一层的，奇数层的七层与砖砌的七级塔芯连通，而偶数层则为闭路暗层，懂了吗？现存的砖砌塔芯是公元1156年重造的，外观十三层的木构体，则是公元1900年也就是光绪二十六年添造的……"薛宁热心地解说。

桂霞似懂非懂地眨了眨眼睛。

"哎哟，我可爬不动了，三年多没来了。"黎荔嚷道。

"一个八十九岁的香港老人还登到塔顶了呢！"

"风真大，嗬，风凉风凉。"

"阿良，你当真要变乡巴佬了。寻啥宝贝？还不来坐一歇。"

"等等就来。"

哦，塔顶层墙上的字倒不少："×××到此一游""×××年×月×日""××天堂纪念""西子美，钱塘佳，今到此，终难忘""西湖风景甲天下，亲眼见，不过如此，千里迢迢冤枉！"……什么乱七八糟，半通不通的歪诗，像一只只苍蝇、蛤蟆、壁虎在爬，像一堆堆垃圾，烂菜叶，臭鱼干……真恨不得把墙皮抠下来，从塔顶上扔下去。哼，这就是中国文明？登塔的目的？这些无所事事的游客，还想同塔一道流芳百世？哼！……可是我们的那些字，究竟哪里去了呢？也许就是让这些字遮盖住了？可惜记不清是哪一层，否则会好找些。

"阿良，你好像在找什么？"桂霞立在我身后。

"找……找几个字。"

"什么字？"

"你，你不明白，噢，连我自己也忘了。"

"那你还找它干什么？"

"不干什么，就是想找找。"

是啊，连我自己都忘了那是几个什么字，还找它做什么？

"我想回去。要下雨了。"她轻轻说。

回去？又要过多少年才能来？还会有这些伙伴一起来吗？拖儿带女的，何况，塔还在不在呢？……

"桂霞，你等等我，我下去一趟，很快就回来……不？好好，那你跟我一块儿去吧，不累吗？下雨咱们有伞，不怕的。"

"嗳，等我一会儿，我去去就来……"我对薛宁喊。

整座塔都在嗡嗡响。

黎荔

钱塘江从上游连绵逶迤的崇山间奔流而来，一共拐了多少个弯？

站在塔的顶层，可以清清楚楚望见，它在大地上写下银色的"之"字。嘀，之江，多么准确的命名。曲曲弯弯，弯弯曲曲，撞碎了山石，撞碎了自己，仍然朝前走，不回头……

过了六和塔，下游的江面渐渐宽阔，江岸最后在这里形成一个开放的喇叭口，之江就从这里奔流入海，汇入浩瀚的东海洋面……

小溪流清澈，却是浅薄的；小河秀美，却是狭窄的；大河奔腾，却不够雄厚；钱江潮，气势磅礴，毕竟只能随着月亮绕地球的周期而涨落……

假如我们都有一个高度，能清醒地看到自身的不足，我们对社会就不会那样牢骚满腹。推卸责任是软弱的表现，而一个不能认识自我的人是可悲的……

"……谋生并不觉得很苦……可是没有人注意我们的想法，我们今天可以什么也不要，……但我们要明天，后天……"

难道我了解了他的"自我"吗？可以说，我从来没有设身处地地去了解过他。我总是带着那十年中形成的偏见去看他。把他闭门读书和对世态的嘲弄看成是消沉冷漠而不屑一顾……假如不裁童装挣钱谋生，还能做什么呢？

或许，我和他在精神上，都是这一个时代的理想主义者，不同的是……

"谁有什么新闻？"薛宁打了一个哈欠。

新闻没有，有故事，听不听？关于塔的故事，我脑子里突然迸出来我童年的记忆。

……从前有一位美丽的公主，有一座七层的宝塔，无论谁躲在世界的哪个角落，她站在塔上一眼就能把他找到。公主要选择一位王子做她的丈夫，世界各地的王子都纷纷赶来，公主的条件是，谁能不使她找到，她就嫁给谁。躲在高山的岩洞里、城堡的夹墙里、鲸鱼的肚子里、大鹏的翅膀下的王子们，全都失败了，最后剩下了一位从大海那边来的王子，他将在第二天接受公主的考试。第二天一早，公主的宫殿门口来了一位杂耍的艺人，带着一只可爱的长毛兔，像一团雪球，眼睛像水晶一样透明，公主喜欢极了，把兔子买了下来，她一刻也不离开这只兔子，始终抱着它，时间到了，公主抱着它登上了宝塔。她在第一层的东窗望了望，没有看见王子；她又在第二层的西窗望了望，还是没有看见王子的踪影；她登上第三层、第四层，一直到第七层，在第七层，她把东西南北四面的窗子都望遍了，也没有把王子找到，她的脸色发白，身子发软，她扑倒在塔窗上，泪珠一颗颗滚下来，轻轻叫道：快出来吧，我的王子……

"这是怎么回事呢？"薛宁疑惑不解地张大了嘴。"这个王子躲到月亮上去啦？"

"木伦！"顾亦非冷笑了一声，走开了。

"骑驴找不到驴。抱着兔子能找到兔子吗？"凌建中说道。

"噢——"薛宁恍然大悟。"……这个童话……好像有一点什么含义……"

……怎么会想起这个童话？那是小的时候，很小的时候，自己从一本书上看来的……多少年了，没有忘记。……连我也不知道这个童话是什么意思，我只记住了那座神奇的塔……童话就是童话，是哄小孩儿的……

不，公主为什么没有看见？她明明有一座宝塔，为什么偏偏没有看见他？

狭隘！无知！偏见！傲慢！

可怜的公主，无用的宝塔……

天阴了，江面变得朦胧。顾亦非哪去了？他好像总躲我……明天要开始准备论文……

凌建中

……第一层的东窗，第二层的西窗，第三层的南窗，第四层的北窗……哈哈，有点意思。世界上有这样一座塔，什么都可以看见，就是看不见自己……

要是把这个故事告诉小润，她就会编出许多新故事来。新故事可以讲给儿子听，算了，又是儿子，他还不知在哪颗星星上呢。

嗳，你们看，江对岸竖起了那么多烟囱，是不是又建了新工厂？这几年工业发展得快，可惜天阴了，否则可以望见萧山县城。记得那年齿轮箱厂武斗，子弹把我的军帽穿了一个洞……沿钱塘江溯水上去，是富春江，富阳、桐庐，那里的山区公路、小水电、植树造林、县办丝绸造纸工业，都搞得不错。集体所有制工业的企业管理，好像都有一套。那几个县委书记都是一个比一个能干的实业家，如果下去跟他们干，一定会大有长进。假如小润同意，我就要求到县里去工作一段，户口不一定迁去……农民自己花钱修了公路，县交通公司出车，农民招手就停，有什么不好？省城凭什么开十几辆汽车去抢人家的生意？手工业草纸为什么要充公？弄得县委书记到省里来走后门求情？……问题堆成了山，乱麻打成了结，不过总会轮得到我们去解决的……

"要相信干部百分之九十五以上是好的嘛。"——老头子会在大会上慢条斯理地做报告。——可老百姓说："如今的干部，只要不睡错眠床，不摸错袋袋，天塌下来，官儿只管做。"——粮食统统上交，战备需要。没有饲草了，卖牛喂马。没有口粮了，杀马喂人。这叫作对上级负责。人民和上级哪个大呀？你不相信这是真的，可我亲眼看见过。我的食堂管理员就因为场长下来"视察"时，没有做八菜一汤才撤掉的。干脆连我也服从战备需要，当兵去了！是的，那是钢铁长城，可你知道怎么做一个好兵吗？只要会说两个字："到""是"。我害怕我的语言机能要退化，上了工农兵大学……是的，这都应归罪于万恶的"四人帮"，混入党内的骗子，叛徒……可就是今天早上的广播，审判的是走私逃税的外贸局长，不懂业务造成了巨大损失的某大公司经理……是什么原因使他们蜕变？又是谁把他们放在那个高位上，让其不懂装懂地指挥生产呢？你了解这一切吗？你了解你们打下的这块江山，辛辛苦苦建立起来的庞大的机器，如今是怎样在运转的吗？可我们在这十几年中，什么都亲自尝过了，我们浑身蹭满了那座机器上铁片的锈斑……这十年内乱，撕碎了过去十七年正统教育冠冕堂皇的面纱，使我们看见了真实的人生。于是我们才同盲从告别，从此只相信那些自己已经认识了的事物。这难道不是一件幸事吗？这就是我们这一代人，从血污和泥潭里爬出来的一代人，他们脚下的路是自己探出来的，而不再是别人指给他们……

太阳又出来了，江水变成金黄夹一点玫瑰红色，简直富丽堂皇。江桥上开过的火车喷的白烟，也变成了金红色。雨大概过去了，就是那块云带走的。

"喂，你们看，六和塔的影子！"

一座巨大的塔影，投射在山脚下的空地上。一层一层的翘角飞檐，铜铸古钟……模糊而庄严。

十三层。古塔都是多层次。六和塔是十三层。从古至今，人生、社会，无论是人的意识、情感、地位、物质条件，都无情地被划分为各种不同层次。层次组成了世界，这是一项不可改变的自然法则。你如果在底层，就看不见之江上游，看不见塔影，看不见对岸新建的厂房……你就难以告诉人们，应当怎样来改造这块土地……

嗬，小润，亲爱的小润，如果现在你在这里，我想亲亲你。我们不会再争吵了，你尽管按照你的想法去做……假如我们不能待在同一个塔层里，我们双方都会痛苦的……

你说我从来都是一个现实主义者，但愿如此……

薛宁

阿良这小子，比我还"气管炎"！对他老婆那么好，连我都要妒忌了，他到底做啥去了？

看不出他留在农场有啥懊恼，他开拖拉机开得津津有味。一个人只要有事情做，大概在哪里都一样的。回了杭州的人，工作不称心，不是还有回去的吗？即使称心如意，有空也是打打麻将，养养金鱼，种花，钓虾，弄盆景，坐茶室……这个城市的风气就是这样，无所事事，无所事事。能做些什么呢？除了上电大，上夜校。可是上了电大又怎么样？倒霉的老三届连跳舞都不会！50年代、60年代的大学生会跳交谊舞，高雅，优美；80年代的小青年会跳迪斯科，热烈，疯狂。只有你们还得从头学起，学会了也没有地方去跳。你们抱怨环境，批评现实，可谁也不是天使，谁都会请领导吃饭，去找领导办事，不再说"我有事找你"，而学会说"我有事麻烦您一下"。还会夹队买鱼，争奖金工资。谁都走过后门，我就是为了返回杭州，平生第一次去送礼的，送过就学会了，只是没有那么多东西可送，自家的肚皮要管牢。人的欲望是没有底的，上了大学，要当研究生，当了研究生，要出国留学、攻读博士学位。当年那些束皮带穿黄军装的红卫兵头头，如今可以在驻外使馆工作，穿着时髦的西方现代服装，出入于酒吧大饭店……同他们相比，我一个小小的导游，岂不无地自容……置身于讲求虚荣和物质的市民之中，我常常会觉得抬不起头来……物欲横流，这几年社会的变化真是太大了。唉，阿良阿良，有时我真情愿回到北大荒的草甸子里去钓鱼，你相信不相信？我羡慕你，阿良……

不过我的女儿肯定要比你的儿子有出息，我懂得"早期智力开发"。她四岁就会背十几首唐诗，她知道世界上几十个国家的首都，她会用日语唱"妈妈啊……"她会……我要把女儿培养成一个全面发展的优等生，叫她考上出国留学生。说实话，我对米米的事从来不敢怠慢，我可不愿她将来像我，靠说几句广东话搞旅游混饭吃……

好大的风，真凉快！塔四面有窗，八面来风。真惬意嗳……其实当导游也不错，可以知道世界上四面八方的消息……但是每天翻来倒去地介绍六和塔、宝俶塔，还有西安的大雁塔、应县木塔、大理三塔……不是名胜就是古迹，实在让人厌烦。陪港澳同胞旅行团，也够受气的，宾馆服务员只看得起高鼻头，看不起自己人。陪客去买东西，喊十几声服务员也不过来，这种态度，在香港早就要"炒鱿鱼"，也就是解雇了。中国什么时候能打破铁饭碗？"请问导游先生，这条通往瑶林仙境的路为什么这样颠簸？为什么不修理？"那些港澳同胞总要提出这个问题来，尽管他们已经被颠得昏头昏脑。我可没有昏头，潇洒地一笑，对，是潇洒，回答说："嗬，亲爱的先生，您的问题提得非常有趣，可是您忘了，瑶林洞是仙境，仙境是在天上，通往天上的路，当然是非常难走的，李白有诗云：'蜀道难，难于上青天'……"

多么幽默而巧妙的答复，一位多么出色的导游。鬼才知道通往这著名的旅游胜地的路为什么不修修好。我们还得管揩屁股给人解释……可是，说实话，我当导游，从来没偷懒过，筋疲力尽，回了家只有一项可以偷懒：同老婆吵架。无论如何，现在听完老婆一顿臭骂后，马上露出职业性微笑，已经不成问题了……

米米，好米米，你将来一定要上大学！

顾亦非

……她在哼歌，看样子心情不错？薛宁东张西望，悠闲自在；凌建中迎风独立，踌躇满志；只有你，忧心忡忡，闷闷不乐，无名的愁烦，抑郁，像一根根菟丝子草，紧紧缠绕着你……

她为什么要讲这个故事——公主的塔和兔子？

刚才在那小楼的电风扇面前，自己竟然慷慨激昂地讲了那一席话，有什么必要呢？虽然那是个好老头儿，可是……

看来凌建中并不像我想的那么浅薄，一直以来，我对他们的坚定性和彻底性总是抱有怀疑，就像这十几年来，在每一个阶段的时势中应运而生的英雄，表演完自己那一场就乖乖下台，匆匆不知去向。每次登塔，总会想起这些年中一些叱咤风云，而又被风云叱咤的人物。仅有的一些留在"台上"的人中，有的居然用新的思想旗帜缝成硕大的口袋，狠狠地捞上一把……我们失望得太多了，所以总是怀疑，而怀疑又总是伴随着痛苦。可是，如果我们不是认真地追求真实，又何必痛苦呢？我们还对自己失望，由于客观世界中自己不能完全认识和控制的力量，陷入无能为力的困境……

天又阴了，风凉了，塔影消失了，那吸引了多少游客的十三层。在中国可以攀登的古塔中，六和塔算是一件稀有之物了。人们为什么要造塔登塔？是因为它高吗？过去在学校的时候，凌建中和黎荔的学习成绩总是名列前茅的，是全市的三好学生。"文革"后期，阿良当了校革委会副主任，下乡后又当排长、连长，那是他最光辉的时期。而1976年，薛宁也发光了，他竟然跑到北京去印发传单……

每一个历史阶段都有它的杰出代表，每个人都有过自己的黄金时代。可是，社会上的价值观在经常变化，英雄在不断被替换，人的价值观念也随之改变。许多人随波逐流，许多人被淘汰了，许多人因自己不能适合新的时代而苦恼。但是，还有的人，自从信念的大厦复建之后，便决不再四下顾盼，他们只追求自己坚信的价值，无论哪一种标准流行的时候，他们都泰然自若。我钦佩这种人，他们由自己来选择人生态度，用生命去捍卫自己心中的目标，而不受世俗和"行情"的干扰，即使需要做些修正，也只是调节焦距……

　　而我，却从来没有充当过英雄的角色，我记不得我有过哪个辉煌的一页……1979年？似乎这一代人的精神解放都起始于那一年。可我很少与同代人站在一个层次上。不，应该说，我甚至从来没有站在塔的第二层以上，我不知道我站在哪里，我只知道我从来没有喜欢过这座塔……当年曾经痛批所谓资产阶级教育路线的"小宝塔"，如今塔尖尖上的，都是国家的有用之材和用材之"材"。人才，到处在喊人才，科学家，艺术家，运动员……而目前最需要的，是管理国家的人才，也许凌建中是人才，他会成功的。但愿他常常想到这座塔，想到塔的层次结构，是的，层次需要有合理的结构……而合理的结构也需要"人才"来改造，但愿他改造好结构之后，不要用拆下的废料，堵住后人攀缘的通道。毕竟，社会对老三届的重视，比对他的重视更重要。

　　远处传来了闷闷的雷声。

　　"你们听说要重修雷峰塔吗？"薛宁突然问。

　　"没听说。"

"为啥要重修？倒了就倒了算啦。"

"岳坟的秦桧像，不也是重新铸的吗？……"

又打雷了，真的要下雨，这个阿良，嗳，下去找找他吧，他发了什么神经了？

宋为良

别生气，别着急，再找一会儿，马上就找到了。我明明记得，是在这样一根圆木柱旁边，就是这根圆木柱。对了，旁边有一块突出的石壁，可以站人，嗳，就是这里，让我爬上去看看，上面好像有几个字，可惜天太暗了，不大看得清，稍微再高一点就好了。

"下来！什么人？"

好凶。一道手电筒照过。老天，白墙上只显出几道淡淡的红印——那里好像有一行隐隐的字迹，被覆盖在后刷的白灰里。

"下来！听见没有？"

凶什么？你是什么人？我好容易寻到这里。让我再……

"眼睛不生？牌子看到没有？"

手电朝旁边一块木牌晃了晃，上头有一行清晰的黑字：严禁攀爬，违者罚款。

我的气不打一处来，罚款？见你妈的鬼！我又没破坏公物。墙壁还不让看？

"五块！"

你算老几？

"公园管理处，你要不服从管理，加倍！"

桂霞拉住了我的衣角，身子在发抖。我咬紧了牙关。他娘的，你们知道我在寻什么？小心老子的拳头。老子十年不动手了……

"五块！"

"拿去！对不起，他从外地来，不懂规矩。"

是凌建中。大方地递过去一张钞票。薛宁在赔笑，黎荔脸色苍白，顾亦非若有所思地望着天花板……

他们走了，咚咚的脚步声，塔似在摇动。"你发什么神经？"

"我在寻我们到黑龙江去的前一天，从浙大分部回来跑过这里，在塔里专门写的几个字。"

"是我们几个吗？"

"是的，有建中，薛宁，顾亦非……"

"我怎么一点都不记得了。"

"我也忘了。"

"阿良说的是事实，是写过的。我踩在他肩膀上，用红油漆写的。"

"写的什么？"

"我忘了。"

黎荔说："大概是鲜血呀，红旗呀一类的。"

"可能是，记不清了。"

我只记得，当时凌建中说过：我们把誓言写在六和塔顶上，让它与世共存，除非六和塔塌掉，我们的决心才会被消灭！

"我说过这样的话吗？"凌建中皱了皱眉头，双手插在肋下，陷入了沉思。

是的，说过的，否则我就不会千里迢迢来寻它，想看一看当初到底写的是什么，像那些考古学家。我从来都有一种追问过去的好奇心。可惜的是，塔没有塌掉，字却让人刷掉了，就是没想到这一点，塔要维修、翻新、加固……我像一个傻瓜，大家都在笑话我……

薛宁

唉，过去的就过去了。

凌建中

一个莫大的讽刺。

但是，我们曾经有那样的过去，才更需要认识自己。

黎荔

过去是一个时间概念。但对于我们，却是青春的刻度。

顾亦非

否定之否定，螺旋下降。

宋为良

下去吧，发什么呆，我不过是心血来潮，寻寻开心的。已经下雨了，不走的话，难道在这塔里过夜？要关门了。

嗳，你们看，那几个小青年在干什么？打闪了，塔里阴森森的，真有点恐怖气氛。噢，刻字——"×××到此一游"，哎哎，你们懂不懂规矩？六和塔是全国重点文物保护单位，让你随便刻字的吗？

"罚款五块！喂，我们是园林管理处的……"

他们狼狈地逃开去了，脚步声踩得木楼梯咚咚响。

"哈哈……"顾亦非忽然爆发出一阵狂笑。"哈哈……"大家都笑起来。笑得扑在了墙壁上，笑得腮帮子疼，小肚子疼，牙也疼了……我们有多久没这样笑过了？恶作剧，还好意思笑？我心里突然难过起来，我想哭……

走吧，该走了。谢谢你们今天陪我玩。……我走的那天就不要去送我了。四年一次探亲假嘛，我还会回来。……还好，雨下得不大，黎荔和顾亦非、凌建中你们骑车去吧？我们坐汽车。黎荔带雨衣了，老顾怎么办？有草帽，也马马虎虎。你说了还要到我哥家里来看我们的，一定一定！

"我要到方伯伯那里去坐坐，他就住在附近的一个疗养院。"凌建中说，跳上了车。"再见！""再见！"

……等车的人真多，雨下得大了，桂霞你冷吗？伞太小了，你一个人用吧，我淋点雨无所谓，从小到大不用伞的，薛宁呢？噢，碰到熟人了：一个漂亮的姑娘，谈得正起劲。"薛宁，我们先走了，回头见！""回头见，我会去看你的！"他匆匆忙忙说。

雨下大了，江桥、六和塔，都看不见了。

"哎呀，你看——"桂霞叫道。

她用手绢包着的那尊泥塔，让雨水打湿了，塔尖扭歪了，金粉弄了一手。她哭丧着脸望着我。

"算了，扔了吧，城里有的是好的工艺品。"我安慰她。"反正也不贵。"

车来了，人们都往上挤，到处是湿的伞和雨衣，我们没占到座，挤在角落里。车开了，她的脸一直背着我。"干吗不理我？"我轻声问她。

"你们说话我听不懂。"她的表情，好像受了天大的委屈。"天又这么热……我要回去了，回农场去。"

当然，要回去，天太热，连我也待不惯。可是，假如有一天父亲不在了，我就再也没有探亲假了……

顾亦非

……雨下得真大，眼睛都睁不开了。马路在哗哗地淌水，像条小河，轮子从水里冲过去，像汽艇劈波斩浪……嗬，哪来的诗情，简直可笑！得快点走，妈妈一定饿了，还要倒痰桶，炉子也不知会不会灭，一进门先开炉门，后窗也不知关好没有，雨会打进来的，该死，早不想到……

又打雷了，在山那边。雷峰塔就是在一场暴雨之后倒塌的，白蛇也许就从此逃到东海里去了？不过六和塔有现代化的避雷针，有抗震的合理结构，又坚固又雄伟，文明古国的象征，这一点雷雨是不怕的。

"雨下得太大了，你避避雨再走吧。"她从雨衣里露出半张脸，回头对我喊道。

"我有草帽。"

"我从环湖西路直接回学校去，这条路近一点。我六点钟要赶回实验室。"她的车速放慢了，有几分歉意地笑了笑。

路要分叉，轮子也要分道，这有什么可抱歉的？

"你家住在哪条街几号？我总记不住。"她似乎犹豫了一下，突然问。

"你要做童装吗？恐怕还早一点吧！"我没好气地冒了一句。

她的脸发白，咬住了嘴唇。

见鬼！我原来没想说这句话。失礼了，对不起。但愿你能懂得这是因为什么。

我抹了一把脸上的雨水，像她通常那样认真地回答说：

"蛮好找的，门上贴着一张纸，写着'代裁各式童装，立等可取'。"

"再见！"她点点头，似乎犹豫了一下，想说什么，终于又咽回去，扭过头，掉转车身，往左边的林荫路拐过去了，一会儿就消失在茫茫的雨雾中。

……一辆汽车开过，溅了我一身水，横竖是水，也无所谓了。路上一个游客也不见，如入无人之境。那一年美国总统来华访问，全城所有人都被"装扮"起来，大街小巷就是这种情形。……雨下得更大了，像一道冰凉的雨帘，挡住了我的视线。使人想起在北大荒农场铲地的夏天，暴雨常常不期而至，一块沉沉的黑云，从头顶卷过来，一条条膨胀的小河似的，雨幕从天际垂挂下来，辽阔的原野上没有一处可以避雨的地方。我们在雨中跑啊跑啊，一边跑一边喘，跑到小树林，全身都淋湿了，雨却停了。阿良领着大家唱语录歌，我却常常闭着眼不出声，悄悄唱自己的歌。他看得清清楚楚，但从来不报告。天晴了，薛宁的袋袋里已装满了金灿灿的黄花菜，晚上又是一碗香喷喷的金汤！如今人们像疯了似的追逐金钱，我却至今怀念躺在开满黄花的草丛里，蜜蜂在耳边嗡嗡叫着。当时真有一种怀抱黄金的感觉。虽然穷，可是有一箱子书，有书就不贫乏，我们的心是充实的。我对自身的批判和反思，就是在被暴风雨打得七零八落、东倒西歪的开满黄花的草地上开始的，也许那才是我的黄金时代？虽然身处物质与社会地位的最底层。是的，世界是有许多层次的，生活在社会的各种不同地位上的人，还分为许多层次。

然而，人的精神境界，文化教养，并不严格依照人们所处的层次来形成自我。相同的经历并不一定造就相同的人。人应由自己来选择未来，而不应由自己所处的地位来代你做出选择。在这里，价值观是带有原理性的。可究竟有多少人，意识到了自己价值观的潜在危机呢？

……下坡，大下坡，雨水在湍急地流淌，在凹凸不平的路面上溅起浑浊的水花。车头摇晃了，真像那一年草甸子里拉苇秆惊毛的马车……

人们常感叹："千里马常有而伯乐不常有。"好像骏马们翘首盼望的只是伯乐的慧眼。可是，伯乐相马，说到底是为了让人骑的。千里马，万里驹，第一条标准是让人骑。由驭手来紧握你的缰绳，驱赶你奔向指定的地点。可这难道是千里马的价值观吗？海鸥乔纳森厌倦了为觅食而进行的常规飞行训练，它渴望的是飞行本身……

马在狂奔，沉重的马车，越过了阿梭达河干涸的河床，它要跑到哪里去？

路边的亭子里不少人在躲雨。过了苏堤，雨似乎渐渐小了，天边隐隐传来沉闷的雷声，隆隆远去了。——"南山派出所"，路边那所房子前挂的白牌上的黑字，在雨中清晰可见，很少有人知道这是张苍水的祠堂。二十岁以下的年轻人，大概连这位明末兵部尚书，抗清殉国的民族英雄的大名也未曾听说过。他的墓，就在祠堂后面的参天古木林中。旁边是章太炎墓。知道章太炎的人大概就更少了。西湖周围的山脚下到处都有这种被遗忘的古墓，并非名胜古迹。然而，每年清明，总是可以在这荒墓前，发现不知何人插的一束柏枝，几朵野花……

　　活下去总是要比死去艰难得多。生活，需要拼搏的勇气，需要直面现实，而且也许根本没有成功的希望，甚至得不到理解。我已经做了些什么？还要做什么？要做的太多了，还有许多根本没有开始。我们无时不在环境与灵魂的双重旋涡中挣扎，然而每一次危机之后，我们都站在了精神世界的一个新的塔层上……

　　雨停了，雾在散去，苏堤像一幅淡淡的水墨画。天晴的时候，在这里可以望见北高峰上尖尖的电视转播台，杭州城一个现代化的标志。老百姓管它叫电视塔，嗬，塔！

　　风又把草帽吹掉了，得停车去捡起来。买一顶要四角二分钱呢！裁一套童装才四毛六分钱。而裁一套童装所用的时间，可以看七八页书，可以做四页卡片，或者作一千字以上的笔记。如今处处都要讲求经济效益，可是世间真正宝贵的东西，恐怕是难以用经济价值来衡量的。它到底是什么呢？我在这十几年苦苦地寻求中，究竟得到了它没有？我答不出。我只知道，刚才为捞这顶草帽跳到钱塘江里去，很值得。因为它是我的。我要的就是真正属于自己的东西……不过，这需要过许多年才能证明。也可能证明不了。但愿阿良，黎荔，建中，薛宁，会懂得我，只有他们能懂得……

1983 年 3 月

改毕于杭州 ①

---

① 　发表于《收获》1983 年 3 期。

忏悔

　　那天我上街。街上人很多。我走过一条街又一条街，脚脖子酸疼。但我仍是不停地走着，因为我记不起来我原来打算到哪里去。况且我老觉得身后有一阵拖拖拉拉的脚步声在尾随着我，那脚步似乎很犹豫，总也不超过我，弄得我心慌意乱。有好几次我听见有人喊着一个什么名字，我弄不清是不是喊我，因为我忽然记不得自己的名字了。我的记性不大好。当然并不是所有的时候都是这样，比如说领工资呀什么的，我绝对不会弄错。还有……没有什么了。现在一般来说使用自己名字的时候很少，少极了，反正大家都差不多，这个名字和那个名字吃的想的都差不多，彼此略有混淆或张冠李戴也无伤大雅，除了领工资。不过，这个名字和那个名字，工资其实也是差不多的。

　　我继续走着。绞尽脑汁地希望能记起来我要到哪里去。

我走完一条胡同，又横穿过一条马路。正当我在马路中央躲避汽车时，我突然茅塞顿开。急忙回身——却同背后的一个人撞在一起。

　　"哎呀呀，果然是你噢！"她欢天喜地地叫起来，"我喉咙都要喊破了，你就是不睬，我还当认错了人哩。"

　　喇叭四起。我们退到人行道上。

　　"你真是不认得我了？"她有一点失望的样子。

　　我摇摇头，没好意思说我连自己的名字都不大记得。

　　她便告诉我她是谁谁谁，什么什么时候曾经同我在什么什么地方一起工作过。她离开得很早，是那地方第一批保荐的大学生。现在在一个什么单位工作。她现在还记得当初我在连队做值日时没有把炕灰倒掉、差点惹出一场大火的事。她的记性真好。

　　她又说眼看快过年了，四面八方的人都回到这个城市来同家人团聚，趁这个机会，过去的老同学老朋友老战友在一起聚一聚，实在再好不过了。许多年不见，那些人中明星呀企业家呀万元户呀局长呀已经出息了不少人，聚一聚是很有好处的。

　　她叫我年初二下午到昭庆寺广场的旗杆下去集合。

　　我同意了。我想反正到时候我会忘记的。

　　"你还没有想起我来吗？"她又瞥我一眼。

　　我吸吸鼻子，我好像闻到一股什么气味，鼻孔奇痒。我揉鼻，做深呼吸。当然，什么气味也没有。隔着那么保暖保味的冬装，会有什么气味散发出来呢？除了香水，是的，是香水味，从她耳根和头发上泛滥出来，香得我怪纳闷：假如没有什么不妙的味道要掩盖，干吗喷这么多香水？

她很胖。丰满白皙，睁眼闭眼眼角绝无皱褶。头发乌亮，像戴着一只黑色头盔。但从那没有一丝皱纹的笑容里，我却看出她绝不比我年轻。她穿一件仿貂皮的短大衣，土耳其纱巾熠熠生辉。浑身上下没有一丁点儿唤起我回忆的东西。

我说了声对不起就走了。因为我已经想起来我要去医院。不抓紧时间，恐怕一会儿又忘了。

"香榧子"被指导员逐到引嫩工程去当炊事员，以后我再没有见过她。

她原名项菲，只因她身上总有一股淡淡的甜甜的香味儿，我们这些南方知青就管她叫香榧子。那香味儿当然不是香水味，而是一种天生的自然而然的人的气味。后来不知怎么搞的，那些北佬，尤其是臭气烘烘的男北佬也都闻到了这味儿，也学着我们管她叫香榧子。再后来分场主任和总场党委书记也叫她香榧子。她的本名只在宣布对她的处分时才使用。幸而处分几乎是每年一次，所以她的本名还有相当的使用价值。

处分尽管频繁，对香榧子来说倒没有什么实质性的损失，她本来就不是团员，开除是开除不到哪里去的；工资也无从降起，本来就是最低的一级农工；监督劳动也不可能，因为她屡屡犯的是生活错误。

让她去引嫩工程出民工之前，她在离开分场二里地的猪号干活。在指导员勒令她滚到只见猪不见人的猪号去之前，她同我在一个园艺排，同我们大家一起住在集体宿舍的大炕上。

那大炕巨长无比，晚上躺下时可见一溜整齐的人头，如十里长宴上的酒坛子，朝乌黑破旧的天棚伸展开去，一眼望不见尽头。炕虽广阔，每个人的领地却极其有限。一条单人褥子还得卷起三分之一，刚好容下一个脊背和臀部，都往一个方向倾斜。早晨叠完被子，只见花花绿绿的褥单子，七高八低波浪一般起伏。如此狭窄的空间里，香榧子的香味岂不要被众人吮吸殆尽了吗？

所以香榧子被逐去猪舍，我想她应该是求之不得。但她却眼泪汪汪抽抽搭搭地磨蹭了两天，她一定是还在惦着他。第三天她的铺盖被人扔出了门外，她才终于走了。过了些日子，我去猪号看她，偌大一个破茅屋里，一盘光溜溜的大炕，就只三个行李卷，行李与行李之间，宽绰得还能放下几个行李。那行李卷上坐着一个又肥又壮的哑巴姑娘，是个鹤岗下乡青年。还有一个黄头发的，听说她爸是本场的二劳改。

没人肯到这又脏又远的猪号来。让她来这儿当然是对她的惩罚。不过香榧子哭过几天之后总算恍然大悟，她不可能有比这更好的去处了。她在这儿得到的温暖将会比以往任何时候都多。她破涕为笑，把自己的褥子铺得又宽又平，小镜子擦得又明又亮。果然不久以后她黄瘦的小脸重又圆圆地泛出红晕，鬈曲的刘海和毛茸茸的小辫蓬松松地越发迷人。她再没有工夫到连队来看我，有几次下工后我走二十分钟找到那里，她的炕上总是坐着些个酒气熏天的男人，贼眉鼠眼地同她闹作一团。她已经把他忘了？但愿如此。他不是个值得记住的男人。我曾犹豫了很久要不要把他的事告诉她。终于还是忍住了，每次我走过他的身边总要提前深呼吸一口气，牢牢地憋住免得闻到他身上那股酸腥的臭胳肢窝味儿。自从他掉转屁股投向那个皮肤黑咕隆咚的女指导的怀抱，他就把指导员身上那股跳到天池也洗不去的味儿移植过来了。哪怕他们走到外星球，我都能闻出那种我生下来就恶心的气味。可香榧子哪怕同一百个男人睡觉，她也还是咬一口香香的香榧子。

　　说是这样说，我还是为她担心。吃了上次那样的亏，现在她总明白怀孕是怎么回事了吧。可这该死的猪号四周，野地连着野地，灌木连着灌木，有的是幽会场所。他们把香榧子弄到这么个前不着村后不着店的地方来，就不怕她摆脱不了那些纠缠再荣获一次处分吗？

　　那年冬天奇寒，雪没膝，风整日整夜鬼哭狼嚎。春节前半个月，连队探家的人，几乎走了个大半。那个猪号的哑巴班长回了鹤岗，黄头发姑娘回了关里家，只剩下香榧子一个人，守着那些饿得嗷嗷叫唤的猪。连里留下没走的，便是那些垂涎欲滴的痞子样的家伙。

　　我记得我探亲回家前，提醒过香榧子离那些人远点儿，她冷笑一声，什么也没说。

　　如果那次我留下不走陪她过冬，香榧子也许不会发配去嫩江而从此一发不可收拾。

　　但那次我是非走不可的，因为我非常非常想见一个人。如果香榧子那次同我一道走就好了，也许她永远不会知道堕胎是怎么回事。但香榧子是注定了要走上那条路的。因为那时世上似乎根本没有什么可走的路。

三个月后我回到连队。放下东西就急忙到猪号去。香榧子正在打行李。她的脸色苍白一无血色，乌黑鬈曲的头发变得枯黄平直。

我哭了。我说："是谁？"

"不知道。"她淡淡答，"不止一个。"

"为什么？"我顿时愤怒，为她这样的若无其事。"为什么？"我嚷道。无地自容。

她拽着绳子的手垂下来，绳扣一个接一个地解开。她的嘴唇动了动。我害怕。她低声说。天一黑，玻璃窗上一双双绿的狼眼睛……没人陪，我睡不着……

她的脖颈里依然散发出一阵若有若无的温热的芬芳。

你打算怎么办？

去嫩江呗，随便到哪里。我早想开了。说句实话，灯一关，男人都是一样的，同谁也是那么回事，你自己要不觉得什么，便也没什么。何况那些人都是真心真意的，他们帮我劈柈子挑水烧猪食，也没亏待我……

她的口气平淡无奇，就像说她养了一群鸭子或别的什么。她已经丝毫不感到羞耻和痛苦了，我极度震惊，头皮发麻，狠狠一甩门，头也不回地跑回了连队。

她就这样去了嫩江。

她走了以后许多天，我收工时路过猪号，却还闻到空气里飘荡着一种清淡苦涩的气息，似乎是香榧子留下的气息。可原来她头发的香味明明是有一种甘甜味儿的……

听说香榧子到嫩江以后又堕过几次胎。究竟是几次，传说不一。

回来的人说，那儿工资高，她在工地管烧水，活儿不累，她竟比以前胖多了。但她终是一次也没回来过。

有时我想，香榧子如果不是个女的就好了。

但她却天生是个女人。她的一切快乐和希望，都从她身上那淡淡的香味中发散传导给喜欢她的人。她没有办法叫别人不喜欢她。不过，终究她先前是曾经真心真意地喜欢过一个人的。是一个。这个人伤了她的心之后，她就如同一朵鲜花被人捏碎，花瓣飘零，谁捡谁要就由不得她了。

那个有狐臭的家伙是香榧子在园艺排时，第一个也是唯一的男朋友。半夜军训时他在黑暗中喊口令，威风得像一位将军。香榧子一连几个星期天天同我谈他的嗓子和眉毛，后来一到天黑她便不见了。后来她开始笨手笨脚地织起一件男人的毛衣来，再后来……

再后来，有一天出工前，那个女指导员当着园艺排全体姑娘的面，问香榧子为什么这个月没有请特别假。特别假是按上头政策对女知青生理期的特殊照顾，谁要是有了情况，可以留在家里当两天烧水扫地的值日生。这两天对每个人都至关重要。

香榧子涨红了脸，低下头说："没来。"

我手心稀湿。我宁可她撒谎。果然晚饭后她就被叫去连部谈。回来时眼睛红肿，独自唏嘘到熄灯后，终于趴在我耳边说："我，我大概，那个了……"

当时我竟也慌慌张张地信以为真，我甚至还考虑要不要给她姐姐写信。因为她父母还在工厂的牛棚里没放出来。我就没有想到再多问几句关于"那个"的一些问题。我对此既一无所知也羞于出口。

直到香榧子被记了大过，背起铺盖准备到猪号去报到的那天早上，她突然气急败坏地从厕所跑回来，一把抓住我说："来了！怎么回事？来了！"

过了好久以后，我才总算弄明白，她同那个威风凛凛的排长之间，原来什么实质性的事儿也没发生过。充其量他们只是在小河边的柳苑子下接过几次吻。那时候她真是个不谙世事的傻丫头，她真以为接吻了就会怀孕，连孩子怎么生出来的都不知道。可是，仅仅两年……

那个擅长接吻的排长说她造谣可耻、资产阶级臭小姐本性难移，企图用糖衣炮弹拉他下水，从此同她一刀两断。

她哭哭啼啼去了猪号。从此她脱胎换骨面目全非。一年后她离开猪号去嫩江的时候，从容不迫焕然一新。她走时穿一件当时罕见的闪光涤纶上衣，很有些炫耀的意思。

她走了很久以后，她住过的铺位上，总有悠悠的香气在夜半向我袭来。我常看见她披散着一头湿漉漉乌油油刚洗过的鬈曲的头发，对着小圆镜一个劲地梳扯，总想把它们拽成我们那样直发型的高粱秆才肯罢休。但她一松手，那些弯弯绕绕的黑丝线便又恢复了原状。气得她噘起嘴嘟嘟囔囔，生下来就是这样的！就算全部剪掉，长出来的新头发还是这样的！

她特别爱洗头，洗了头便满屋飘香。我总看见她坐在炕沿上梳她的头发，一双大眼睛骨碌骨碌风车似的回转，卷起些树叶儿纸片在她身前身后打旋……

那时她是个多么可爱的姑娘，她去嫩江那年还不满十九岁。听说后来她父母都病死了，没有人接她回南方去，她便在那儿嫁了人完事。

都去给我抓鱼！

统统都去，抓鱼去！

连长的裤腿卷到膝，鼻尖上沾着泥星，大嗓门传几里地，军令如山。

我们都被赶进水稻田。扑通扑通的青蛙一样，水深漫到大腿。嫩绿青翠的稻苗漂浮在水田的一片汪洋之中，只露着东歪西倒地苗尖尖。半尺长的鲫瓜子，在稻根和脚趾之间窜动。半蹲半跪地守候在那里，几分钟可抓一条。

那是从水库闸门里放下来的水。连下了几日暴雨。水库满了，年年都要送来许多鱼。

鱼抓多了，用麻袋装。仓库里有的是麻袋。

都来给我抓鱼！

连长吆喝。

晚上食堂改善生活！

鱼汤真香啊！口水都要淌下来了。

我做梦都梦见喝鱼汤。

麻袋满了，被拖上池埂。有牛车把它拉走。连长叫走了几个姑娘去卸车收拾鱼。

天傍黑，太阳被挤得扁扁，终于收工。暮色中，一瘸一拐走过连长的宅院，忽然风中刮过那么一股浓腥浓腥的气味。趴在板墙缝一瞅，连长家前院的晾衣绳上，挂满了一串串用嫩柳条穿上的鲫瓜子……

这天晚上食堂吃的是炒土豆片，土豆片上有一股生锈的铁腥味儿。

从此我一闻到那味儿就恶心。

鱼腥味持续了多日，连长将它们晒成了鱼干，然后踪影全无。

我决定到邮局去一次。我得去买些纪念邮票、取汇款、订报刊，还得寄一个包裹。我要办的事都写在一张小纸片上，甚至连先后的次序都安排妥当。不这样做的话，唯恐到时候会把我要办的事忘个精光。

那个穿绿邮服的长发披肩的姑娘，从高高的柜台后面把我填好的包裹单又交还给我，用纤细的手指点着一个空格子说，寄什么？填上！

我愣在那里。我忘了我要寄的是什么。可能是衣服，也可能是鞋，我胡乱写上了其中一个。

她把缝好的包裹递还给我，态度和悦无可挑剔：打开，得检查一下！

我把缝好的线扯开，她便象征性地摸了一下，然后点了点头。她仍然不知道我寄的是什么。我也不知道。我松了口气。我按照小纸片清点了一遍我的计划，竟是从未有过的圆满。

我回到家里。

随身拎的包里掉出一只网兜。是网兜。我为什么要带着一只网兜去邮局？我一定又忘了什么事。

我坐在沙发上闷闷苦思了十分钟，毫无头绪。那个空空的网兜像只黑暗中嗡嗡嘤嘤的蚊子，从你耳边掠过，一巴掌下去，以为击中无疑，拉开灯，仍是一个空空。有好几次眼看是拍住了，伸开手，却又让它从指缝里摇摇晃晃地飞去。萤火虫般地闪烁，我根本逮不住它，即便有一回飞到了唇边，死死用牙咬碎了吐出来，却又即刻飞散开去难以辨认。

我的脑袋塞满了一团团黏糊糊的糨糊一般的东西。我什么也想不起来。

我的记性真是坏得一塌糊涂。

寄啥，填上！

镇上邮局那个干巴老头儿，用细瘦的手指点着包裹单上的一个空格，冲着我嘟嘟囔囔。

我不知道寄的啥。那是别人的邮包。我只不过是个临时代办。我的工作是管分场的通讯报道，只因分场的邮递员回家探亲了，让我暂时替一替的。那时候寄邮包都得让邮递员带到镇上邮局去寄。我可不懂那些规矩。

打开，得检查检查。

老头隔着镜片，用极怀疑的目光看我。当然，一般来说，只有知青隔三岔五收到家里的邮包，没有往外寄邮包的。大豆高粱有什么可寄的呢？

那是一只十分光滑的小木盒子，也许不久前从南方来。被刨去了原先的墨迹，用蓝钢笔在淡黄色的木板上新写了南归的地址。

我用老头儿扔给我的一把钳子，撬开盒边上的小铁钉，我发现我干这个同男生差不多。掀开盒盖，上面是一层破旧的黑棉絮，里头露出两只深色的玻璃瓶。

是酱。我指着瓶子上贴的商标告诉那老头儿。

啥酱？

辣酱呗。

辣酱？没听说往家寄辣酱的，打开看看！

我只好将那瓶子抠出来。透过深茶色的玻璃，里头什么也看不清，似乎只是一些辣酱一样的、黏糊糊的东西。我贴着瓶盖闻闻，有一股酒味，还有甜蜂蜜味儿，说不上什么味儿。

是咳嗽糖浆。我说。

我瞅瞅——

他便将瓶子接过去，对着阳光照照，又晃了晃，然后将那瓶盖一挑，放在鼻孔下拼命闻，又用小手指长长的甲盖从瓶里钩出绿豆大点的糊糊，在舌头上舔了舔。紧接着脸一白，眉毛陡然矗立，半天，抖出几个字：蜂王浆哇?！

一时我并未反应过来蜂王浆是什么。看他的脸我只以为他是被蜂子螫了一下。现在各个分场连队都有蜂场。我心想他既然确定了包裹的性质，总算检查完毕，快点封箱过秤好赶路。于是一只手伸过去拿箱盖，却被那只青筋络络的手一把按住。

你回去叫他上分场开证明来，才给寄！

他将那只未加封的邮包迅速抱起放进了柜台里面，他威严得像那水漫金山中的法海和尚。

他？我这才想起去看刚才填写的包裹单上的寄件人姓名：五分场慕东。

幸亏那时候，十几年前，我的记性还没有受到损伤，我极迅速地记起了这个叫慕东的人，还记起了他在当天早上交给我邮包时那副鬼鬼祟祟的模样。他可真狡猾，还有点儿心虚，要不为什么只写五分场而不写他的连队呢？难道这样一来我就会不知道他的"单位"了吗？我当然知道他是蜂场的养蜂员，还知道他是全场的什么标兵。他亲自带人到荒草甸子上去开辟蜂场，一箱蜂子起家，现在已发展到三十几箱；他养的蜜蜂安全越冬成活率达百分之九十，还试验成功了用土法提取蜂王浆的技术……

我一下子想起这么多，因为我写过一篇关于他的通讯报道，登在农垦报上。

我的脸如涂了一层辣椒末，热辣辣地疼。我没有勇气请求老头儿把那木盒子还给我。我不敢抬头看他，就好像我是一个窃贼，或是一个帮凶……

让分场写个证明来才给寄，回去吧！老头儿毫无表情。

我跳上自行车没命地骑，车把子一个劲来回晃。穿过公路桥时，我终于无缘无故掉在了水渠里。那天我尝到了没顶之灾的滋味。水深齐脖，我一踮脚露出了脑袋了，水从我头顶哗哗往下淌。就在那瞬间，我想起那次我走了十几里路到蜂场去采访他的情形。他用一只奇大无比的搪瓷杯，为我沏了满满一杯蜜糖水，笑嘻嘻地说：

你是稀客，优待你。平日，我们自己都舍不得喝哩！

水很甜，有一股清香。我咕嘟咕嘟地喝得很是过瘾。

他和他的伙伴们正坐在窗口一支木板钉起来的方桌前，全神贯注地用一支极细的镊子，从产浆框的蜡制平台里夹出一只只米粒大的蜜蜂幼虫，然后再用一支四号广告笔，从那只小手指粗细的碗状平台中灵活地抠出黄豆那么一点点大的糊状物，再把它刮在一个罐头瓶里。瓶子里黏糊糊的东西刚盖了一个底。我津津有味地看他们不厌其烦地刮着，刮了许久那瓶子也不见满起来。那小蜡碗里的东西实在太少了，我真佩服他的耐心。他长得什么样子我早已忘了，只记得他眼皮下和额头上各有一个蜂子蜇起的大包，红通通的，像一颗印章。

我提了许多问题，然后把他的回答记在一个小本子上。他回答些什么我当然记不得了，只记得他说：

蜂王浆是个好东西，广阔天地不是大有作为的吗？

后来他叫人带我去参观蜂场，到处有嗡嗡的蜜蜂飞来飞去，绕着我的脸颊和脖颈，我怕挨蜇死活不敢靠近。反正写一篇报道材料已经足够。最后我们站在一口土井旁边，一个面孔红红的青年指着井沿上的一根绳子，告诉我蜂乳刮满了一瓶就浸泡在井水里，否则这么热的天气，几个小时蜂乳就会变，除非用酒和蜂蜜拌匀才不会坏。井是他们自己挖的，北大荒的井水凉得像冰镇汽水一样。井里的蜂王浆攒多了，就放在一只保温桶里，送到镇上收购站去。那玩意很值钱。收入当然上交连队，那时候可没有奖金这一说。

我记得我很感动。那些广告笔、保温桶，都是他们自己花钱从南方探亲时带回来的。还有这破马架、菜地、蚊子小咬……

回去以后我连夜就把报道写出来了。不久后慕东便到管局去讲用。他偶尔到分场来，看见我总是极严肃的样子。我心里很佩服他。

我拽着沟边的柳条爬出了水渠。我记得那会儿太阳突然变得青光光的，田野一片昏暗。几只乌鸦聒噪，从我头顶飞过，我浑身无力。

过了几天，慕东到分场来办事，看见我，轻声问：那邮包，寄了？

我点点头。不知为什么，我没对他说，邮局老头儿让他去开张证明的事。我知道他不可能去开什么证明，他是劳模，他很快就要填表了。若是领导知道他把公家的蜂乳寄给私人，可就破坏了他大有作为的前程。

我知道他那只精心包装的邮包，永远不会到达包裹单上的地址了。我再去邮局的时候，老头儿似乎早已忘了此事，而慕东竟也从没有来查询过邮包的下落，似乎他将它们装进了木盒便完成了任务，完成了一个心愿。收不收得到就同他无关了。尽管为了把那样浓稠、那么纯净的蜂乳装满两只辣酱瓶子，他付出过那么多的工夫和心思。

又没油了？

说，食堂的豆油都哪去了？

上星期刚从仓库拉来一桶，连大果子都没炸上一会儿，咋就没了？就算把你的花花肠子全抹一遍油，也要不了这么多！

男生们把食堂管理员挤在屋角的酸菜缸边，当当敲着喝完汤边上不沾一点油星子的饭盒，很像要揍他的样子。

我们已经很久没有在自己碗里看见、闻到那金黄色黏稠黏稠的豆油的气味了。只在下乡第一年过国庆节，食堂给大伙做过一次炸鱼，鱼吃光了，留在碗底里的油就像镀了一层金，好多日子也洗不净。我真喜欢北大荒的豆油，隔着油瓶望去，透明的杏黄中略微沉浮着些小米粒儿似的气泡，珍珠串儿一般放光。好像把一个秋天成熟的谷草玉米和豆子，统统都压缩收藏在了这里，调出了这样深沉明洁丰富的金黄色。我甚至总想像喝酒喝水那样去喝它一口。可是当用它做出酥黄菜、挂浆土豆或是熘豆腐，如金链金钗金珠子放在眼前，那样的新鲜光艳，又叫人不舍得动筷子。

可大多数时候，我们的饭盒里碗里总是清汤寡水的白花花一片。舔完碗边上的几个油星子，扛起锄头去铲地，无边无际的大豆地，绿海一般翻腾。

总不知这些大豆都长了荚没有。

总不知那些荚都拉回场院没有。

总不知油坊的磨坏了没有。

我有一个理想，就是某一次探亲回杭州，能捡到一只酒瓶，洗干净了，灌上满满一瓶豆油，给妈妈带回去。我们当然不用它炒菜，只是放在窗台的阳光下，欣赏里头那些沉沉浮浮的金珠子。

当然这不可能。我上哪里去弄这么一瓶豆油呢？

快说，油哪去了？

男生把饭盒敲得当当响，他们马上要揍他了。

——前儿个，连长买走了些。

多少？

大约……二十来斤儿……

他们松了手。人渐渐散开，一张张缺少油水滋润的黑黄的脸垂下去，都在心里问着：连长要那么多油做什么？油毕竟不能当饭。

我终于抓住了记忆中那只一闪一灭的萤火虫。毫无疑问，我刚才是打算去买蜂乳。那种一盒十支装的口服蜂王浆。稀释得像药水，不，像豆油一样。而不是那种黏糊糊的糨糊状的纯蜂乳。那种蜂乳是买不到的，怪不得我总记不住。不过我还是相信，长期服用蜂王浆，可以增强记忆，恢复脑力，延年益寿。哪怕它是你当年很想尝尝的豆油呢！否则，慕东这样聪明又高尚的人，在养蜂场时怎么敢做出相当于偷窃那种事情？

幸亏再没别人知道这些。那老头儿大概早已不在人世了。慕东早回了城。

我不喜欢那盒磁带的封面设计和颜色，所以我很少、几乎从来不听那盒磁带。这一天我从外头回来，发现它从抽屉里被拿了出来，放在茶几上。音乐在响着，文不对题。

你知道这首是什么曲子？他问。

肺气肿喘息奏鸣曲。我回答。

别打岔。再好好听听。

风箱和鸭子协奏曲。

有一点接近了，再想想。

我忘了，对不起。

是不知道还是忘了？

忘了才不知道。不知道才忘。

你总该听得出是什么乐器，比如说，一种什么琴——他简直像在哄小孩。这是专用这种乐器演奏的一首有名的曲子。

我厌烦起来。

我什么也记不得。我说，你知道我从来没记住过一首曲子。我尤其讨厌手风琴！

你看看，我说你不至于连手风琴都听不出来吧。

我惊愕地张大嘴。我是说了手风琴吗？

当然那是一支手风琴曲。不要说它是用电子琴伴奏，就是用拖拉机伴奏，我也听得出来。我还知道这首曲子叫作《花儿与少年》。

我走过去关掉了收录机。我不想把什么都想起来。一个人记忆的负担太重，脑子大概会吃不消的。何况早年间，你曾在静寂无声的地方听过那首曲子，在天低云暗的荒原上，让它在你的心里拨开一隙晴光，那么今天，躺在舒适的沙发上来重温它实在有点装腔作势，令人索然无味。

二嫚把小廖用五十块钱卖掉的那只手风琴，用八十块钱赎回来之后，每天收了工，便就把自己关在机库旁边的那个小屋里，再不出来。

从小屋的门缝和屋顶的油毡纸下，便传出咕咕嘎嘎的琴声。

那琴声多半只有一个旋律，听起来很单调。总是那一句，反反复复。有点像伤风的鼻息，一声声抽吸，有时冷不丁跳出一个刺耳的音符，嗷的一声尖叫，音阶极其不准。外头来的人决计听不出那是首什么曲子，只有二嫂自己能够跟着这琴声哼出低低的歌来。琴音不准怨不得二嫂，因为这琴叫二嫂先前的男人摔过一回，摔得几乎不响了。

后来小廖凑合着修了修，卖给了分场小学校的音乐老师。这琴原是小廖从南方背来的，跟了他四年，他在下乡前就参加了宣传队，伴奏"抬头望见北斗星"什么的。琴摔坏了之后，他自然就不拉琴了，他那样的人如果拉一个破琴，太掉价。

然而二嫂却特别珍爱这把琴，宝贝一样地藏在她的被窝里。白天有人到她屋里去，是决看不见这琴的。只有当天黑下，河堤上的拖拉机声号子声统统平息下来，在工地上一片宁静的寂寞中，才能听见那个单调兴奋的琴音。还有一缕微弱的煤油灯光，从小屋里似有似无地泄出，又缓缓升起，消融在帐篷上空久久不去的袅袅炊烟之中。假如悉心静听，有时可听到几个不协调的和弦，咳嗽似的跳跃。和声如同牛哞一样沉闷、压抑，她好像把三个手指都一起按在了同一个键上。

二嫂的手指短粗，干硬的皮肤上有许多小小的裂口。她说小廖第一次教她拉琴的时候，她总怕自己的手指头会把琴键磨坏。小廖笑话她，说她假如学会了拉琴，手指头就会在琴键上磨得又滑又亮。小廖会疼人。她告诉我。那段时间我和二嫂一块儿在工地食堂做饭，二嫂什么话都对我说。

二嫂的丈夫在工地上开"热特"，他叫蔡福，长得矮胖胖，一个蒜头鼻子。大家都叫他菜墩儿。菜墩儿留着两撇小胡子，眉毛恰好同胡子的方向相反，朝两边太阳穴箭似的发射出去。这样菜墩儿看上去就不怎么和善，加之他爱喝酒，喝了酒就骂骂咧咧的。什么王八羔子，你这没尿的东西，可花花了。菜墩儿识字不多，但骂起人来才华横溢。他八岁从关里来这儿投奔他舅舅，自小在农场长大。除了会开车、喝酒和打牌，就不会啥别的了。谁也闹不明白他凭啥那么牛气，他出车到镇上办事，遇有个半道招手截车的知青，他便佯作慢腾腾地减速要停车的样子，待知青绕到车后正扒着车厢板往上爬，他却将车猛地发动起来，噔噔地蹿出老远，把那些可怜的小毛孩子甩在公路上，自个儿驾车扬长而去，好几次差点儿甩出人命。

菜墩儿的心肠真狠。

分场的职工家属都不待见他，他混到二十七八岁，农场的姑娘没一个愿嫁给他。偏偏他也不是个巴结当官拍上欺下的家伙，主任也不得意他。于是组建水利队时，便一脚将他踢到工地上来，与我们沦为一类。

那时候他刚刚掏尽多年积攒的腰包，在关里老家娶了个媳妇来。

那媳妇便是二嫂。

二嫂长得不算好看，瘦瘦小小的个头，两根乌亮的辫子柔顺地搭到腰上。黑红的面颊上，一边一个浅浅的酒窝。从那泉眼似的酒窝里，漫出无忧无虑的笑声。她爱笑，凡是她没听说过的事儿词儿话儿，她都会没头没脑地笑起来。笑够了，抿着嘴悄悄走开去干活，一脸的心满意足。

二嫂的老家穷，吃不饱饭。嫁到这白面柴禾管够的国营农场，有菜墩儿旱涝保收的工资，还有那些说话做事都时时令她惊异好奇的知识青年，二嫚的日子真是好过得很。她干活从不吝惜自己的力气，偌大的一缸白面，叫她搓揉起来，就像洗手绢儿似的轻巧。从她来了工地以后，包子啦发糕啦烙饼啦三天两头地换花样。还有用水萝卜缨子韭菜花大头菜梗子老黄瓜生香瓜子腌的小咸菜，拌上点儿辣椒末末和熟豆油，又下饭又爽口，一分钱二分钱就买得。

都说菜墩子没积下德倒撞了大运，娶了这么个又巧又勤快的媳妇，男生们心里不服，可不服不行。哪怕有人恨菜墩儿，也不恨二嫚，心里叹着二嫚的好。

一春天，二嫚还没有娃。吃了晚饭，手里拿着一副鞋底儿，到我们住的帐篷里来。连队开会，本没有她的份儿，她却不走，缩在角落里，两只日渐圆浑起来的胳膊，一动不动地支着下巴颏，睁大了眼连个哈欠都不打。那神情明明是个依着奶奶时听故事的孩子。有几次我从一边偷偷地注视她，觉得她那坦诚无邪的眼睛里，流泻出一种淡淡的哀怨和饥渴，瞳仁里两朵跳跃的烛光，藏匿在一层若有若无的迷茫中……往往报纸念完了许久，她还托腮坐在那里发呆。

二嫚，有人说你在老家是个团支书呢！

二嫚，他们说你会唱歌儿……

二嫚，你会写信，起码念到六年级吧……

我们爱同她打趣。帐篷里清一色的知青很乏味。况且你问什么，她从不恼。垂下头，脸涨得红红，用她那个清脆的山东口音嘟哝一句：快别说了，都要羞死俺了。给俺讲讲你老家那个西湖吧，是有个白蛇传不是……我猜她一定是会唱歌儿的。在大草甸的苇丛里，小声儿唱给自己听；在她家里那小屋子的板铺上，夜深人静的时候，哼给她丈夫听……

　　当然这只是我的想象。那个菜墩儿，他也配？别提那个菜墩儿了，有一天大清早二嫂来生火做饭，眼睛红得像个熟李子，问她怎么了，死活不吭气。半天半天问急了，终于哇的一声哭，扑在我肩上。

　　她说他赌输了钱，便喝酒，喝上了劲，整夜不让她睡觉，……她不愿意，他便揍。揍完了，又跪在地上求她……

　　她撩开衣衫，便露出一块块紫的青的伤痕。她把脸埋在掌心里，哭了好久。我这是第一次看见她哭。

　　这么说，二嫂过得并不快活。我早该想到的。我不知该怎么安慰她。

　　就在那时候，小廖从南方探亲回来了。他一回来，收工后河堤上便响起了他的手风琴声。

　　从二嫂听见那琴声的第一天起，她就有一点儿失魂落魄的样子，那会儿她正在发面，沾满面粉的手，一把扳住了我的腕子。

　　那是啥？是个啥？听声儿像个口琴，有这么大的口琴？咋就在胳肢窝底下出声儿？

　　我告诉她那是手风琴。要用很有力气的胳膊鼓起风来才能奏出音乐。

　　就像大灶上的鼓风机，她恍然大悟，哈哈地乐了。我看倒像那个《红灯记》，啥伴唱来？钢、钢琴，我在画片儿上见过。像是把个钢琴挂在脖子上了，吊着那排大马牙！

　　我们哈哈大笑，二嫂笑得把面盆都扣了。那会儿她可真高兴，她说让蔡福给她在镇上买支口琴来，蔡福说：那玩意儿顶啥？等你生了娃，回分场住，给你买炕琴。

炕琴是炕上的柜子，同口琴风马牛不相干。

伶俐曾有过一支口琴，在水渠边吹了一支《花儿为什么这样红》，又在连队国庆联欢时，吹了一支《莫斯科郊外的晚上》，口琴让连长没收了。

伶俐去找连长要口琴，连长说：吹口琴不渴吗？渴了喝啥？

喝水呗。

喝水？缺个字儿，差点儿意思。

喝——喝茶。伶俐恍然大悟。下半年回家探亲，给连长带了两铁盒子茶叶。那盒子是四两装的。

连长说：喂鸟哪！

伶俐便把留给自己喝的那罐子也给了连长。

连长说：你超假了，这车票不能报销。

伶俐便把她妈从箱底里掏出的一条新的真丝被面给了连长老婆。想想还少点，又加了一袋奶粉和一双袜子。

连长把那条被面反反正正看了老半天，咧嘴，乐了，把那袋奶粉扔还给她，说：留你自个儿喝吧！

伶俐对我说：连长喜欢不易坏的东西。

伶俐后来上了大学当了工农兵学员。临走前偷着告诉我，她给了连长一块上海表，塞在一只空的茶叶罐里。

我问：是他让你走，你谢他，还是你给了他手表，他谢你？

她说：当然是他谢我，才让我走。又加一句：奇怪的是，他从不戴那块表。

我说：他是怕别人知道呗。

她摇摇头：他也不喝茶水，喝白水，但他喜欢茶叶啊被面儿啥的。有人说他想调回山东老家去，把好东西都孝敬给场长。

连长是转业兵，在这待了十七八年。他也想家，和我们一个样。

伶俐走时，连长老婆给她包了一顿饺子，还给煮了十个鸡蛋路上吃。

以后只要那手风琴声一响，二嫚就扬起脖子眯起眼，痴痴地望着河堤出神。夕阳下，小廖的影子拉得老长，两只胳膊一开一合的，像两只扇动的翅膀。

手风琴真好听。二嫚每回总要叹口气，好像责怪自己至今才知道世上有这样一种乐器和声音。俺在老家时，光听过二胡和笛……

说实话，小廖的手风琴拉得不怎么样，总像撒气漏风似的，拉了四年多，也没啥长进，否则他早就进了场部宣传队。但他爱拉琴，一拉起来就没完没了。他拉琴时身子总冲着我们女生的帐篷，我们都盼着有个女生能成为他的知音。可惜女生有眼光的人不多，没人在月光下走出帐篷，迎着他的琴声走去。他说话略有一点结巴，嘴巴瘪瘪的像个老太婆，干活有气无力，只有眼睛不闲着，总是骨碌骨碌地往女生这边扫。

他如果知道他如今真有了一个忠心耿耿的听众，他会怎么样？他如果知道了他的知音竟是菜墩儿的老婆二嫚，他又做何感想？

看着二嫚日日这样眼巴巴地寻他的琴声，望他的身影，甚至卖饭时趁人不备，塞给他几个专为他包的大馅儿包子，而他竟全然不觉，我有些不忍了。

一个雨天的中午，他不知怎的坐在我们食堂门前的柈子堆上拉琴，我纳闷了一会儿，才明白原来女生们都在食堂的棚子里，帮我们义务摘菜准备包饺子。

小廖，过来！我叫他。二嫚想要看看你的琴，开开眼。

他不大情愿地走过来，眼睛瞟着另一边。

二嫚却慌了神，拼命在围裙上擦她的手。待小廖走到跟前，她已满脸通红。嗫嚅半天，说出一句：你拉得真好！

二嫚的嗓门大，声音传进了棚子里去，姑娘们都探头出来，小廖顿时容光焕发。二嫚用一根食指，小心翼翼地触了一下琴键，怯怯地问：难学吗？

不难，难什么？谁想学，我包教。小廖冲着棚子挺了挺胸脯。当然，他的慷慨不是为了二嫚。

无人响应，一个个脑袋都缩回去了。谁都明白这个玩意儿不是通向城市的钥匙。一天累得贼死，敢有这份闲心？再说钱呢，谁有几百块钱，买得起这么个不能吃不能用的东西？就算有钱又上哪儿去买呢？差不多在下乡的第二年，知青们就已懂得务实了。

只有二嫚没走，盯住那琴，怔怔地发一番呆，突然说，你教我吧！

小廖也愣了愣，回头瞅瞅那笑声盈耳的大棚，使劲咽一口唾沫，说了声行。

二嫂有点站立不稳，傻傻地笑着，伸手抱起那琴来。手微微颤抖着，不知往哪里伸。小廖忙上前托住，帮她把宽厚的皮背带套在肩上。二嫂手足无措地呆立着，小廖抓过她的手，一只按在键上，一只塞进琴左侧的把手带，大声说：看好了，就这样——左手往外拽，再往里一压，就出声儿了！

　　二嫂憋足劲往琴上使，先把琴的风箱拽开了，然后揉面那样，双手使劲往里一挤。突然，琴键上爆发出嘎的一声，惊天动地，惊心动魄——

　　哎呀妈呀，吓死俺了。她一步跳开去，鼻尖上冒出粒粒汗珠。俺还以为哪儿来了只大鹅哩。

　　她脖子上还吊着那把琴，身子和琴一起哆嗦颤悠。我也忍不住哈哈大笑。

　　就这样，真真假假的，二嫂跟着小廖学上了手风琴。

　　小廖对二嫂学琴，教得十分认真耐心，好像是为了气一气那些有眼无珠的女知青。

　　每当菜墩儿傍晚出车去打夜班，开饭完了以后，二嫂就让我去叫小廖到食堂门前的桦子堆这儿来，趁着天将黑没黑的那点晚霞的余光，咕咕嘎嘎地开张。当然二嫂不懂五线谱，小廖也无意让她从豆芽菜学起。他教她学琴，充其量只是教她拉个歌儿罢了。不过从那时我确信了二嫂是会唱歌的，因为没过多久，我从那上气不接下气、断断续续的琴声中听出，她居然拉出了《花儿与少年》的头几句。

　　她学得可真快。

她拉琴时，我多半坐在一边发呆。她不让我走，说我在旁边，她的胆子能大些。她总是先割好了艾蒿，逆着风燃点上，让那些浓浓的烟雾把蚊子赶跑。有时小风倏忽换了方向，烟呛得我眼泪鼻涕直淌。我从那淡蓝的烟气中逃开，却见她抱琴而坐纹丝不动，泪光盈盈的眼睛里，闪烁着我从未见过的金色火苗。那排洁白如玉的琴键，如修葺一新的石阶，从她的眼底里伸展到天尽头……我想，她大约陶醉在用自己的手指弹奏出来、笨拙杂乱、瓮声瓮气的音响中了……

　　她开始帮小廖洗衣服，补衣服。有时开饭小廖来晚了些，她便从厨房里拿出不知藏在哪儿的炒菜或是几个煮鸡蛋，笑眯眯地看着小廖舔嘴抹舌咽下。没过多久，小廖干脆连被单褥单和几年没洗一回的油黑锃亮的破棉袄旧毛衣，都一股脑儿捧来让二嫂替他拆洗。二嫂有求必应，洗净了衣服，还把自己家留着的一包新棉花，拿出来给他絮添上。脱了线的毛衣袖子也重新织了一遍。她的琴一日日有着缓慢而不可否认的进步。她似乎终于能把《花儿与少年》结结巴巴地从头到尾拉下来了。

　　二嫂的眼里终日喜气洋洋。

　　小廖说我，那个……那个叫啥……叫啥乐感，说我乐感好。

　　小廖说，我假如生在城里，同她们一样聪明。

　　小廖说，就先学这支歌。学会了，学得滚瓜烂熟了，再学新的。他说这样不易忘记。

　　嗳，你说小廖咋还没女朋友呢？多好个人……

　　变化就这样悄悄发生，她不像以前那么爱笑了，眼睛里时常飘过幽怨迷离的乌云。喜欢一个人静静地呆坐一边，望着远远的地平线出神。她蒸出的馒头不是碱少了就是碱多了，还焖出了一锅夹生饭，让我隐隐感到不安。

现在小廖已经不需我去请了。只要菜墩儿一走，他便主动背琴而来。常常是他拉一段，二嫂拉一段，一段段地示范指点，给二嫂吃上了小灶，居然不厌其烦。这一日傍晚，我在木墩子上坐了一会儿，觉得腿上有蚊子咬，嫌那艾蒿烧得不好，站起来想去拨火，无意抬头，见小廖的两只手都落在二嫂的手上，捏得紧紧，二嫂并没有恼。那琴声，忽然中止了，四野静寂，只听见两人的鼻息。

我进退两难，终于悄悄走开去。

连队里开始有人在背后嚼舌。说二嫂与小廖如何如何。百十号人，就在这几顶帐篷几间破房里住，谁能瞒过谁呢？况且除了吃饭干活，也没有别的事可做。那一日送饭去工地，竟有人当着小廖面开起玩笑来，玩笑开得放肆。小廖却满不在乎，嘿嘿一乐，答道：这有啥？叫二嫂跟她老头儿说说，以后咱们坐车都方便啦！

众人哄笑。我恨不得给他一嘴巴。

收工后，我到他的帐篷门口把他叫了出来：小廖，你别太嚼瑟，二嫂有男人。我的声音发抖。

他冷笑一声。她愿意，你管呢！他说。以后也不用你来陪她学琴了，碍事！

说完就走。

我追上他，对他说人不是手风琴，不能拉开再合上。他不哼不睬，一副刀枪不入的模样。

那以后，假如菜墩儿白天出车，小廖便堂而皇之地请起病假来。他不知用什么法子贿赂了连长，连长眼开眼闭。而菜墩儿当然是什么也不知道，他人缘不好，没人给他通风报信。开春时他挨着机库那堵破墙，自己用一块块土坯搭成的小屋，现在公然变成了"琴房"。

不过从那儿传出琴声的时候却很少。那扇小门悄悄闩上时，世界都沉默了。

二嫂变得恍恍惚惚的。她总似有难言的隐衷，欲言又止。她躲避我的目光，有时做着饭，无意回头，见她满面泪痕。

你倒是咋了？丢了魂似的。我问。

她摇摇头，叹口气，不答。半晌，突然说：假如这满甸子的苇子，割了能卖钱，该多好。

你想家了？没钱回家？

不。她缓缓说。我想要是有钱买个琴，就不用老借小廖的了。

小廖不是顶愿意借给你使的吗？

不，你不知道……

似有什么触了她的痛处，她背过脸去。

她仍然只会拉那《花儿与少年》，不过，终于是一日日有腔有调有节奏的了。

我仍有一种不祥的预感。我不能也不敢告诉她，假如她和小廖之间真的发生了什么，她和小廖各自付出的代价绝不会是一样的。

苇子渐渐发黄变白，苇棒一天天挺立结实，大雁一行行南飞。等到下了霜再上了冻，水利队就该暂时撤回分场放假了。也许到那时候，该死的《花儿与少年》就会永远地结束。许多事情当我们没有能力阻止它发生的时候，就只好祈盼它早日终止。我早已看透了小廖，他用他那架破琴在换二嫂那颗完整的心。虽然，他要的只是一个女人。

偏有几日又回暖，竟又闷热起来。似乎是为了犒劳水利队一夏天的辛苦，场部派来了放映队。那天晚上，就在河堤上支起了银幕放电影。全队几乎都去了，不记得是个什么片子，只记得电影演到一半时，从机库那里传来一阵阵粗声粗气的辱骂声，又听一会儿，那叫骂声越发大了。我心一紧，赶忙悄悄溜出来往机库那边跑。天已黑尽，借一片月色，竟看见菜墩儿把二嫂按在她家门前的地上，手里操一根皮带，发疯似的抽她，一嘴白沫，也听不清骂些什么。二嫂只是咬着嘴唇，不哭不闹，任凭皮带没头没脑落在她肩上身上，辫子散开了，羽毛似的飞起。我一把将菜墩儿拦腰抱住，叫二嫂快跑。菜墩儿一伸胳膊，将我推个趔趄，回身举起皮带又要抽。我抬头，见二嫂已从地上翻身爬起，却不跑，迎面朝地上的一个什么东西扑了过去，将它死死抱住，继而，哇的一声号起来。

我看清了，是那架手风琴，它中间的风箱被撕裂了，大口似的张着。

二嫂抱住它，半跪在地上，蜷缩着身子，眼泪如雹子似的砸下来。如果这时候菜墩儿的皮带把她抽死，她也毫无感觉。菜墩儿愣了一会儿，悬在空中的手垂下来，半晌，猛地吼道：

"你还有脸哭，我叫你这辈子再摸不上这琴！"

说着就一脚踢过来，琴再一次落地，发出一声鬼哭狼嚎似的怪叫。二嫂默默地走过去，她已经不再哭了。她抱起琴，像抱起自己的孩子。忽然回过头，冲着菜墩儿咬牙切齿地说出一句话：

"俺不过了。"

这晚她来帐篷和我睡在一铺。一宿无话，她没有向我说明菜墩儿发作的起因，我也不便多问。料想是有难以出口的经历。可她睡得很香，很沉，好像终于把许多天来的重负卸去了，又好像她说出那四个字，早已深思熟虑过了。可是她真要同菜墩儿离婚，以后的日子怎么过呢？小廖绝不会……哦，刚才菜墩儿毒打二嫂的时候，小廖根本不知躲哪儿去了。

那以后拖了些时日，他们终于是双方去了总场，拿回来各奔东西的离婚证。于是偏僻冷落的水利队，很是热闹了一阵子，人们纷纷传说放电影那晚上的情形，而我差不多是最后一个知道的：那天晚上菜墩儿趿着一双布鞋去看电影，看了一半，觉着脚下蚊子咬得凶，便回家去找靴子穿。这儿的人看露天电影都穿高统雨靴，省得挨咬。他敲门，门插上了。二嫂半天才来开门，说是头痛先回了。菜墩儿找靴子半天没找着，想起在板铺下，伸手去摸，却摸着一只脚，吓得他蹦到门外，却见一条人影从床下蹿出，夺路而逃。

看电影的人散时，二嫂已被我领去宿舍，没有几个人知道。至于后来传说得这么有声有色，当然是菜墩儿为了让人同情而到处散布的。他每次讲完了，总要补上一句："那臭娘们还想跟我离婚，离就离，看我不出俩月再找个黄花闺女！你当小廖会娶她，做梦去吧。他敢回来，揍不死他！"

小廖果然一连几个月没露面，听说是回老家了。来年开春，他回来办关系，还没忘了把琴拾掇一遍，卖给别人了。而菜墩儿为了赌气，果真在两个月内娶了邻近屯子的一个姑娘，调到九分场去了。

第二年开江化冻之后，水利队又回到原来的龙王庙旧址安营扎寨，我也从南方探亲回来，我发现二嫂已把自己的行李搬到那个小房。一冬的风雪侵袭，小房已有些摇摇欲坠。二嫂用破油毡纸苫了屋顶，钉严了门窗，似乎要在那里头住一辈子。

"你还是同我们一块儿住宿舍吧。"我说。

"不，"她的头垂得很低，"我想拉琴，怕吵了别人……"

仅仅一个冬天，她过去那油黑乌亮的辫子变成了一堆蓬松萎黄的干草。腮上的酒窝，被两道细细的皱纹拧歪了。一夏天，她都用那只伤风漏气的琴，拉一支我从未听到过的新歌。她再没有拉过《花儿与少年》，虽然她已拉得很流畅了呢。

那年夏末，我调到场部去工作，离开了水利队。她没有来送我，在"热特"的引擎声中，我隐隐听得从小屋那儿传来一种单调的琴声，听起来它已不大像是手风琴了。它始终重复回旋着一句，听不出来那是什么曲子。

这阵子上街，总闻着一种叫人垂涎欲滴的香味，从街面旮旯里冒出来。那香味儿好怪，不是什么油炸臭豆腐或是烤羊肉串之类，直钻鼻腔的，颇有刺激性的浓烈香气；也不是韭菜炒鸡蛋、桂花藕粉那样平常可以闻见的沁肺爽气的清香。这香味似曾相识，从极远的异地传来，把人团团围住，立时挣脱不得，热辣诱人的香味弥漫了五脏六腑，钻透骨髓，头顶脚底乱窜。深吸几口，初时只觉血脉沉重，四肢雷击似的瘫软，昏昏欲睡；继而感到通体灼烈，热血沸腾，不知不觉地生出了气力和精神来。

我沿香味飘来的方向寻去。我自知我是极熟悉这个气味的。只可惜它的名称就在嘴边，我却无论如何没有办法把它说出来。我明明知道它是什么，但我却忘了它是什么，我的鼻眼嘴同时敞开，我恨不能将那香味放在舌上嚼一嚼，它却踪影全无。

踏破铁鞋。

昏黄的暮色中，我望见街边的一棵光秃秃的梧桐树下，有几张矮矮的小方桌，矮得同凳子一样。说它是桌子，因为它的四边还有几只更矮的小矮凳。每张小桌子上放着一只炭火熊熊的小炉子。有张桌子旁边已围上了人，那小小的炉子上有一口硕大的砂锅，锅里爆出哗哗剥剥的响声。那叫人的肠肚翻江倒海卷巨澜的奇异香味，正从那砂锅里传出来。

我在靠边的一张小桌子旁边坐下来。店主走过来招呼。"这是夜市吗？"我问。"是夜市。"他回答。"来一份。""好咪——"

黄鳝那年冬天死在场部医院里。

我过了好久才听说这个消息。

我似乎并没有怎样的震惊，我甚至暗暗松了口气，他是罪有应得。我居然闪过这样的念头，否则，他这样的人，不死也终归会进监狱，判个无期什么的。

我的心肠会变得如此冷硬，出乎我自己的意料。其实黄鳝活着的时候同我关系还不错，因为我曾帮他写过几份检讨。黄鳝只念到小学毕业便遇到大风大浪，后来糊里糊涂跟着巷子里的"头儿"们来了北大荒。他出身挺好，三代血统工人。如果不误入歧途，满可以入团入党走一条阳光大道。但在城里闲散游逛的三年，养成了他游手好闲的习性。他去郊外的水田钓黄鳝，一次能钓十几条。黄鳝这个外号就是这么来的，一直从南方带到了北大荒。到了农场后，他仍然重操旧业，夏天上工时间溜去水渠捞虾，秋天割黄豆，他就在地里用黄豆秸点火，把铁锹擦亮了，在火上烤黄豆，香飘田野……为此连长没少让他写检讨，但任他怎么写也过不了关。据说连队的哥们儿都被他求遍了，才咬咬牙在铲地时接了我的垄。我同他会合时锄头钩在一起，抬起头一看是他，不由大吃一惊。谁都知道他抱一条垄，铲了个头儿，就往垄沟一躺打起呼噜，待一觉睡醒拖着锄头顺垄沟追上去，还能恰好赶到垄尾。北大荒的大豆地，一条垄够铲上一天的。在黄鳝手下，一夏天多少条垄就白白扔了。

没人敢管他。起先有个不知好歹的排长，让他从头返工，结果晚上一掀被，抖出只死耗子。

对他来说，接受再教育倒是非常必要的。偏偏他倒常常教育旁人。

"你说，对同志不是要像春天般温暖吗？"他站在地中央，斜睨着眼涎笑，"都说你墨水好，你给老弟写份检讨怎么样？老弟不会亏待你的。"

我望着他让烈日暴晒成酱肝色的脸上那双眯起的肿眼泡，目光虽然汹汹却分明胆虚，口气虽然强硬无理却分明心怯。一个混世魔王不到走投无路的份儿上，不会来求我们这些素日从不在眼里的女生。这么说他也够可怜的了，那一瞬间我竟痛痛快快点了点头，我觉得让他那么个家伙同我纠缠不清，实在有点令人难堪。

"答应了？"他一拍大腿，"你可说话算数。"他当即掏出两条生黄瓜来，扔在我脚边，"以后要什么，尽管开口。"

我从那两条黄瓜上跨了过去。尽管我似乎闻到了黄瓜的清香，我轻轻咽了口唾沫。顶花带刺儿的新鲜黄瓜，又是从分场的菜园子里偷来的吧？

他似乎在我身后愣怔了一会儿。我听见他用脚把黄瓜踩得稀烂。

但我坐在街头的矮桌矮凳上闻到的那种越来越浓烈的香味，当然绝不是黄瓜。那香味渐渐朝我走近，一阵风飘来，又飘去。

黄鳝死在场部医院那年，才十九岁零三个月。

黄鳝原来不叫这个名字。他有一个斯文的学名。但谁也不记得了，都叫他黄鳝。

黄鳝的身体很壮，天热时脱了汗衫，光膀子露出两块结实的胸大肌。他经常锻炼爬墙钻洞什么的，三天两头请病假，有足够的时间去寻觅食物。

根据兔子不吃窝边草的古训，他寻觅的主要对象，是邻队的菜园或鸡舍鹅棚，当然都是公家的。他自有一套类似劫富济贫的理论。他寻觅食物的技巧不算高明，但总能得手仨瓜俩枣。一旦被抓住，就问心无愧地写检讨。

他帮我接垄的第二天，我把一张写得密密麻麻的字条扔给他，他当即给我作了个揖。第三天看见我，嬉皮笑脸地说："哎，连长表扬我了，说我的检讨从来没有写得这样认真。他说，噢，他说我对错误认识很深刻，嘻嘻。"

我咳一声，偏过脸说："就这一次，下次再犯，我可不管了。你这样吊儿郎当的，混到哪一天是个头？"

"看你说的，真想不开，混一天算一天嘛。连你在内，哪个不是在混？"他绕到我面前来，厚颜无耻地搓着脖子里的汗泥，"再说，我也没干什么大的坏事，弄只鸡呀鸭呀吃吃，身体健康对国家也有好处的。不是说知青是农场的主人吗?！主人吃两根黄瓜，不是理所当然吗？农场不把我们当主人，就只好我们自己把自己当主人看了，'破四旧'那辰光……"

"你拉倒吧，"我打断他，"你顶好还是寻寻回城的门路，到自己家里去当主人吧！"

那个关于主人的宏论我从此念念不忘。我惊异的是他竟然还有充足的理由来为自己的行为辩护。坦率地说，我心里岂不也是那样认为的。正因为他偷吃偷拿的都是公家的、农场的东西，我才不自觉地一而再，再而三地原谅他。我们从来没有把农场同国家连在一起，农场只是领导的代名词。在许多人眼里，黄鳝算是一个够哥儿们义气的汉子，他利己却不损人。至于损了农场或其他什么，在大家看来天经地义。

黄鳝就这样活在他的煨土豆烤青苞米炒黄豆炸窝头片儿中，活得轻松自在。后来终于发展到绑架了一只连队猪号里新下的小猪仔，又拆下了两根马号外围栏上的木桩子，用作柴禾，同几个哥们儿在场院痛痛快快吃了一顿烤乳猪。事发后，连长大怒，据说请示了总场，决定新账老账一起算，狠狠给他点儿颜色看看。保卫干事带人背了绳子来拘捕他的时候，他正满嘴流油地在炕上倒头大睡。我们闻讯赶去看热闹，男宿舍的窗外挤满了人。

"你们谁敢动我?!"我终于从一条缝里望见他的时候，他已醒了，睡眼惺忪地翻身坐起来，耍泼地大叫。那些笨蛋竟没有趁他睡着时把他捆住。

"别误会别误会。"保卫干事赔着笑脸，"有话好好说嘛，来，坐下，坐椅子上，咱们唠一唠。"

黄鳝犹豫了一下，终于趿上鞋，不情不愿地走到那把椅子跟前去。那是男宿舍唯一的一把椅子，专给指导员念文件报纸用的，黄鳝得到这样的荣幸，似有些得意，大模大样地坐下来。可屁股刚挨着椅子面，一条绳子如渔网一般从背后甩过来，不前不后正好勒住了他的前胸和肩膀。没等人眨眼，那绳子蛇似的盘拢，在他腰部和腿部紧紧地缠了几道，是绕着那只椅子背和椅子腿缠的，活像上了夹板，任凭他挣扎叫骂，也无济于事，他终于被牢牢地捆绑住，如同一只即将送去屠宰的猪。

这一幕真是惊心动魄。没等我们回过神来，那椅子已被连人抬起来，出了男宿舍，直奔分场办公室。

如果不是因为当天晚上分场值班室出了事，黄鳝那次肯定被送去场部小号关个一年半载的，或干脆判个两年三年的。偏巧那天半夜失火，黄鳝不知怎么跑了出来，非但没有趁机逃之夭夭，还拎了水桶爬上屋顶去救火。没有几个人真敢上房救火的，房顶一塌，可是没跑儿。但黄鳝居然就上了房。于是，火扑灭了之后，他的事也就既往不咎了。虽然表彰救火英雄绝没有他的份儿，但免了他的牢狱之灾，他的自我感觉好得不能再好。

"老子命大。"他到处向人炫耀。指导员发现他并无悔改之意，便责令他就猪仔事件写一份深刻检讨。

他愁眉苦脸地来找我。"要深刻的。"他讷讷说，"深刻的只有求你了。"

我望着他那让火燎烤得翻翻片片的破衣和叫火熏成黑褐色的高颧骨，哭笑不得，这个倒霉的救火英雄。

"你说，下次再不了。"我叹了口气。

"下次再不了。"他斩钉截铁地重复，"否则，叫我不得好死。"

几天以后一个休息日的下午，我还在炕沿上写日记，突然发现有个人在我们女宿舍的窗外一跳一跳，正对着我的铺位。出去一看，却是黄鳝。他鬼鬼祟祟地抱着一只书包，二话不说便往我怀里塞。我觉出那书包是热的，沉下脸说："你要干吗？"

他搔着头皮。"一点煮毛豆，青毛豆儿，给你尝尝鲜。"他有点不好意思，"是我自己种的，在场院那边。"

"见你的鬼去吧！你会种毛豆，太阳都从西边出来了！"我把书包重重地扔还给他，转身走进了宿舍。

我的衬衫上却留下了青毛豆的清香。那种实实在在的家乡的气息，弄得我那一整天心神不定。

但我坐在街头的矮桌矮凳上闻到的越来越浓烈的香味，却绝不是毛豆的气息。此刻我是在那时梦寐以求的家乡，但我却闻不到家乡的气息。有一股热气在向我袭来，使我浑身大汗淋漓。这股气息我已经许多年没有闻到了，它实在有点令人困惑。

黄鳝那年冬天死在场部医院里。

他得的是狂犬病，这个病一旦发作便无可救药。

我听说此事时，黄鳝已被放进一具临时用桦木板钉起来的棺材内，葬在了农场与公社接壤的一片柞树林子里了。我们在那片乱坟岗子里找到了埋着黄鳝的那个黑土堆，给他添了几锹土，谁也没有说什么。

看得出来，凡是三个月前同黄鳝在一起分享过狗肉的人，眼里都潜藏着深深的恐惧，包括我在内。我恨不得将那些香喷喷的狗肉一股脑儿吐出来。

然而它们早已在我的体内消化，变成了我的血肉的一部分；变成我此时说话走路的气力和精神。它既已同我合成一体，那么也许要不了多少日子，我也会同黄鳝一样，从此告别这个可诅咒的地方。

三个月前的一天中午，黄鳝率领他的乌合之众，将那条大狗团团围住的时候，我正走出宿舍门口去晾衣服。我的脸盆掉在地上，我看见许多把铁锹狠狠地朝那条狗砸去。我听见哐哐的响声和恶狠狠幸灾乐祸的叫骂，我闭上了眼睛。待我睁眼时，那条狗已躺在地上，尚在微微地喘息。黄鳝手舞足蹈地在它身旁转了几圈，踢了它一脚。不动，便伸出一只手到它的脖子上去，似乎是想把它拎起来向围观的人展览一番。就在他的手刚刚触摸到狗头的时候，那条"死狗"突然猛地回头，在他的手腕上狠狠地咬了一口。黄鳝惨叫一声。有人冲过来对准狗肚子飞起一脚，那狗终于垂下头去，软耷耷地再也没有动静。

黄鳝从狗嘴里拔出手来，手腕上有几个清晰的齿印，流着少许血，一会儿工夫便凝住了。那些人围住问他疼不疼，他说没事。走过去对着狗头又猛踢了一阵，便笑嘻嘻地与人将狗抬走了去剥皮炖肉。

黄鳝因此很兴奋了些日子，虽说许多人日后谈起那狗尚心有余悸，但都不得不承认黄鳝无疑是比那狗更英勇无畏。女生们因此对他刮目相看。

接着便是在场院二劳改的大锅里烧起了开水。狗皮归了黄鳝。下午收工时，我走过场院小屋，突然一股异香袭来，顿觉饥肠辘辘，唾沫四溢。恰在那时黄鳝从里头奔出来，一拍大腿，说："哈，这回你可跑不了啦！"

他回身进屋，一眨眼便从里头抓了一块热气腾腾的狗肉出来，上头还沾着血红的辣椒末。那东西有些像牛肉，黑褐色，紧绷绷的，丝丝缕缕的热气勒住了我的脖子，勒得我喘不过气。

我终于没有抵御住那个诱惑。

我闭住眼小心翼翼地尝了一口，又尝了一口。我没有尝出什么特别的味道，只觉得那股腥辣的香味令我血脉沉重，四肢瘫软，继而便感通体灼烈，热血沸腾，筋络颤抖，不知不觉生出了气力和精神。我睁开眼睛，大嚼，不一会儿便将那块东西吞食干净。

"好吃吗？"他问我。"好吃。"我回答。他很满意地打了一个嗝，"不吃白不吃的。"他说。

我点点头。毕竟这不是公家的东西，这是条在附近游荡已久的野狗，既是丧家之犬，不吃白不吃的。我安慰自己。总算黄鳝没有再去偷东西，总算他也懂得废物利用了。

他手上那伤口几日便长好了。谁也不再记得他叫狗咬过一口的事。这是黄鳝历史上唯一一次吃不是偷来的也不是公家的东西。但唯独这一次，他付出了生命的代价。

吃过狗肉以后不久，我调到水利队去了。冬天水利队撤了点，我回分场还见过黄鳝一回。正是三九天，黄鳝却只穿了一件破毛衣，我说："当心感冒了。"他说："吃过狗肉的人，心里发热，抗冻！"

他果然满头大汗的，脸越发红了。

以后再没见过他。他再没来找我写过检讨。

再以后，就听说了他的死讯。

听说，他的病诊断后，医生知道没救了，让连队通知了南方他的家里人。他父母年纪都大了，千里迢迢的折腾不起，便派了他的一个哥哥来。他哥哥赶到农场时，他还没咽气，抓住他哥哥的手，说了这么几句话：

"我还欠着大曹十块钱。你记着帮我还了。另外，我铺底下有张狗皮褥子，你带回去给阿爸姆妈用。狗皮褥子能隔潮……"

说完他便死了。

他死后的一年多里，那次吃过狗肉的人，都惶惶不可终日，以为自己也会得黄鳝那个病，包括我在内。后来才明白，狗的唾沫血液中可能携带狂犬病毒，它是通过血液传染的。所以，吃过那样的狗肉，只要身上没有伤口，并不见得就会得那种病。

大家释然以后，也就不再提起这事了。

砂锅端上来了，在炉子上发出哗哗剥剥的响声，还有一碟青蒜，一碟调料，一盘血淋淋的鲜红的生肉。

我有些恶心。

我终于想起来，这是什么东西发出的香味。这原是两广人的吃法，什么时候竟传到了这个江南灵秀之都。奇怪的是从极南到极北，这种东西发出的气味竟是一模一样的。

我站起来，我恶心得要吐，店主在我身后喊叫。我开始奔跑，我想逃出这气味。黄鳝死后，我曾发誓永不吃狗肉。可十几年了，我竟还是没能摆脱它。我突然觉得自己有些对不住黄鳝；而黄鳝，有些对不住那只无辜的狗；那狗，也是对不住黄鳝的。

黄鳝死后，听说连长被调到一个边远连队去了。上头惩罚他让新生事物死于狂犬病。又过了一段时间，他终于调回山东老家一个县城去了。

他在镇上火车站办理托运手续那天，恰好我也去车站取家里寄来的慢件。我看见他领着几个壮汉卸下了满满一"热特"车的东西：除了行李铺盖锅碗瓢盆的家当，还有一捆捆厚厚的松木板，一桶桶二十斤装的塑料油桶，橙色的豆油在阳光下闪出我想象中的琥珀样的光芒。还有一麻袋一麻袋哗哗响的大豆或是大米之类的东西，一面袋子一面袋子沉甸甸的玉米面或是白面之类的东西。还有几只大极了的木箱子，抬得那几个壮汉都抬不起头。那几个人我都不认识，想必是外连队的。没人知道那木箱子里装的是什么。火车一开，它们就成为永远的秘密了。

我冲着他的背影狠狠吐了口唾沫。我猜想黄鳝的棺材也许还不如这松木板。

我呆立窗前。天空灰蒙蒙的，像一块用脏了的抹布。

耳边一直有一种声音在盘旋，从那低而密集的云团里传来，如朔风在旷野的电杆上呜咽，久久地持续。有时它们似乎远远地去了，踮着足尖轻轻行走，消失在苍茫的云层之上。有时它们又如一阵奇妙的音乐，从我视线所及的樟树顶掠过，那时候窗上的玻璃也发出微微的震颤。

嚁——

它们终日在我的耳畔鸣响，我却看不见它们。我一直在悉心辨别，我说不出这究竟是什么声音。可我明明是熟悉这声音的。就在昨天，不，昨天的昨天，前天的前天，在那块埋葬我们青春和希望的遥远的土地上，我无数次倾听过这个声音，它曾为我织出过那样美丽的幻梦，为我驱散过心头那样沉重的愁云，而我却不再记得它。我无论如何也想不起来，这究竟是个什么声音。

嚁——

它盘旋在我头顶阴沉沉的天空中。

"是什么？"我叫起来。我再也不能忍受。我的脑子像要炸裂。它们简直要把我弄得发疯。"告诉我，是什么？"我叫道。

"鸽哨。"他平静地回答我，一只手落在我肩上。"是鸽哨呀，你怎么了……"

是的，是鸽哨。我如释重负，长长地松了口气，我真是把什么都忘记了。

我走到院子里去。哨声渐远，天际辽阔，空空如也。

"那群鸽子怎么办呢？"

我问李拙。

李拙蹲在地上一支接一支地抽烟。他刚才告诉我们，他已经办好了回南方的手续，他准备两天之内动身。

"你干吗不把鸽子带回去呢？"

我问李拙。

"带回去？"他冷笑了一声，"我恨不得铺盖行李都不要了呢，统统扔在这里，省得回去看了心烦。"

说是说，其实我也知道，把这群鸽子带回南方去，显然是不可能的。这群鸽子起码有三十只，飞起来一片天，蹲在窝里也起码得有桌子那么大个笼，才装得下，当活物带上车厢，李拙有这么多钱给它们打票？当行李托运，三天三夜的火车，谁给它们喂食？况且自从知青大返城的潮头聚起，各大城市的车站水泄不通，连人都没有站脚之处。那时返城浪潮已席卷全国，大有兵败如山倒之势。谁还能够顾得上那几只鸽子？

"你走了，谁来喂它们呢？"

我问李拙。

那群鸽子正在连队宿舍的红瓦顶上晒太阳。雪白的羽毛发出银缎似的光泽。有几只鸽子高扬着秀气的小脑袋，挺着圆乎乎的白胸脯，矜持地朝我们眺望，如一群骄傲的白雪公主。有只鸽子，头顶有一簇翘翘的白毛，它慢吞吞地踩着瓦片散步，忽然嘟地俯冲下来，落在李拙的手背上，友好地用红红的小嘴轻轻啄着李拙的指甲。

"给你吧！"李拙抬起头来盯住我的眼睛，"留给你吧。"李拙说。他说得很快，快极了，不注意根本听不清他说了句什么，连他自己也听不清。我有些吃惊。他养鸽子五年，曾多少次为了有人冒犯他的宝贝鸽子而同人吵架，他从来没有肯把这些宝贝儿给过别人，哪怕一根羽毛。鸽子是同他的性命一样的，我曾经多么希望他能送给我一对小鸽子啊。

可我摇了摇头："你知道，我已经调到场部宣传队去了。"我低下头轻轻说，轻得连我自己都听不见，"宣传队经常下去演出，跑来跑去的，恐怕，照料不好它们的……"

我咽了口唾沫，我不想说出来，我早晚也会离开这儿的。当我也走的时候，它们怎么呢？

他抚着那鸽子的羽毛，许久没作声。鸽子在他宽厚的掌心里温柔地眨着眼，眼神是那么恬静安详。那时候，在我们周围的同伴中，早已看不到这样信赖和善的眼神了，它令我一阵寒战。

突然，李拙猛地站起，双手往空中一甩，那只鸽子从他手心扑腾腾飞起，惊惶失措地蹿上屋顶。

"——谁要我的鸽子？"他大喊一声。"谁要了我的鸽子，我给谁五十块！"

没人答应。

没人答应。想答应的人，都是早晚要走的；不会走的人，却不喜欢鸽子。这群鸽子所需的饲料，可以养活一群鸡鸭或是大鹅，可以下蛋再生儿育女。没人愿要这群没用的鸽子。

"——没人要，我就吃了它们！"他歇斯底里地吼起来，样子很恶毒。

那吼声竟惊起屋顶上的鸽群，呼啦啦飞起来，直冲蓝天。秋日的晴空下，响起一片鸽哨的呼啸。

两天后，李拙决意南下。他当然没有吃掉那群鸽子。听说他用自己的一副墨镜和一副护膝，在附近老乡屯子换了一麻袋糙子，交给了同连队的一个暂时不会返城的男生。以后的事，他就管不了那么多了。

那天清早，我和他同乘一辆"热特"离开分场。我去场部，他去火车站。车开以后，那群鸽子竟然跟着车盘旋了好一阵，车过了农场地界，它们才渐渐地消失在蓝天里。

"它们从来没飞出这么远过。"他背对着我说。

我领了家里托运来的慢件食品走出车站货运场，冷不防和连长打了个照面。刚才我还在他身后吐了唾沫，这会儿却躲避不及。连长正坐在水泥台阶上，悠悠自得地吹着口哨。

我从来没听见过连长吹口哨，我几乎把他当成了另一个人。所以我愣住了。

"黄鳝死了，我也走了，农场也不知坚持到啥时候。"他说。

"你……"我没想到连长会说出这种话来。我想他也许根本不是连长而是另外一个人。"那你干吗走?! 你在这儿有家,你们捞足了好处就拍屁股走了?!"我厉声质问,我早就盼望有一日能用这种口气对他说话。

"家?"他反问,哈哈大笑。"这个家早叫你们败光了! 我们开荒种地,流血流汗,我们为国家缴了多少粮食?! 可你们一来,农场粮不够吃,钱不够花,一年年几百万几百万往里赔,我管谁,谁都有一套,嘴比八哥巧,手比镐头笨,我当这个连长都快窝囊死了!"

我气得说不出话来。那瞬间所有的豪言壮语都屁滚尿流的,我只想起一句话来:"你把伶俐那口琴还来!"

"口琴?"他吹了一记响亮的口哨,"那口琴是她送我的哩,你这妞儿,不理事。当初你们一个劲给领导溜须,现在倒不认账? 俺没白收你们东西,能给办的事都办了……"

我跳上自行车就跑。我快哭了。我想他一定不是原来那个连长而是另一个人。我如果是个男人,一定狠狠揍他。

"以后上关里,到俺家来串门儿。"他在我身后喊。"那才是俺家,俺家在胶东……"

口哨声追我,我差点把家里托运来的纸箱扔了。

那口哨声在我头顶缠绕多日,直到我最终离开那地方。

几年前的初夏,李拙从南方探亲回来,用一只竹鸟笼,带来了一对雪白的鸽子。消息传开,大家都去观赏他的鸽子。那鸽子洁白如玉,浑身没有一根杂毛,绿豆大小的眼睛四周有一圈淡淡的红边,嘴也是红色的,像只尖尖的小辣椒,不停地在笼子边上磨来蹭去,显然它很好奇，把脑袋从笼子里伸出来啄我的手掌上的小米粒。我喜欢得不行，想用手去摸它的羽毛，刚要碰到它，李拙在身后一声吼："别动！"

李拙把鸽笼挂在宿舍屋檐下，不知从哪儿找了几块板子，在屋檐下钉了个架子，架子一端有一间露着一个圆洞口的小房子。他把笼里的鸽子放出来，将它们小心翼翼地请入新居。那几夜，他就睡在屋檐下，直到鸽子完全默许了这个新家。

连队有顽皮的学生，趁李拙不在，将那鸽子抓在手里，说要训练它们飞行送信，不小心扯掉了鸽子翼上的一根羽毛，李拙回来竟然就发现了，衔着那根羽毛，将那两个家伙揍得鼻青眼肿。从此再没人敢动他的鸽子。

那对鸽子便在连队土房的屋檐下随遇而安。没多久，开始下蛋抱窝。到仲夏，竟就孵出十几只稚拙圆浑的小鸽子来。那群小鸽子有一层短短细细的粉白绒毛，小嘴和细细的脚杆都是淡红色的；稍大些，白翅膀上的羽毛日渐丰满，再大些，翅膀抖开时，就有了闪闪烁烁的光亮，养到秋天，大鸽子带着小鸽子，摇摇晃晃飞上了蓝天，我第一次发现，鸽群在空中直线飞翔时呈一种平行的整齐队列，一旦转弯转圈时，那身子便微微地侧了过来，一只只高低错落有序，跟赛场上急速拐弯的摩托车队似的，轻快敏捷，阵容蔚为壮观豪迈。它们不倦地盘旋在农场那一排排简陋的红砖房上空，在连队四周莽莽无垠的绿色原野之上，在蔚蓝色的晴空天底。真像是一群白色的精灵，一群可爱的天使，超然于那样一种沉重而浑浊的生活之上。

每每望着它们轻盈地飞上蓝天，我就觉得有一种解脱，一种超越，一种精神的舒展和抚慰。

除了上工，李拙几乎不离连队宿舍一步，他本来话就少，现在更难听到他开口。他总是同他的鸽子待在一起，他喂食的时候，头顶上肩膀上胳膊肘上总是停满了鸽子，远看起来，他好像是一棵挂满新年礼物的圣诞树。他还弄来一架破梯子，靠在墙上，够得着屋檐下的鸽子窝，去替它们打扫卫生。有一次他从梯子上摔下来，整整一星期动弹不了，不能算工伤，连长扣了他七天旷工。

那鸽群一日日繁荣起来。漫长的冬天里，常常可以听到它们在屋檐下嘀嘀咕咕地说着永远说不完的悄悄话。它们那些话，只有李拙能听懂。李拙淡淡一笑，他可以几个小时呆立在屋檐下听鸽子说话。

下雪之后，鸽子们便不大出来，舒舒服服待在窝里，它们每天都有充足的食物和水，几乎不用它们自己费一点心思。可我知道李拙为了弄那些鸽子的饲料吃够了苦头。就连我都帮他到连队老职工家属那儿去讨过小米子。他还打发黄鳝到大车队偷马料。就这样，长长的一个冬天，鸽子也常挨饿。第二年春，他偷偷在一块撂荒地角上种了几垄苞米，精心伺候了一夏天，秋天碾成糙子，才算有了鸽子一冬的口粮。那年冬天奇寒，滴水成冰，三天两头刮大烟泡，待他将那群鸽子抱回宿舍里来养，刚长大成形的鸽子，已经活活冻死了好几只。人说，他愣是用镐头刨开三尺冻土，将那鸽子埋掉，手上震开好几道口子，一冬天淌血。

那年春天，我就调到水利队去了。临走前我恳求李拙给我一对鸽子，他竟不肯，一赌气，那年夏天我就没回过连队。一直到上了大冻，水利队放假了，我回南方探亲，才从那儿路过。

那天天气晴朗，原野上铺一层小雪，散金碎银似的遍地生辉。空中没有一丝小风，光秃秃的树枝一动不动。竟然就像幅淡雅的山水画似的。

忽而，从前面路边的土围墙内，扑腾腾飞起一群洁白耀眼的大鸟，在我头顶绕了一个圈，又绕了一个圈，然后慢慢地升起来，如一朵朵白云，向远方飘去。高高的天空中传来一种神秘的音乐般的鸣响。我侧耳聆听，我知道鸽子不会歌唱，我知道鸽子在飞翔时总是沉默不语的，那是什么声音？

待拖车停在连队中央的空地上，就在我还没决定要不要在这里停留的时候，忽见那群鸽子从云中飘然而至，如一顶顶洁白的降落伞翩翩着地。站在屋檐下的李拙的肩膀上落了一只鸽子。

李拙。我大声喊叫，跳下车去。那是什么，那只鸽子的背上——

鸽子背上靠近脖子的地方有一只形同火柴盒大小的铁皮夹子，我从来没见过这东西。

是鸽哨。他淡淡说。

鸽群又飞起来，天空中响彻鸽哨的呼啸。

你干吗要养鸽子呢？有一次我问李拙。我想说别人养鸽子都是用来吃肉或卖钱的，你既不吃又不卖，还不如把自己养养好呢。看你瘦成那个鬼样子，只剩下一个骨头架子了。

但我知道他准保这么回答：养鸽子就是为了养鸽子。

养鸽子就是为了养鸽子，他果真这么说。

当然，如果不是为了养鸽子而养鸽子，他何必倾家荡产、破釜沉舟地侍弄这群什么用处也没有的鸽子呢？说倾家荡产是有根据的，他的手表早已卖掉，为了请男宿舍那帮馋鬼喝酒，好让他们容忍他的鸽子咕咕的噪声以及保证不偷吃他的鸽子。他从不提起他的家和家里人，他已经足足三年没回家探亲了。

我没有问过他为什么不回家，他不愿回答的问题总是缄默不语，叫你自己下不来台。这家伙倔得要死，其实谁都知道他爸是个走资派，关在牛棚里至今没放出来。他妈就在他带回那对鸽子来的那年，死在医院里。

他妈妈的病危电报到达连队时，连长将电报扣下，同指导员研究了三天才准假。等他赶到家，已是电报发出的第十一天。他没有见到他妈的面。

他带了那对鸽子回来，从此就不说话。那对鸽子是他家鸽笼里仅剩的一对鸽子，一次他无缘无故地告诉我，弄得我感动了好几天。后来有一次我和指导员一起掏茅楼儿，那天她亲自跳下粪池去刨那些钟乳石石笋一般的冻大粪，又同我们一起啃冻窝头，我忽然觉得感情融洽思想畅通，便脱口而出：上次李拙家那份电报，你们也拖得太长了，弄得人家……

什么？指导员将卡在嗓子眼里的一块窝头咯噔咽下，扬起眉毛说：太长？三天还长？不去请示分场和总场，要发生了情况呢？你忘了那信的事？

我一点儿也没忘了那信的事。可她居然还有脸提起？

李拙在北上的列车上还活蹦乱跳地给大伙儿讲故事说笑话。他到了连队以后麦子割得又快又好就当了班长，天天晚上教大伙儿唱歌，出黑板报什么的。那时，指导员也还只是一个班的班长，但她对全连人的父亲都了如指掌。她知道每个人和每个人的父亲是怎么怎么一回事，以及前景如何。所以，不久后李拙的妈妈给李拙写来的第一封信就落在了她手里。

她把那封信偷偷拆开了以后，照抄一份，再把信原封不动封上给了李拙。

李拙自然是蒙在鼓里。

蒙在鼓里自然是写了一封那样的回信。那回信交给分场的通讯员，自然又是落到了她手里。她早就料到李拙会写那样一封回信去安慰他妈妈，只有给他妈妈写回信他才能发泄心里的不满。这封信自然是无价之宝。

她把这封信交给了连长，连长又交给了分场教导员。

李拙就这么当了"典型"，班长被撤了以后，就成了后来那个同连队的人都格格不入，整天郁郁寡欢的家伙。

她就成了排长又成了指导员，偶尔率领我们掏掏茅楼儿，大部分时间搞搞外调什么的。那时候告密行为绝对是一种优秀品质的标志。

我将卡在嗓子眼里的这块凉窝头"哧"地吐出，我站起来走开去。每次挨着她坐，我便闻到一种忍无可忍的酸腥味儿，从她的头发和黄棉袄的棉絮里有恃无恐地发出。就是茅楼儿的臭气也没能将它们掩住。

李拙没见到他妈，可他有鸽子了。我暗暗想。有鸽子总比什么都没有强。

幸而那个指导员不久就被推荐上了工农兵大学。她临走之前已敏感到和平鸽同反修前哨是有相反的含义。然而她还不及下手便扬长而去。连长自然没有指导员脑中那根弦，甚至看来他还蛮喜欢那些鸽子，至少养鸽子可以让那帮臭小子少干些坏事——于是鸽子终于安然无恙，在此繁衍生息，重建家园。

李拙始终没回过家。直到下乡的第八年他父亲被正式释放又官复原职，他才扔下他养了五年的鸽子彻底一走了之。

直到他离去时，他也没告诉我他为什么要养鸽子。那五年中他就只做了那一件事，他却又亲手将它们丢弃在他永不会再回来的地方。

只留下鸽哨日日在蓝天下回旋。

李拙走了以后，我在场部宣传队又待了将近一年。这期间，我总共回过三次连队，每次我都记得很清楚。

当拖车慢吞吞爬上靠近连队的那个高包，远远地望见坡下那片聚集成蒜瓣形的红瓦房；当我迎着阳光迎着田野的微风，在无边无际绿色的麦浪上空，在明净如蔚蓝的大海般的天空底下，忽然发现了它们——那群自由自在地翱翔飞腾的天使，那队无忧无虑荡漾摇曳的白帆。我绷紧多日的心，突然松弛舒展开来。

"让我下去！"我叫道。未等车停稳我便跳了下去。车开走了，我默默伫立在高坡上，仰望着它们。我记得收工回来的路上，李拙常常一个人留在这坡上，就这样久久地、久久地凝视着他的鸽群在蓝天下盘旋，直到太阳西沉，将他孤独的身影，在坡地上投得老长老长——

鸽哨远远掠过，如天国里传来的仙乐。它们转了一个圈，又一个圈。它们不觉疲倦。这瞬间我忽然觉得自己理解了李拙，我有了一种与他心气相通的感觉：只要我们头顶的天空中鸽群在发出那样悦耳的召唤，我们就还能好好活下去。

我欢喜地走了。李拙托付的人，竟将那鸽子照看得不错。

再去连队，已是深秋。风萧瑟，草枯黄，车上高坡，收割完毕的原野一片寂寞荒凉，蓝天依旧清朗明净，薄淡的白云下空空荡荡——鸽子呢？竟然全无踪影。

我跑向连队破旧的红瓦房。我猜想它们也许正在场院里嬉戏玩耍，也许正在鸽笼里歇息养神。我寻找它们温柔如呢喃，委婉如流水的低低的说话声，我走遍了所有的连队宿舍，那昔日一排排歌声昂扬、热气沸腾的砖房土房，如今窗框脱落，蛛网垂挂，曾被那样浩荡的大军踩平磨光的宿舍门槛里，几株衰草随风飘摇，窗下被风雨击碎的玻璃堆里竟长出了几只龇牙咧嘴的"马粪包"。屋檐下，那排李拙亲自钉制的鸽架鸽笼，有一半塌倒下来，板条上还沾着斑斑点点的鸽粪，却都已干成灰白色的污迹了。

这么说，鸽子们已经离开这儿很久了？

我怅然良久。

那时竟有一个声音喊我的名字，我抬起头来，望见一个细瘦的人影朝我走来。

找鸽子？他问。我认出了他，是过去连队的一个鹤岗青年。他没走，他在这里成了家。找鸽子？他又问。

我点点头。

那儿！他伸手朝远处的一排排家属房指了指。他似乎是说，李拙托付鸽子的那个人已经回城了。留下的鸽子没人喂，叫人偷去吃了，老鹰和狗抓了，还有冻死饿死的，只剩下了十来只，他不忍心，有时便照看它们……

他带我朝那排茅屋顶的家属房走去。

我看见屋顶的烟囱底下，蜷缩着几只黑不溜秋的东西，才几个月，它们竟变成了这个模样，灰秃秃的羽毛早失去了往日的光彩，参差不齐，卷曲蓬乱，毛缝里积满了烟灰尘土，小眼睛呆滞不动，一副麻木不仁的样子。

你，就不能、不能好好地、照料它们？……我用几近哀求的口气说。

不行呀，这些个活物，要飞，要吃，养不起。飞出去，到处拉屎，拉在人家晾的衣服被单上，人还揍它，给它搭个窝吧，可保不准我哪天也走了……

你也走？我没问出口。即便是安了家，为什么还要走呢！

我掏出十块钱塞在他手里，让他为鸽子买些饲料，我还能为它们做些什么？我同样也没有能力来养活它们……

最后一次去那儿，已是大雪后的深冬。我知道我也快走了。那时候我已决定把那些剩下的鸽子带走，哪怕带到省城去送给我的朋友们。

我趁场长下去检查工作，搭他的吉普车去连队。我得用他的吉普车把鸽子带回来，否则我担心它们会在路上冻死。我请宣传队做布景的男生，给我胡乱钉了一个笼子，我甚至买好了小米。

车外白雪皑皑，天地苍茫，雪原一片银光璀璨。一路上我都激动不安。我设想着怎样将它们一只只吸引进我的笼子，然后带到一个陌生的地方，像五年前李拙把它们从南方带来那样重新开始生活……

小车开上高包，眼前豁然。四野尽收眼底。我无意中便朝雪地和天空眺望，我发现我仍固执地抱着那样的希望，这个希望至今使我痛苦不堪，后悔莫及——我的目光习惯地从洁白的雪地上搜索过去，我没有看见我心中的鸽子——我看见了一群黑色的乌鸦在雪地上觅食，它们被惊飞，扇起一阵黑色的旋风，黑压压盖住了半个天空，发出一片令人毛骨悚然的聒噪声。

一种灾难的预感攫住了我的心。

当我强打精神走遍了整个连队，最后终于在昔日的猪号里，发现了一只我所要寻找的对象，但我已经没有勇气去认领它和抚爱它。那时我真恨不得这群鸽子早已死光了才好……

它正在一个水泥猪槽里，同一头半大的黑花猪争食。它啄食的速度快极了，再也没有从前那优雅从容的风度。它的毛色像老鼠皮一样灰不溜秋，胸脯完全瘪坍进去，小脑袋贼兮兮地东张西望——最初那一瞬间我差不多把它当成了一只乌鸦。

它是只鸽子，它在这儿好多天了——一个孩子的声音从猪圈边上传来。有个十一二岁的戴一顶坦克帽的小男孩，倚着墙正睁着黑眼睛望着我。

是的，它是只鸽子。尽管面目全非，可它还是只鸽子。那瞬间我想，然而鸽子会千里送信，它却为什么不飞走？为什么不飞走？

你怎么不上学？这么早就放寒假了？我问那孩子。我知道我是在没话找话说。

不是放假是停课。他回答我。知青老师都走了，没人上课了……

我怔了一会儿，叹了口气，把手中的鸽笼轻轻地扔在了一边。现在做什么都不再有意义了。

悄然无声，四周死一般沉寂。

我走了几步，突然莫名其妙地回过头去。我揉揉眼睛，雪地上的阳光刺得我泪光盈盈——我清楚地望见，那个戴一顶坦克帽的小男孩，正把鸽笼拎在手里。他在关鸽笼的门。那笼子里，多了个黑点。

那鸽哨有一天还会再响吗？

窗外什么时候飘起了雪花。不多时，雪片渐大，在风中纷纷扬扬，织出一张弥天巨网，任凭千条万条银鱼在网中碰撞。这时候我竟有了一种错觉，似乎我又站在农场的漫岗上，远远地凝视着那群白色的鸽子在空中盘旋翻飞，然后缓缓地降落下来，落在我的肩头和掌心，落在白雪地上，分不出是雪地还是鸽子……

我摊开手心伸出窗外。

雪片在我手心融化了，化作一滴清泪。

如果李拙从一开始就把他的鸽子当信鸽来训练，让它们飞得远远地又飞回来，他走的时候就可以让鸽子们跟着他的火车一起飞回南方去。他一定没想到自己有一天会离开农场，没想到他竟带不走自己在那长长的五年中辛辛苦苦创造的东西。

但也许他从一开始就没打算带走它们。我原以为他养鸽子是为了替他送信——那时人是那么的不可靠。但显然我弄错了。从他妈妈死后他压根儿就没写过什么信。那他到底为什么养这些鸽子？又为什么那样轻易丢却了它们？

还有几百公顷几千公顷荒芜的土地和试验田，还有一辆辆熄火趴窝的拖拉机，还有满地飘散的乐谱和琴弦，还有等待考试的小学生……

统统都扔下了，扔给那些开垦了那块土地的人。那儿从不是我们的家。

临走的时候我们都哭了，但我们不会再回去。

天暗下来，雪越发大了。那是归窝的鸽群，从高高的云际徐徐降落。我们也许会回去看看，但除了看看，还能做些什么？

雪后初霁，正是年初二。奇怪的是我竟然没有忘记马路上那个胖女人对我的邀请。

当然，老朋友老战友老同学聚一聚，企业家万元户明星局长什么的聚一聚，是很有好处的。

人到得很齐，除了那个埋在柞树林子的黑土堆下的黄鳝，和那个终于不知嫁给谁人为妻生了怎样的一窝儿女的香榧子，几乎所有的人都来了。

我却一个也叫不上他们和她们的名字。如今一个个都鸟枪换炮，容光焕发，今非昔比了。我只不过凭感觉知道我认识他们。凭感觉知道他们都已不是原来的那个他们了。即便是至今未分到住房未弄到学历未混出名堂的，眼里也失却了二十年前那蒙昧与天真。

也许正因为我和他们在过去和在今天实际上都彼此彼此，他们才同样叫不上我的名字。

都忘记了。也许忘记点什么才能记住点什么。善于忘记的人是轻松自由的。

我想她一定去过了美容院。美容院给了当年的指导员第二次生命。但美容院既能将她旧日粗糙的皮肤改换得如同纸张般细腻，却为什么没能除去她隔着厚厚的仿貂皮短大衣和羊毛围巾仍然张牙舞爪向我袭来的那股酸腥味？这气味同廉价的香水混杂在一起真是不可言传。只是我没想到，当年同香樨子接过吻的那个排长，现在竟然成了这位女指导员的丈夫。她有眼光，那人确实英俊非凡。

听说他现在是一个什么经理，挣钱多，前程无量。在他那奔波忙碌的生活缝隙中，如果偶尔依稀记起香樨子来，是什么心情？

没有人提及过去的事，也没有人谈现在的事。更没有人说将来的事。

还是吃酒去吧，这么坐着有啥意思？大家难得见面，去吃个畅快，热闹热闹！有人提议。

都站起来。

我突然想起一件事来，我不知怎么会想起这个。我憋得难受，不说出来好像马上会死掉。我说——

我去年出差到山东，去采访一个农村万元户，他是养鱼致富的。村里有口皆碑，人人都说他好，他那年从北大荒一个农场调回来，把从铁路运回来的货物全都分给了大家。木板做了学校的新课桌，缎子被面送给了新结婚的年轻人，黄豆一家两斤，豆油一家半斤。他原在县里安排了工作，后来不干了，回村里挖了鱼塘办养鱼场，人说他在外头见过世面，没忘根本……

没人说话。

大家都把脑袋低了下去，集体沉默持续了很久。

远远的鸽哨在阴沉沉的云层上回旋。

我并非故意让大家难堪。我只是觉得心里有许多过去留存下来的谜尚未解开。为别人，也为自己。这么多年来，我们的灵魂真正轻松过吗？面对往昔，也许没有人能坦然自若。当我们相聚时，每一双眼睛里都有一个不那么光彩的自己，只是谁都缄口不言罢了。我们建设，我们也破坏；我们受过欺压，我们也欺压过别人。我们虚浮自私盲目怯懦，我们自负又自卑。生活写着历史，历史又写我们。我们时而被涨潮的浪推上峰顶，时而又被退潮的浪抛入谷底，我们身后留下了多少否定之否定的悲喜剧，任何过错我们都可以卸于时代和历史这无所不能的箩筐。

何况，我知道，自己在那个时代，从未阻拦或改变过任何丑陋，甚至默认、参与了某些罪过——假如正视自己，我们每个人都不会问心无愧。如果你足够诚实，良心不会宽恕自己。

我为自己感到惭愧和悔恨。尽管忏悔是一个深刻的话题，我却要说：首先要认识自己，然后才有资格忏悔。

那个山东佬叫什么名字？隔了一会儿，有人明知故问。

我想了好久。那名字似乎就在嘴边，那张面孔就在面前晃动。我却怎么也说不出当年那位连长的名字，我的记性真是坏透了。我怀疑大家都和我差不多，要不了几年，我们会把以前的事情全都忘得一干二净。

即便我们真有忏悔之心，又有谁能有资格，充当接受我们忏悔的神父呢？

来日遥遥。

《小说界》1987 年第 5 期 ^①

---

① 《中篇小说选刊》1988 年第 1 期转载。

第四世界

　　劫持是在凌晨三点三十五分左右发生的。

　　当时教授刚刚迈出家门不久。他一只手拎着那只十年前买下的灰色旅行袋，一只手伸进眼镜后面去抠残留的眼眵。他在这个全城皆在梦乡、众人尚在沉睡的时刻醒来，是因为他不得不在这个时候起床。他必须去火车站，他有一张清晨五点多钟发车的火车票。

　　当时他刚刚来到夜班公共汽车的站牌下，他甚至没有来得及把旅行袋放在地上歇歇手，一个巨大的黑影悄然出现在他面前。他听见那玩意儿呼呼直响，犹如一头巨兽发出的喘息，腥臊的热气一直扑到他的脖颈。才是9月，脖颈上敞开的衬衣领子，熏得他怪痒痒的。

　　上来！——一个声音说。

　　他看了看四周。昏暗的马路在麻灰色的天幕下似一条黑黝黝的下水道。一座紧挨一座熄尽了灯火的楼房如僵直突兀的悬崖矗立。那感觉就像被一群瞎眼的老人团团转住。他的脊背发凉，他觉得这地方很陌生。

快上来！那声音命令道，比先前有些不耐烦。

教授犹豫着。他不知这是不是夜班车，他从未在凌晨时候出过门。他没有想到凌晨原来竟是这样黑暗。他的眼睛一时还难以适应这样的黑暗，他总是在灯下工作。

他终于看清车站路牌下停着的这辆车，不像是普通的公共汽车，而是那种看上去方方正正、结结实实，有一种平平安安回家去、想开开不快的车。他根本不知道这车要去哪里，是不是正是他要去的那个方向？然而没等他发问，那双手抓住他的后脊梁，一条黑布蒙住了他的眼睛。那时候教授脑子里电闪雷鸣般掠过了诸如"法国大革命"、索马里海盗、韩国学生运动、南非黑人游行等种种可能性，却未等他对此做出判断，他的身子猛烈地颠簸起来。凭借着耳膜的振动和从座位下传来的吼声，顺着他的脸颊飞快后移的感觉，他发现车已开动。

于是教授迅速冷静下来，他之所以能当上教授是因为他冷静。他善于冷静的主要原因是他曾经热血沸腾。这种冷静的获得，似乎是由于体内的调温器失控，造成紊乱性人工制冷。教授常常觉得自己正在变成蛇那样的冷血动物。

他偷偷看了一眼手表，这只是一个习惯动作。眼睛上的黑布将他隔离在另一世界。他猜测表面上的数字惊慌地跳到了三点三十五分。他确信自己已被劫持。几个月前他曾在一篇论文中预言，在这个素以安全著称的国家，暴力正如瘟疫一般在民间扩散。看来他终于在无意中获得了一个可靠的论据。

教授开始考虑如何同劫持者谈判的问题。他身上除了车票，还有到那个南方小城的回程路费。劫匪不可能指望他的家里能凑足一笔可观的赎金。即使把他关押几个月，他的妻子变卖全部家当，亦卖不足一台电冰箱的钱。就算豁出去把那几橱书都卖了，价钱也许可观，起码可卖出涨价后的一台彩色电视机钱，但卖给谁去？谁会要这些只占地方没有经济效益的书呢？他很想告诉那开车的，绑架教授实在是个误会，现在谁都会说"苦了耍笔杆子的、穷了上班的"这种顺口溜。何况他熬上教授才几天，补发的工资还没到手。他真想对那开车的说，干你们这一行的，总该懂点儿杀富济贫一类的普遍真理。他愤愤然。

他看不见那人的脸，出于礼貌，他暂时还不想揪掉那块黑布，以免造成谋反的印象，引来杀身之祸。他想象驾驶座上是一个穿牛仔衣的小伙子，但那人的牙齿却似乎因贪食而朽蚀不轻，发出腐败的气息。

我没有钱。趁着颠簸的空隙，教授抓紧时间说。他说话的声音惶恐而充满歉意——更重要的是，我负有一项重要的使命。我必须立即去南方。当然这不是谁赋予我的使命，而是我自己赋予自己的使命。我自费买的火车票，我要去一个县城找我的侄儿。我说的绝对是真话。这儿还有信为证。喏，你看，我的侄儿考上了一所重点大学，但我的弟弟、弟妹居然不准他去报到，他们要他到一家合资企业去做工，一月可拿三百元工资。就是这样。我得到消息已晚了，学校已开学了，他已上班了。不过我还想去试一试，我可以说服我的弟弟，再亲自把我侄儿送到大学去。你想想这件事情急不急。这倒不是说我看不起体力劳动，这个孩子天资聪颖，是有条件造就的人才苗子，浪费了真是可惜……

车子的引擎声震耳欲聋。

我说——教授提高了嗓门儿，我请求你让我下车，我要去赶火车，我把我身上所有的东西都给你，只要求你放我下去，实在不行我给你写个欠条，等我从南方回来再给你送去也是可以的……

你真是瞎了眼了，没看我在干啥?!

那声音十分粗鲁蛮横，如一桶发酵的泔水泼过来。

教授很觉委屈。他想向那人指出，如果说他瞎了眼也并非他的过错，黑布是你蒙上去的嘛。但教授总是善于为别人着想，他咽了一口唾沫，委婉地建议说：你不要把我弄得太远，还是最好离火车站近些。

太远? 你看那还远吗? 那人吼起来。——就在眼前了，还不到半里地，要不是你同我啰唆没完，我大概早就追上它了!

教授眼睛上的黑布突然脱落，差点儿连他的眼镜一齐掉下来。他索性将镜片在衣角上使劲擦了一阵，再使劲搓揉眼睛——他发现原先笼罩着四周的黑夜，似被盐酸腐蚀过，变得稀薄了些。影影绰绰可见车窗两边破旧而低矮的民房。顺着驾驶座上那人鼻尖所指的方向（鼻尖下是奋勇后退的坑坑洼洼的路面），正前方百十米处，果然有个什么东西在移动。

教授全身异常紧张起来，事情完全出乎他的意料。他的思路迅速滑向飞碟、不明飞行物、外星人等伟大发现，丰富的联想使得他视线一片模糊。他确实见到几颗闪闪烁烁的蓝宝石，在黎明前雾蒙蒙的马路上若隐若现。一眼看去，好似刚刚升起的启明星，又似一头遥遥领先的怪物的炯炯大眼，频频回首做着不怀好意的挑战……他无法判断出那是什么，但有一点可以肯定：那物体正与他们的车同方向运行，而且，速度极快。

你说的追赶就是它吗？教授终于忍不住问。它是什么？

不要多问，这不关你的事，你跟着我追就是了。那人冷笑了一声。可你刚才竟然认为我在劫持你，这种想法太荒唐也太幼稚了！

教授没工夫低头细想开车人的话。他的整个注意力兴奋点，都已被前方那蓝色的物体所迷醉。他急切地想要探其究竟。教授对一切追求诸如追赶、追随、追索、追究、追溯（除了追认以外）都如痴如狂，并常以此谆谆教导他的学生。只可惜教授似乎从事经济学，也许是法学研究，对弗洛伊德尚无暇过问。否则他就会明白自己对于追求的热爱中，隐含了一种不十分高尚的潜意识。尽管教授平日里对异性目不斜视，然而此刻他一贯抽象的追求，已迅速演变为对一次艳遇的渴望。如此温柔恬静的蓝色，难道还能有什么别的解释？那瞬间关于蓝星星美妙而激情的想象，使得教授浮想联翩欣喜若狂。他没料到如此轻易便焐热了自己血的温度。教授不知道自己是否有一点儿盲目，他毕竟还无法判断自己将要追赶的究竟是什么东西。或者说，他只是肯定了自己心里所追赶的目标，却不知道他陌生的同伴与他所追赶的是否是同一样东西。但他本人至少有相当的自愿和默认，至少是为自己编织了一个希望。他越是不明白这希望，追赶便越发地富于诱惑和魅力。于是教授幡然醒悟到自己的心灵确实不够美好，居然会想到劫持什么的，对人抱有那么恶意的猜测。之后一路上他都为自己的念头充满了惭愧。

　　车子紧紧尾随那时隐时现的蓝色光点，如潜水艇一般重新沉入海水般漆黑的黎明城市。其实几分钟以前天色似有微明的迹象，教授看见过一只白猫蹿过街口，却很快有一卷厚重的云层从天边漫上来，霎时间他便踏入了深山老林间的陷阱，四周充斥着黑暗的窒息。

　　驾驶室里没有开灯。教授试着打量座位左边正把一只手放在方向盘上的那个人。他将要跟随并合作的人是一个他从未见过，也根本不了解的人，这种行为很大程度上违背了教授的行为准则，使他产生了一种悬浮的失重感。他很想做一点自我介绍，以换取对方对他的自我说明，但那开车的人连瞟他一眼的意思都没有。

　　教授在心里暂且把那人叫作开车的。

　　教授仅仅只弄明白，这车上除了开车的和自己，没有第三人。

　　看来，除了性别以外，这开车的年龄、籍贯、文化程度（例如有无文凭、是本科还是大专、还是党校速成什么的）、职务（例如司机长、车长、车队长）均难以断定。职务也罢了，有车就有了身份。文凭也罢了，没有文化的优秀企业家不是比比皆是？再说远洋归来的博士还有找不到工作的呢。籍贯倒是重要，有几个地方专出大人物，比如安徽浙江什么的。不过听口音此人南腔北调，似早变了种，看来也不便苛求。

　　借着车前灯微弱的亮光，教授发现开车的脑门上有一绺显见的白发，然而那面孔却如车灯般光洁透明，额头、眼角、腮帮子白皙丰腴。少白头？不超过三十岁？四十出头？教授暗自摇头。那双手有点儿漏洞百出。手背尽管光滑细嫩，却是青筋凸起，还有星星点点的黑斑，沉沉浮浮地跳跃。六十？七十？不可能。这样的年龄怎么还开车奔波？既是奔波劳碌，皮肤又如何保养有术？保养有术，为什么不戴手套？

教授糊涂起来。他觉得旁边这开车人，已超出了他所熟悉的正常人的表现，皮肤尚在幼年而体态衰老，面相虽年轻而眼神黯淡。如今即使有美容手术，也不至于把人弄得半真半假，教授因而大惑不解。唯一的解释也许这是一个组装起来的什么东西。

教授打了一个哈欠。他发现在这个睡眠不足的凌晨，一切都已颠三倒四。他尚未弄清这个可疑的机器人是谁，却已参与了追赶。人有的时候真会鬼迷心窍。

车子发出巨兽喘息般的嚎叫，夹杂着巨兽恼怒似的吼声。有几次剧烈的颠簸，把他的脑门如鸡蛋一般磕在驾驶棚顶，居然没有流出蛋清模样的浆汁。更剧烈的颠簸，有几次突然碰着了什么开关，使驾驶室大放光明。教授就是在那稍纵即逝的亮光下，看清了开车人的模样。那人的面相如此模糊不清，使他心理失去平衡。他不知车已开到哪里，路面糟糕透顶。他记得城里的马路虽然见天开肠剖肚，缝合后再生力却有如蜥蜴。莫非车子已进入全国唯一的那一小段儿高速公路？据说那公路刚投入使用一年，却已修补得像患了牛皮癣或是癞痢。

车子情况也十分不妙，四分五裂的玻璃窗直往里灌风，坐垫犹如裹着钢钎弹片或是羊角牛角什么的，使他的屁股忍无可忍。

这是一辆什么车呢？教授尽可能心平气和地问。虽说看上去很新，其实……他咳了一声。——有点儿像伏尔加，也有点儿像福特，不过更像国产的。你知道我对车牌不大懂，不过这么颠的车子总不太好。

是路不好，开车的蹙紧了眉头。

车子好像有问题。真的，它开得很慢，我觉得它很慢。教授小心翼翼地坚持说。——我想它的发动机，还有……至少像是旧的……

旧的？你说它是旧的？开车的大声叫道。你真是白戴那副眼镜了，连一个好牌子都看不出来。就算它是组装的，但它有个好牌子，这牌子人人知道。我一向是看重牌子的。虽说它的内脏都换过了，但牌子是不会换的。

组装？教授突然兴奋起来。这貌似聪明的家伙竟在无意中，证明了自己关于组装的猜测，不是开车的而是车本身。于是教授趁热打铁提出了一连串组装后的功能问题。他特别想弄清楚的是即便路面情况极其糟糕，而车子质量十分优良的话，是否仍有可能达到追赶需要的高速。他正欲做出心算，却听见开车的猛然用一只手狠狠拍击了一下喇叭，喇叭发出轰然一声长鸣，如一个惊天动地的响屁。

你这人可真多管闲事，坐你的车吧。啰唆什么呀啰唆。

教授黯然。在这个睡眠不足的凌晨，压根儿不可能弄清什么，最好的办法就是睡上一觉。

但是教授无法入睡。

他觉得有点儿不对头。不对头在于并不是他自己要上这辆车，而是那家伙胁迫他上了车，却又不肯告知他底细，让他一无所知像个囚徒，像个大傻瓜。他想起古人有个叫老子的说过：圣人之治常使被治者无知无识。可见老庄哲学亦入世甚深，真正称得上龙的传"神"，是随时都会生下一个毛人的返祖现象。想起毛人，在这总也亮不起来的黑夜真有点儿阴森森地瘆人。

他呆呆望着前方。黑暗中那浅蓝色的光斑依然半遮半掩、羞羞答答地向他飞着媚眼。它尽管公然发散出风骚的气息，传递着挑逗的信号，却毫不犹豫地风驰电掣。教授从厚厚的眼镜片中感觉到它其实很遥远，他知道宇宙间还没有什么物质可超过光的速度。实事求是说，他们根本不可能在短短时间内追上它。这个想法使得教授十分泄气。

刚上车沸腾了一阵的血液，倏地冷却下来。

他蓦然记起了自己的火车票和千里之外那个可怜的侄子。

他看见了车窗玻璃上一个无精打采的白影子。教授决定悬崖勒马。他抬起头对开车的说，他必须下车！车子既然有主人，他何必凑这个热闹？何况他根本不明白这车要开到哪里去，他还能做些什么呢？

他说完这些以后，便伸手去拉车门。然而他的手被重重按住，如上了镣铐。他虽然从未戴过镣铐，但想来滋味也不过如此。开车的手上使劲，脸上却笑眯眯，委婉地答复说，看样子蓝光运行的方向同教授的侄子十分一致，他完全不必去火车站，他搭的正是顺风车。教授定定神，捕捉着前方萤火虫的斑点，疑惑地提问说，你既是追赶它，如何预知它的轨迹？搭车是占便宜的行为，他并不想占便宜。你怎么能保证它向南走？万一迷途，教授剩下的路程怎么解决？

教授突然强烈地意识到自己如果也有一辆车子，有一辆车子就好了。有一辆车子就可以不必搭车，不再受人摆布。但教授以前从未敢这样想过，这一想他自己也大大吓了一跳。他怔着，还怔在他紧接着涌上来的罪恶感上。开车的居然不动声色地说：为什么？你干吗总问为什么？好吧，我告诉你：就因为你戴眼镜，你不戴眼镜我还不要你呢。

教授摸了摸自己的眼镜。他一时难以辨别，眼镜在开车的这一庄严宣告中究竟是什么概念。其实他的眼镜很廉价，有一边还断一条腿儿，缺一个螺丝是用细铁丝拧上的。有一次他把它忘在浴池边上了，等穿完衣服走到大门口才想起进去找，它可怜兮兮地被人踢在一边的肥皂泡沫中，就是这么个没人要的玩意儿。

教授不再提问。他不希望再被开车的莫名其妙抢白一顿。他只好闷头独自反省眼镜的奥秘，反省的过程疑点丛生。他在心里嘀咕，如果说开车的对眼镜有特殊爱好，那他为什么不自己配一副戴上。即使不是近视眼，也可以配一副平光镜、变色镜什么的装装样子。当然变色镜不宜晚上戴，那也可以配散光镜。就在刚才驾驶室灯突然亮起时，教授已一眼看出开车的患有眼疾。奇怪的是他既然喜欢眼镜，却似乎十分忌讳戴眼镜的人。教授想起了卡通片里那只自作聪明的老鼠，在路上捡了一副眼镜却不知往哪里戴，额头、脖子、手腕、肚脐、脚后跟都统统试过，最后神气活现地戴在了尾巴上……

教授怅然。那些疑点犹如条条蛇虫盘结纠缠，越发不可索解。

看来眼下让开车的停车放行已经无望，只有听天由命，同这个专横乖戾的家伙一起去追赶那虚无缥缈的蓝光了。

远处的蓝光黯然下来，似又离他们远了些。

车窗上的破洞中吹进来阴湿的风，公路依然沉睡。

教授俯下身从前窗仰望天空，试图找到一个星座，帮自己辨别一下方位。然而夜的星已陨落，而晨的星尚未升起，灰的天幕混沌浩渺。他不知自己此刻在哪里，也不知自己将去向哪里。前方那诡秘的蓝光成了他和他唯一的坐标。他忽然记起地球本来是圆的，根本就无所谓什么方向。天亮的时候他可以看见自己就是地球的圆心，无论往哪个方向行驶，最后都会到达原点。

然而天空并没有如教授所企盼的那样明亮起来。天空始终充满阴霾，云层卷去又复来，仍在黑夜。

即使明日太阳升起，教授也不能如自己所想象的那样会处于地球的圆心。这是一片贫瘠的丘陵地带，灰褐色的砂岩上稀稀拉拉生着些低矮的灌木。山峦套叠着山峦，弯弯绕绕的阳光显得刻薄又曲折。就是在阳光下，也没有人的视线能穿透这屏障，望到山外的地方。只有这条不知何年修筑的土路，在黑暗中盲目地导引着他们。

天亮后，教授试图看清自己的处境却为时已晚。此刻他眼皮子发涩，脑壳发木，有一点儿困倦起来。他连打了几个哈欠，眼角溢出几滴朦胧的泪水。但他很快警觉，扳正了身子。他知道自己必须坚持监视前方闪烁的光斑。教授历来富于责任感，从未使学生们的信任落空。为了驱散这时时袭来不可抗拒的困意，唯一可做的只能是同开车的聊天。然而他搜肚刮肠，竟然找不出一句有可能会使开车人发生兴趣的话题。先前的碰壁使他有了足够的教训，他擅长的当然是谈问题，例如物价问题、教育经费问题、知识分子问题、民主问题……但似乎天底下一切问题都会使那开车人感到厌烦。教授在紧张的思索中，忽然记起他当年下干校劳动时，大车老板解闷的主要办法就是谈论女人。女人能够使天底下一切疲惫到极致的神经，在瞬间亢奋和弹跳起来。教授虽然属于50年代的大学毕业生，十年动乱后依然满脑子青春万岁，而此刻他的大脑在遇到"女人"这个语词时，竟然也精神为之一振。教授并非圣贤之辈，梦中也曾有过除妻子以外的女人，醒来后令他不堪的风流场景，只是白日里实实在在没有时间、没有心思、没有机会罢了。教材、学生、学术会议、评职称、争房子排山倒海。最要紧的是拥挤不堪的住处，根本没有风流的条件和气氛。那时候大车老板说过，若是他的马车像汽车、吉普车、轿车似的有个棚棚，他白玩儿十个八个不在话下。那么这有棚棚的车子必然是开车人最灵活最富刺激的风流媒介了。他恍然大悟这车上的坐垫何以早早地磨损破旧，原来是负重过甚。开车人手中有辆车，便有了一个王国，那些女人不是冲他来，而是冲他的车来的。他不是凭自己的魅力，是凭他手里的操纵杆。而一旦上了车，在这荒郊野外，想如何整治她们便如何整治了……

教授很有些嫉妒和不平。

既然如此，想同开车人谈论女人也是自讨没趣，教授觉得自己在这破坐垫上，如同对女人一无所知的童子或是白痴。他有什么资格同他谈女人？他有什么女人可同他谈的？他只记得一本杂志上讲人类压抑的爱欲，如今只剩下欲而没有了爱，因而只是性器官的满足。读到这段话的当时，教授目瞪口呆，如果真有器官的充分满足，对他也有吸引力，可惜只是纸上谈兵罢了。于是教授顿时自惭形秽，缄口不语。

教授又打了一个哈欠。

车子猛然一震，急剧地往一边倾斜过来，忽而又倾向另一边。惊醒过来的教授没有忘记在倾斜中继续观察前方的目标。他发现每当车子改换一次倾向，那蓝光就神秘地隐没在黑暗中，而在下一次倾斜后又重新出现。几次重复后，教授渐渐明白过来，他焦急万分地告诉开车的，目前已进入山区，公路经常拐弯，车子弄不好会失去目标。

开车人用鼻子哼了一声。教授能感觉到他嘴巴边经久不衰的鄙夷与冷漠。教授知道他需要的不是提醒，而是不停地赞美。然而，他觉得无论是开车人的车技，还是这辆破车，均无从赞美。教授只能无奈地搓着手掌。开车人哆哆嗦嗦地横冲直撞，像一个根本未曾通过路考的无证驾驶者。教授早就怀疑这个。如今许多头衔都可以自封，或是在投票箱里追认一下。他还真担心进入山区后，如此蹩脚的车技、如此外强中干的车子早晚会翻进山沟里去。他搓着手掌，忧心忡忡。

给你！黑暗中开车人扔过来什么东西，扔在他两膝间。他摸索了一阵，发现那是一支烟。他把烟放在鼻孔下闻闻，闻出那是一支洋烟的气味。教授早些年一直抽烟来着，对烟有很高的鉴赏力和辨别力。后来自然是戒了。戒烟的原因并非出于养生之道。教授不是那种善于爱护自己的人，他信奉所谓痛痛快快燃烧、烧光拉倒之类的人生观。如果有好烟好酒好友，可以侃它几个通宵，侃出一满缸烟灰。

教授把洋烟放在鼻孔下闻着。是希尔顿，万宝路还是KENT？现在的人以抽洋烟为时髦。洋烟没有普通国产烟那么浓的香料味儿，抽起来却辛辣浓烈，过瘾。它们燃烧的时候烟灰呈乳白色，不会有烫人的灰粒掉出。教授只是在偶然几次朋友聚会中有幸抽过几次，买是买不起的。连国产烟都买不起，何况洋烟呢。

熟悉的烟味却如燃烧的烟头灼痛了教授。

戒烟自然是因为经济拮据。经济拮据自然是因为工资太低。但工资太低无可抱怨，凡是干这行的人都一样。所以报上发表的时下热门工作二十四行中，压根儿排不上教书匠，小学中学大学教师均榜上无名。前几天他到集市去买菜，发现卖菜的个体户中，多了好几个斯文的中年人，那斯文裹着卑怯，透出无奈，从里到外冒着当教师才有的穷酸相。教授凭直觉判断那是他的同行无疑。果然就有人来叫了一声老师，那老师憋一口气半天没缓过来。学生说老师你干吗不把菜筐搬到校门口去卖，好让咱班上的学生都来买你的菜呀。教授深一脚浅一脚逃离那个摊头，回到家，老婆问，你买菜了没有？他说那菜刚洒过农药吃不得。老婆说你赶明儿不如去卖菜得了，百分之七十利润。对面楼下那瘸腿的孩子没考上高中，帮人卖西瓜，一个月卖回来好几百块。你呢，当这个狗屁教授，工资才一百多块，连奖金都没有。听说新中国成立前一级教授一月三百六十大洋，如今的教授就连个级别都没有，这不是知识越多越受穷吗？人家菲律宾也是个穷国，不巧偏是女总统当家，知道疼孩子，舍得为教育花钱。你不说教育经费同那个什么国民总收入有比例，对不对？听说咱们国家的教育经费是全世界倒数第二。现在连农村万元户都上议价学，人说什么都涨价，只有老师和废品落价了。教授越教越瘦，你还抽哪门子烟，留着那口气自个儿喘匀乎点儿吧……

每当此时，教授便拂袖而去。如此心胸狭窄的女人，教授即使在乏味无聊至极的长途旅行中，也无法怀着虚伪的感激之情思念她。然而烟就那么从此戒了。刚戒的那些日子教授恨不得杀个人才解恨。

这些当然不能对开车人说。教授是很有自尊心的人。教授知道开车人很有钱，如今开车的都有钱，只是人民币保值较伤脑筋，都琢磨怎么换成外币，最好再存在国外的银行里。他知道如今有的人，钱多到在公园里用一百元的纸币给孩子叠纸船，放在湖里任船随水漂去。那纸币是上等好纸，坚韧而不透水，可以在水里久久不沉，直到对岸的人把它捞走。开车人即使拿的是死工资，却还有出车津贴，多种好处费、信息费、服务费，有帮这个那个拉这个那个挣下的这个那个钱，还有这个那个托他转交这个那个的回扣。所以即使工资是一样的工资，里头的"含金量"可有天地之别。教授运用他所有的研究成果，也无法说出知识越多越受穷出于何种理论，他的一切理论都有悖于他面临的现实。他在讲台上慷慨激昂，而腋窝下虚汗淋漓。

教授伸手把烟轻轻放在那开车的面前。谢谢。他说。我从来不抽烟。他收回来的那只手停留在空中，他忽然想到开车人根本就没有递给他打火机。

还是听听音乐吧。他自我解嘲地说。

音乐？开车的哼了一声。不是一直响着来的吗。

教授侧耳谛听——一阵无节奏的鼓乐，夹杂着刺耳的小号、圆号、低音号，混合着漏风漏气一般喑哑的黑管，还有跑了调错了位的七高八低的钢琴曲，居然配合默契组合成一首辉煌无比、疯狂亢奋的超现代摇滚乐，在他耳膜里鼓噪。他明白这音乐从车轮转动的时候就开始了演奏。至少那开车的把它们作为他的音乐。这种划时代的音乐产生后，任凭你是贝多芬是柴可夫斯基，统统成了无声无息的垃圾箱。在这般迷乱痴醉的音乐中去追捕一个温柔可爱的蓝色精灵，真可谓浪漫至极！

停车！教授突然惊叫。

音乐声仍狂噪不息。喇叭、马达、坐垫、车窗玻璃、多边形轮子……

停车！教授又叫道。

开车的人不屑驱使着车的惯性。教授淹没在雄壮的进行曲中。

车子停下来时已顶着山一角的陡壁。车灯照出车轮下幽幽的深涧。开车人睁开眼，扭过脸懒懒地问：咋啦？

教授把脑袋伸出车窗外，往车尾的来路瞥了一眼，说：倒回去。

开车人一愣，烟头的火星在暗处蹦跳。

啥？倒回去？是你开车还是我开车呢？

教授咽下一唾沫，他忘了建议的程序。看来，程序比建议本身更重要。他嗫嚅说这只是因为他看见一条岔道，车子本应在那岔道进行选择，他感觉那远处的光斑，似乎是往那条道去了。

你看！教授竟然忘乎所以地跺了一脚，一只手指着窗外山岩下一块灰白的石碑——你看这是路标，这条路是往山里去的，而那条路，就是刚才那岔道，出去就是平原……

惨淡的车灯将石碑上的字凸出来。在黑漆漆的山谷里如一行难以破译的符号。

开车人却并不正眼看那路标。他的眯缝的小眼睛从石碑上淡然滑过，那目光的不屑，掺杂了虚空与茫然。茫然中隐匿了凄惶与胆怯。这瞬间里粗心泄露的秘密，在教授的眼镜里折射为一个巨大的问号。教授竟狗胆包天地怀疑起开车的究竟是否识字。他记起自己做过的调查，现代文盲正在有增无减，在城市乡村如蚊蝇衍生。而文盲的眼神无一例外恰如这开车人眼珠与眼白游离的那种麻木呆滞。教授脊背上沁出一层冷汗。

你怎么知道那玩意儿要出山呢？开车人沉吟片刻之后发表了一个不容反驳的提问。

我看见它了。

我怎么没看见？我没看见就不是事实。开车人似笑非笑地吐出一口烟。

当然，这种不明物体的移动是有一定规律的，但有时一些偶然因素难以测算，比如操纵者的个人意志……教授低声辩白。他已知道自己不可能说服开车人。

既然有规律，我还带着你干啥？开车的终于不耐烦地吼起来。我让你上我的车，还给你一个座位，不是让你来教训我的。你的眼镜怎么总看不到我想看到的点子上？我可不管什么鬼律、什么鬼道，我是走一步看一步摸着石头过河。我看那玩意儿是走的哪条道，它就是走的哪条道，没错。就是错了，你也别指望我会改道。你心里揣着啥鬼主意，当我不明白？打你上车我就提防着你。你不就惦着你那没上学的侄儿，哄我去送他一趟。没门儿！上大学那么要死要活？我就从没上过大学！嗯，我上过一家速成神学院，啥也不学就学开车。你知道那蓝星星是啥吗？我若告诉你，看你不馋死过去。反正没有钱，你认得再多的字儿也是白搭。原以为你戴着眼镜能记下这一路的丰功伟绩，谁叫你喧宾夺主，一个劲地鸡蛋里挑骨头，突出自己，表现自己，还总想挤对我。我明明给了你座位，老老实实坐你的得了，还老提意见。你是什么用心？瞧你那一脸哭丧样，就好像我给你气受了似的，可这车是我的，不是你的，你说了也是白说！

　　开车人一口气说了那么多话。说得气喘吁吁，咬牙切齿，令教授瞠目结舌。教授的面孔在凌晨黑色的潮气中，骤然浮出清晨天空的红晕，渐而变紫，紫而复归于墨汁般的夜空，从此长夜难明。他在颠簸的旅途中，心里曾经朦胧升起的鱼肚白，倏然滑落于山背后狰狞的峡谷。教授默默无言，他曾想说那破旧不堪的坐垫里，七横八竖的弹簧如利剑，几乎穿透他的肠胃；他在那倾斜的坐垫上滑来滑去，如在冰坂上攀登。他曾想说，原来那蓝精灵是无价之宝，逮住它将逮住永远的富足与幸福。他早已摈弃了那些迂腐的成见，知道钱这东西多多益善。然而，看样子开车人却把蓝精灵当成了私人的财富，一心想到那儿狠狠地捞上一把，这实在使他极其失望……

　　但教授却什么也没有说。教授善于克制。他曾获得过全城蜂王精马拉松长跑耐力奖。他只是摸了摸自己冒出了一层胡茬的下巴。

车门砰然关紧。车灯掠过那块被蔑视和否定了的石碑，投向崎岖的山路。车子轰然鸣响，灿烂嘈杂的摇滚乐，旋即覆盖了四周黑暗的空间。在重新开始的颠簸中，教授感到自己的骨骼正在松弛崩裂，而面临着骨骼解体的威胁。但教授思路却异常活跃，他琢磨那个基本上不具备现代意识的乐手，能奏出疯狂的摇滚乐，不能不说是一个奇迹。由此可见摇滚乐的奥秘和本质，不过是一个红灯与绿灯同时大开的十字路口罢了。

现在教授总算对自己可悲的处境有了一个初步的了解。当然只是了解，还谈不上认识。他仍然乖乖地与那开车人同行，仍然乖乖地扮演着一副没有镜片的眼镜的角色，仍然期待着翻过山再绕道，去寻找他坠入第二次读书无用论的洪水中、将遭灭顶之灾的侄儿。教授平静甚至漠然的外表，使人无法窥视他真实的内心世界。从车子的反光镜中只能看见教授在经历了岔路口的挫败之后，困意已完全消除，先前倦怠的眼皮竟然滑润而富于弹性。清醒的双目，炯炯有神地扫过煤黑的天空，并已穿透了它僵而不硬的外壳。

天幕渐渐地浑浊与柔软起来。从先前凝重的黑色中，淡化出些牛粪似的烟褐与瓦顶的铁灰。稀稀拉拉的星星已陨落多时，天空有些光秃秃的尴尬。教授在弥散的茫茫夜气中抱着一丝希冀，搜索着模糊而逶迤的山影，但愿那已消失了的蓝色光斑会重新出现。现在他已不那么焦急地盼望天亮，甚至暗中祈祷地球的转速发生意外的故障。因为，当太阳升起的时候，那神奇的蓝光就会被千丝万缕的金线银线牵入蔚蓝的天空而融化其中。那么他和开车的就会前功尽弃而陷入光明的绝境。

但无论那开车人怎样贬斥和利用着教授，那蓝精灵却已对教授发生了实实在在的诱惑。所以此刻教授已如坐针毡，忧心如焚——他必须承认，从岔路口开车人一意孤行以来，他再也没有见过那飘逸闪烁的光斑。

而使教授更为诧异和惊慌的是：自从开车人在岔路口断然否定他的提议以来，这一路的山丘野岭中，他总是觅见一丝丝一团团青灰色的火星，在黑暗的远处游移跳跃。初时他以为是灯光，灯光却不似这般阴气沉沉；继而他以为是荒火，荒火却不似这般孤孤零零；再后来他猜想那是栖落于灌木草丛中的猫头鹰或是饥饿的狼眼……在他以教授的渊博，把世上的光源火源都一一猜测过滤又一一否定之后，一个巨大的恐惧突然攫住了他。这个念头使他顿时手脚冰凉，目光呆滞，气息奄奄，几乎从座位上瘫滑下来。他死死抓住座位的靠背强作镇静，斗胆重瞥一眼窗外，似又一次证实了自己的判断，不禁"啊"了一声，一把按住开车人的手背大叫停车。

车子戛然停下，未及停稳，开车人便猴儿似的蹿了下去。开车人的脸上已改朝换代似的一反常态，喜气洋洋。开车人对着喑哑焦涩的天空嚷嚷说其实我早就看见它了，我总算逮着它了。我说怎么着，跟着我没错。你老实待在车上。那全是我的，全得归我所有。对不起，你现在可以走了，可以去找你的侄儿，履行你的义务去了！开车人昂首阔步、挺胸凸肚扑向那乱石坡灌木丛，那威武、那气魄，就像一个凯旋的将军。

教授听见开车人重重摔在地上的声音。

教授看见那些青灰与淡紫色的火苗火星蓦地消失了。如它初出现时那般鬼鬼祟祟，又鬼鬼祟祟地悄然隐退，只留下一片雾气沼沼的黑夜。

开车人骂骂咧咧地回到车上来。

邪门！开车的一只手扼着自己的另一只手腕，似被什么灼痛过。真邪儿！像坟地的鬼火，乍看有，走近又没了。他嘟囔。你知道那是什么玩意儿？

是磷火。教授郑重其事地说。慢条斯理中仍压不住内心的悸动与惊骇。他曾犹豫要不要说实话，他想事情到了这一步也许会因祸得福。

磷火？开车人横过一只眼，撇了撇嘴。奶奶的，我差点儿把它当成那蓝宝贝了。

教授便循循善诱地说明那蓝宝贝同磷火的区别。乍看确实相似，再细看就会发现，那磷火的火焰尖上，包着一层惨淡的白气，飘忽不定，断断续续，时时像要被风吹折似的歪歪斜斜扭动；而那蓝色光斑却呈放射的圆形，茁壮的光芒如箭头一般平滑笔直。箭头上还有一层金色的茸毛向外舒展，不像幽幽的磷火，那火头是朝里的，焚烧着自己的骨髓……

教授坦然讲着。教授从不忌讳谈死。他早已具备了科学以及哲学意义上的死亡意识。在他一生中曾濒临死亡的边缘多次，领略过死之悲壮及死之渺小。从死亡中侥幸复苏之后，教授在恍惚与痛楚中，获得了超验的体察。他曾怀着快慰的心情欣赏过荒地的磷火，

北极光

— 432 —

认定磷火是生命留在人世间最后的思考方式。对于他来说，如若思考不存在，那么生命才彻底终止。磷火是思索的延续，是上帝发笑后掉下的眼泪。故而他早已暗中打定主意，在遗嘱中写明他的骨灰将撒在荒漠与崇山间，在风雨日月的催化下，骨殖的残渣将会在黑夜里绚丽开放。那么他的精神、他的著作、他的思想，将会与他的磷火同在，照耀迷途的旅人，直至大地将其吸进而还原为新的物质。

开车人终于厉声打断他的思路。那声音歇斯底里，灌满仇恨。教授看见开车人一张恐怖的灰面孔。

你胡说！开车的咬牙切齿。你吓唬人！实行火葬之后不会再有什么磷火，何况这地方从来就没有人居住过。你说是磷火，你能说出那是什么人的磷火吗？既然你一眼就看出那是磷火，倒好像你同这人认识似的。

教授咬紧了嘴唇。他的嘴唇哆嗦不已。

你说嘛，让你说嘛，到底是哪一代的皇陵还是哪个战场，还有小日本的万人坑啥的？开车人往窗外看了一眼。

教授摇摇头。他不知历史上有过几个死后还在思考的皇帝。他说出来当然是要说出来，他张大了嘴说出那几个字，便浑身瘫软，觉得自己亵渎了这个神圣的名字——"马寅初"。他喃喃道。他明白自己想到这个名字时，何以产生了巨大的惊恐与不安。他没有料到会在这个荒谷中遇到他尊敬的师长。他不是害怕磷火是害怕那尚在思考、尚在注视、尚在燃烧的先驱者思想的光焰。他的侄儿与他的一半学生，还有这开车人日日运载的芸芸众生，都是那位天才预言家不幸而言中的产物。而此刻师长的幽灵为什么站在这里、守候在这里？他是要阻拦什么、劝说什么？他那么卑微、那么孱弱、那么无力、那么苍白，可他却不顾一切地从残存的灰烬中挣扎起来。他飘落着、徘徊着，欲言又止。他究竟是要给他昔日的学生与校友什么提示？在那个命途多舛的年代里，他曾试图挽救中国，结果他毁灭了自己。那么，今天他不灭的灵魂，还有什么警世的忠言要奉献给他们？

几近迷乱的教授沉迷于痛苦的疑问不能自拔。然而他却突然听见了引擎的吼叫，感觉到身体的震颤。他抬起头，发现车子已经启动。

不能再往前了！教授终于爆发了狂躁的大叫。——再往前走会重蹈覆辙！那一刻磷火照得他通体透明，他抓住了开车人的袖管，扑倒在方向盘上。——应该走另一条路，现在还来得及！他竭尽自己的真诚喊道。大彻大悟后的教授，陷入一种前所未有的绝望。他咬住了操纵杆。

神经病！他感到自己被粗暴地推开了。他听见开车人恶狠狠的咒骂声。

车速突然没头没脑地加快了。马达由于负荷太过而精疲力竭地呻吟。车轮子不像在滚动，倒像是几只木箱子在平地上格楞格楞地磨着地面。厢板、棚顶、车座、车门，每个部件、每粒螺丝都在发出尖利刺耳的惊呼。车子摇摇欲坠、颤颤巍巍地展示着力不从心的威严，以至于使教授觉得它实际的速度，并不如感觉的那么快，快得那么勉强，这速度也许只是一种假象。

教授被那次阴郁的磷火唤起的正义，使他顾不得刚才被粗暴推开的耻辱与疼痛。他在撒气漏风、四面喧嚣的驾驶室，向开车人进行了充满爱心的劝说，劝说甚至达到了恳求的地步。他说蓝光既已不见，说明追错了路，这样追下去，岂不越追越远。如果是新车，错到底总也能追上个别的什么，歪打正着。可这破车说不上什么时候抛锚，像条汪洋里的破船直漏水，你就忙乎堵漏洞、往外戽水吧，划一辈子也在原地，说不定还会沉船。俗话说舍不得孩子打不下狼，你得想想，这车子有没有后劲、经不经得起折腾，走错一个岔道不算什么，迷途知返尚是明智之举。教授从客观到微观，从二元论到存在主义，从卢梭到马斯洛，从马克思到戈尔巴乔夫，纵横捭阖，上天入地，可谓苦口婆心。然而却有一大半被风刮走，另一小半淹没在摇滚乐中。开车的充耳不闻，无动于衷，并且又进一步挂挡，达到了最高时速。然后做洒脱状，轻轻松松吐出一句：请你不要杞人忧天，我自有回天之术。我可以从前面山口绕过去，但要我认错，真是痴心妄想。

　　那车子便腾云驾雾起来，抱着决一死战的癫狂，不可扼制地呼啸而去。

　　教授闭紧了眼。假如有一辆车就好了。教授第二次斗胆闪过这个念头。有一辆车子就可以不再受人制约、受人欺负了。怪不得现在有那么多人张罗买汽车，怪不得轿车价格如火箭直线上升。买了汽车的奥妙是受用不尽的。那一次妻子动手术出院回家，不得已叫一辆出租车，车开到学校大门口，司机说你报销不报销，他回答上哪报销。司机说那好，我就收你一半儿钱。你们当老师的穷，我知道，一月工资没我一个零头多。那司机真是个明白人，不像这开车的左看右看不像个司机……

教授在羞愧与愤怒中，终于对自己的未来产生了绝望的预测。然而正当他进一步想入非非地思考买车究竟有没有可能性的时候，他听见一声山崩地裂的巨响——

车子不动了。

眼前一团漆黑。先前微明的晨色竟又隐匿不见。炸裂的车灯碎片迸溅在他脚面，划破他的手背。车子低声哼哼着，如一头即将咽气的老牛，无可奈何地趴伏在地。教授感到自己是在山崖的边缘，只差半步便永世不得翻身。完了，他手心溢出燥热的汗珠。他想起自己徘徊在大学校门之外的侄儿，看着他为他买的帆布书包里露出一只崭新的秤杆。——我来修车。他跳起身子对那开车的人说。开车人已拧亮了一只手电，电光很弱，世界顿时割据为许多不连贯的亮。他不知自己究竟到了什么地方。

你？开车的摇了摇头。

我。他坚持。

你从来没有车怎么会修车？开车的又显出那不屑。

教授说没有车不等于不懂车。这个年代的教授久经考验，大多文武双全。他本人种过麦子，烧过砖窑，放过羊，打过铁，还在机修厂当过一年钳工，至少会使用扳手什么的，何况他已经从车子一路的动静里听出来车子可能哪儿都有毛病。

开车人哼了一声，径自下车去了。自己的车自己修，教授没有资格推荐自己，也没有资格为自己受到的不信任而委屈。教授脑中一片空荡，他看不见自己的表，不知现在几点。从凌晨三点半走到汽车站的时间算起，现在似乎早就应该天亮了。奇怪的是他们好像坐上了西行的飞机。时差使他们必须享受更长久的黑夜，长久得几乎要使人失去了信心，怀疑自己是否已坠入了黑暗的地狱。

教授在车子旁边潮湿的山岚中，朝那砰砰嘭嘭的声音走去。他想自己至少可以帮开车的打打手电照个亮。他们必须尽快修好车，离开这个鬼地方，否则他们都会完蛋。

教授站在掀开的车盖前，一切竟比他想象的还要触目惊心。

裸露的内脏似已病入膏肓。锈迹斑斑，百孔千疮。组装的部件似乎没有一只严丝合缝的互相配套。为了把这些型号各异的零件弄到一起，处处留下了锯焊的痕迹。难怪它们在合作时发出那么惊天动地的不和谐音。莫非它们在出厂时就是不合格的废品，因而残缺的功能在互相磨损中加倍损耗？

有一个人曾告诉教授这么一件事：开车的串通了车行的师傅，把一辆新车开进了车行，然后把一个部件换成了一个实际已报废的旧部件，车开出去没几天便坏了。头儿们没法子，让开车的去修。车行的师傅把那个新部件再重新给装了，然后开出一张发票：更换××部件，收费一千元。公家支付的钱，自然是让开车的与修车的平分了，因为那车是公车，修车是公费。某些炎黄子孙的智慧，主要表现为如何合法地、巧妙地将公有的财物转为私有。

教授那时摇头不信（人家说那只是小菜一碟）。不信便有了今日的疑惑。他脑中的疑惑转了几个来回，终于忍不住问那开车的：这是私车呢还是公车?

开车的略一沉吟,含糊其词地答:可以说是私车,也可以说是公车,这干你什么事?

你的意思是不是说——教授顽固地非把玄妙的模糊定义搞清楚——你开公车,公车就成了你的私车。

开车人不吭声。

教授便又得寸进尺:既是你的私车,你为何不好好保养,糟蹋成这个模样?

开车人不吭声。

教授有些得意忘形:你以为我不懂,我研究过这种现象。原因就出在这车的所有权。这车既是你的又不是你的,你既然把它当成自己的又知道它实际上不是自己的,所以你不会爱护它。对于你来说,有车是唯一重要的,因为你可以从它那儿得到许多好处,而你从来没有真正关心过这车子本身和乘车的人。你不知道车子也是有生命、有灵魂、有品格的……

请你说话客气点儿!开车人阴沉着脸打断他。你太放肆,没人敢这样对我说话。白天在城里,人人对我笑脸相迎,他们离开我便无法生活。我用这辆破车为他们创造了多少便利,带来了多少效益,这都是不可抹杀的成绩。我的车日夜不停地运转,根本没有时间保养,这怨不得我。何况这车的租期是四年,我必须在四年内解决人们的实际困难。我哪里有可能放着现成的破车不用,另外投资去买新车呢?我顶讨厌这种夸夸其谈。你想没想过,以前租期可以无限延长,我才能放心笃定地干,而现在,我也有紧迫感……

教授咳了一声。他发现开车人虽然说了好几个白字，语言也不够通顺，倒挺善于狡辩。教授有些发冷，抱住了自己的肩膀说：那么你想过没想过，如果这四年的租期统统取消，你的车、你的执照随时可能会被吊销，那又是什么情形？你明明知道自己的车不行，却舍不得花钱修车，你把帮你的人都甩了，把你不放心的人都除掉了，你好自个儿独占那个天边的宝贝，其实那宝贝是个什么东西，你根本不知道。如今车坏在半道上，你还能指望什么呢？

教授说完感到很痛快。他没有想到自己会这样一针见血，这样刻薄锋利。他感到自己心跳加剧，周身发热，仿佛吐出憋了许久的一口浓痰，顿时气血畅通。他讲到这儿忽然把话头打住，抽过开车人手里的电筒，一头钻进车肚子下。他虽不会开车子，但他深刻地明白自己作为一个教授，其实只不过是一个用脑子干活的小工，一个把笔作为工具的劳动者。而相反开车的并不一定是劳动者，否则人们为什么管那些赶大车的叫车老板。车老板这个词儿真是意味深长。

当车子在教授手中发出复活的吼叫之后，蹲在车尾的开车人终于忍不住走上前来视察。他趴在车沿上细细张望几个回合，仍不明其所以然，灰黄的光亮中面孔如同蜡像。

以后你可以去干第二职业，搞点创收。开车人假模假式地说。现在连大熊猫都在抢救，何况你们教书的。

教授哑然。

好啦，废话少说，赶路要紧。开车的大模大样坐上了驾驶室。

车子吃力地发动起来。

只剩下一只车灯，独眼龙斜愣着，光亮偏斜地照着路的半边。

开车人似乎想起了什么，从座位下摸出点儿东西，对着那微弱的光亮照了照，然后很是犹豫了一阵，把一个面包掰出四分之一的小块，连同一瓶汽水递给了教授。

饿了吧，吃了好上路。

似乎是为了对教授的修车表示感谢，开车人前所未有地和颜悦色。他接着"砰"的一声扯开一只易拉罐，打开手中留的那四分之三的面包，狼吞虎咽地大嚼起来。

教授无意间看见易拉罐上写着几行洋文，竟是可口可乐。又听出开车人嚼面包的声音，吧唧吧唧很劲道，好像有火腿或是红肠什么的夹在其中。再低头看看自己手中，汽水是平日里孩子常买的一角五分的大众货。他勉强吞咽了几口，感觉到胃里隐隐的疼痛与不适。教授想到自己弃下个人私事，被这开车人软硬兼施，一路上滴水未沾还忍气吞声，开车人却非但没点儿尊重的态度，连份像样的食物也不愿供给。前思后想，教授终于无名火骤起，将手中的东西啪地放回驾驶台，讷讷说：你，你这也未免太不公平了。

不公平？开车人很诧异。不是早就取消大锅饭了？你还想搞平均主义？

不公平。教授坚持。

是你开车还是我开车呢？开车的一脸阴沉。我带的食品就这么多，是我从嘴里省下来给你的。

公平不等于平均主义，你不要把这两个概念混淆起来。教授忍着胃疼说。我要的是我应得的劳动报酬，社会财富重新分配如果不是靠才干而是靠权力与关系，结果是既无公平也无效益可言。

这些年来，幸好教授已变得不那么清高，他早已明白了清高只不过是一种慢性自杀，他说这些话时面皮迅速增厚且不改色。为了使自己的理由更充分，他索性告诉开车人，他患有胃溃疡、肝硬化、心跳过速等多种疾病，本应得到好些的照顾，但他每周有五个半天的课，每年写出一本学术专著，课时量全校第一。他总有一天得累死在讲台上。

开车人听完后冷冷一笑说：你们就是不会爱护自己。比如说我呢，我何尝不也是个病夫。我有关节炎、冠心病、腰椎肥大、前列腺炎，我不是活得好好的？我每天早晚服西洋参和蜂乳，隔一个月注射一次胎盘球蛋白，隔三个月做一次 B 超。当然我自己花钱也是花不起的，这不是还有那个优越性嘛……

我胃疼，你要不给我吃东西，我就下车了！教授的呼吸不太均匀了。

开车人扭头看了他一眼，委屈地抱怨说，自己并非有钱的雇主，况且一开始也没谈过报酬问题，只是做贡献的意思。他给教授一份消夜或早点，就算够意思了，实在是他额外的支出，教授应学会体谅别人的困难，不要斤斤计较个人得失……

教授的面孔一阵青一阵紫。他把眼镜拿在手里，使劲用衣角蹭着镜片，一边嘟嘟囔囔地反驳开车人说：你没钱怎么还抽洋烟喝可乐？体谅体谅，已是一个几何级增长的数字；你即使出于实用主义目的，也该把你的"眼镜"好好保护起来，以便把你自己的未来看清楚些……

吃不吃随你！开车人吧嗒吧嗒吃完了自己的那份儿，似乎终于听得不耐烦，一脚踩响了油门。

教授低头看着手里可怜的食物，胃液翻腾不息，脑血阵阵涌动。他厌烦了这种无耻的讨价还价。他看透了那开车人，实在是个目光短浅的家伙。他一挥手便将那些东西扔出了窗外，这一扔真是如释重负。

让我下去！他叫道，历史会惩罚你！

开车的并不理睬他。车如离弦之箭弹射出去，车速快到无以复加。教授紧紧闭上眼，明白自己这回是在劫难逃了。那只独眼龙愈发执拗地往一边歪斜，斜到了走投无路又往另一边撞击，前面似乎是一个下坡，一个再也刹不住车的大下坡。车子视死如归地俯冲下去，如一架半空翻起跟斗的飞机，仿佛地上的路已走完，要去开辟深渊和峡谷。摇滚乐倾其所有的能量奏出了天堂的哀乐，在那些琴弦鼓乐号音齐奏交响的同时，车子猛地撞在一棵枯树上。

周围一片死寂。

没油了。教授筋疲力尽地回到车上说。

确是没油了。开车的懒懒搭腔。

你明明知道自己的油不够，你穷追什么追？教授暴怒地摇晃着他焦黄的头发。他的胃疼加剧，否则他真想把那家伙从车上甩出去——你为什么不把油加够了再出去，我看你那破油箱根本就是个漏斗。

开车人微微抬起下巴，突然谦卑得同先前判若两人。——漏也许是有点儿漏，加也确是没加满。我买不起那么多油。老实说我这些油都是向别人借的。我想先走了再说，等追到那玩意儿再归还……

教授有些纳闷。赌博？挥霍？投资？损耗？小子的钱究竟哪去了？教授想起自己根本不知道此人的来龙去脉，教授疲倦的脑子已处处淤塞。那家伙到底是个买空卖空的高级骗子还是个正白手起家、胸怀大志、卧薪尝胆的什么什么"家"？

只好步行了，分头去附近找找，看看能不能找到汽油？教授博大的胸怀宁可相信后者，于是生出同舟共济的宽容与同情。

天色熹微。教授盼望了一个世纪的黎明，终于在他们不再需要它的时候出现了。

涌动的云呈现着他从未见过的固体的深赭色、酱紫色和松绿色，如厚重的油彩胡乱涂抹在一块窄小的画布上，亦如一堆打碎了的古瓷瓶和彩釉陶罐，刚刚拂去古墓深处棕黄色的朽土。天空说不上是什么颜色——飘摇涡旋的云块间，托出蛋青或是烟灰的底色，却没了往日清澄的蓝。那些古怪而又妖冶的颜色搅和在一起，翻腾起汹涌的海浪，海水中掺杂着刚被鲨鱼活活撕咬的鲜红的人血、绿色的海藻以及成千上万只墨斗鱼喷出的乌黑的墨汁，在天空中制造出一幅奇特而怪异的幻觉。

那一刻教授弄不明白这究竟是天空还是大地。他所了解的天空恬静蔚蓝，决不似这般怪诞；他所熟悉的大地坚实丰厚，决不似这般迷茫。他抬头寻找太阳的位置，而天上地下却都一片浑浊。曾在那碎石野岭间闪烁着给他以警示以告诫的磷火，还有漫漫长夜中，他们梦寐以求的蓝精灵，统统消失得无影无踪。没有星星，没有月亮，甚至也没有灯光。

天真的是亮了？

教授突然感到了莫名的恐惧——他发现自己晨光中的身影，原来是一个脑体倒挂的人形。

当他确认了那是自己的身影后，很快平静下来。很久以来他就有这种脑体倒置的感觉。他看到的世界颠三倒四，还以为是自己的眼睛出了毛病。脑袋负重，昏沉沉地肿胀，而骨骼正在发出脱臼的嘎嘎响声。

转圈是山。僵直突兀的悬岩，如一座座熄了灯的楼房矗立，那感觉像是被一群瞎眼的老人团团围住。

教授感到这地方似曾相识。

几个小时之前，他拎着那只旅行袋出来，就是在离家门不远的这个地方上的车。那时候马路两边的楼房像一座座僵直突兀的悬岩矗立。

那么他竟是回到了原地？

那么他也许是一直在原地踏步，他根本从未离开过这儿？

可这儿原来那些车辆、商店、烟囱、行人呢？现在却为什么杳无踪影？原来的十字路口熙熙攘攘、四通八达，现在却为什么被四壁的陡山围困，连石阶和小路都没有？垂直的高墙封闭了一切通道，只有强悍的气流在墙下回旋……

是个死谷。教授喃喃说。是个死谷。一种巨大的恐怖感笼罩了他。自从那蓝精灵在岔路口神秘地消失，他就感到了一种不祥的预兆。有一度他甚至觉得车子是在倒着走。

喂！——他壮壮胆子吆喝了一声。

没有回声。山谷像一口遗忘在黑夜里的枯井，听不见一声鸟虫的低吟浅唱，连风声都被封闭了，耳膜轻得飘浮起来。

前面隐隐露出一片黄褐色的沙丘，凝固着几千几万年洪荒的冷硬。除此之外，谷底没有绿树也没有野草。是生命从未降临过，还是萌生后又被粗暴地扼杀了？

天空翻转出一团猩红色的浓云，气温骤然升高，太阳的辐射烙烤着沙丘，沙石因灼热而炸裂，升起一阵粉状的沙雾。

教授热不能耐。他的胃疼得麻木，口却渴起来。

没有水，也没有汽油。他听见那开车的哼哼着走过来，向他摊开双手。找不到水，什么也找不到。

豆青色的天光中，教授第一次有机会堂皇地正视开车人。从他的步态和眼神里看去，开车人竟比教授想象的还要衰老和虚弱。只是面孔的皮肤光洁，不似真人而像一个面无血色的玻璃制品。教授吃惊不小，他完全无法判断出开车人的年龄，教授觉得自己陷入一片混乱之中。

渴死我了。开车人又说。

你那儿，还有什么吃的没有？教授有些不好意思地问。

开车人摇摇头。不是早对你说了吗，什么什么也没有了。我没想到需要这么长的时间。

第四世界

教授盯住他干裂的嘴唇。也许这小子刚才在哪个角落悄悄吃了一顿也没准，教授猜测。人在陷入绝境时，才会袒露出自己灵魂深处的黑暗。所以教授并不觉得自己这样猜测有什么过分。前景似已无可期待，耗尽了最后一滴油的破车，像一条上了岸的死鱼开始腐烂发臭。而令人作呕的是，他和开车人将如同一对厌世的恋人，在此同归于尽。

他觅准一块较为平坦的沙坡，仰脸躺下来。

开车人不知从哪里弄来一件油布雨衣，铺在离他不远的空地上。

教授觉得好受了些，早知道他就该躺倒。躺下来总算没有了那种脑体倒挂、头重脚轻之感。现在他可以从容地欣赏天幕上那可以称之为朝霞的云彩。他这一辈子从未有这样的悠闲留给自己。

不会有人来救我们了。开车的发出了一声低沉的叹息。

除非有直升机。教授酸溜溜地说。

就是能跑出去，我怕也跑不动了。

要有口水喝就好了。

这辈子总是穷，穷到死。

穷到死不算，还把债留给后辈人。

不瞒你，这辆车也是借钱租下的，这一死，倒一了百了。

了不了，子孙替你还。

本想为子孙谋福，想不到反欠下他们的。

你该写张欠条，否则会造成新的冤案。

早不听你的。在岔路口，走你说的那条道就好了。

未必。像你这样的破车，又不肯花钱维修，还买不起新车，走

北极光

— 446 —

哪条道其实结局都是一样。

你死到临头还想教训我。

你多听听别人的意见就好了，乘客、装卸工，还有交通警察。

我听过，越听越乱套，七嘴八舌的没一个准主意。

因为你不善于选择正确的意见。你总是喜欢那些迎合你的，狗屁不通的那些。

这么说，你还是认为我不行啰？你从来就没有瞧得起我。幸亏我早就防备，否则早让你算计了。你要知道我毕竟开了几十年车，它放个屁我都知道从哪根肠子里出来的。你不要太猖狂！

那你为什么从一开始就不对我说实话？我提了那么些问题，你概不回答。你到底有什么东西需要隐瞒？教授费力地咽了一口唾沫。俗话说人之将死其言也善。教授既已看清了自己的末日，不再犹豫、不再克制、不再萎缩。他要彻底清洗一番自己的肠胃。怪不得几十年总是胃疼，那一股凉气在胃里憋了几十年，快要淤积成一块胃积石。那么在一个人迹罕至的峡谷，在一个光怪陆离的早晨，他应当击碎它、排除它。其实在昨夜里或是今日凌晨，那位导师的幽灵照耀他时，他已听见积石的隆隆震颤，如一个即将降临人世的婴儿在腹中躁动。

教授仰望着遥远的天空，辉煌的舞台上已垂下了一道银红色的纱幕。天色渐渐明亮，从雾一般的银红中透出些清澈的浅蓝，蓝得十分稚拙，像孩子的眼睛。教授坦然吐出一口长气说：你追赶的蓝色光斑并非是你的那个意思，它有它自己的意思，那既不是钱也不是女人。到底是什么？我也不知道。我心里的蓝精灵，同你追赶的那个不一样。我只知道它是个立体的双向的多边形，是一个理想的世界。你把它当成值钱的东西来追赶，违背了它的精神，所以你不会追到它。我坐在你的车上，我也追不到。从前讲三座大山，如今四面是山，无数座山，叠成这死谷。说到底，这无数山头只不过是土地爷、财神爷、王爷、官倒爷集于一身，改头换面的皇上老爷子。

教授讲完了下意识摸了摸自己的喉管。如在十年前，教授敢如此指手画脚，早就验明正身绑赴刑场了。开车人竟不如先前那般暴跳如雷，只听见他咻咻的喘息声。良久，才有气无力地说了一句：你这人，怎么，怎么这么年轻就当教授？

教授苦笑，露出前额上几道烙印般的抬头纹。这所谓的教授头衔可以说是拿命换来的，超负荷高强度运行铸就"破格"的筹码。还有那么多没胡子却有才华的年轻人，在华容道上过关斩将。当然他早知道开车的什么也听不进去，何况自己的嗓子渴得像要引燃的炸弹。

他忽然记起了自己的旅行袋。那个塞在车子座位下的旅行袋，出发前他并未打开过它，是他的妻替他收拾的行李，也许可以在里头找到点儿吃的。教授顿时精神大振，挣扎起来，摇摇晃晃往山窝中间那辆趴窝的车子走去。

这是一段极其遥远的路程，教授不知自己究竟走了多久。他明明看见那车子就在不远的地方，像那吸引诱惑他的蓝色光斑，却又在他走近的时候离他远去。他绕过碎石翻滚的山坡，越过怪石嶙峋的干沟，爬过溜滑的大坂，穿过陡峭坚硬的沙坡。走下沙丘，他看见了一座座碎石垒砌的新坟，如一顶顶农夫的斗笠，随风吹弃在地，那坟前立着用劈碎的黑板做的灵牌，上有粉笔写的碑文，却模糊不清。那半截粉笔弃于沙石之中，如一截轧断的手指；坟地旁边有一草棚，写着：专售中年寿衣。教授嗅到了沙漠上空干燥的空气里，蒸腾着死亡的气息，全身一阵麻栗，他知道自己确是到了死亡的地界。他看见成片倒塌的黄泥土屋茅草房，断裂的房梁压住一块薄薄的木牌，木牌上的红字尚未褪去：××小学校。倒塌的山墙下还压着一只铅笔盒。沿着这片废墟往前，是一片枯败的树林，满树黄褐色的老叶，窸窸窣窣地抖成一团，而那树下竟是遍地的绿叶，苗壮而新鲜的绿叶，落了一地，像是被人强行从枝上拽下，饱满却又伛偻，匍匐于地，哀哀地诉说自己再也无法招展、无从伸张的苍郁，等待化作泥土和肥料。

黄叶未落青叶落。那句诗脱口而出。

教授想起最近人们常谈起的那个电视连续剧。既然末代皇帝的亲弟弟还活在世上，可见那个时代真是过去得还不太久。也许对于这样一个时代是不能苛求的。

教授觉得自己很虚弱。他已经很多年未曾检查过身体了。他不知自己的问题出在哪里。

然而他还是继续往前走。他必须找到他的那只旅行袋。他懊悔自己记起这件事太晚。一切似乎都太晚了。他本不应把希望寄托在别人身上。他本应自己来补给自己。他回顾自己的一生，除了著书立说、讲课批改卷子、高谈阔论发点儿高级牢骚，几乎没做成什么像样的事情。他为什么不早学学开车，会开车毕竟标志着可以驾驭自己。但他只会骑自行车，在拥挤不堪的街道上慢吞吞随大溜。然而现在却太晚了，他怨恨、恼怒自己。他真想对着蓝天对着峡谷大喊：死亡不是我的选择。我从来没有真正选择过自己。

　　但教授干哑的嗓子已发不出什么声音。他只是踽踽地走着，木然而平静。既然报上的统计数字说大专院校科研机构中已故的高级知识分子中有一半属于中年，那么他应该为自己即将加入这个行列，感到一种牺牲的壮烈和荣幸。他的脑子被无边无际的疲惫与困倦所淹没，只留下一个愿望的舢板随波逐流。他只想在自己进入永远的休息之前，做成自己一生唯一真正想做的事：他必须由他自己来找到一点儿食物。当然食物已经无济于事，它只是教授想由自己来完成的拯救。这个行动对于他至关重要，这是他人生的最后一个自主的机会。

　　当他终于抓住那破车的车门，并从车座下拖出压扁的旅行袋时，一丝冰凉的东西从他干涩的喉咙里淌下来。

　　他在旅行袋里找到了一团挤压成泥酱的面坨。他闻闻，面坨发出酸馊的气息。好像是方便面。他记起临走时为了怕火车的水不开，妻把那方便面先在开水里烫了一下。放在一只旧铝饭盒里。然而饭盒已经压裂了，旅行袋里一股馊面汤味。有一年他妻住院，他方便面、水萝卜吃了两个月。每次乘火车出差，硬座车厢里，凡是那些戴眼镜的人，好像都吃不起餐车甚至吃不起盒饭。你只要看到带着大茶杯泡方便面吃的人，便可知其人身份。为什么不发起成立一个方便面爱好者协会？

　　再没有什么别的了。他摸索了好一会儿，索性把袋子里的东西都倾在地上。

他的心一阵绞痛，背靠着车子头晕目眩。那本辞典，那支英雄金笔，那只旧而准时的英纳格表，那个新笔记本儿……所有这一切他为侄儿准备的接力棒，都将伴随他永远留在这儿，变成几万年后的出土文物。而侄儿也将破灭了他多年的幻梦。在新盖的阔气又俗气的房子里打着麻将，露出愚昧而满足的微笑。仅仅十年——十年前他的弟弟弟妹曾专程请他去训导他的侄儿好好读书；十年后，却是他去劝导弟弟弟妹不要阻拦侄儿读书。那么，这一对错位的变化究竟是怎样发生又说明了什么呢？

教授陷入了昏昏沉沉迷迷糊糊的思想泥淖。他隐隐想起了正在一所外地的大学上学的女儿，女儿暑假没有回来，她说要强化外语。并已明确宣布她不考本校的研究生。她只有两个去向：一是出国，二是去国内独资企业做雇员。教授说服不了女儿。他所有的理论在女儿面前已经一败涂地。也许他是企图在侄儿身上得到一点儿安慰？总之此刻他觉得自己很对不住侄儿，他如果不误上了这辆车，本来是可以如期赶到的。现在他恐怕已永无机会改正自己的错误了。

他的手仍在那堆东西中摸索，他似乎摸到了什么，居然皱着眉头苦笑了一下。然后他站起来开始往回走，他的步子比来时更踉踉跄跄。

他回到了开始时他和开车人仰卧的那个地方。他差一点儿再也找不到开车人。开车人惨白的脸已被黄沙掩埋了一半，只有两只鼻孔露在外面，胸前的沙包微微起伏。教授惊异这峡谷内并未起风，何处移来些沙丘，他身后的沙地上留下一长串脚印。

教授朝他蹲下来。他拂去开车人脸上的沙土，对他说：你瞧瞧，我给你带来了什么。

没有答复。继而是含糊的哼哼加一个小小的手势。教授看他脸上的表情似很痛苦，好像刚从噩梦中挣扎过来。教授迟钝而奄奄一息的神经，猜想那开车人也许是要在生命的最后一刻，向他表示一点儿歉意——

开车的伸出食指，勾出了一个僵硬的问号：这、这是……什么……地方？他似乎努力地想欠起身子来，迷茫的目光盯住了教授胸前的纽扣。——我，我的车呢？他说。

他说完便侧过脸去，鼻子埋入沙堆，再也说不出话来。

教授久久望着他，笑了一下。开车人陷入绝境后，念念不忘的还是他的车。教授现在总算比较了解了这个黑夜里同行的陌路人。他知道开车人也许还会再次醒来，他的身体还是比自己强壮得多。

遗憾的是教授没有来得及回答开车人的第一个问题，开车人就睡着了。那个问题实在是这一次奇异经历的症结所在。教授总算在几分钟前亲见的沙丘北移的事实面前，弄清了自己这一路的困惑。不是曾经有一个伟人谦虚地断言自己属于第三世界，教授却不知从哪份报纸上看到过，地球上正在出现一种第四世界。假如第三世界的公民迎头赶上你，你或许连地球公民的资格都保不住，绝非危言耸听。文明古国沦为一片废墟，历史早有前鉴。一个轻视教育、轻视文化的国度，岂不是在恶性循环中走向自我毁灭。当然，开车人并不真正关心这个，他也许从来未听说过第四世界这种地方。但没听说过不等于教授不会产生这种疑问、这种预感。教授早已过了傻乐的年龄，他总觉得有一种灾祸的阴影和危机感萦绕他、干扰他、覆盖他、吞噬他。他实在已筋疲力尽、心灰意冷……

他懒懒地瞥了一眼手里的纸包。这是旅行袋里唯一可吃的东西——一包胖大海。专治教师的职业病慢性咽炎。他看到纸包上有几个字，细细辨别了一会儿，是：××届××系学生赠予九月十日教师节前夕。

天已亮透。天空恢复了它永恒的蔚蓝。教授看清自己廉价的电子表上显示出几个字：九月十日。教授打了一个冷战。他居然没有想到今天是教师节。他并不曾记得有教师节这么一个节日。就算有，到底是九月十日还是十月九日，也叫人搞不清楚。如果真是九月十日，那他怎么竟在这个日子企图去挽救一个失学青年？并且将在这个隆重的喜庆的神圣的日子含着学生赠送给他的胖大海，堵上自己暗哑的喉咙，以便遁入无声的世界中去？教授虽是无神论者，却不能不为上帝这精心的设计肃然起敬。

教授用双手枕着后脑，慢慢在沙丘上躺下来。沙子吮吸着他身上残剩的热量，向外散发着焦灼的热气，在他的眼镜上蒙上一层云翳。他感到自己的血在迅速冷却。他没有办法也不想解救自己。

胖大海很快在他的喉咙里膨胀开来。弥漫成一片巨大的海绵般的天空。天空是烟褐色的，挂满了丝丝缕缕的网状物，如一幅抽象派绘画。——从来就没有永恒的蔚蓝色。教授在逐渐上升的蒙蒙雾气中又一次顿悟——黑夜还会再次来临。在没有灯光没有火把没有星星的荒野上，唯有寂寞孤独的磷火闪烁着人类的智慧之光。

也许那神秘的蓝星星，就是磷火呢？教授在沉入彻底的黑暗之前，最后做了一个划时代的猜想，这个想象看起来荒谬绝伦，却给予他无限的慰藉。他想到自己的惭愧、愤懑和教训，都将会由那风吹不灭火烧不尽的磷火，传递并照耀他的学生们。于是他慢慢嚼着胖大海，喃喃念叨着侄儿的名字，同滚烫的沙丘合为一体。

　　一年后我为寻找我的老师曾在夜间到过的那片困谷的边缘。黑暗中跳动着喧哗着几簇蓝色的火星星，令我毛骨悚然。我难以辨别自己看见的究竟是什么，后来就有了这篇小说。

发表于《文汇月刊》1988 第 11 期 ①

---

① 《小说选刊中篇小说》1989 年第 3 期转载。

跋

2022年，是我从事文学创作活动五十周年。

自1996年出版《张抗抗自选集》（五卷本）以后，二十多年过去，又有几百万字的新作，但我一直没有出版更为完整的文集。很多朋友表示不解。

出版文集，意味着对自己文学成果的一次庄重梳理：篇目的选定、文字的校勘……包括选择出版社，均需反复斟酌，需要投入大量时间。

事实上，从2007—2017年，我埋头写作那部百万字、三卷本的长篇小说，七易其稿。根本没有多余的精力来进入十卷本文集编选的浩大工程。

直到长篇在2020年最后一次改定后，我终于下决心来完成自己的夙愿。

感谢我的文友、老友们慷慨伸出援手，热情做出安排。

多年来，广西师大出版社出版的书籍为我喜爱、为我敬重，我把文集交给这家出版社，欣然而往，恰得其所。广西师大出版社严谨细致高水平的编辑工作，纠正了我旧作中的多处谬误，在此诚致谢意。

2021年12月启动该书，整整大半年，我在电脑上反复校勘文稿，希望把完美的样貌呈现给读者。

遗憾的是，那部耗尽我心血的长篇三卷本，未能收入这部文集。

该文集的三审三校接近尾声，已是酷暑时节。

就在2022年夏季，九十九岁高龄的父亲在杭州仙逝。

悲痛之余，谨以这部即将出版的文集，敬献给我亲爱的父母。是他们引导我和妹妹走上文学之路，与我分享每一部新作，在文学中陪伴我走过了大半生。

那一晚，工作结束后，我坐在二楼阳台上发呆，看星星。

蝉鸣渐歇，薄云稀疏。眼前的夜色中，忽而闪过一点荧绿透明的亮色，在我身边萦绕，迅速隐入浓密的树影，无声地跳跃旋转。

萤火虫！

它从花园的草丛里飞起来，飞到二楼阳台。我没有想到，小小的萤火虫能够飞得这么高。

我终于见到了久违的萤火虫。那一刻，我喜极而泣。

谢谢你，自带光源的萤火虫。

是萤火虫还是星星，照亮了浩瀚苍茫的夜空？

2022年8月3日